BEST 嚴選

奇幻基地出版

刺客正傳2
經典紀念版
The Farseer 2

皇家刺客（上）
Royal Assassin

羅蘋・荷布 著
姜愛玲 譯

Robin Hobb

For Ryan

獻給雷恩

皇家刺客 一

目錄

上冊

下冊

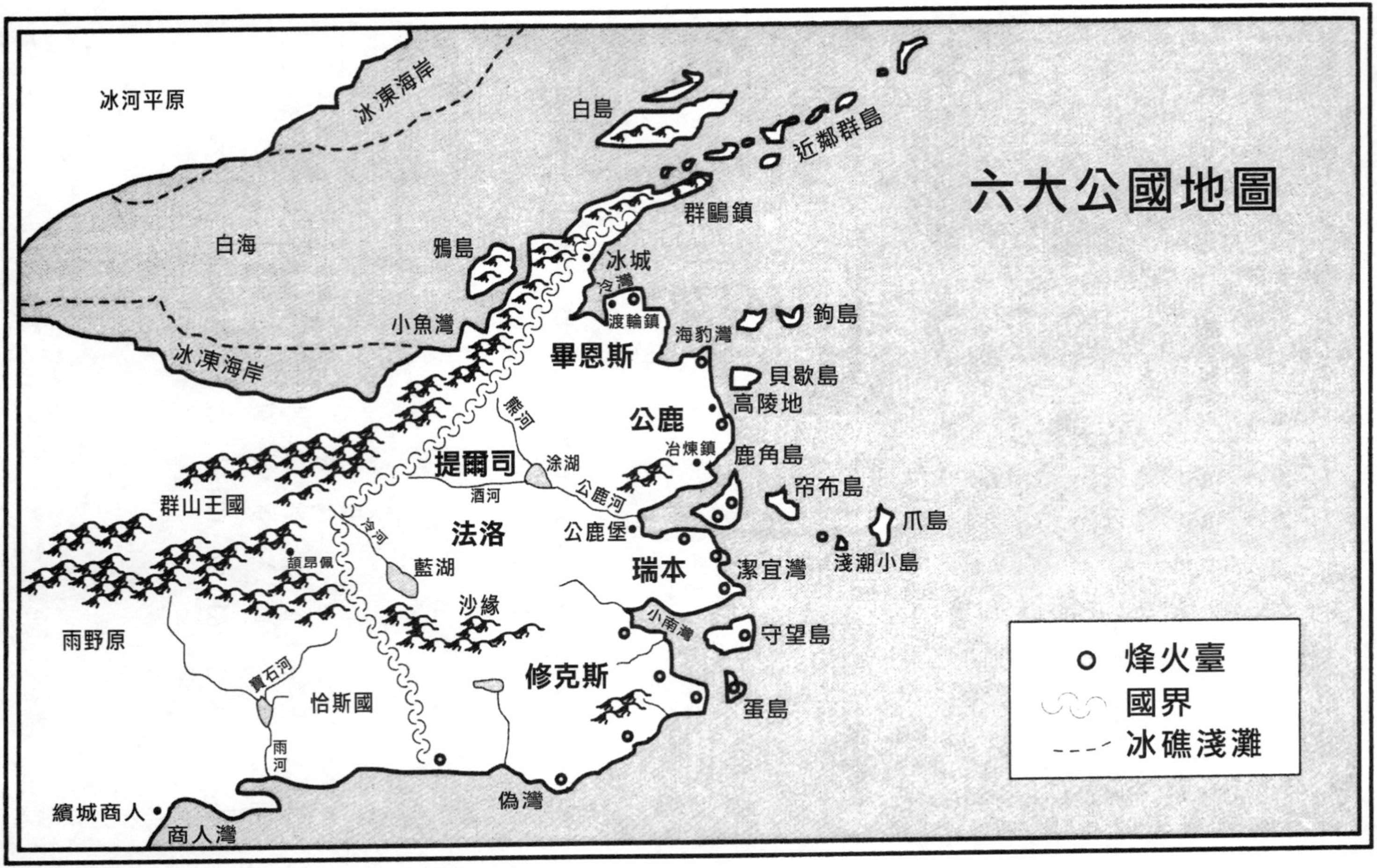
六大公國地圖
冰河平原
冰凍海岸
白島
近鄰群島
群鷗鎮
白海
鴉島
冰城
冷灣
小魚灣
渡輪鎮
鉤島
海豹灣
冰凍海岸
畢恩斯
貝歇島
高陵地
熊河
公鹿
冶煉鎮
鹿角島
提爾司
涂湖
酒河
公鹿河
帘布島
群山王國
法洛
公鹿堡
爪島
冷河
頡昂佩
藍湖
瑞本
潔宜灣
淺潮小島
沙緣
小南灣
守望島
雨野原
寶石河
恰斯國
修克斯
蛋島
雨河
偽灣
繽城商人
商人灣
烽火臺
國界
冰礁淺灘

0
夢與甦醒

爲何禁止記載關於魔法的特殊知識？或許因爲我們都恐懼這類知識將落入不肖者的手中。當然，向來有一套學徒系統用以確保特殊知識傳承給受過訓練、且經評斷值得傳承此知識的人。儘管這樣的嘗試似乎可以讓我們避開祕教不肖術士的侵害，但卻也忽略了魔法並非源自這種特殊知識。人們對於特定魔法的偏好不是與生俱來就是極度匱乏；比方說，眾所周知的精技魔法與皇家瞻遠家族的血緣關係緊密相連，雖然它也可能在祖先爲內陸或外島人的「野種」中出現。接受精技訓練的人能洞悉他人的思緒，而且無論距離多遠都能一探究竟；而精通精技者更能影響他人所思，甚至與其對話。這對於戰爭指揮和資訊蒐集而言，是再好不過的利器了。

民間流傳著一項更古老的魔法，那就是現今已遭忽略的「原智」。很少人會承認自己擁有施行這項魔法的天賦，所以人們總是推說隔壁山谷的居民、或是住在遙遠山脈另一邊的人才精通此道。我懷疑這曾是遠古的狩獵居民、而非移居此地的人所擁有的天賦魔法，而且是自認擁有森林野獸血緣的人所特有的。據說，原智賦予人們說野獸語言的能力，而過度施行原智的人就會成爲其牽繫的野獸。但這或許只是傳說罷了。

還有個名爲「鄉野術法」的魔法，只不過我從未能確定這個名稱的由來。這些經過證實或仍令人存疑的魔法，包括手相術、識水術、水晶反射的解讀，和以預測未來爲主的魔法。另一類不知名的魔法則會產生如遁隱、飄浮，以及賦予生命給原本無生命的物品等種種物理效果。所有從寡婦兒子的飛椅到北風魔術桌布的這些魔法，都是古老的傳說，而據我所知，無人聲稱擁有施行這些魔法的能力。或許，它們只不過是遠古時代居民的傳說，也可能是神話或近乎神話中的生物，如龍、巨人、古靈、異類和種種怪力亂神的傳奇。

我停頓片刻清洗我的筆。我的字跡在粗糙的紙上，從蜘蛛網般的綿密，變成混亂的一片迷濛。我不會將這些字句寫在上好的羊皮紙上，只因時機未到，而且我並不確定是否應該寫下這些。我自問：爲什麼要寫下這些？如果把這知識用口耳相傳的方式傳給有資格傳承的人豈不更好？也許是，也許不是。我們視爲理所當然的這些知識，對我們的後代來說可能是個謎。

有關魔法的文獻少之又少。我費盡心力從拼湊的資訊中尋找知識的蛛絲馬跡，找到了散亂的參考文獻和不經意的暗示，但僅止於此。我總想將過去幾年收集而來、並儲存在腦海中的相關訊息寫在紙上；我將寫下自身體驗和查明眞相後所獲得的知識。或許，我可以用這樣的方式，爲其他像我一樣深受內心魔法交戰所害的傻子提供解答。

但是，當我坐下來準備動筆時，卻遲疑了。我有什麼資格執意違抗先人的智慧？我應該平鋪直述擁有原智的人是如何拓展能力，或讓自己和動物有所牽繫？還是應該詳述成爲精技使用者應必備的種種訓練？我從未擁有鄉野術法和傳說中的魔法，所以我有什麼權利把挖掘出來的祕密，像衆多供研究的蝴蝶和樹葉標本般固定在紙上？

我試著思索該如何處理這類取之無道的知識，也納悶自己從這知識中得到了什麼。權勢、財富，還是女性的愛情？我不禁嘲笑自己，因爲精技和原智都沒讓我得到這些。就算有，我無意、也無野心將之據爲己有。

權勢。我從來不因爲喜歡權勢而想要得到它。有時當我遭禁錮，或當親近我的人被利慾薰心的權勢濫用者迫害時，我會渴望權勢。財富。我從未認眞思考過。自從我這個私生孫子對黠謀國王立誓之後，他總會確保滿足我所有的需求。我吃得飽，也受了不少教育，擁有簡便和時髦到惱人的服飾，還有足夠的零用錢可花，而在公鹿堡長大也讓我擁有比大多數男孩更充裕的財富。愛？我的馬兒煤灰用牠自己溫柔的方式喜歡我，獵犬大鼻子對我的忠心也至死不渝，而一隻小狗對我狂熱的愛，或許就讓牠賠上性命。因此，我不敢去想爲了愛我所要付出的代價。

我在陰謀和成串的祕密中成長，總帶著特有的寂寞和孤立，以至於無法全然相信別人。我不能追隨宮廷文書費德倫，雖然他不斷稱讚我俐落的字跡和著墨完美的插畫，我卻無法透露自己皇家刺客的學徒身分。我也不能對我的外交策略兼刺客師傅切德洩露我是如何熬過精技師傅蓋倫的種種殘酷暴行，更不敢公開談論我對古老的野獸魔法原智油然而生的興致，只因使用它的人將招致墮落和腐敗。

甚至不能告訴莫莉。

莫莉是個珍寶，也是個眞正的避難所。她和我的日常生活完全無關；不單因爲她是女性，雖然性別差異對我來說仍是個謎。我幾乎在男人堆裡成長，不但失去雙親，也沒有任何一位血親公開與我相認。

粗魯的馬廄總管博瑞屈曾是我父親的得力助手，並在我的童年時期照顧我，而馬伕和侍衛也天天陪著我。當時就有女性侍衛，雖然人數沒有現在多，但如同她們的男性同袍一般，女性侍衛也必須執行勤務，也得在不執行看守勤務時照顧自己的生活起居和家庭，因此我不能占據她們的時間。我沒有親生的母親、姊妹或姑姨，也從來沒有任何女性用她們特有的溫柔對待我。

只有莫莉例外。

她比我年長一歲或兩歲，如同小小的樹枝衝破鵝卵石缺口般成長。不論是她父親慣常的酩酊大醉和凶暴殘酷，或是一個孩子爲了粉飾太平所需做的表面工夫，都無法擊垮她。當我初次遇到她的時候，她就像初生狐狸般充滿野性和機警，而街頭的孩子們都叫她莫莉小花臉。她身上常帶著被父親鞭打的傷痕，但不論父親多麼凶暴，她依然照顧他，我卻從來無法理解。甚至當她步履蹣跚地扶著酒醉的父親回家就寢時，都能承受他的牢騷和嚴厲指責。當他醒來之後，對前一晚的酩酊大醉和嚴酷指責可從不後悔，卻只會變本加厲地咒罵，例如爲什麼蠟燭店沒人打掃，也沒人把新鮮的藥草鋪灑在地板上？爲什麼她不去照顧幾乎快沒蜂蜜可賣的蜂窩？爲什麼她讓燒牛油鍋的爐火燃燒殆盡？我沉默地目睹這一幕幕情景已太多次了。

但是，莫莉還是在艱困中成長。她像花一般地綻放，忽然就在某年夏季成爲一個小女人，而她的精明幹練和女性魅力也使我敬畏。當我們四目相對的時候，我的舌頭猶如皮革般僵在嘴裡動彈不得，根本說不出話來，但我想她完全不知道這檔事。就算我擁有魔法、精技或原智，但當我們的手不經意碰觸時，我的內心依然產生悸動，而當她微笑的時候，我也仍感受一股難言的尷尬。

我應該將她髮絲隨風飄揚的丰采記錄下來，或詳述她的雙眼如何因心情由深琥珀色變成濃棕色，還有長外衣的顏色？當我在市場的人群中瞥見她那緋紅裙子和紅披肩時，就突然忘了其他人的存在。這是我親眼目睹的魔法，儘管我可能會寫下來，但不會有人能夠像她這樣自如的運用這種魔法。

我該如何追求她？帶著男孩笨拙的殷勤，像呆子盯著戲班的旋轉盤子般追求她？她比我早知道我愛著她，雖然我比她年幼幾歲，她依然讓我而非鎮上其他較稱頭的男孩追求她。她認爲我是文書的雜工和馬廄的兼差助手，以及公鹿堡裡的跑腿。她從未懷疑我是讓駿騎王子無法繼承王位的私生子，光那檔事就是個天大的祕密了。對於我的魔法和其他專業，她也一無所知。

或許這正是我能愛她的原因。

這也正是我失去她的原因。

我讓自己忙於隱藏祕密、失敗和其他痛苦的人生經歷。我有魔法要學、有祕密要探查、有人要殺，也必須在陰謀中求生。這些東西圍繞著我，而我卻從未指望莫莉能瞭解這一切。她離這些事情遠遠的，一點都不受污染，而我也小心翼翼不讓她接觸到這些。我從未將她帶入我的世界，反而是我進入她的世界。她在漁村貨運港口開了一家賣蠟燭和蜂蜜的店，我就常去看她，也一起在市場購物，有時還會陪她在海灘散步。對我來說，她爲我的愛而存在已經足夠了，我甚至不敢奢望她也會愛我。

有一段時間，精技訓練將我禁錮在痛苦的深淵，我當時也不覺得自己能僥倖生存。我無法原諒自己學不到精技，也無法想像我的失敗並不會影響某些人對我的看法。我以退隱的方式掩飾內心的絕望，讓漫長的每一週流逝，不和她見面、也不告訴她我有多麼想她。最後等到沒有人能幫我的時候，我才去找她，但已經太遲了。有天下午，當我帶著禮物來到公鹿堡城裡的香蜂草蠟燭店時，我看到她和別人一同離開。她和一位名叫阿玉的健壯水手在一起，單耳戴著大耳環的他，有一股盛年的陽剛之氣，而我這毫不起眼的沮喪傢伙只得悄悄溜走，眼睜睜看著他們手挽著手雙雙走遠。我就這樣讓她在我眼前離去，而在接下來的幾個月裡試著說服自己，我的內心也讓她走了。我想知道如果我當時緊追在他們身後，懇求她說出最後一些話，會是個什麼樣的光景。奇怪的是，這些事件轉變了一位男孩誤置的自尊，讓他隱忍著接受失敗。因此，我不再想她，也沒有對任何人提起，只是繼續過自己的生活。

黠謀國王派我擔任他的刺客，把我和一整個車隊的人送去見證群山公主珂翠肯和惟真王子的婚禮，而我的任務是悄悄暗殺她的哥哥盧睿史王子，好讓她成為群山王國唯一的王位繼承人。當我抵達目的地時，卻發現我最年輕的叔叔帝尊王子早就編織了一連串騙局和謊言，因為他想阻止惟真王子繼承王位，還想把公主據為己有。我就是他為了達到目的所要犧牲的人質，但我反而阻礙了這場進行中的遊戲，所以成了他憤怒和復仇行動下的犧牲者，卻也因此替惟真保住王位和救回公主。我不認為這是什麼英雄事蹟，也不覺得這是對持續威脅和輕視我的人所做的下等報復。這是一位成年男子所應有的擔當，也讓我實現早年所立的誓言，即使當時並不瞭解將付出什麼代價，而這代價就是我視為理所當然的健康年輕身軀。

擊敗帝尊的詭計之後，我在群山王國的病榻上躺了好一段時間。但是，我終於在某一個早晨中醒來，也相信我長久以來的病痛終將痊癒。博瑞屈認為我的復原狀況不錯，可以踏上重返六大公國的漫長旅程，而珂翠肯公主和她的隨從在幾週前就趁著天候良好先行前往公鹿堡。如今，冬雪已覆蓋群山王國的高峰，如果我們不盡快離開頡昂佩，恐怕得被迫留下來過冬。那天早上我感到身體微弱顫抖，於是便早早起床整理行囊。我毅然決然忽略這種狀況，告訴自己這只是因為沒吃早餐和歸鄉的興奮而發抖。我穿上姜其為翻山越嶺的冬旅所準備的衣服，包括填充羊毛墊料的紅色長衫、腰和袖口處有紅線繡飾的綠色長褲，還有一雙襯著一段段羊毛線的毛皮軟靴，感覺像一袋袋柔軟的毛皮，直到我穿上了才成型。我得用細長的皮線將靴子緊綁在雙腳上，但我顫抖的手指卻讓這動作變得異常困難。姜其說這些冬衣適合山區乾爽的雪地，但囑咐我們小心別弄濕了。

房裡有面鏡子。起初我對自己的影像微笑，因為就算黠謀國王的弄臣也沒穿得這麼華麗。但是，明亮的衣著讓我的面容顯得更加削瘦蒼白，我深沉的雙眼看起來也過於龐大，而我那因發燒而修剪的黑髮如鬃毛般豎立著，恰似狗兒發怒時頸背豎起的毛。我的病痛毀了我，但我告訴自己終於要回家了，於是把頭轉離鏡面。正當我把帶給家鄉友人的小禮物裝好時，我的手顫抖得愈來愈厲害。

博瑞屈、阿手和我坐下來與姜萁簡短道別。我再次感謝她盡全力治癒我，然後拿起湯匙舀麥片粥，手卻開始痙攣。湯匙從我的手中掉落，我望著這銀光閃閃的東西，接著就昏了過去。

接下來，我只記得臥房裡各個陰暗的角落。我一動也不動沉默地躺了好一會兒，從空虛的狀態中回復意識，明白我的病又發作了。當病痛一消失，我又能重新掌控自己的身心。但我卻不再想擁有這些。一般人的體能在十五歲的時候達到顛峰狀態，但我卻不再相信自己的身體還能做最簡單的動作，反而強烈排拒這深受磨損的身體。我對這禁錮我的血肉之軀懷有狂烈的惡意，企盼以某種方式表達我無以復加的失望。我為什麼無法痊癒？我為什麼沒有康復？

「這需要時間，如此而已。等半年後再重新評估你自己吧！」姜萁說道。她坐在爐火邊，但椅子仍在陰影中，直到她開口說話我才注意到她。她緩緩地站起來，看似因寒冬而骨頭發疼，然後走過來站在我的床邊。

「我不想活得像個老人。」

她噘著嘴。「你遲早都會老，但我至少希望你還能多活好幾年。我老了，我的哥哥伊尤也老了，但我們可不覺得這有什麼大不了的。」

「如果是經過歲月的自然老化，我就不會在意這衰老之軀，但我不能這樣下去。」

她疑惑地搖搖頭。「你當然可以。痊癒有時真是個冗長乏味的過程，但我不懂你為什麼說你不能這樣下去……或許是因爲我們的語言差異？」

我吸了一口氣準備開口，博瑞屈卻在此時進來。「你醒了？感覺好些了嗎？」

「醒了，但可沒感覺好些。」我對他發牢騷，這口氣連我聽起來都像個焦躁的孩子。博瑞屈和姜其在我面前交換眼神，接著她走向床邊拍拍我的肩膀，然後靜靜地走出房間。他們顯而易見地容忍著我，實在令我難堪，而我內心無濟於事的憤怒卻像潮汐般湧起。「你爲何無法治好我？」我質問博瑞屈。

他因爲我問題中的指控而吃驚。「沒那麼簡單。」他開始說道。

「爲什麼？」我硬生生在床上把身體拉直。「我看過你幫動物治好所有的病，像是疾病、斷骨、寄生蟲、獸疥癬……你是馬廄總管，我也看過你醫治所有的馬兒，那你爲什麼無法治好我？」

「蜚滋，你不是一隻狗，」博瑞屈平靜地說道。「動物得重病時可簡單得多了。我曾運用非常手段，有時我也告訴自己：這樣吧，如果動物死了，至少牠不再受苦。這樣的想法或許能讓我治好牠，但我卻無法如此對待你，因爲你不是動物。」

「那不是答案！有一半的時間都是侍衛而不是療者來找你。你幫丹拔出箭頭，而且剖開他整個手臂醫治！當療者說葛瑞汀的腳感染太嚴重，需要截肢時，她就來找你，而你也治好她了。每次療者都說如果她會因爲感染擴散而喪命的話，那都是你的錯。」

博瑞屈緊閉雙唇壓抑怒氣。如果我很健康，就會察覺到他的憤怒，但他在我復原期間的克制讓我變得大膽起來。當他開口時，是用一種平靜且克制的語調說話。「那些治療方式的確有風險，但接受治療的人深知這風險。而且，」他提高聲調蓋過我即將提出的異議，「從丹的手臂取出箭頭和箭柄並且清洗傷口，和在葛瑞汀的腳上敷藥去除感染，都是些簡單的事情，而且我知道病因。但是你的病沒那麼單純，姜其和我都不確定你到底怎麼了。這是因爲珂翠肯認爲你要殺她哥哥，讓你喝下毒藥之後的後遺症？還是帝尊替你準備的毒酒所產生的效應？或者，這是你之後遭遇毒打所致？因爲差點淹死？或是以上這些所有的事件共同引發你的疾病？我們不知道，所以不知該如何治好你，我們眞的不知道。」

他咬牙切齒地說出最後幾個字，我也忽然看清楚他對我的同情掩蓋了他的挫折感，只見他走了幾步，然後停下來盯著爐火。「我們曾爲此長談。姜萁擁有我前所未聞的群山知識，而我也告訴她我所知道的治療方法，但是我們都同意最好能讓你長期療養，也認爲你會活下來。你的身體有朝一日可能會排出最後殘餘的毒藥，你體內的種種損傷也可能不藥而癒。」

「或者，」我平靜地補充，「我可能就這樣度過餘生，只因毒藥或毒打在我體內造成了某些永久傷害。該死的帝尊！在我被五花大綁時那樣狠狠踢我。」

博瑞屈如同冰雕般站立著，然後陷入陰影中的椅子上，語氣充滿了挫敗。「沒錯。這和其他情況一樣有可能發生。但是，難道你不曉得我們別無選擇了嗎？我可以讓你吃瀉藥強制排出體內的毒素，但如果是內傷而非中毒，這麼做只會讓你更虛弱，你的自體療癒也將更費時。」他凝視著火焰，然後舉起手撫摸一絲白色鬢角。不只我因帝尊的詭計受害，博瑞屈本身也剛從腦袋被重擊的意外中復原，若換成其他頭骨不夠硬的人，恐怕早就沒命了。我知道他忍受好一段時間的暈眩和模糊視線，卻不記得他發過牢騷。我還算通情達理，因此感覺有些羞恥。

「所以我該怎麼辦？」

博瑞屈猶如從瞌睡中清醒般開口，「就是我們已經做的事情啊！等待、飲食和休息。放輕鬆點，看看會發生什麼事。那樣會很恐怖嗎？」

我忽略他的問題。「如果我的狀況沒有改善？如果我就像現在這樣躺著，隨時都會顫抖或痙攣？」

他緩慢地回答。「那就學著與它共處。許多人的情況比你更糟，而你大部分的時候都好好的。你沒瞎也沒癱瘓，更沒有變笨，就別再用你做不到的事定義自己。為什麼不想想你沒有失去的東西？」

「我沒有失去的東西？我沒有失去的東西？」我的憤怒像一群起飛的鳥兒般升起，也像是由恐慌所引起。「我無藥可救了，博瑞屈，我不能這樣回到公鹿堡！我一無是處，甚至比一無是處還糟，我只不過是個虛擲光陰的受害者。如果我能回去把帝尊搗成肉泥，或許還值得一試。然而，我卻必須和帝尊同桌，對這位預謀推翻惟真順便殺害我的人恭敬有禮。我無法忍受他看著我虛弱地顫抖，或者因病發突然昏倒，也不想看到他對自己的傑作微笑，更不想看到他品嘗勝利滋味的模樣，因為我們都知道他會再度嘗試殺了我。或許他學到了自己並非惟真的對手這個事實，也可能尊重他哥哥的職權和他的大嫂，但我懷疑他會用相同的態度對待我。我將成為打擊惟真的另一項利器，而當他來的時候，我該做些什麼？像中風老人般坐在爐火邊什麼都不做？什麼都不做！我所受過的訓練、浩得的武器指導、費德倫鉅細靡遺的書寫教導，甚至你教過我所有醫治動物的方法！全都白費了！我什麼都不能做了。我再度回到小雜種的身分，博瑞屈，而且有人告訴過我，有利用價值的王室私生子方可倖存。」基本上我對他怒吼出最後幾個字，但即使我有多麼憤怒和無助，也不敢提到切德和我所受的刺客訓練，如今我卻連這本領都喪失了。我所有純熟的偷竊手法、用觸摸即可殺人的精準方式、攪拌毒藥的煞費苦心，現在全都因為我咯咯作響的身軀而無法繼續。

博瑞屈靜靜地坐著聽我說。我在怒氣消退後坐在床上喘氣，緊握不聽使喚的顫抖雙手，這時他平靜地開口了。

「所以，你是說我們不回公鹿堡了？」

這回答讓我失去平衡。「我們？」

「我將一生奉獻給戴著那個耳環的人。這背後有個冗長的故事，或許我有天會告訴你。耐辛無權把它拿給你，而我總認為它已經隨著駿騎入土為安了。或許她覺得那只是她丈夫戴過的小珠寶，因此自行決定要留下來或者送出去。無論如何你現在戴著它了，而你走到哪裡，我就得跟到哪裡。」

我舉起手撫摸這小玩意，是顆由銀網所纏繞的藍色小石頭，於是我將它取下。

「別這樣。」博瑞屈說道。這些寧靜的話語比狗的嗥叫還深沉，但他的語氣帶著威脅和命令，使得我不得不放手，也無法詢問他為何這樣說。他把我這個棄兒拉拔大，如今卻要將自己的未來交託在我的手中，坐在爐火前等待我的回覆。我從跳躍般的火光中仔細看著他。他在我眼中曾是個不折不扣的巨人，既黝黑又具威脅性，卻也是位粗魯的保護者，而這或許是我第一次把他當成一個普通人看待。他擁有外島人一般的深色頭髮和眼睛，這點我們彼此相互呼應，但他的雙眼是褐色而不是黑色的，捲鬍子上方的雙頰被風吹紅了，看得出來他的祖先來自遠方，而且膚色應該更白皙。他跛腳行走，尤其在冷天時更加明顯。據說他因制伏一頭試著殺害駿騎的野豬而成為傳奇，只是他不再像從前一樣高大。如果我繼續長高，可能在一年之內就比他高了。而他如今也不比昔日健壯，反倒有股身心健全的厚實感，讓他不是因為體型而是因他陰鬱的脾氣和韌性在公鹿堡受人敬畏。當我還很小的時候，我曾問他是否打輸過。當時，他才剛讓馬廄裡一匹年輕氣盛的種馬鎮靜下來，而且還在安撫牠。博瑞屈露齒而笑，露出像狼一般潔白的牙齒，前額的汗珠如雨般滑過雙頰落在他深色的鬍子裡。然後，他從馬廄的另一頭對我說，「打輸？」他喘著氣問。「一場搏鬥在贏家產生前是不會結束的，蛩滋。你只要記著這點，不論另一個對手、甚至另一匹馬是怎麼想。」

我不禁懷疑我是否也是他必須打贏的搏鬥，因為他常說我是駿騎交給他的最後任務。我的父親因我的存在而蒙羞遜位，但卻把我交給這個人，而且吩咐他要好好撫養我，或許博瑞屈認為他還沒達成任務。

「你覺得我應該怎麼做？」我謙卑地問道，只不過要如此謙遜地說出這些可真不容易。

「痊癒，」他過了片刻說道。「用時間讓你自己痊癒，這是勉強不來的。」他低頭看著自己把雙腿伸向爐火，他的雙唇微動，卻並非是笑容。

「你覺得我們應該回去嗎？」我催促他。

他靠回椅背上，穿著靴子的雙腳在足踝處交疊，雙眼凝視著爐火。他花了很長的時間思考該如何回答，最後終於心不甘情不願地說，「如果我們不回去，帝尊會認爲他贏了，然後就嘗試殺害惟眞，至少也會無所不用其極搶奪他哥哥的王位。我對國王發過誓，而蜚滋你也是。現在，我們的國王是黠謀，但惟眞是王儲，我也不認爲他必須空等。」

「他有其他的士兵，可都比我還有本事。」

「那能讓你從自己的承諾中解脫嗎？」

「你爭執的樣子眞像個神父。」

「我根本沒爭執，只不過問你一個又一個問題。如果你遺棄公鹿堡，就背棄了什麼？」

這下子換我沉默了。我的確思念黠謀和我對他的誓言，也想念惟眞誠摯的熱心和對我的開放態度。我記得老切德在我略爲開竅時緩緩露出的笑容、耐辛夫人和她的侍女蕾細、費德倫和浩得，甚至還有廚娘莎拉和裁縫師急驚風師傅。沒有多少人對我付出關懷，卻也使得這些人在我心目中的地位更加重要，就算我眞的不回公鹿堡，也會深深思念他們。但是，如同重新引燃的餘燼般躍入我心頭的，卻是我對莫莉的回憶。有時，我不知怎麼的就會跟博瑞屈提起她，而他只是點點頭聽我全盤托出。

當他開口時，只告訴我香蜂草蠟燭店在那酗酒的老傢伙死於債務時關閉，而他的女兒則被迫搬到別鎭的親戚家。雖然他不知道是哪個鎭，卻深信如果我意志夠堅定，就一定能找到這個地方。「在行動之前先瞭解你的心，」他接著補充。「如果你無法給她什麼，就讓她走吧！你是殘廢嗎？你眞的這麼想的話才是。但是，如果你現在就決定當個殘廢，你或許就無權去找她。我不認爲你需要她的憐憫，因爲這是個很差勁的愛情替代品。」然後他起身走遠，凝視著爐火思考。

我是個殘廢嗎？我迷失了嗎？我的身體如同沒調好的豎琴弦般不協調。他說得對，這次並非帝尊的意願得逞，而是我的意願戰勝了一切。我的惟眞王子仍等著繼承六大公國的王位，而群山公主現在是他的妻子了。我畏懼帝尊恥笑我顫抖的雙手？我能反過來恥笑他永遠無法稱王嗎？我的心中頓時充滿了狂烈的滿足感。博瑞屈說得對，我不但沒有迷失，還能確定讓帝尊知道我贏了。

如果我戰勝帝尊，難道就不能贏回莫莉嗎？是什麼阻擋了我們？是阿玉？但博瑞屈聽說她離開公鹿堡，未婚且身無分文地投靠親戚，那麼阿玉竟然讓她就這麼離開，眞是可惡，而我會追尋她和找到她，進而把她贏回來。髮絲隨風飄逸的莫莉，一身明亮紅裙和斗蓬的莫莉，像隻紅劫鳥般落落大方，雙眼閃耀著光輝。對她的思念不禁令我的脊椎打顫，我也只能自顧自地微笑，接著就齜牙咧嘴般地發抖。我的全身抽搐，使得我的後腦猛然彈離床架。我情不自禁地放聲大哭，是種無言的嚎啕大哭。

姜其不一會兒就出現了，她把博瑞屈叫過來，然後他們就緊緊按住我連枷似的四肢。當博瑞屈用身體的重量努力抑制我劇烈的抖動時，我又昏了過去。

我如同浮出溫暖的水面般從黑暗重返光明。深沉的羽毛床像搖籃般安撫著我，而柔軟溫暖的毛毯也讓我覺得很安全。有好一會兒，身邊的一切是如此安詳平和，我沉默地躺著，幾乎覺得好極了。

「蜚滋？」博瑞屈俯身對我說話。

我又重返眞實世界。我深知自己是個一團糟的可憐蟲，像一個線絲糾纏的傀儡，或是一匹足腱嚴重受創的馬。我已無法回復以往的模樣，而我以前的世界再也容不下我了。博瑞屈說過，憐憫是個很差勁的愛情替代品，而我不想得到任何人的憐憫。

「博瑞屈。」

他把身子彎得更低。「沒那麼糟，」他在說謊。「現在好好休息，明天再……」

「你明天動身前往公鹿堡。」我對博瑞屈說。

他皺著眉頭。「慢慢來。給你自己幾天的時間復原，然後我們……」

「不。」我緩慢吃力地坐起身，用盡所有力氣開口。「我決定了。明天你回公鹿堡，人們和動物都在那裡等你，他們需要你。那兒是你的家和你的世界，但不再是我的了。」

他沉默了好一會兒。「那你要怎麼辦？」

我搖搖頭。「你不用管了，也不用別人操心，這是我自己的事情。」

「那位女孩呢？」

我更猛烈地搖頭。「她已經浪費大好青春照顧一位殘廢父親，結果反倒成了債務人，你想我能就這樣去找她嗎？我應該請求她愛我，然後像她父親一樣成爲她的負擔？不。無論她單身或已婚，她還是維持現狀來得好。」

我們之間的沉默無限延伸。姜其在房裡某個角落忙著，調製又一劑對我來說無法奏效的草藥，博瑞屈則像雷雨天的烏雲般屈身站在我跟前。我知道他很想搖醒我，也很想一巴掌把我的冥頑不靈擊跑，但是他沒有這麼做。博瑞屈沒有伸手打一個殘廢。

「所以呢，」他終於開口了。「那只剩下國王了，還是你已經忘了曾經宣誓成爲吾王子民？」

「我沒忘，」我平靜地回答。「如果我還相信自己是個正常人，就會回去，但我已經不是了，博瑞屈。我成了別人的某種義務了，好比棋局中需要受保護的棋子，或是任人宰割的人質，毫無能力自衛和保護別人。不，身爲吾王子民，我只能趕在別人加害於我、並且藉此傷害國王之前趕快離開這個棋局。」

博瑞屈轉過身去。他的身影在陰暗的房裡形成了一個輪廓，在火光邊的臉龐卻看不清晰。「我們明天再談。」他開口了。

「只是道別，」我插嘴。「我的心意已決，博瑞屈。」我伸手撫摸耳朵上的耳環。

「如果你留下來，我就得跟著你。」他低沉的語調有股猛烈的堅持。

「那行不通，」我告訴他。「我父親曾經交代你留在原地扶養一名小雜種，如今我叫你走，國王仍需要你效忠他。」

「蜚滋駿騎，我不……」

「求求你。」我不知他從我的語氣中聽到了什麼，只感覺他忽然沉默了。「我好累，該死地累。我只知道自己無法在有生之年完成人人對我的期望，我實在無能爲力。」我的聲音如老人般顫抖。「無論我必須做什麼，也無論我發誓要做什麼，早已弄得我遍體鱗傷，無法實踐我的承諾。也許我這樣做不對，但情況就是如此。每次都是別人的計畫和別人的目標，從來都不是我的。我有試過，但……」我感覺整個房間在晃動，好像是別人在說話，而我也對他的言談感到震驚，卻無法否認他說的可是句句實言。「我現在需要獨處，要休息。」我簡短說道。

他們倆同時沉默地看著我，然後緩緩離開房間，似乎希望我回心轉意叫住他們，但我沒有。

當他們離開之後，我讓自己呼出一口氣。我對自己的決定感到暈眩，但我眞的不打算回公鹿堡，也不知道接下來該怎麼辦。我已經把自己殘破的餘生從棋盤上移開，如今終於有機會重新整理自己，並計畫新的人生。我逐漸體認到自己已不再存疑，雖然心中仍交織著遺憾和慰藉，但我不再存疑了。我寧願在無人知道我的地方展開新生活，不依任何人、甚至國王的意願過活，就這麼辦。我躺回床上，感到過去數週以來首次的全然放鬆。再見了，我疲倦地想著。我想和所有的人道別，最後一次站在國王面前看他輕輕點頭表示稱許。也許，我能讓他瞭解我爲什麼不想回去，但我不會這麼做。到此爲止，眞的到此爲止。「對不起，國王陛下。」我喃喃自語，凝視著壁爐中跳躍的火焰，直到沉沉入睡。

1

泥濘灣

身爲王儲或是王妃，如同穩穩地跨在責任與權威的藩籬上。據說，這個職位是用來滿足繼承人的權力野心，同時也教育他如何行使職權。皇室最年長的孩子，在十六歲生日那天成爲王儲。從此，王儲或王妃就擔負了掌管六大公國的所有責任。通常，王儲即刻承擔這些執政君主最不掛心的職責，而這些職責因統治時期的不同而有顯著差異。

駿騎王子在黠謀國王執政時首先成爲王儲。對他來說，黠謀國王移交了所有和邊境疆界有關的事，如戰爭、談判、外交、漫長旅途的勞頓，和戰役中所面對的種種悲慘狀況。當駿騎王子遜位，惟眞王子繼任王儲，同時也繼承了與外島人作戰的種種未知狀況，以及由此衍生的內陸和沿海大公國內戰，且因國王隨時可推翻他的決定，使得這些任務更爲艱難。因此，他時常被迫收拾與己無關的爛攤子，而僅以非己所願的抉擇自我防衛。

珂翠肯王妃的地位恐怕更是岌岌可危。來自群山的她，在六大公國的宮廷上顯得分外格格不入。她在和平時期或許可以得到更多的包容，但公鹿堡宮廷此時正爲著六大公國的內亂而沸騰著。外島以前所未有的攻勢不斷襲擊沿海地區，帶來比掠奪更爲嚴重的破壞。珂翠肯王妃在位時的第一個冬季，我們親身體驗了首次冬季突襲。突襲事件的威脅接踵而來，而冶煉鎮事件所帶來的痛苦更是揮之不去，動搖了六大公國的基礎。人民對執政君主的信心低落，而身爲不受愛戴王儲的古怪妻子，珂翠肯王妃的處境可一點也不令人稱羨。

內陸大公國身處因內亂而分裂的宮廷，不時抱怨須繳稅保障非他們所管轄的沿海地區。然而，沿海大公國不但亟需戰艦和軍隊，更當有效遏止入侵者突襲境內最不堪一擊之地。內陸出身的帝尊王子頻向內陸各公爵獻殷勤，透過禮物和社交拉攏關係，藉此強化勢力。而自認本身能力已無法抵禦入侵者的王儲惟眞，則專心建造戰艦以防守沿海大公國。大體上，黠謀國王如巨大的蜘蛛般蜷伏著，竭盡所能地將權力平均分配給自己和兒子們，以維持六大公國的領土完整。

當我意識到有人撫觸我的前額，我就醒了。咕噥一聲，我別過頭去，身上的毛毯都濕了；我努力掙脫它們的束縛，坐起身瞧瞧是誰膽敢打擾我。黠謀國王的弄臣坐在床邊的椅子上焦慮地望著我，我卻粗暴地瞪著他，使得他自我的目光中退縮，侷促不安的感覺籠罩著我。

弄臣應該早在幾天前就回到千里之外的公鹿堡去陪伴黠謀國王的，他離開國王身邊從不超過幾小時或一晚。因此，他在這裡準是個不祥的預兆。弄臣是我的朋友，至少是在他的怪異舉止範圍內所容許的朋友。但是，他的來訪總帶著某種目的，而此目的鮮少是微不足道或令人愉悅的。我從未見他如此疲儂。他身穿一套罕見的紅綠花斑點小丑裝，帶著鼠頭權杖，鮮豔的服飾和他蒼白的皮膚形成極怪異的對比，恰似被冬青所纏繞的半透明蠟燭。他的衣著比他本人結實，灰白的髮絲如同浸在海水般浮出帽沿，晃動的壁爐火焰在他的眼中閃爍。我揉揉砂礫般的雙眼，把些許髮絲往一旁撥開，只覺頭髮濕潤；我在睡夢中出汗了。

「喂，」我設法開口，「沒想到在這裡碰見你。」我口乾舌燥地說著。我想起自己生病了，但細節已模糊不清。

「還會在哪裡？」他悲傷地看著我。「您愈睡愈無精打采了。請躺下，陛下。我能讓您舒服些。」他近乎挑剔地拉整我的枕頭，我卻揮手請他離開。這很不對勁，因爲他對我從未如此客套。我們雖然是朋友，但他那簡潔刻薄的話語，感覺猶如半生不熟的水果。這突如其來的善意好似表達憐憫，但我一點兒也不想接受。

我低頭一瞥繡花長睡衣和華麗的床罩。它們看起來頗爲詭異，但疲憊虛弱使我想不出個所以然來。「你在這兒做什麼？」我問道。

他吸了一口氣，然後嘆著氣說道：「我在照顧您，在您熟睡時照顧您。您知道我這樣做挺愚蠢的，但我畢竟是個愚蠢的弄臣。您明知我很愚蠢，每次醒來卻問我同樣的問題。讓我提個更明智的建議：求您，陛下，讓我派人去找另一位療者來。」

我靠在因汗濕而發酸的枕頭上，心裡知道只要一開口，弄臣一定會更換枕頭，但我又會流汗把新換上的乾淨枕頭弄濕，這實在沒什麼意思。我用粗糙的手指抓住床罩，直接了當地問：「你爲什麼來這裡？」

他握著我的手，輕柔地拍道：「陛下，我對這突如其來的虛弱感到疑惑。這位療者根本幫不了您。

他的知識恐怕遠不及他的見解。」

「博瑞屈？」我滿是疑惑。

「博瑞屈？他在這裡就好了，陛下！他或許只是個馬廄總管，但我敢說他比這給您藥吃，還讓您滿身大汗的瓦樂斯郎中來得高明。」

「瓦樂斯？博瑞屈不在這裡？」

弄臣的臉更黯淡了。「他不在這裡，國王陛下。您知道，他待在群山裡。」

「國王陛下，」我說著說著就笑出來了。「如此嘲弄我！」

「不會的，陛下，」他溫和地說道。「不會的。」

他的溫和令我困惑。這些拐彎抹角的辭令、謎語般的談話、詭異的言語攻訐和雙關語，還有狡黠的羞辱，實在不像我所認識的弄臣。我忽然覺得自己像一條過度伸展且磨損的破舊繩索，但仍試著理出個頭緒。「那麼，我在公鹿堡了？」

他緩緩點頭。「那當然。」他的嘴因憂愁而緊閉著。

我沉默了，在遭遇背叛的深淵中探索。我根本還弄不清楚是怎麼回事，就這樣回到了公鹿堡，博瑞屈卻不在我身邊。

「我來幫您拿點吃的，」弄臣懇求我。「您吃飽以後總是好多了。」他接著起身。「我在幾個鐘頭以前就帶過來這個，放在爐邊保暖。」

我用疲憊的雙眼看著他。他蹲在大壁爐邊，把一個有蓋的碗從爐火邊移開。當他打開蓋子時，我聞到了濃郁的燉牛肉香，然後看著他把燉牛肉舀進碗裡。我好幾個月沒吃牛肉了，在群山只能吃些野味、羊肉和山羊肉。我用疲憊的雙眼環視整個房間，看到了沉重的織錦掛毯、厚實的木椅、壁爐的大石頭和繁複的床簾。我知道這個地方。這是國王在公鹿堡的臥房，但我現在為何躺在國王的床上？我試著詢問弄臣，卻說道：「我知道得太多了，弄臣。我再也無法讓自己蒙在鼓裡了。有時感覺就像另一個人控制我的意願，將我的心智推向我不想去的方向。我築好的牆都崩塌了，像潮汐般排山倒海而來。」我深呼吸，卻無法避開這衝擊。先是一陣淒冷的刺痛，然後感覺自己好像浸泡在湍急冰冷的水中。「漲潮了，」我氣喘吁吁地說道。「有幾艘船正在航行，是有紅色龍骨的船……」

弄臣充滿警戒地睜大雙眼。「在這個季節，陛下？當然不！不會在冬天！」

我的呼吸壓縮在胸腔裡，說話變得十分困難。「這個冬天來得太溫和了，沒有暴風雪卻也毫無屏障。看，瞧瞧那兒，越過水面，看到了嗎？它們來了，從霧中來了。」

我舉起手臂指著，弄臣匆匆走過來站在我身邊，彎腰朝我指的方向看過去，但我知道他看不見。不過，他仍忠心卻遲疑地把手搭在我削瘦的肩上，瞪大了雙眼，似乎要移除他和我視線之間的種種障礙，而我也希望和他一樣看不到這幅景象。我緊握搭在我肩上那隻修長蒼白的手，然後低頭看著自己憔悴的手，骨瘦如柴的手指戴著王室戒指，手指的關節卻腫起來了。接著，我勉強抬起頭凝視遠方。

我指著一個寧靜的港口，然後費力坐起身好看得更清楚。灰暗的城鎮漸漸在我眼前開展，房屋和道路拼貼成一幅栩栩如生的畫面，港口的霧氣十分濃密，我心想就要變天了。空氣中有某種令人不寒而慄的東西，涼了我身上的汗，也讓我渾身發抖。儘管天黑霧濃，我卻能清楚看見一景一物。我告訴自己這就是精技注視，接著卻疑惑了，只因我的精技能力向來不穩。

然而，我看到兩艘船衝破濃霧駛入沉睡的港口，讓我忘了自己精技能力的缺失。月光下有兩艘黑色的船，但我知道船的龍骨是紅色的，這就是來自外島的紅船劫匪。這些船猶如利刃般劃過海浪，在霧中昂然前進，像割入豬肚般的細刃駛進港口。船槳完美一致地靜靜移動著，槳鎖裹著碎布，不一會兒船身就大剌剌地駛入碼頭，猶如談生意的忠實商人。有個水手從第一艘船輕巧地跳上岸，將手中的繩子綁在岸邊的樁基上，另一位划手則穩住船身，直到船尾的繩子綁好之後才靠岸，一切都如此平靜公開；而第二艘船也用相同的方式進港。可怕的紅船如海鷗一般大膽地來到鎮上，停泊在受害者的家鄉碼頭上。

沒有任何哨兵叫喊，也沒有守衛吹號角，或是將火把丟到松脂上點燃信號。我尋找這些人，也立刻發現他們頭緊貼著胸膛呆站著，精緻的灰色手工毛衣因遭割喉而染成一片血紅。劫匪們靜悄悄地登陸，並且熟知每個哨崗的位置，好除掉每一位看守人，以至於無人警告這沉睡的城鎮敵人已經入侵。

鎮上沒有多少哨崗。實在很難在地圖上找到這毫不起眼的小鎮，而居民也自恃此地太過儉樸而不致於吸引劫匪入侵。這裡的確出產上好的羊毛和毛線，鎮民製作的煙燻鮭魚也很可口，嬌小的蘋果香甜芬芳，還可釀成好喝的蘋果酒，加上城鎮西部那一片風景優美的蛤蜊海灘，這些都是泥濘灣的珍寶，它們雖然微不足道，但也足以讓在此謀生的人們視若珍寶。當然，敵人犯不著用火把和利刃搶奪這些，一般人也無法想像劫匪會爲了一小桶蘋果酒，或一網架的鮭魚如此大費周章。

但是，這些紅船並不是爲了劫財奪寶或得獎的種牛而來，也不會把婦女抓來當太太，讓年輕小伙子當奴隸。就像冶煉鎮一樣，劫匪會屠宰毛皮豐滿的羊兒並且分屍，將煙燻鮭魚踩在腳下蹂躪，放火燒了儲存羊毛和酒的倉庫。是的，他們也會抓些人質來冶煉，但目的只是爲了冶煉。冶煉魔法會把他們整得不成人形，剝奪他們所有的情感和基本思緒。劫匪不會帶走人質，只會把他們留在這裡對親人發洩逐漸衰弱的痛苦。而那些被冶煉的人毫無人性，只能像狼獾般冷酷無情地橫掃家鄉和劫掠至親，這就是外島人最殘酷的武器。我對眼前的景象了然於心，只因我看過其他劫掠事件所導致的悲慘後果。

我目睹死亡的浪潮如洪水般淹沒整個小鎮。這群外島海盜從船上跳下來，川流不息地從碼頭進入村莊，無聲無息且三三兩兩在街上緩慢移動，好比酒裡擴散的致命毒藥般，有些人停下來尋找岸邊的其他船隻。大部分的船是開放式的平底小漁船，但有兩艘較大的漁船和一艘商船。船員們眨眼間就被奪去性命，像家禽在黃鼠狼進雞舍時那樣無助地嘎叫著，拍打翅膀狂亂地掙扎。水手們用血染的聲音對我高呼求救，濃霧卻貪婪地吞沒陣陣慘叫聲，讓他們的死猶如海鳥哀嚎般微不足道。接著，劫匪毫不考慮船隻本身的價值，反而無情地放火燒船，也沒帶走什麼戰利品，頂多順手撿起一堆銅幣，或者從姦淫擄掠後的屍體脖子上奪走項鍊，但似乎僅止於此。

我只能眼睜睜目睹這一幕幕慘劇，卻無能為力。我劇烈咳嗽，總算還有一口氣說話。「如果我瞭解這群劫匪就好了，」我對弄臣說。「如果我知道他們想要什麼就好了。這批紅船劫匪毫無人性，也不曝露戰爭的眞正企圖，教我們如何對抗？但是，如果我瞭解他們的話……」

弄臣噘起蒼白的雙唇思考。「他們不過是分享了指使者的瘋狂，除非您也一樣瘋狂，否則就沒辦法瞭解他們。我自己可不想這麼做，因為就算瞭解他們也不能阻止這些屠殺行動。」

「不。」我不想再看這慘遭不測的村莊，只因我見過太多相同的夢魘。但是，只有冷酷無情的人才會袖手旁觀，把這當成一齣很差勁的傀儡戲。我不願見到我的同胞死去，卻也只能這麼做。疾病纏身又殘廢的我，像個老人般苟延殘喘，早已無能為力，所以只得眼睜睜目睹這一切。

我看著小鎭從沉睡中甦醒，人們睜開眼睛就看到一隻陌生的手，抓著他們的喉嚨或胸部，或是看到伸進搖籃裡的刀，也聽見從睡夢中被拉起的孩子突發的嚎啕。整個村莊的燈火逐漸閃耀起來，有些是聽到鄰居吶喊而點燃的燭火，其他的則是火把或燃燒的房屋。雖然紅船劫匪這一年來持續恐嚇六大公國，今晚的突襲卻讓這些居民身歷其境。他們認為自己已經有萬全的準備，也聽說了那些恐怖的故事，更下定決心不讓悲劇重演。但是，房屋依舊繼續燃燒，煙霧瀰漫的夜空仍傳來陣陣尖叫聲。

「你倒說說看，弄臣，」我聲嘶力竭地問他。「告訴我，人們如何談論泥濘灣？我是指泥濘灣的冬季突襲事件。」

他顫抖地呼吸。「這可不容易，我也說不清楚。」他遲疑了一會兒。「所有的一切都在搖擺，完全變了樣。太多的人事物交織成一片混亂，陛下，而未來也將從那兒朝每個方向開展。」

「說出你所看到的。」我命令他。

「他們爲這個鎮編了一首歌。」弄臣心虛地說道。他仍緊握著我的肩膀，雖然隔著睡衣，我還是感覺得到他那修長健壯的手指是多麼冰冷。一陣顫抖穿過我們，我也感受到他費力地繼續站在我身邊。「人們在小酒館唱這首歌的時候，還會用酒杯敲桌子打節拍，看來還不錯。可想而知這些人是多麼勇敢，寧願誓死抵抗也不願投降，所以沒有人被活捉冶煉，眞的沒有人。」弄臣稍作停頓，接著用滑稽的口氣故作輕鬆地做出評論。「當然了，在你一邊喝麥酒一邊唱歌時，既看不見血也聞不到燃燒屍體的氣味，更聽不到尖叫聲，不過這都是可以理解的。您曾經試著爲『被肢解的孩子』寫篇韻文嗎？有人曾寫過『記憶中的狂野』，但這篇韻文不怎麼符合格律。」他善意的嘲弄一點兒也不有趣，苦澀的俏皮話也無法讓我們寬心。他又沉默了，我的這位囚犯註定要與我分享他對事實的痛苦認知。

我靜靜地目睹這一切。沒有任何韻文能描述父母親如何把毒藥丸放進孩子的嘴裡，以避免劫匪的迫害。沒有任何人能唱出孩子服下劇毒後的痛苦痙攣，或是慘遭姦淫的垂死婦女的悲愴，也沒有任何韻文或歌曲能刻劃弓箭手射殺被捕的親友，以免他們遭劫匪拖走的慘狀。我凝視一間燃燒中的房子，透過火焰看到房屋內部，只見一位十歲男孩露出喉嚨讓母親用刀割破，而他懷裡還抱著被自己親手勒死的小妹，只因慈愛的兄長不會把她交給劫匪或貪婪的火焰。我看到那位母親抱起孩子們的屍體走向火焰時的決絕眼神，而這樣的慘劇還是別記住的好。但是，我無法置之不理，只因我必須知道這些事情，好在日後回憶。

仍有生還者。有些人逃到鄰近的田裡或森林中，接著我看到一位年輕人帶著四個孩子躲在碼頭下面，在冰冷的水中緊抓著岸邊的樁基等待劫匪離去，其他人則在逃亡途中遇害。我看見一名身穿睡衣的女子溜到屋外，而房屋的一側早就起火燃燒了。她手中抱著一個孩子，另一個孩子抓著她的裙襬跟著她逃，雖然天色已暗，來自火燒屋的光線依然照亮了她的髮梢。她驚恐地四處張望，握在另一隻手的長刀卻已蓄勢待發。我瞥見一張堅毅不屈的小嘴，以及因憤怒而瞇著的雙眼。然後，我的眼前頓時出現火光中的一張驕傲臉孔。「莫莉！」我倒抽一口氣，向她伸出自己爪子般的手，只見她拉起一扇門，用噓聲將孩子們趕進火燒屋後面的酒窖，然後靜靜地拉下門。這樣安全嗎？

不。兩名劫匪從角落包抄而來，其中一名拿著斧頭。他們緩慢移動，並且趾高氣昂地大聲嘻笑，塗在他們臉上的煤灰讓他們的眼白更加醒目。有一位劫匪是個美女，一邊昂首闊步一邊大笑，頭髮用反射著火光的銀線綁成辮子，看起來毫不畏懼。兩名劫匪走近酒窖大門，持斧的劫匪以完美的弧度揮動斧頭朝木門砍去，此時我聽到了一個孩子驚嚇的哭聲。「莫莉！」我不禁尖叫。我蹣跚地從床上爬起來，卻沒有力氣站著，只能緩慢地爬向她。

狂笑的劫匪把門撬開。正當他們放聲大笑時，莫莉跳越殘缺的大門，拿刀刺進持斧劫匪的喉嚨把他給殺了。但那位頭髮閃著銀光的美女卻有把劍，正當莫莉使勁把刀從臨死的劫匪身上拔出來時，那把劍就落下了，落下來了。

突然間，火燒屋發出一陣尖銳的爆裂聲，房屋結構塌毀散落成片片火花，並噴出熊熊火焰。大火猶如簾子般在我和酒窖之間肆虐，熊熊烈火也阻擋了我的視線。大火在劫匪攻擊時燒到酒窖裡去了嗎？我根本看不見，只能往前撲向莫莉。

但頃刻間這一切都結束了。沒有火燒屋和遭掠奪的城鎮，也沒有人入侵港口，更沒有紅船，只有蜷伏在壁爐邊的我。我先前已將一隻手伸進爐火中，手指還緊握一塊煤炭，弄臣喊了一聲就抓住我的手腕，將我的手從爐火中拉出來，我卻甩開他的手，眼神呆滯地看著起水泡的手指。

「國王陛下。」弄臣一臉哀愁。他跪在我身旁，小心翼翼地把那碗湯移到我的膝蓋旁邊，接著把一條餐巾放進一杯配餐酒裡沾濕，用潮濕的餐巾包住我的手指，而我也隨他去，只因我受重創的內心早已感覺不出皮膚被燒傷了。他憂愁地凝視著我，我卻幾乎看不到他，只因他此刻像個虛幻的東西，黯淡的眼神透出搖晃的爐火，而這個陰影就像其他陰影般不斷折磨我。

燒傷的手指頭忽然抽動，我得用另一隻手緊握它們。我做了些什麼，又想了些什麼？精技像病發似的來得快去得急，讓我感覺自己像只空杯子般乾枯且渾身疲憊，痛苦卻像騎馬似的駕馭我的病體，使得我不得不費力回想剛才的景象。「那名女子是誰？她很重要嗎？」

「這個嘛！」弄臣看起來更累，卻仍使勁兒地打起精神。「在泥濘灣的女子？」他稍作停頓，看起來像絞盡腦汁思索。「不。我不知道。這是淌渾水，國王陛下，而且很難理解。」

「莫莉沒有孩子，」我告訴他。「不會是她。」

「莫莉？」

「她名叫莫莉？」我問道，接著頭部一陣抽痛，憤怒的情緒排山倒海而來。「你為什麼如此折磨我？」

「陛下，我可不知道什麼莫莉。來吧！回來躺在床上，我會帶點東西給您吃。」

他幫我把雙腳抬到床上，而我也任由他這麼做。我又有聲音了，感覺飄飄然，視線一下清晰、一下模糊。我時而感覺到他的手在我臂上，下一刻又好像在作夢，房間和在房裡交談的人們現身夢境，於是我勉強開口。「我必須知道那人是不是莫莉，我得知道她是否即將死去。弄臣，我必須知道。」

弄臣深深嘆了一口氣。「這不是我所能控制的，國王陛下。您知道，就像您的視線一樣，我的視線支配著我，而不是我支配它。我無法從織錦掛毯抽出一條線，卻非得順著我的視線向前看。至於未來，國王陛下，就像河床中的一道水流。我無法告訴您某一滴水的去處，但是可以告訴您哪裡的水流最強。」

「泥濘灣的那名女子，」我很堅持，雖然有些同情這可憐的弄臣，卻依然堅持己見。「如果她不是那麼重要，我就無法看得這麼清楚。試著想想看，她是誰？」

「她很重要？」

「是的，我很確定。喔，的確如此。」

弄臣盤起雙腿坐在地板上，細長的手指輕推太陽穴，好像在開門。「我不知道，我不懂……這眞是一淌渾水，處處曲折離奇。足跡都被踐踏，氣味也消散了……」他抬頭看著我。我終於站起來了，只見他正坐在我的腳邊仰望著我，蒼白的雙眼在蛋殼般的臉上瞪得大大的，然後放鬆眼神傻笑著，把鼻子靠在權杖的鼠鼻上思考。「你認識叫莫莉的女子嗎，鼠兒？不認識？我想也是。或許他應該問問其他消息靈通的人，或許應該問問蟲子。」他發出一陣咯咯的傻笑。眞是個沒用的東西！只說得出謎語般的預言。也罷，他就是這樣。我離開他慢慢走到床邊坐下來。

我發覺自己像打寒顫般地發抖著，這下子又要病發了。我必須穩住自己，否則可就眞的會發作。我希望弄臣看著我痙攣和喘氣嗎？我不在乎，眞的不在乎了，只想得知那人是不是莫莉。如果是的話，她是否已經死了？我必須知道，我一定要知道她是死是活，如果她死了的話，是怎麼死的。對我來說，從來沒有一件事情像確認她的生死這般重要。

弄臣像一隻蒼白的癩蛤蟆蜷伏在毛皮地毯上，舔著雙唇對我微笑。痛苦有時還眞能讓人擠出這樣的微笑。「這是一首歡樂的歌曲，關於泥濘灣的歌，」他對我說。「一首勝利之歌，村民贏了，您看。他們沒有贏得生命，但是死得乾淨俐落。對了，反正就是死亡，是死亡而不是遭冶煉，至少還是個成就。在此時正適合傳頌這樣的事蹟，並且把握這份感受，因爲這就是六大公國的現況。我們殺害至親以免他們落入劫匪手中，然後高唱勝利之歌。當人們把握不住任何東西，他們就會在讓人驚訝的地方尋求安慰。」

我的視線逐漸柔和，頓時明白自己夢到了什麼。「我根本不在這裡，」我昏沉沉地說道。「這是一場夢，我夢到自己是黠謀國王。」

弄臣朝著火光伸出他那骨瘦如柴且蒼白的手。「如果您這麼說，國王陛下，那就是了，我也夢到您是黠謀國王。如果我捏捏您，或許就能確定吧！我該叫醒我自己嗎？」

我低頭看著自己蒼老且傷痕累累的雙手，然後把手合起來，望著如紙的皮膚下遍布的靜脈血管和肌腱，感覺腫脹發抖的指根關節。我自顧自地想著自己已經是個老人了，而且眞正感覺老化。這不是生病，因爲病會痊癒。這是老化。每過一天就更加困難，每個月就是身體的另一個負擔，每一件事情也都偏離正軌運轉。我想到自己才十五歲而已，此時卻聞到血肉和髮絲燃燒的焦味。不，是香噴噴的燉牛肉。不，是姜萁燻藥草的香爐。這些混在一起的味道令我作嘔，也讓我忘了自己是誰，更不知道哪些事情才是重要的。我胡亂思索這鬆散的邏輯，試著理出頭緒，卻無濟於事。「我不知道，」我喃喃自語。「我不明白這一切。」

「喔，」弄臣說道。「就像我跟您說的，唯有當您成爲您想要瞭解的東西，您才能眞正明白。」

「你的意思是，我得成爲黠謀國王？」我問道。我簡直震驚到極點，只因我從未見過如此狼狽的黠謀國王，不但要承受年老病痛的折磨，還得面對他的人民所有的痛苦。「這就是他日復一日所必須承受的嗎？」

「恐怕是的，陛下。」弄臣輕柔地回答。「過來，讓我扶您躺回床上。當然，您明天就會覺得好多了。」

「不。我倆都知道我不會康復的。」我沒說出這些嚇人的話，這是從黠謀國王的口中說出來的，我聽到了、也明白這是他每天必須面對的殘酷現實。我疲憊不堪，身上每個部位都異常疼痛，我從來不知道肌肉會變得如此沉重，就連彎曲手指都是如此痛苦費力。我只想休息，再度沉沉睡去。這到底是我，還是黠謀？我應該請弄臣扶我到床上，讓國王休息，但是弄臣仍握著那關鍵性的訊息，眞是令我咬牙切齒。他變了個戲法，把我僅需的一絲消息帶走，讓我無法得知事情的眞相。

「她死了嗎？」我問道。

他憂傷地看著我，忽然停下來再度拾起鼠頭權杖，只見一小滴珍珠似的淚珠滑過鼠兒的臉頰。他注視著鼠兒，然後眼神又游離了，在一片痛苦之境來回飄蕩，接著輕聲說道，「在泥濘灣的女子，如大海撈針般在泥濘灣尋找一名女子。她的命運如何？她死了嗎？是的。不。嚴重燒傷但依然活著。她的手臂被砍斷，同時在劫匪殺害她的孩子時被逼到角落強暴，但總算還活著。」弄臣的眼神更空洞了，並且照本宣科般地說話，聲音毫無仰揚頓錯。「當火燒屋的殘骸掉落在她身上時，她和孩子們被活活燒死。在丈夫叫醒她時服毒自盡、被煙嗆死，幾天之後因劍傷感染而死、被劍刺死、遭強暴時被自己的血悶死、在劫匪砍掉門並殺害孩子之後割喉而死。劫後餘生，在第二年夏天她產下劫匪的孩子，幾天後被人發現流落街頭，身上有嚴重的燒傷，也記不起任何事情了。她的臉被燒得毀容了，雙手也被砍斷，卻還活了一陣子……」

「夠了！」我命令他。「夠了，我求求你，夠了！」

他稍作停頓吸了一口氣，眼神移回我身上並注視著我。「夠了？」他嘆了一口氣，用雙手遮住臉，然後透過手指頭說話。「夠了？那麼就讓泥濘灣的婦女繼續尖叫吧！但慘劇已經發生了，我的陛下。我們無法阻止已經發生的事情，而且事情過去之後就來不及了。」他把臉從雙手中抬起，看來十分疲倦。

「求求你，」我向他請求。「難道你不能說說我看到的那名女子？」我忽然忘了她的名字，只知道她對我來說很重要。

他搖搖頭，帽子上的小銀鈴發出微弱的聲響。「只有到那裡才能查明眞相。」他抬頭望著我。「如果這是您的命令，我必然照辦。」

「我們的士兵無法及時趕來停止這場突襲，」他提醒我。「只能幫忙滅火，協助居民從一片殘破中重建家園。」

「傳喚惟眞過來，」我改口了。「我要給他指示。」

「那麼，他們應該這麼做。」我的語氣很沉重。

「讓我扶您躺回床上，國王陛下，否則您會著涼的。讓我帶點吃的給您。」

「不用了，弄臣，」我憂愁地告訴他。「孩子們屍骨未寒，我卻在這裡吃東西取暖？把我的長袍和高統靴拿來，然後去把惟眞找來。」

弄臣勇敢地堅持立場。「您覺得讓自己不舒服，就能替一個孩子多留一口氣嗎，我的陛下？泥濘灣的慘劇已成事實，您爲什麼還要受折磨？」

「我爲什麼還要受折磨？」我對弄臣微微一笑。「在今夜的濃霧中，泥濘灣的每一位居民也提出相同的問題。我的弄臣，我受折磨，只因他們正在受折磨，只因我是他們的國王。我更是一個有血有肉的人，也親眼目睹那裡發生的一切。想想看，弄臣！如果六大公國的每一個人都對自己說，『好吧！最壞的事情都發生在他們身上了，那我何苦放棄自己的食物和溫暖的被窩來關心這件事？』弄臣，我身上流著瞻遠家族的血，而他們是我的子民。我今晚受的折磨會比他們多嗎？一個人的痛苦和顫抖，怎麼可以和在泥濘灣發生的慘劇相比？我憑什麼可以在人民像牛一樣遭受屠宰時，還安穩地躲在這裡？」

「我只需對惟真王子說這兩個字眼，」弄臣又和我爭論。「『劫匪』和『泥濘灣』，他就會知道該知道的事情。讓我扶您躺回床上，陛下，然後我就會衝出去告訴他這些。」

「不！」一陣痛苦如雲朵般在我的腦後逐漸成形，我試著將意識從思緒中推開，我強迫自己走向壁爐邊的椅子，然後吃力地坐下來。「我在年輕的時候竭盡心力防守六大公國邊界，讓國土不受外人侵犯。難道我這支離破碎的痛苦生命，此時此刻卻變得珍貴了起來？不，弄臣。立刻把我的兒子找來，他應該代替我技傳，因爲我今晚已經沒有力氣了。我們能一起思考所見所聞，然後決定該怎麼辦。現在就去，去啊！」

弄臣的雙腳踩在石板地上，啪答啪答地跑出房間。

我又獨自一人了，房裡只剩我和我自己。我把雙手放在太陽穴上，而當我找到自己的時候，臉上就露出一抹痛苦的微笑。*小子，你在這裡啊！*黠謀國王慢慢地把注意力轉移到我這裡，他雖然很累，卻不忘運用精技觸碰我的心靈，感覺如同輕吹蜘蛛網般細柔。我笨拙地開啓我自己，企圖完全連結彼此的技傳，卻還是徒勞無功。我們的接觸中斷，像一塊破布般支離破碎，然後他就不見了。

我獨自蹲在群山王國裡的臥房地板上，感覺自己太接近爐火了。我當時十五歲，身上的睡衣既柔軟又乾淨。壁爐裡的爐火燃燒殆盡，我燒傷的手指猛烈地抽動，技傳導致的頭痛開始在我的太陽穴中跳動。

我緩緩移動，小心翼翼地起身。像個老人？不。像個逐漸康復的年輕人，而我終於明白了這樣的差異。

我那柔軟潔淨的床鋪，像個柔軟潔淨的明天般呼喚著我。

我拒絕了它們，反而坐在壁爐邊的椅子上凝視火焰，一邊思索著。

當博瑞屈在破曉時分過來向我道別時，我已經準備好和他一同騎馬上路。

2

歸鄉

公鹿堡俯瞰六大公國地勢最佳的深水港口之上，北方的公鹿河流入海中，大多載運著從內陸公國提爾司和法洛出口的貨物。城堡矗立在陡峭的黑色懸崖上，俯視著河口、港灣和海洋。位在懸崖上的公鹿堡城地勢險峻，不受河水氾濫的侵襲，因此有好一大片地區用來建造港區和碼頭。原本的堡壘是原住民所建的木造結構，用來抵擋外島人的突襲。它曾遭一位名叫征取者的海盜攻占，而他也因爲攻占行動而成爲此地的居民。他用採集自懸崖的黑石築城牆和高塔，取代了原本的木造結構，公鹿堡的地基也在這過程中深陷石頭裡。接著，一代又一代的瞻遠家族讓城牆愈來愈堅固，高塔也愈來愈壯大結實。自瞻遠家族的創始人征取者以來，公鹿堡從未遭敵人攻陷。

白雪親吻著我的臉，風將我的髮絲從前額往後吹拂。我從一場黑暗的夢境進入另一個更黑暗的夢，然後進入一片森林冬景。我覺得很冷，只有馬兒因緩緩前進所產生的體溫讓我覺得暖和些。煤灰遲鈍地帶著我穿過風雪，蹣跚而行，讓我感覺自己已經騎了好長一段路。馬僮阿手騎在我跟前，只見他掉過頭來對我喊了幾句。

煤灰穩穩地停下來，但這可出乎我意料之外，我差點兒就從馬鞍上滑下來。我抓著牠的鬃毛穩住自己，緩緩飄落的雪花覆蓋了我們周圍的森林。雲杉樹上有層厚厚的積雪，而枝葉纏繞的白樺，在冬雲密布的月光裡形成赤裸的黑色剪影。厚實的林木圍繞著我們，完全看不到有路可走。阿手在我們跟前用韁繩勒住他那匹閹馬，所以煤灰才停了下來。當了一輩子馬伕的博瑞屈，在我身後駕輕就熟地騎著他的花毛母馬。

我覺得很冷，全身虛弱得發抖。我眼神呆滯地望著四周，納悶我們爲什麼突然停下來。寒風猛烈地吹著，我潮濕的斗篷拍打著煤灰的側腹。這時，阿手忽然伸手指著前方。「那裡！」他回頭看我，「你看到了嗎？」

我俯身向前，透過如蕾絲窗簾般飄揚的雪凝視遠方。「我想是吧！」風雪吞沒了我虛弱的回應。不一會兒我就看見一絲靜止的黃色微光，不像總是在我視線中飄移不定的藍色鬼火。

「你想那是公鹿堡嗎？」阿手在起風時喊著。

「沒錯，」博瑞屈平靜地回答，深沉的語調輕而易舉地傳進我的耳朵裡。「我知道我們現在在哪裡。這是惟真六年前殺掉那頭母鹿的地方，我記得牠因中箭而驚跳起來，然後就跌進小峽谷裡去了，所以我們只得使勁兒走下峽谷把鹿肉裝好帶走。」

他說的那個小峽谷，在風雪中看起來不過是一小團樹叢，但我頓時就看清楚眼前所有的景象。我看著這山坡的地形、樹種和那個小峽谷，就知道朝那個方向走就可以到達公鹿堡，只要再騎一小段路，就看得見矗立在懸崖上的城堡，俯視著下方的海灣和公鹿堡城。這些日子以來，我第一次完全確定我們所在的位置。雲層密布的天空讓我們無法透過觀星來辨認方向，異常深厚的積雪也改變了地形，就連博瑞屈也沒辦法確定方位，但我現在知道家不遠了，在夏季時只要再騎短短的一段路就到了。即使風雪會讓旅途更加漫長，我依然下定決心繼續前進。

「不遠了。」我告訴博瑞屈。

阿手已經上路了，騎著他那匹矮胖的閹馬勇敢前行，衝破厚厚的積雪替我們開路。我輕推著煤灰，讓這批高大的母馬不情願地踏出步伐。當牠走下山丘時，我就滑到另一邊去了，只得胡亂抓著馬鞍試著坐穩。此時博瑞屈輕推他的馬兒和我並肩而行，伸手抓住我的後領把我的身子拉直。「不遠了，」他同意我的說法。「你辦得到。」

我點點頭。這是他過去一小時中第二次出手穩住我，我卻苦澀地告訴自己，今晚的狀況比以往好些了。我在馬鞍上坐穩，把身子拉得更直，接著毅然決然地挺起肩膀。快到家了。

這是個冗長的旅途。天氣很差，持續的艱苦對我的健康一點幫助也沒有，旅途的種種好似一場黑暗的夢。我騎著馬日復一日地前進，幾乎看不見前方的道路。晚上我就睡在小小的帳篷裡，躺在阿手和博瑞屈中間，疲累顫抖到無法入睡。當我們快接近公鹿堡時，我以爲路途應該會變得平順些，也沒把博瑞屈的提醒當回事。

抵達涂湖時，天色已經暗了，於是我們找了間客棧住了下來。我以爲隔天要搭河上的駁船，即使公鹿河沿岸會結冰，但強烈的暖流讓運河終年不結冰。我早已精疲力竭，於是直接走進房間休息。博瑞屈和阿手都期待著熱騰騰的食物和他人的陪伴，更別說麥酒了。我原以爲他們不會很快回房來，但不到兩個小時他們就雙雙進房準備就寢了。

博瑞屈安靜而令人生畏，等他就寢後，阿手就躺在床上悄悄告訴我這裡的鎮民是如何批評國王。

「要是他們知道我們來自公鹿堡，恐怕就不會暢所欲言了。所幸我們這身群山裝扮，讓他們以爲我們是做生意的商人。有好幾次我都覺得博瑞屈會跟他們起衝突，但我不知道他後來是怎麼克制住自己不發脾氣。所有人都抱怨爲什麼要繳稅來防守海岸，冷嘲熱諷地說著即使他們拚命繳稅，劫匪還是出乎意料地在秋天抵達，天氣好時還多燒了兩個城鎮呢！」阿手停頓一下，接著用不確定的語氣繼續說下去，「但他們可大大地誇獎帝尊王子一番。帝尊王子陪同珂翠肯公主回公鹿堡前路經此地時，有位坐在桌邊的仁兄就說她可眞像是條大白魚，能嫁給海岸國王剛剛好。另一位仁兄則說帝尊王子至少能在艱苦中振作，而且看起來更有王子的樣，然後他們就舉杯祝福王子身體健康、長命百歲。」

我只覺得渾身一陣寒冷，然後輕聲回答，「這兩個冶煉鎮，你可有聽到是哪兩個地方？」

「畢恩斯的鯨顎鎭和公鹿堡這裡的泥濘灣。」

我周遭的黑暗更顯深沉，而我望著它徹夜未眠。

我們隔天早上離開涂湖，騎著馬橫越山嶺。博瑞屈不讓我們走大路，就算我抗議也無濟於事。他聽完我的抱怨，就把我帶到一旁凶巴巴地問我，「你不想活了嗎？」

我面無表情地看著他，只見他一副嗤之以鼻的神情。

「蜚滋，事實就是事實，你仍然是個皇家私生子，而帝尊王子也還是把你當成障礙，他不只一次試著除掉你，難道你認爲他會歡迎你回到公鹿堡？不。對他來說，我們最好永遠都別回來，所以我們最好別讓自己成爲明顯的目標。我們要橫越山嶺回去，如果他或他的手下想逮到我們，就得穿越森林追捕我們，但是他根本不是當獵人的料。」

「惟眞不會保護我們嗎？」我虛弱地問。

「你是吾王子民，而惟眞是王儲，」博瑞屈簡短指出。「是你要保護王儲，蜚滋，而不是他來保護你。他不是不關心你，他也想盡力保護你，但他有更重要的事情要處理。紅船劫匪、新婚妻子，還有處心積慮想竄奪王位的弟弟。所以，別指望王儲會照顧你，自己好好照顧自己吧！」

而我只想到他在拖延我尋找莫莉的時間，但我可不會這麼說，也沒把我的夢告訴他，反而說，「除非帝尊發瘋了，否則他不會再追殺我們，因爲如此一來人人都會知道他是個凶手。」

「不是發瘋，蚩茲，而是冷酷無情。帝尊就是那樣，可別指望他會像我們一樣遵守遊戲規則，或者和我們一樣理性思考。如果帝尊逮到除掉我們的機會，他就會毫不遲疑地動手，而且因爲沒人握有證據，他也不在乎遭到懷疑。惟眞是我們的王儲，而不是國王，至少目前還不是。只要黠謀國王還活著而且仍在位，帝尊就會想盡辦法躲過他父親的耳目。你很難制裁他，甚至連他犯下謀殺罪，都一樣可以逍遙法外。」

博瑞屈勒馬走離足跡遍布的道路，朝著沒有路標的積雪山坡移動，走出一條通往公鹿堡的路。阿手像生了病似的看著我，但無論如何我們必須跟上。我們並沒有在客棧裡過夜，而是一起縮在帳篷裡取暖，這時我就會想到帝尊。每一步通往山坡的艱困步伐，都讓我們的馬兒更加奮勇向前，在謹愼地踏出每一步下坡路時，都讓我想到這位最年輕的王子。我回憶著和莫莉相處的每一個小時，只有在白日夢裡把帝尊打成殘廢才會讓我精神一振。我無法立誓報復，只因報復是國王特有的尊榮，但如果我不報復，帝尊就不會滿足。我會回到公鹿堡，在他面前直挺挺地站著，而當他用黑色雙眼看著我時，我將不退縮。我也發誓不讓帝尊看到我發抖或靠在牆上站著，更不會在我眼冒金星時伸出手。他絕對想不到他差這麼一點點就贏了。

我們不走風大的沿海道路，而是騎馬穿越堡壘後面林木茂密的山坡，就這樣回到公鹿堡。雪愈下愈小，接著就停了。夜風把雲吹散，皎潔的明月將公鹿堡的石牆照得黑亮，猶如閃爍在海面上的烏黑光點。黃色的光芒照耀著砲塔和旁邊的側門。「我們到家了。」博瑞屈平靜地說道。我們騎著馬走下最後一個山坡，終於回到路上，然後往公鹿堡宏偉的城門而去。

一位年輕士兵站夜崗。他把長槍朝下擋住我們，要我們報上名來。

博瑞屈把兜帽從臉上向後推，這小子卻一動也不動。「我是馬廄總管博瑞屈！」博瑞屈難以置信地看著他。「我擔任馬廄總管的時間可比你活著的時間還長，我才要問你在我的城門這兒做什麼！」

這緊張不安的小子還來不及開口回答，一大群士兵就從衛兵室蜂擁而上。「是博瑞屈！」守衛中士高興地喊著。博瑞屈立刻成爲這群人矚目的焦點，大家拚命喊叫和打招呼聊天，阿手和我就在一片騷動中把累壞了的馬兒安置在一旁。這位名叫布雷德的守衛中士終於叫大家安靜下來，好讓自己有機會發表感言。「我們本想等到春天再去找你，」這名魁梧的老兵宣稱。「但是當時卻有人告訴我們你恐怕已經面目全非了……不過你看起來挺好的嘛，眞的。有點冷酷、穿得像外地人、有一兩道疤痕，就這樣。我們聽說你傷得很重，而那位私生子似乎死於中毒或瘟疫，都是些謠言啦！」

博瑞屈笑著伸出手臂，看來大家應該都很欣賞他這身群山風格的裝扮。有好一會兒我看著別人眼中的博瑞屈，望著他一身紫黃襯墊長褲、罩衫和高統靴。我不再納悶爲何會在城門遭遇刁難，但仍對謠言感到疑惑。

「誰說私生子死了？」我好奇地問道。

「你哪位？」布雷德反問。他瞧瞧我的衣著，又看著我的眼睛，顯然認不出是我。但當我在馬上挺直身子的時候，他就認出來了。直到今日，我仍相信他是因爲煤灰而認出我。只見他還是一臉驚訝。

「蜚茲？我都認不出你了！你看起來活像感染血瘟。」這些認識我的人一定覺得我看起來糟透了。

「是誰說我中毒或感染瘟疫？」我平靜地重複問道。

布雷德有些退縮，也收回詫異的眼神。「喔，沒有啦！嗯，應該不是某個人放話，你知道的。因為你沒有跟其他人一起回來，嗯，有些人就開始懷疑這、懷疑那的，然後這些揣測似乎就成了事實。謠言滿天飛，守衛室裡從不安寧，士兵們也都在八卦著這些事。我們只是納悶你為什麼沒回來，如此而已。沒人相信那些謠傳，但卻把謠言一傳再傳，連閒話都變得不可信任。我們只是納悶你、博瑞屈和阿手為什麼沒跟回來。」

最後他終於明白自己只是不斷重複之前的言論，於是他在我的凝視下沉默了。我讓這沉默延伸，表明了我不想回答這問題，然後聳聳肩不置可否。「沒事，布雷德。但是你可以告訴大家，這私生子還活得好好的，你應該知道無論是瘟疫或中毒，博瑞屈都會醫好我。我好得很，只是看起來像行屍走肉。」

「喔，蜚茲，小子，我不是那個意思，只是……」

「我已經說了，沒事，你就別在意了。」

「好的，大人。」他回答。

我點點頭，博瑞屈卻用怪異的眼神望著我。我和阿手面面相覷，他也是一臉詫異，而我卻猜不出原因。

「那麼，晚安了，中士，別拿著長槍指責屬下了，他不過是克盡職責，防止陌生人闖入公鹿堡城門罷了。」

「是的，大人。晚安，大人。」布雷德生硬地對我敬禮，雄偉的木製城門接著在我們眼前敞開，迎接我們進入公鹿堡。煤灰抬起頭，也變得更有精神，我身後阿手的馬兒嘶嘶叫著，博瑞屈的馬兒則噴著鼻息。我從來沒有像現在一樣，感覺從城牆到馬廄的路竟是如此漫長。阿手下馬之後，博瑞屈抓住我的袖子把我拉回來，阿手則招呼著幫我們點燈的疲倦馬僮。

「我們在群山王國待了好一段時間，蜚茲，」博瑞屈低聲提醒我。「在那兒，沒人在乎你的出身，但是我們現在回家了。在這裡，駿騎的兒子不是王子，而是個私生子。」

「我知道，」他的直接了當讓我楞住了。「我這輩子可都忘不了，時時刻刻惦記著呢！」

「的確。」他表示贊同，但臉上卻浮現出一抹怪異的神情，然後半是懷疑、半是驕傲地微笑。「那你爲什麼要布雷德向你報告？你爲什麼要像駿騎一樣俐落地發號施令？我幾乎不敢相信自己的眼睛。你說話的神情還有他們亦步亦趨的樣子，眞讓我嚇一跳，你也根本沒注意到他們怎麼回答你，更沒發覺你就那麼理所當然代我下令了。」

我的臉紅了起來。群山王國的人確實把我當成眞正的王子款待，而不把我當成私生子。難道我這麼快就習慣了高高在上？

博瑞屈笑著觀看我的表情，但隨即又嚴肅了起來。「蜚茲，你要更小心點。把你的眼神放低，別像駿馬般抬頭挺胸。帝尊會把這當成是你對他下的戰帖，但我們可沒準備應付這樣的狀況。時候未到，或許永遠都不會到。」

我嚴肅地點點頭，望著馬廄庭院中滿是腳印的積雪。我的確太大意了，要是被切德知道，他一定會非常不滿，而我毫不懷疑他在召見我之前，就會知道在城門發生的一切。

「別像個懶鬼一樣，下來，小子。」博瑞屈忽然打斷我的冥想。我從他的語氣中感受到，他也在重新調整自己在公鹿堡的身分地位。我當了他多少年的馬僮和跟班了？我知道我們最好盡快恢復原狀，人們才不會在廚房裡說閒話。我下馬牽著煤灰，跟隨博瑞屈走進他的馬廄。

這裡面既溫暖又熟悉，冬季的寒冷陰暗都讓外面厚厚的石牆給擋住了。這裡是家，油燈散發著暈黃的光芒，柵欄裡的馬兒也緩慢深沉地呼吸著。但是，當博瑞屈經過的時候，整個馬廄又活絡了起來，馬兒和狗兒們一聞到他的氣味就興奮地打招呼。馬廄總管回家了，接受他最親近的同伴們熱烈的歡迎。兩位馬僮很快就跟上我們，不約而同急切地報告關於獵鷹、獵犬或馬兒的新鮮事。博瑞屈在此指揮大局，胸有成竹地點點頭，在聆聽的同時簡練地提出一兩個問題，而他的威嚴只有在老母狗母老虎出來迎接他時才消失無形。他單腳跪著用力地抱住牠，而牠就像小狗般搖搖尾巴舔著他的臉。「眞是隻乖狗兒！」他對愛犬打完招呼後就站起來繼續巡視，只見牠搖著尾巴愉快地跟著他。

我緩慢地跟在後頭，這份溫情讓我更加四肢無力。一位馬僮趕緊回頭留給我一盞提燈，然後快速地上前陪伴博瑞屈。我走到煤灰的廄房前拉開門閂，牠就迫不及待地走進去，噴著鼻息表達感激。我把提燈放在架子上看著四周。家。這兒眞的是家，比我在城堡中的房間還親切，也比世界上任何地方都溫暖。這是博瑞屈馬廄裡的一個廄房，我就這樣安全地待在他的地盤上，變成他所照顧的動物之一。如果我能讓時光倒流，鑽進草堆用馬兒的毯子蓋住頭，該有多好。

煤灰又噴著鼻息，只是這一次牠在責備我。牠這些日子以來載著我跋山涉水，也該讓牠過過舒服的日子。但是，我麻木疲累的手指卻撥不動牠身上的每個釦環，只得從牠背上拉下馬鞍，幾乎失手讓它掉到地上。我胡亂摸著牠的鞍轡，閃閃發亮的釦環在我的眼前舞動。最後，我索性閉上眼睛，單靠記憶來幫牠取下鞍轡。當我張開雙眼時，阿手出現在我的手邊，我對他點點頭，鞍轡就從我毫無生氣的手中滑落。他看著鞍轡卻不發一語，反而幫煤灰倒了一桶他剛打回來的水，幫牠張羅燕麥，還拿來了一大捆鮮綠的甜乾草給牠吃。我有氣無力地拿下煤灰的毛刷，而他伸手把刷子接過去。「讓我來。」他平靜地說道。

「先照顧好你自己的馬。」我責備他。

「我的馬已經安頓好了，蜚茲。你看，你沒辦法好好照顧牠，還是讓我來吧！你幾乎站不直，休息一下吧！」他幾近和藹地對我說。「我們下次騎馬的時候，你再爲我一展身手吧！」

「如果我讓別人照顧我的動物，博瑞屈可會引以爲恥的。」

「不，他不會的。他不會讓一個自己都站不穩的人來照顧動物。」博瑞屈從廄房外觀察我們。「把煤灰交給阿手，小子，他知道自己該做什麼。阿手，管管這裡的事情吧！等你安頓好煤灰之後，就去看看馬廄南端那匹斑點母馬。我不知道牠是誰的馬或打哪兒來，但是牠好像病了。如果你發現牠眞的病了，就交代馬僮把牠和別的馬隔離開來，然後用醋消毒廄房。我帶蜚茲駿騎回房休息，然後馬上幫你帶點吃的回來，等下就在我的房裡用餐。對了，找一位馬僮幫我們生火，或許房間跟洞窟一樣冷。」

阿手點點頭，繼續忙著照顧我的馬兒，只見煤灰的鼻子沾著燕麥片。此時，博瑞屈拉起我的手臂。

「來吧！」他好像在和馬兒說話般地對著我說。我不情願地靠在他身上，走過一列列長長的廄房，然後他在門邊拿起一盞提燈。馬廄的溫暖讓這夜晚顯得更加寒冷漆黑，而當我們沿著冰凍的小徑走向廚房時，又下雪了。我的心隨著雪花暈眩地漂泊著，不確定自己的腳到底在哪裡。「全都變了，從今以後都變了。」我對著夜空說話，這些話卻隨著飄落的雪花飛逝。

「什麼變了？」博瑞屈謹愼地問道，語氣中透著憂慮，可見他擔心我又要發燒了。

「每件事情。你如何對待我，或許你沒想過；還有阿手如何對待我……兩年前我們還是朋友，只是兩個在馬廄工作的小伙子。他從來沒有幫我的馬兒刷過毛，但是他今晚對待我的態度，好像在照顧一個虛弱病重的人，一個連他都沒辦法辱罵的人。看來我似乎應該等著他幫我做那些事情。城門守衛認不出我。甚至連你都是，博瑞屈；半年或一年前，如果我生病了，你會把我拉到你的住處，像治療獵犬般醫治我，根本不容許我有任何抱怨。現在你卻這樣帶我走到廚房門口，還……」

「別再嚷嚷了！」博瑞屈粗暴地制止我。「別再抱怨了，也別再自艾自憐了。如果阿手像你現在這樣，你也會為他做相同的事情。」他繼續說著，似乎很不情願，「時間過得很快，所以事情都變了。阿手還是你的朋友，只是你已不再是秋收時離開公鹿堡的那個小子了。當時的蜚茲還是惟真的跑腿，也是我的馬僮，但僅止於此。沒錯，你是個皇家私生子，但是除了我之外，沒有人覺得這有什麼了不起。但在群山王國的頡昂佩，你的表現可大大超越了你的身分。無論你是否臉色蒼白，還是騎了一整天的馬而四肢無力，都無法掩飾。你的舉止就像駿騎的兒子般得體，充分顯現出你的風度儀態，所以那些守衛才會對你行禮如儀，還有阿手也是。」他吸了一口氣稍事停頓，用肩膀推開厚重的廚房大門。「還有我，願艾達幫助我們。」他喃喃地補充道。

他接下來的行動卻和先前的話相互矛盾。他把我帶進廚房對面的守衛室，把我一個人丟在那裡，讓我只得坐在破舊木桌邊的長凳上。這守衛室的味道真令人感到舒適，不論是身上沾滿污泥、冰雪，或是酒醉的士兵，在這裡都會覺得很舒服。廚師總是在爐火上留下一鍋燉肉，麵包和乳酪也在桌上等著，當然還有從儲藏室裡拿出來的黃夏奶油厚片。博瑞屈替我們舀了兩碗熱騰騰的香濃大麥粥，還倒了兩杯冰涼的麥酒搭配麵包、奶油和乳酪。

我有好一會兒只是呆望著桌上的食物，疲憊地連湯匙都拿不動，但陣陣香味誘惑著我勉強吃了一口，然後我就開始大快朵頤了。吃到一半的時候，我停下來脫掉肩上的罩衫，接著撕下厚厚的一片麵包。我吃著第二碗大麥粥，然後抬頭看到博瑞屈興味盎然地望著我。「好一點沒？」他問道。

我停下來想著他的問題。「好些了。」我感覺很溫暖，也吃得很飽，雖然很累，卻是個很棒的疲倦感，只要好好睡一覺就可消除疲勞。我舉起手仔細端詳，仍然感覺陣陣顫抖，但已經看不太出來了。「好多了。」我起身站直。

「你可以去見國王了。」

我不可置信地瞪著他。「現在？今晚？黠謀國王早就睡了，他的房門守衛可不會讓我進去。」

「或許不會。但是今晚你至少得在那兒露個臉，讓國王自己決定何時見你。如果你見不到他，就可以回來睡覺了。但我打賭就算黠謀國王不見你，王儲惟眞還是會想聽聽你的報告，或許現在就想聽。」

「你要回馬廄嗎？」

「當然。」他自顧自地露出得意的笑容。「我嘛，只是個馬廄總管，蜚茲。我沒什麼可報告的，而且我答應阿手要幫他帶吃的回去。」

我沉默地看著他裝滿一盤子的食物。他把麵包切成一長條蓋住兩碗粥，也切了一大塊乳酪，還在旁邊塗上一層厚厚的黃奶油。

「你覺得阿手如何？」

「他是個好孩子。」博瑞屈勉強回答我的問題。

「他在你眼中應該不止是個好孩子而已。你讓他和我們一起待在群山王國，然後和我們一道騎馬回來，卻讓其他人跟著車隊先回來。」

「我需要個夠沉穩的人來幫我，因爲你當時……病得很重，而且老實說，我的狀況也不太好。」他舉起手撫摸黑髮中的一綹白絲，那致命的一擊幾乎讓他送命。

「你怎麼會選中他？」

「其實不是我選他，而是他找上了我。他找到我們住的地方，接著就和姜其交涉，而我當時還綁著繃帶，雙眼也無法集中視線。與其說我看到，還不如說我感覺到他站在那兒。我問他需要什麼，他就說我應該找個管事的人，因爲我病了，柯布也死了，馬廄裡的幫手也愈來愈懶散。」

「他的看法讓你印象深刻。」

「他很清楚什麼是重點。他沒有問些關於你我的蠢問題，也不打聽發生了什麼事。他找到了可以做的事，就來做了，而我就喜歡這樣的人，所以才讓他打理一切，而他也做得很好。我把他留下卻把其他人送回來，是因為我知道他有這能耐，也想看看他是個怎樣的人。他到底是野心勃勃，還是眞的明白主人和動物的從屬關係？他想藉著管理別人掌權，還是眞的對動物好？」

「那你現在覺得他怎樣？」

「我年紀大了。當我無法控制脾氣暴躁的馬兒時，公鹿堡應該要有一位好的馬廄總管接手我的工作，但我沒想到自己這麼快就得退休。他要學的還很多，但我們都還算年輕，他可以好好學，而我也還能好好教他，這樣我就滿足了。」

我點點頭。我想他曾計畫讓我接手，但如今我倆都明白這不可能了。

他轉身準備離去。「博瑞屈，」我平靜地叫住他，而他也停了下來。「沒有人能取代你。謝謝你在過去幾個月為我做的一切，我只能用生命來報答你。你不只救了我一命，你從我六歲起就賦予我生命，讓我成為現在的我。駿騎是我的父親，這我知道，但我從來沒見過他，而你卻日復一日像父親般照顧我這麼多年。我沒有體會到……」

博瑞屈用鼻子哼了一聲，然後打開門。「等我們其中一人快死的時候再說這些吧！去向國王報告，然後回來睡覺。」

「是的，大人！」我聽到自己這麼說，也知道他和我一樣露出了微笑。他用肩膀推開門，帶著阿手的晚餐走向馬廄，那可是他的家。

而這裡是我的家，我也該面對現實了。我拉平潮濕的衣服，然後用手梳了梳頭髮；我拿走桌上的盤子，然後將潮濕的罩衫披掛在手臂上。

當我從廚房走到大廳時，就被眼前的景象給弄糊塗了。織錦掛毯比從前更明亮了？散落一地的藥草聞起來更香？每個門口的精緻木雕總是閃著溫暖的光芒？我說服自己這只是因爲思鄉而有的錯覺，但是當我停在大階梯下方點燃一根蠟燭，準備上樓的時候，注意到那兒的桌子並沒有沾染蠟淚，反而鋪著一條繡花布。

珂翠肯。

公鹿堡如今有王后了。我自顧自地傻笑，所以說，這城堡趁我不在時大爲改觀。是惟眞在她來之前藉此鼓舞自己和人民，還是珂翠肯自己要求整頓城堡的？這很耐人尋味。

當我步上大階梯時，就注意到其他東西。每座燭台上方的古老煤灰標記不見了，就連樓梯的角落都一塵不染，蜘蛛網也沒了，每道台階的燭台上插滿了燃燒的蠟燭，架上也都有刀子供防衛用，這就是王后住進來之後的轉變。當黠謀的王后還活著的時候，我可不記得公鹿堡曾經如此一塵不染，也從來沒有這麼光鮮亮麗過。

我六歲時就認識了黠謀國王的大門守衛，是一位表情陰鬱的沉默老兵，只見他仔細凝視著我，然後就認出我了。他對我露出短暫的一笑，接著就問我，「有什麼重要的事要報告，蜚茲？」

「只想說我回來了。」我回答他，而他也愼重地點點頭。他已經習慣我在不尋常的時刻在這裡走來走去，但他不是個隨便假設或下結論的人，更不會和這類人說東道西。所以，他靜靜地走進國王的臥房，告訴裡面的人說蜚茲回來了。過了一會兒，裡面傳話說國王會抽空召見我，也很高興我平安歸來。我靜靜地離開他的房門，但心中明白這並不像是其他人的客套話，因爲黠謀從來不是這種人。

沿著同一條走廊前進，就到了惟眞的臥房。我在這裡也被認出來了，但當我要求守衛讓惟眞知道我回來了、且想向他報告時，他只回答惟眞不在房裡。

「那麼，在他的烽火台裡了？」我心裡納悶他這時候在那兒觀望些什麼。冬季暴風雪阻擋了劫匪來襲，保障了沿岸地區的安全，至少這幾個月來都是如此。

守衛緩慢地露出笑容，而當他看到我困惑的眼神時，微笑就變成了露齒而笑。「惟眞王子剛剛就離開房間了，」他重複說著，然後加了一句，「我會讓他明早一醒來就聽取你的訊息。」

我像根柱子般傻呼呼的站了好一會兒，然後轉身安靜離開。我不禁納悶，難道這也是公鹿堡有了王后之後所出現的狀況？

我又爬了兩層樓梯，經過走廊回到自己的臥房。房裡有股腐壞的氣味，壁爐裡也沒有爐火。房間因爲久無人居而顯得冷清，而且塵埃滿布，更沒有女性化的裝飾，看起來就像光禿禿的牢房般毫無生氣，不過總是比下雪天睡在帳篷裡來得溫暖，羽毛床鋪也像記憶中那樣地柔軟深沉。我脫下久經風霜的旅衣，然後走到床邊躺下來，不一會兒就沉沉入睡。

3 重建關係

在公鹿堡圖書館中最古老的古靈參考文獻，不過是個被壓扁的卷軸。模糊不清的掉色皮卷，暗示著這張皮來自於一隻雜色野獸，它擁有的雜色斑點讓我們的獵人也感到陌生。卷軸上的墨水字跡是從墨魚汁和鐘型植物根部萃取的，完好地通過時間的考驗，可比原先用來繪製插畫和彩飾文字的墨水高明多了。這些墨水不但會褪色脫落，在許多地方還會引來白蟻嚙咬，將原本柔軟的皮紙弄得硬梆梆的，而卷軸多處也因此變得易碎難以打開。

不幸的是，這損壞集中在卷軸最裡面，那兒記載著睿智國王的任務，而這些在別的文獻裡可找不到。從卷軸殘餘的片段，可以略見他尋訪古靈家園的極度需求。他所遇到的麻煩對我們而言並不陌生，船隻無情地侵略他的海岸線，而這些殘餘的碎片暗示著他騎馬奔向群山王國，但我們不知道他為什麼懷疑那條路會將他帶往神祕的古靈家園。不幸的是，他在旅途最後階段和古靈的相遇似乎曾經有過生動的描繪，但這裡的羊皮紙遭嚴重磨損已然成了支離破碎的碎片。我們對這第一次接觸也一無所知，更無從得知他如何讓古靈成為他的盟友。許多充滿象徵的歌謠描述著古靈如何從天而降，像是「暴風雪」、「浪潮」、「復仇成金」和「石塊中的怒火」都曾把劫匪趕出我們的沿海區。傳說還描述古靈對睿智發誓，如果六大公國需要幫助，他們會再度群起與我們並肩防禦。或許有人會如此猜測，事實上許多人都已經這麼做了，而關於這項同盟的種種傳說就是證據，但睿智國王的文書所記錄的事件，早已遭黴菌和蟲子啃食殆盡。

我的臥房有一扇可以眺望海景的高大窗子。在冬季時，木製的活動遮板抵擋了猛烈的寒風，懸在上頭的織錦掛毯爲我的房間帶來溫暖舒適的假象。我通常在黑暗中甦醒，靜靜地躺著探索自己。漸漸地，公鹿堡隱約的聲響透過窗戶傳入我耳裡。這是早晨的聲音，屬於清晨的聲響。家，我明白了，就在公鹿堡。接著，我立刻對著一片黑暗大喊「莫莉」，身體卻依然疲倦疼痛，只得爬下床步入滿室淒冷。

我踉蹌地走到久未使用的壁爐前，升起微弱的爐火。我需要趕緊補充更多木柴才行。跳躍的火焰爲房裡帶來昏黃的光芒，我從床底的衣櫃裡取出衣服，但根本不合身。我長久以來的疾病已將我的肌肉磨損殆盡，但我的手腳不知怎的依然變得更修長。沒有一件合身。我拿起昨天穿的襯衫，又放了下去。一整晚安睡在潔淨的床舖，讓我的鼻子嗅到了清新的氣味。我無法再忍受旅途中沾滿汗濕發臭的衣服。我繼續在衣櫃中搜尋，找到一件柔軟的棕色襯衫，以前穿起來袖子太長，現在可合身了。我穿上它和我那由綠線編織成的登山長褲及高統靴。毫無疑問地，如果我碰到耐辛夫人或急驚風師傅，我的裝扮一定會遭批評，然後她們一定會要我換上別的衣服，但我可不希望在早餐時間和前往公鹿堡城之前碰到她們。

公鹿堡城裡或許有不少地方能讓我打聽莫莉的下落。

我察覺城堡雖未完全甦醒，卻已蓄勢待發。我在廚房像兒時般吃著早餐，麵包依舊新鮮，大麥粥也仍然香甜。廚師看到我之後非常高興，一下子說我長大許多，一會兒又說我怎麼看起來如此瘦弱疲乏。我猜在今天結束之前，就會對這類的觀察感到由衷厭煩。當往來廚房的人愈來愈多時，我拿著一片塗滿奶油和薔薇果果醬的厚麵包開溜，回到房裡拿冬季披風。

我所經過的每一個房間，都顯示了珂翠肯的存在。一種用不同顏色的草織成、帶有群山氣息的織錦掛毯裝飾著小廳。雖然這個時節沒有花朵可摘，我卻在意想不到的地方看到一個個裝滿小卵石的陶碗，上面幽雅地插著樹枝或是乾燥的薊和香蒲，這種種微小的轉變確實引人注目。

我發現自己走到了公鹿堡的舊區，接著爬上滿是灰塵的階梯來到惟眞的烽火台。從這裡的遼闊視野清晰可見我們的海岸，而惟眞就在夏季從高大的窗戶警戒著紅船。他在這裡用精技阻擋劫匪來襲，或至少警告我們劫匪來了。這防禦有時略嫌不足，而他應該要有個同樣會精技的下屬幫忙。儘管我身上流的是皇室私生子的血液，卻從來無法控制時好時壞的精技能力。我們的精技師傅蓋倫還沒等到訓練出一批精技高徒就去世了，無人能取代他的地位，而他訓練過的人缺乏對惟眞的認同感。所以呢，惟眞獨自使用精技來抵抗我們的敵人，卻讓自己未老先衰。我擔心他會過度消耗自身精力，任憑自己沉溺於精技而走火入魔，任憑體力逐漸衰弱。

等我爬到烽火台中螺旋狀的樓梯頂端時，風吹得我雙腿發疼。因爲門上的鉸鏈上了油，我輕輕一推，門就開了。我習慣性地悄悄走進房裡，心想應該不會看到惟眞或其他人在裡面。猛烈的海風是我們的冬季守衛，防止劫匪入侵沿岸。烽火台中的窗戶並沒有遮簾，灰色的光線從窗戶透進來，我不禁眨眨眼。惟眞看起來像是暴風雨中灰色天空的黑色剪影，而他並沒有轉過身來。「關上門，」他平靜地說道。「階梯上的風口讓這房間像煙囪般多風。」

我關上門，然後站著發抖。風帶來海洋的氣息，而我如同汲取生命般呼吸著。「我不知道會在這裡找到你。」我說。

他將視線停留在海面上。「你不知道？那麼你爲什麼來這裡？」他的語氣充滿著興味。

這讓我感到震驚。「我不清楚，我只是要回房……」當我試著回想自己爲什麼來這裡時，我的聲音變得愈來愈細微。

「我對你技傳。」他簡短說道。

我沉默地站在那兒，心中想著，「我沒有感覺。」

「我並不會刻意要你這麼做，就像我以前告訴你的一樣。精技可以是輕柔耳語，未必非得是命令似的叫喊。」

他緩緩地轉過身來看著我，當我對著光線調整雙眼視線時，我目睹這個男人的轉變，我的心跳伴隨著欣喜。我在秋收期離開公鹿堡時，他不過是個微弱的影子，被沉重的責任義務和持續地警覺壓得喘不過氣來。現在，他的深色頭髮仍夾雜著灰色髮絲，但結實的身軀也有厚實的肌肉，深邃的眼神滿是活力，看來像極了國王。

「婚姻挺適合你的，王子殿下。」我愚蠢地說道。

這可讓他變得緊張不安。「在某些方面。」他勉強承認著，雙頰泛起一陣孩子氣的紅暈。他迅速轉身對著窗戶，「來看看我的戰艦。」他命令道。

這下換我困惑了。我走向窗戶，站在他身旁看著港口，然後看著海面。「在哪兒？」我眞的給弄糊塗了。他把手放在我的肩上，將我轉到朝著船塢的方向。一大排嶄新的黃松木建築矗立在那兒，人潮進進出出，一縷縷炊煙從煙囪和鐵工廠升起。靠著雪地的一片黑暗處，是珂翠肯所帶來的嫁妝，一望無際的木材堆。

「有的時候，我會在冬天的早晨站在這裡，看著海面也幾乎看見了紅船，我知道他們一定會來。但是有時候，我也看到了迎戰他們的船隊。今年春季，他們將不會看到無助的獵物，小子。而明年冬天我要讓他們嘗嘗遭突襲的滋味。」他帶著狂野的滿足感說道。如果我沒有同感，會覺得他這樣挺恐怖的，但當我們的眼神相遇時，我感覺彼此的笑容相互呼應。

然後他的表情變了。「你看起來糟透了，」他說道。「就像你的衣著一樣。讓我們到暖和點兒的地方，幫你找找熱甜香酒和吃的東西。」

「我吃過了，」我告訴他。「我比幾個月前好多了，謝謝你。」

「別這麼敏感，」他勸告我。「也不用告訴我已經知道的事情，更不要對我說謊。爬樓梯累壞你了，你站在那兒一直發著抖。」

「你在我身上運用精技。」我指控他，而他也點點頭。

「我這幾天已經察覺到你要回來了，我試著對你技傳了幾次，卻無法讓你也察覺到我。你偏離道路時我挺擔心的，但我瞭解博瑞屈的考量。我很高興他非常照顧你，不但把你安全帶回家來，還在頡昂佩幫了你不少忙，讓我不知該如何感謝他。我得好好想想該如何表揚他。和這件事情有關的人數不多，公開表揚是不恰當的。你有什麼建議？」

「你若能對他表達感謝，對他來說就夠了。如果你覺得他要的更多，可是會讓他生氣的。我的感覺是，就算你賜給他任何貴重物品，都比不上他爲我做的一切。這樣吧，告訴他在兩歲的馬兒中選一匹當坐騎，因爲他的馬兒年紀大了。他會明白的。」我謹慎地思考。「是的，你可以這麼做。」

「我可以嗎？」惟真冷冰冰地問我，他充滿興味的語氣中帶著一絲犀利的尖酸。

我忽然對自己的大膽感到驚訝。「我忘了君臣分際了，王子殿下。」我謙卑地說道。

他彎起嘴角露出微笑，用手重重地拍著我的肩膀。「對了，是我問你的，不是嗎？有段時間我還以爲是老黠謀在教我如何處理我的屬下，而不是我的姪子在和我說話。前往頡昂佩的旅途讓你變了很多，小子。來吧，我眞得幫你找個溫暖的地方喝點什麼。珂翠肯今天稍晚會想見你的，我想耐辛也是。」

當他指派我一堆工作時，我的心卻往下沉。公鹿堡城像天然磁石般吸引著我，但這是我的王儲，而我只得遵從他的旨意。

我們離開烽火台，我跟著他走下樓梯，談論些不重要的事情。他要我告訴急驚風師傅我需要新衣服，我接著就問候他的狼犬力昂。他在走廊上攔下一個小伙子，吩咐他把酒和肉派拿到他的書房裡。我跟在他身後，我們並沒有回房，而是到樓下一間既陌生又熟悉的房間。我記得自己最後一次在這房間時，文書費德倫在這裡將藥草和貝殼分類晾乾好製造墨水，但如今所有的痕跡都消失了。壁爐中燃燒著微弱的爐火，惟眞攪動柴火並且添上木柴。我四處張望，房裡有一張大的和兩張小的橡木雕桌、各式各樣的椅子、一個旋轉架子，還有個堆著各種物品的破架子。桌上攤著一張恰斯國的地圖，它的四個角用一把匕首和三顆石頭壓著。惟眞的手覆蓋著桌上一片片的羊皮紙，那是一張張塗滿了標註的草圖。覆蓋著兩張小桌的東西看起來很親切，許多椅子也似曾相識。過了一會兒，我才認出這是原先惟眞房間裡的東西。惟眞添好柴火後起身，對著我揚起的眉毛無奈地微笑著。「我的王妃對這一團混亂可沒什麼耐心。她會問，『你如何能在這片凌亂中精準地畫出直線？』她自己的臥房就像軍營般整潔嚴謹，那我只好把自己藏在這裡，因爲我發現自己無法在一塵不染的房間裡工作。此外，這兒讓我有個安靜交談的空間，而且不是每個人都能找到我。」

他還沒來得及說完，就開門讓拿著托盤的恰林進來。我對惟眞的僕人點頭致意，而他看到我的時候非但不驚訝，還帶了我一向愛吃的那種香料麵包。他迅速在房中移動著，敷衍似的做出清理的動作，把一張椅子上的幾本書和卷軸移開讓我坐下，然後又消失了。惟眞對他習以爲常到幾乎視而不見，只有在恰林離開時互相交換短暫的微笑。

「所以呢，」他在門快關上的時候開口。「來個完整的報告吧，從你離開公鹿堡說起。」

這可不是把我的旅途和發生的事情簡單帶過去就算了。切德訓練我成爲間諜和刺客，而早年時博瑞屈也曾要我詳述他不在馬廄時所發生的種種事件。所以，當我們吃喝著的時候，我告訴惟眞自離開公鹿堡後的所見所聞。接著，我爲自身經驗做個總結，也告訴他從我所學中察覺出來的疑點。然後，恰林又帶著一頓餐點進來。惟眞在我們用餐時把話題侷限在他的戰艦上，就是無法隱藏對戰艦的熱愛。「當初我親自走訪高陵地找檣魚來這裡監工，聽說他是位老人。『這冷天會凍僵我的骨頭，我再也無法在冬天造船。』那就是他請人傳給我的話。所以，我讓學徒工作，並親自出馬去把他給找來，因爲他無法當面拒絕我。他來了之後，我帶他到船塢參觀大到可以容納一艘戰艦的暖氣棚，讓他可以不受風寒地工作，但那不是說服他來的緣由，眞正吸引他的，是珂翠肯給我的白橡木。當他看到這木材時，簡直等不及要拿起鉋刀開始動工了。它的紋理筆直純正，板材是上好等級的，用來建造戰艦正好。這些戰艦有著天鵝頸子般的弧度，而且航行在海上如蛇一般的靈敏。」他散發著一股熱情，讓我已經可以想像船槳起降的景象，還有揚帆啓航時的神氣模樣。

接著，他把盤子和殘餚剩菜推到一旁，開始測驗我有關頡昂佩的種種事件，強迫我從所有可能的角度重新思考每一件個別事件。當他結束問話時，我像重新經歷了整個事件，遭背叛的憤怒又歷歷在目。

惟眞可看得一清二楚。他靠回椅子上好拿起另一塊木頭，將它送進火中燃燒，熊熊火花自煙囪升起。「你有些疑問，」他觀察著。「你現在可以問了。」他把雙手收回膝上等待著。

我試著控制自己的情緒。「王子殿下，你的弟弟，」我謹慎地開口，「犯了最嚴重的叛國罪。他安排刺殺你夫人的哥哥盧睿史王子，還企圖預謀致你於死地，目的是爲了要篡奪你的王位和妻子。還有段小插曲，就是他兩度試著殺害我，還有博瑞屈。」我停下來穩住呼吸，強迫自己的心情和語調恢復平靜。

「你我都相信這些是事實，但我們很難證明。」惟眞溫和地說道。

「那就是爲什麼他如此有恃無恐！」我口出惡言般地說著，別過頭去直到控制住憤怒的情緒。我給這濃濃的怒氣嚇到了，因我一直壓抑著不讓自己感受到它，直到此刻。幾個月之前，當我用盡所有心思苟且偷生時，我不去想這件事情以保持心境澄明，接下來的幾個月就浪費在從帝尊拙劣的毒計中復原。我甚至沒有告訴博瑞屈這一切，因爲惟眞表明了不讓任何人知道過多詳情。如今，我站在王子面前，渾身因強烈的憤怒而顫抖著。我的面容因猛烈扭曲而突然抽搐，這讓我大感尷尬，隨即強迫自己鎮定下來。

「帝尊因此有恃無恐。」我用比較平靜的口吻說道，而我的情緒爆發既沒有讓惟眞改變意見，也沒有讓他用不同的方式表達。他嚴肅地坐在桌子的另一頭，將疤痕累累的雙手平靜地放在面前，用那對深色的雙眼同時注視著我。我低頭看著桌面，用指尖勾出桌角漩渦形雕刻裝飾的輪廓。「他不欣賞你和你維護王國法律的方式。他把這視爲一個弱點，好讓他玩弄正義。他可能再度嘗試殺害你，而我也確定他一定不會放過我。」

「那麼我們就要小心，我們倆，不是嗎？」惟眞溫和地說道。

我揚起雙眼看著他的臉。「這就是你要告訴我的嗎？」我緊緊追問，同時將自己的憤慨強嚥下去。

「蜚茲駿騎，我是王子，也是你的王儲。你對我宣誓就如同對我父親宣誓一樣。還有，說得更精確些，你也對我的弟弟宣誓。」惟眞忽然起身沿著房間走動。「正義。這是我們渴望終身的事情，也應該竭盡所能追尋。不，我們卻以法律爲滿足，對這件事情來說更是如此，權位愈高的人也愈傾向這麼做。正義會讓你成爲王位繼承人，蜚茲，因爲駿騎是我的兄長，但根據法律你是非婚生子，所以永遠無法繼承王位。有些人可能會說我從姪子手中奪走王位。所以我應該對舍弟想竄奪王位的企圖感到震驚嗎？」

我從未聽過惟眞如此說話，聲調平穩卻也百感交集。我保持沉默。

「你認爲我應該懲罰他。我可以辦到，而且不需要證明他是否有任何爲非作歹的行爲，就能讓他沒好日子過。我可以像派遣密使般把他送到冷灣，故意派些差事給他做，然後把他留在那兒極度不適地遠離宮廷。我可以直接放逐他，也可以把他留在宮廷裡，分派他一堆不甚愉快的職責，讓他沒空興味盎然地計畫陰謀。他會明白自己遭受懲罰，就連不怎麼聰明的貴族也會瞭解。那些同情他的人的確會站在他那一邊，而內陸大公國也將在他母親的地盤上密謀某種緊急狀況，好讓他在那兒出現。然後，他就能替自己擴大支援，進而煽動他夢寐以求的內亂，建立只效忠他的內陸王國。即使他無法達到那樣的結果，他也能引發動亂破壞六大公國的團結和諧，而我卻需要這樣的團結和諧來保衛我們的王國。」

他停止發言，接著抬頭掃視整個房間，我也隨著他的眼神凝視。牆上掛滿了他的地圖，有畢恩斯、修克斯，還有這裡是瑞本。在對面的牆上則是公鹿、法洛和提爾司，都是由惟眞精準的手所繪製，每一條河都用藍色墨水標示，而每個城鎮的名稱也逐一註明。這就是他的六大公國，而帝尊永遠不會像他這般瞭若指掌。他騎著馬走過這些路，也曾協助劃定過疆界。他效法駿騎對待鄰國的方式，曾經揮舞寶劍捍衛國土，但也知道什麼時候該放下武器進行和談。我有什麼資格告訴他要如何統治家園？

「你會怎麼做？」我平靜地問道。

「把他留下來。他是我弟弟，也是我父親的兒子。」他替自己倒了更多酒。「我父親最疼愛的么兒。我向父王提議，如果讓帝尊多關照國家大事，他會更快樂，而黠謀國王也同意這麼做。我想我會忙著保衛國土不受紅船侵害，那麼帝尊就得負責增加稅收以加強國防，也會處理其他可能發生的內部危機。當然，會有一群貴族協助他，而他也得處理他們之間的爭吵與不和。」

「帝尊爲此感到高興嗎？」

惟眞露出一絲笑容。「他不能說自己不快樂。他並不是要維持幹練青年的假象，而是等待證明自己的機會。」他舉起酒杯轉頭凝視燃燒木柴的火焰。房裡只有火焰將木柴燒盡的劈啪聲。「你明天來見我的時候……」他開口了。

「我一定要在明天辦自己的事情。」我告訴他。

他放下酒杯回頭看著我。「你一定要這樣嗎？」他的語氣聽起來有些怪異。

我抬起頭和他的眼神相遇，卻無話可說，只得在他面前站穩。「王子殿下，」我拘謹地開口。「請求你准許我明天告假，因爲我有……有私事得處理。」

他讓我站了一會兒，然後說：「喔，坐下來吧，蜚茲，別這樣。我猜我眞是心胸狹窄，想到帝尊就讓我陷入這樣的情緒狀態。你明天當然可以告假，小子。如果有人問起，就說你幫我辦事。我能問問到底是怎樣的急事？」

我注視著在爐火中跳躍著的火焰。「我有位朋友住在泥濘灣，我必須查出……」

「喔，蜚茲。」惟眞的聲音充滿著更多的同情，多得讓我無法承受。

一陣突如其來的疲憊感襲來，我慶幸自己終於可以坐下來了，卻發現雙手開始發抖。我把雙手放在桌子底下緊握住，好讓抖動停下來。我還是感覺得到顫抖，但至少現在沒人看見我的虛弱。

他清了清喉嚨。「回房休息吧！」他和藹地說道。「你明天需要誰陪你騎馬到泥濘灣嗎？」

我呆滯地搖搖頭，突然間確信自己將會發現悲慘的事實，而這想法可眞令人難受。另一陣顫抖襲過我的全身，我試著慢慢呼吸讓自己鎭定下來，不讓自己再度陷入這具有威脅性的病發，只因我無法忍受在惟眞面前如此失態。

「是我不對，不是你。我竟然忽略了你嚴重的病情。」他沉默地起身，把酒杯放在我面前。「是你代我承受這樣的傷害。讓如此禍害降臨在你身上，眞讓我感到震驚。」

我強迫自己看著惟眞的雙眼。他看穿了我的欲蓋彌彰，深刻明瞭並且帶著嚴重的罪惡感。

「情況通常沒這麼糟。」我對他說。

他對我微笑，但眼神還是沒變。「你眞是個高明的說謊家，蜚茲。不要認爲你的訓練都白費了。但是，我太常和你在一起了，你可沒辦法對和你這麼熟的人說謊，不只是這幾天，更包括了你生病的日子。如果其他人對你說，『我知道你的感受。』你可能覺得那只是客套話，但我就會認爲那是眞的，而我像博瑞屈一樣瞭解你。我想我不該在接下來的幾個月讓你挑選小公馬，而是向你伸出我的手臂。如果你願意的話，讓我扶你回房休息。」

「我自己來。」我固執地回答。我察覺到他很尊重我，卻也輕而易舉就看出了我的弱點。我只想獨處，把自己藏起來。

他點點頭，了然於心。「如果你精通精技就好了。我能給你力量，就像我時常從你身上汲取力量一樣。」

「我不能。」我喃喃地說道，要用別人的力量取代自己的？我實在無法掩飾我的不悅，但當我一看到他眼中透露出的羞慚，就後悔了。

「我曾經也可以這麼驕傲地說話，」他靜靜地說道。「去休息吧，小子。」他緩緩轉身遠離我，忙著把墨水和羊皮紙重新在桌上擺好，我就悄悄地離開。

我們悶在這裡一整天，外面的天色也暗了下來，城堡瀰漫著冬夜的氣息。大廳裡的戲台子都清乾淨了，人們也將聚在大廳的壁爐周圍欣賞吟遊詩人歌唱，或是觀賞傀儡戲師傅以高超的技藝述說精彩的故事。有些人會一邊看、一邊製作箭矢，有些人則不停做著針線活兒，孩子們會轉陀螺和玩跳格子遊戲，或在父母親的膝蓋或肩上打瞌睡。一切是這麼的祥和安寧，外頭猛烈呼嘯的冬風也保護著我們。

我像醉漢般小心走著，避免走到人群聚集的地方。我像著涼般彎著手臂縮著肩膀，而手臂依然顫抖著。我緩緩步上第一層階梯，出神般地走著。走到樓梯中央的台階時，讓自己停下來數到十，然後強迫自己繼續爬樓梯。

當我踏出第一步時，卻看見蕾細飛快地走下來。雖然她身形豐滿而且上了年紀，卻依然像孩子般健步如飛。當她走到樓梯底時，一看到我就大叫：「你在這裡！」好像我是她放在縫紉籃裡的大剪刀，拿出來卻擺錯了地方。她緊握我的手臂把我轉向走廊。「我今天就像往常一樣不停地上下這道階梯，我的天，你長高了。耐辛夫人想死你了，都是你的錯啦！她原本就等著你隨時去敲她的房門，知道你回來她可眞高興。」她停下來用鳥一般明亮的雙眼仰望著我。「那是今天早上，」她向我透露，緊接著說：「你眞的生病了！瞧瞧你的黑眼圈。」

我根本還沒機會回答，她就繼續說，「到了今天下午你都還沒來我們房裡，她就覺得遭羞辱而發怒，晚餐時她簡直對你的魯莽大發雷霆，根本沒吃什麼東西。從那時候開始，她就決定聽信你生重病的謠言。她確信你不是在哪裡昏倒了，就是博瑞屈把你藏在馬廄裡，像照顧馬兒和狗兒般照顧你。現在你來了，進去吧！夫人，他來了。」接著，她打發我進入耐辛的房間。

蕾細喋喋不休的話語暗藏怪異的弦外之音，好像在避諱什麼似的。我遲疑地走進房裡，不禁納悶耐辛是否生病了，或遭到什麼不幸。不過即使如此，她的生活習慣可一點兒也沒變，房間擺設依舊如故，綠意盎然的植物枝葉茂盛地生長。地上也有些落葉，眼前的景象此時正告訴我，喜新厭舊的耐辛似乎找到了感興趣的新鮮事物。兩隻鴿子擺飾是她玻璃動物園中的新成員，而大約一打的馬兒擺飾散布在房中。一根很粗的月桂果蠟燭在桌上燃燒著，散發著令人愉悅的馨香，一旁拖盤中的乾燥花和藥草卻沾到了滴下來的蠟，一捆捆雕工奇特，看來像是齊兀達人用的占卜石板也快遭殃了。我一進房間，她那強壯的小母狗就上前來歡迎我。我停下來撫摸著牠，不禁納悶我是不是還站得起來。為了掩飾我因暈眩而起身時的遲頓，我小心翼翼地拾起一小片石板。它看起來挺老舊，而且似乎很少用來占卜。耐辛轉身離開她的織布機來迎接我。

「喔，起來吧，別鬧了！」她看到我低頭哈腰時大聲說著。「單腳下跪愚蠢極了！還是你覺得下跪會讓我忘記你的魯莽？你回來之後竟然沒有立刻來看我！咦，這就是你帶給我的禮物？喔，真是設想周到！你怎麼知道我在研究這些石板？你知道嗎，我找遍了城堡裡所有圖書館，卻沒發現有什麼關於占卜石板的記載！」

她從我手中拿起小石板對著我微笑，好像這是送給她的禮物，而蕾細也在她身後對著我眨眼，我微聳著肩回應。我回瞥耐辛夫人，看到她把小石板放在一堆搖搖晃晃的石板上面，然後轉過來看著我。她一會兒對我好，下一刻卻露出不悅的神情。她那淡褐色雙眼上的眉毛皺成一團，小巧的嘴兒緊閉成一條線，然而這責備的神色卻因她頭髮插著兩片長春藤葉，走到我身旁的儀態而破壞殆盡。「請原諒我。」我說道，大膽地把長春藤葉從她那凌亂的深色捲髮中拿開。她從我手中拿走葉子，放在小石板上面。

「你這幾個月到哪兒去了？這裡還需要你呢！」她問道。「你的嬸嬸幾個月前就來了。你不但錯過了正式的婚禮，還錯過了婚宴、舞蹈慶典和貴族聚會。我在這裡竭盡所能讓大家像對待王子的兒子般尊敬你，你卻規避所有社會責任。而你回家後也沒來看我，只穿得破破爛爛像工人般到堡裡找人說話。你怎麼會把頭髮剪成這樣？」這是我父親的妻子，曾經爲他婚前擁有私生子而驚嚇不已，從討厭我到極度關心我，這有時可比她憎恨我來得難處理。她又問道，「你難道沒想過，這裡有比和博瑞屈閒晃照顧馬兒更重要的社會責任？」

「非常抱歉，夫人。」經驗教導我不要和耐辛爭論，她獨樹一幟的方式可深得駿騎的心。如果我哪天精神很好，被這麼一打亂，就可以讓我心神渙散了，而今晚更感覺有些無力招架。「我是病了一段時間，而且因此無法踏上歸途。等我復原之後，天氣又拖延了我們的歸期，很遺憾錯過了婚禮。」

「就這樣？這就是你遲歸的唯一理由？」她尖銳地說著，好像懷疑我有邪惡的詭計似的。

「沒錯，」我嚴肅地回答。「但我確實很想念妳。我的行囊中裝著帶給妳的禮物，我還沒從馬廄拿上來，但我明天一定帶來給妳。」

「是什麼？」她像個好奇的孩子般要我回答。

我深呼吸，此刻眞的很想回房就寢。「是種純樸纖細的藥草，漫長的旅途不適合攜帶華麗的藥草。齊兀達人不像我們一樣用石板或卷軸來教導藥草調配，而用像這樣一個木盒子取代。當妳打開之後會發現一個個小小的藥草蠟模，帶著藥草的顏色和氣味，讓人更好分辨學習。當然啦，所有的標示都是齊兀達文，不過我想妳應該還是會喜歡的。」

「聽來挺有趣的，」她說道，眼中閃爍著光芒。「我期待著呢！」

「我該搬張椅子給他坐嗎，夫人？他的確滿臉病容。」蕾細插嘴道。

「喔，當然，蕾細。坐下吧，小子。告訴我，你生了什麼病？」

「我吃了些別國的藥草，然後起了強烈的反應。」對了，那可是眞的。蕾細幫我搬了張小凳子，我滿是感激地坐下，但仍感到一陣疲累感來襲。

「喔，原來如此。」她終於放過了我的病，吸了一口氣，看了看我，接著忽然問道，「告訴我，你有想過結婚這件事嗎？」

這麼唐突地轉變話題，完全是耐辛的風格。我不得不微笑，試著專心思考著這個問題，然後就看到莫莉紅潤的雙頰，和隨風飄揚的深色髮絲。莫莉，明天就去找妳。我對自己保證，到泥濘灣。

「蜚茲，別那樣！我不會讓你如此目中無人地當我不在似的，聽到了沒？你還好嗎？」

我費力地讓自己回過神來。「不太好，」我據實以答。「今天眞累……」

「蕾細，幫這孩子倒杯接骨木果酒。他看起來的確累壞了，或許這不是聊天的最佳時刻。」耐辛夫人支吾地下決定。她第一次這樣仔細地端詳我，眼中充滿了眞誠的關懷。「或許吧！」過了一會兒，她溫和地建議，「我還不知道你的整個冒險歷程。」

我低頭望著那雙裝塡墊料的登山靴。事情眞相在我心中盤旋，然後沉淪淹沒在讓她明瞭眞相的危險中。「一段漫長的旅程。難吃的食物、骯髒的客棧、發酸的床舖和黏黏的桌子，就這樣。我不認爲妳想聽到所有細節。」

奇怪的事情發生了。我們的眼神相遇，看得出來她知道我在說謊。她緩緩點頭，還是接受了我的謊言，然後別過頭往旁邊看。我納悶著我的父親曾對她撒過多少次類似的謊，她到底費了多少力氣才接受謊言的？

蕾細把酒杯穩穩地放在我手中，而我舉杯啜飲著第一口神清氣爽的香甜。我雙手握著酒杯，勉強對耐辛露出微笑。「告訴我，」我開口道，但任憑我多麼努力，聲音仍像個老人般顫抖。我清了清喉嚨穩住自己。「妳近來如何？我能想像公鹿堡一有了王后，可眞讓妳忙不過來呢！告訴我這些事情吧！」

「喔！」她好像被針刺了般說道。她轉頭看著旁邊，「你知道我很孤獨的，身體也不怎麼健康，熬夜跳舞和聊天讓我在床上整整躺了兩天。不。我見了王后，和她同桌一兩次，但年輕的她忙著適應新的生活，而我既老又怪，只管做自己喜歡的事……」

「珂翠肯和妳一樣喜歡園藝，」我冒昧地說道，「她可能最喜歡……」我的骨頭忽地一陣顫抖，牙齒格格作響然後靜了下來。「我只是……有點冷。」我替自己解圍般地再度舉起酒杯。我不啜飲，反而刻意地大口喝下酒。我的雙手搖晃，杯子裡的酒潑濺我的下巴，然後滴在襯衫上。我不悅地跳起來，雙手不聽使喚地讓酒杯掉下去。酒杯碰到地毯滾遠了，留下一道血般的痕跡。我再度猛然坐下，用手臂握緊著身體，試著讓顫抖停止。「我很累了。」我試圖解釋。

蕾細拿了一塊布過來輕抹我的臉，直到我從她手中把布拿過來。我用布擦擦下巴，也差不多吸乾了襯衫上的酒漬。但當我彎下身來想擦乾地上的酒漬時，我的臉幾乎因爲跌倒而撞在地上。

「不，蜚茲，別管酒了，我們來清理就好。你那麼累，病又還沒好，就趕快回房休息吧！等休息夠了再來看我，有重要的事跟你商量，可又得花一整晚的時間。你現在走吧，小子，上床睡覺吧！」

我站起來，對於這份暫時的解救心存感激，並且謹慎地保持優雅的風度。蕾細看著我走到門邊，然後憂慮地站在那兒望著我走到樓梯平台。我試著穩穩地走著，不讓牆壁和地板在我的眼前搖晃。我在樓梯上停下來對她揮揮手，然後繼續走上樓。走了三層階梯後遠離了她的視線，我停下來靠著牆穩住呼吸，舉起雙手遮住雙眼擋住明亮的燭光，暈眩感像陣陣浪潮般充斥全身。當我睜開雙眼，視線在霧中的彩虹裡變成了一圈又一圈。我閉上眼睛並且用手按著雙眼。

我聽到輕緩的下樓梯腳步聲，在離我兩層階梯的上方停住。「你還好嗎，大人？」我聽到有人以不確定的語氣問道。

「酒喝多了些，」我撒著謊，可想而知潑灑出來的酒讓我聞起來像個醉漢。「過一會兒就好了。」

「讓我扶你上樓梯，在這兒跌倒可是很危險的。」這拘謹的聲音充滿了不贊同的意味。我張開雙眼透過手指望著她。藍襯衫。這位僕人的衣著是用上好的布料做的，而且她毫無疑問處理過醉漢。

我搖搖頭，但她可不管。換成我是她，也會這麼做的。我感覺一隻強壯的手穩穩地抓著我的上臂，另一隻手挽著我的腰。「讓我們上樓吧！」她鼓勵著我。我不情願地靠著她，跌跌撞撞地步上另一個樓梯平台。

「謝謝妳！」我喃喃道謝，心想她該放手了，但她繼續抓住我。

「你確定你的房間在這層樓？僕人的房間在樓上，你知道的。」

我勉強點點頭。「在三樓，如果妳不介意的話。」

她沉默了好一會兒。「是那小雜種的房間。」這話眞像是個拋出來的冷酷挑戰。

我並沒有像以往一樣迎接這挑戰，甚至連頭都不抬起來。「是的，妳可以走了。」我同樣冷酷地打發她走。

她卻靠得更近。她抓著我的頭髮把我的臉抬起來看著她。「新來的！」她憤怒地嘶喊著。「我應該在這裡丟下你。」

我抬起頭，無法將視線集中在她臉上，但這不打緊，我認得她，認得她臉上的輪廓和頭髮向前垂到肩膀的樣子，還有她那夏日午後般的芬芳氣息，如釋重負的感覺像潮汐般衝擊著我。是莫莉，我的製蠟女孩莫莉。「妳還活著！」我喊了出來，心如上鉤的魚般跳著，抱著她親吻了起來。

至少我嘗試親吻她。她伸出雙臂把我推開，接著凶巴巴地說，「我絕不和醉漢親吻，那是我對自己所做的承諾，也會一直遵守這項承諾。」她的語氣堅決。

「我沒喝醉，我生病了。」我抗議著，興奮的感覺讓我更加暈頭轉向，可連站都站不穩。「不要緊了，妳就在這裡，而且安然無恙。」

她穩住我，正是她從照顧酒鬼父親當中學來的反射動作。「喔，我知道了，你沒醉。」她的語氣混雜著不屑和難以置信。「你也不是文書的跑腿，更不是馬廄幫手。你都是用說謊的方式認識別人嗎？這似乎也總是你的下場。」

「我沒有說謊。」我似乎在抱怨，也因爲她語氣中的憤怒而困惑，心中卻企盼我們四目相對的時刻趕緊到來。「我只是沒告訴妳……這太複雜了。莫莉，我只是很高興妳安然無恙，而且就在公鹿堡！我原本以爲得去找……」她仍抓住我好讓我站穩。「我沒醉，眞的。我剛才說謊，因爲承認我有多虛弱會讓我覺得難爲情。」

「所以你還是說謊了。」她的語氣如鞭笞般犀利。「說謊應該讓你更難爲情，新來的。還是說謊是王子兒子的專屬權利？」

她放開我，而我衰弱地靠在牆上，試著抓住漩渦般的思緒，同時讓自己站直。「我不是王子的兒子。」我終於開口。「我是私生子，那是不一樣的，而且沒錯，承認這檔事也實在太難爲情了。但是，我從未告訴妳我不是私生子，只是總覺得和妳在一起的時候，我就是新來的，這感覺很好，只因有群朋友把我當成『新來的』，而不是『小雜種』。」

莫莉沒有回答，反而比之前更粗魯地抓著我襯衫前襟，把我硬拉到走廊然後進去我的房間。而我對女性憤怒時所展現的力量感到驚訝。她用肩膀推開門，像對待敵人般地把我往床上一推。她在我接近床邊時鬆手，我就跌在床上了。我挺直身體勉強坐下，緊握雙手放在雙膝間，無法控制地發抖。莫莉站在那兒怒視著我，而我看不清她。她的輪廓模糊，各個特徵都模糊了，但我從她站著的樣子知道她很憤怒。

過了一會兒，我繼續說道，「我人雖不在這裡，但我夢到了妳。」

她依然不說話，反而讓我更有勇氣說下去。「我在泥濘灣遭突襲時夢到妳。」我努力讓自己的聲音不發抖地說出話來。「我夢到火災和劫匪的攻擊。在夢中，妳保護著兩個孩子，而他們看起來好像是妳的親骨肉。」她的沉默像一堵牆阻擋我說的話，或許她覺得我簡直像笨到極點的傻子般瞎掰夢境。但是爲什麼，爲什麼全世界這麼多人，就偏偏讓莫莉看到我這不成人形的樣子？沉默變得更長久。「但妳如今安然無恙地在公鹿堡。」我試著穩住顫抖的聲音。「我很高興妳平安無事。但妳在公鹿堡做什麼呢？」

「我在這裡做什麼？」她的聲音像我一樣緊繃。憤怒讓她的語氣變得冷酷，但也讓我覺得它伴隨著恐懼。「我來找個朋友。」她稍作停頓又好像在壓抑什麼。當她再度開口時，語調很不自然地平靜了下來，幾乎是柔和委婉地說話。「你知道，我在父親去世後就成了債務人，所以我的債主奪走了我的店，讓我不得不住在泥濘灣的親戚家幫忙收成、賺錢和重新生活，而我根本無法猜測你怎麼會明瞭這些。我賺了些錢，而我表哥也答應借我其餘的錢。那是個豐收的時節，原本打算隔天回公鹿堡，但泥濘灣就遭突襲了，我在那裡和我的姪女……」不一會兒，她的聲音變得虛無縹緲。我和她一起回憶，劫船、火災，和揮舞長劍狂笑的女人。我仰望著她，幾乎可以集中視線。我不發一語，而她越過我的頭望著前方，平靜地訴說著。

「我表哥失去了一切，但因孩子們生還而感到幸運，而我無法在這時候還跟他們借錢。其實，他們根本無法付給我工作的報酬，就算我問了也是徒然。所以無家可歸的我在冬季將至的時候回到公鹿堡，想著我和新來的一直是朋友，如果要借錢應急的話，應該可以找他。我來到公鹿堡尋找文書的跑腿，但每個人都聳聳肩，然後帶我見費德倫，但他聽了之後也只是皺著眉頭，接著就把我送到耐辛那兒。」莫莉意味深長地停了下來。我試著想像那樣的會晤，但聳聳肩想想算了。「她讓我擔任仕女的女僕，」莫莉輕柔地說道。「她說這是你讓我蒙羞之後，僅能做的了。」

「讓妳蒙羞？」我猛地挺起身。整個世界在我周圍猛烈搖晃，而我模糊的視線融成點點火花。「我是怎樣讓妳蒙羞？」

莫莉的聲音靜了下來。「她說你很顯然贏得了我的愛慕，然後就離開我。我假設你有一天會娶我，所以才讓你追求我。」

「我不知道……」我結結巴巴地繼續：「我們是朋友。我不知道妳覺得我們不只是朋友……」

「你不知道？」她抬起下巴，我記得那個姿勢。若是六年前，她接下來就會在我肚子上狠狠揍上一拳。我依然退縮，她的語調卻愈來愈平靜，「我想我期待你那樣說，這很容易開口的。」

現在換我生氣了。「是妳離開我，連再見都沒有說，而且還跟那個叫阿玉的水手在一起。妳想我不認識他嗎？我在那兒，莫莉，我看到妳挽著他的手臂和他一起走遠。妳爲什麼不在和他離開之前到我這兒來？」

她挺起身子。「我是個有憧憬的女人，結果反倒糊里糊塗地成了債務人。你能想像我得知父親負債後遭忽視的滋味嗎？債主在父親屍骨未寒時就上門來討債，我也失去了一切。那麼，我應該像乞丐般來求你收留我嗎？我還以爲你關心我，相信你會……去你的，我爲什麼要對你承認這個！」她的話語像投石般丟向我。我知道她的眼神燃燒著，雙頰泛紅。「我以爲你會娶我，會想和我計畫未來。我想爲這貢獻些什麼，而不是身無分文地失去前景。我想像著我們開了一間小店，店裡有著我的蠟燭、藥草和蜂蜜，而你那文書的技藝……所以我投靠表哥借錢，但他也沒錢，反而安排我到泥濘灣和他哥哥福林特談談。我已經告訴你整件事如何收場。我後來搭漁船一路回到這裡，新來的，像喪家之犬般回到公鹿堡，當天就放下尊嚴來到這裡，卻發現自己有多蠢，也明白你如何假裝和欺騙我。你是個混蛋，新來的，你是。」

我聽到一陣奇怪的聲音，試著弄清楚是什麼。然後，我知道莫莉哭了，伴隨著她的呼吸啜泣著。我知道如果我試著起身走向她，準會臉朝地上跌倒。或者，如果我對她伸出雙手，她就會把我打倒。所以，我還是像個傻呼呼的醉漢重複之前的問題，「那麼，阿玉呢？妳怎麼這麼容易就跟他走？爲什麼不先來找我？」

「我告訴你了！他是我表哥，你這個白癡！」她的憤怒在淚中燃燒。「當你有麻煩時就會找親人幫你。我向他求助，而他也把我帶到他家的農場幫忙收成。」一陣寂靜來臨，然後，她冷淡且懷疑地說：「你覺得呢？我是那種腳踏兩條船的女人嗎？我讓你追求我，然後又和別人交往？」

「不。我沒那麼說。」

「你當然有。」她的語氣聽起來像恍然大悟般。「你就像我父親一樣，總認爲我在說謊，只因爲他自己不斷撒謊，『喔，我沒醉。』在渾身發臭又站不穩的時候說沒醉；還有你愚蠢的故事，『我夢到妳在泥濘灣。』城裡每個人都知道我去泥濘灣，或許你今晚坐在某個酒館的時候，就聽到了完整的故事。」

「不。我沒有，莫莉。妳要相信我。」我抓住床上的毛毯讓自己挺直，而她轉身背對著我。

「不。我不相信你！我不需要再相信任何人。」她像陷入沉思般停了下來。「你知道，從前當我還是個小女孩的時候，在我遇到你之前。」她的聲音奇怪地平靜下來。「在春季慶上，我向父親要了幾個銅板，想看看攤子上都在賣些什麼，結果他賞我一耳光，還說要是他就不會把錢浪費在那些愚蠢的東西上面，接著就把我鎖在店裡自己跑出去喝酒，但我還是知道如何逃脫。我回到攤子那兒看看，有個攤位的老人用水晶占卜，你知道他們是怎麼做的。他們把水晶就著燭光，看著你臉上反射出的各色光芒幫你算命。」她停了下來。

「我知道。」我回應著她的沉默。我知道她說的這類鄉野術法巫師，也看過各種顏色的光在一個鬥雞眼女人的臉上舞動著。現在我只希望看清楚莫莉，想著如果能看著她的雙眼，就可以讓她明白我說的可是句句實言。我企盼著勇敢站起來走向她，試著再抱抱她，但她認爲我醉了，而我也明白我極有可能會跌倒，卻怎麼也無法在她面前再度羞辱自己。

「很多女孩和婦女都來算命，但我沒錢所以只能在一旁看著，但後來有位老人注意到我，我猜他覺得我很害羞。他問我要不要知道我的命運，我就開始哭了，因爲我想知道卻身無分文。然後，漁婦布瑞娜笑了出來，說我根本不用花錢知道我的命運，因爲每個人都已經知道我的命運了。我是酒鬼的女兒，會成爲酒鬼的妻子，然後生出一群酒鬼。」她耳語道。「每個人都笑了，就連那位老人也是。」

「莫莉。」我說道。我想她沒聽到。

「我還是身無分文，」她緩緩地說道。「但至少我知道我不會成爲酒鬼的妻子，也不會和這樣的人交朋友。」

「妳得聽我解釋。妳這樣不公平！」我那不聽使喚的舌頭含糊地吐出我的話。「我……」

門被重重地關上了。

一陣突然的顫抖紮紮實實地侵襲著我，但我可不願再這麼容易就失去她。我起身勉強踏出兩步，地板在我身後一陣搖晃，我又跌倒且跪了下來。我待了一會兒，頭像隻狗似的懸著。如果我還能找到她的話，我想她不會爲我的爬行覺得感動，反而可能踹我一腳。想著想著我就費勁地爬回床上去。我沒換衣服，只拉著毛毯的邊緣蓋住全身。我的視線黯淡了，自周圍的一片黑暗中闔眼，但沒有立刻入睡，反而躺在那兒想著去年夏天我是多麼地傻。我追求一名女子，想著我和一位女孩約會。我是那麼在乎三年的年齡差距，但方式都錯了。我總覺得她只把我當成一個男孩，沒指望我能贏得她的心，所以我就像個不成熟的男孩般行事，卻沒有嘗試讓她把我當成男人看待。然後，這男孩傷了她，對，也騙了她，更想當然爾地永遠失去了她。夜幕低垂，四周黑暗一片，徒留一道漩渦般的火花。

她曾愛過這男孩，而且預見了我們共同生活的日子。我緊抓著這點火花沉沉入睡。

4 進退兩難

提到原智和精技，我懷疑每個人都至少擁有一些能力。我曾看見忙碌中的婦女突然起身走到隔壁房間，而寶寶剛好醒來了。難道這不是某方面的精技嗎？或者說，我也曾親眼目睹長期同船的船員間無言的合作。他們像親密伙伴般不發一語地工作著，船隻本身也幾乎成爲一隻活生生的動物，而船員就是她的生命力。其他人對某些動物別有偏好，在裝飾盾牌紋飾或替小孩取名字時表達這份感受。原智爲人們開啓了那樣的情感，也容許對所有動物有所體認，但民間傳說堅持原智使用者終將牽繫著某隻動物。有些傳說更描述原智使用者終將逐漸成爲獸形，最後變成該種動物，而我相信這些傳說打消了孩子們瞭解動物魔法的念頭。

我在下午醒來，房裡很冷，沒有半點爐火，我那汗濕的衣服黏著皮膚。我蹣跚地下樓走到廚房吃了些東西，一出門步向澡堂就開始發抖，然後上樓又走回房間。躺回床上，我因寒冷而發抖。稍後，有人進來跟我說話。我不記得談話內容，只記得我還在發抖。這一點也不好受，但我盡可能忽略它。

我在傍晚醒來，壁爐裡燒著火，煤斗裡放著一排整齊的木柴。有人把一張小桌子搬來我的床邊，桌上鋪著邊緣破舊的繡花布，桌面上放著一盤食物，有麵包、肉和乳酪。桌子底下有個釀藥草的大鍋子，爐火上的超大型水壺正噴著蒸氣，等水開了就可以把水倒進鍋子裡。在壁爐的另一頭，浴盆和香皂都擺好了，一件乾淨的睡衣橫放在我的床腳。這不是我以前穿過的，卻可能很合身。

我感激的情緒遠超過了疑惑。我奮力起床享用這一切，之後感覺好多了。我不再暈眩，反而感受一股不自然的輕鬆，但隨即向麵包和乳酪屈服了。茶裡透著精靈樹皮的氣味，我立刻懷疑切德是否曾過來叫醒我，但我想不會是他，因爲切德只在晚間傳喚我。

當我把睡衣往頭上套的時候，門靜悄悄地開了。弄臣溜進我的房間，穿著他的黑白雜色冬衣，讓他那毫無血色的皮膚更加蒼白。他的服飾用某種絲織布料製成，鬆散的剪裁使得他看起來活像包裹在裡面的枝條。他似乎長高也變瘦了，慘白的雙眼像往常一樣滿是驚嚇，在沒有血色的臉上更是明顯。他對著我微笑，然後嘲弄地擺動蒼白的粉紅舌頭。

「你，」我不禁推測，指著房裡的東西。「謝謝你。」

「不，」他搖頭否認，蒼白的頭髮從帽子底下浮現成光環狀。「但我有幫忙。謝謝你沐浴了，讓我能更輕鬆地照顧你。眞高興你醒了，但打呼聲可眞是響亮。」

我不去在意他的評論。「你長大了。」我說道。

「對，你也是，而且你生病了，睡了好久，而你現在醒了，洗過澡也吃飽了。你看起來還是挺糟的，但身上沒有臭味了。現在快傍晚了，你還需要些什麼嗎？」

「我在離開這裡時有夢到你。」

他懷疑地看著我。「是嗎？好感人喔，可我不能說夢見過你。」

「我很想念你。」我說道，欣賞著弄臣臉上短暫的緋紅驚喜。

「多麼滑稽。難不成這就是你常裝瘋賣傻的原因？」

「我想是吧！坐下來，說說我離開的時候發生了些什麼事。」

「我不能。黠謀國王要見我，也或許他不想見我，而這正是我爲什麼現在要去見他的原因。當你覺得好一點時，也應該見見他，特別是他沒預料到你會出現的時候。」他唐突地轉身離去，迅速走出門，又突然靠回來，舉起長得離譜的袖子末端的銀鈴對著我搖。「再見了，蜚茲。一定要好好活著，不要讓別人宰了你。」他悄悄關上身後的門。

房裡只剩下我一個人。我幫自己倒了另一杯茶啜飲著，我的房門又打開了。我仰頭望了望，希望看見的是弄臣。蕾細瞥了一瞥說，「喔，他醒了！」然後更大聲地問道，「你怎麼不說你有多累？可把我嚇死了，你那樣地睡了一整天。」她不請自來鬧哄哄地走進房間，手上拿著乾淨的床單和毛毯，而耐辛夫人也進來了。

「喔，他醒了！」她對蕾細喊著，語氣滿是狐疑，絲毫忽略我穿著睡衣面對她們所感受的屈辱。耐辛夫人在蕾細忙著整理房間時坐在我的床上，而我這斗室實在沒什麼好大費周章，但蕾細仍堆著骯髒的盤子、撥弄著爐火，還對著髒兮兮的洗澡水和亂成一團的衣服唸唸有詞。我遠遠地站在壁爐旁，看著她把床單拆下來換上新的，一邊收集我的髒衣服，一邊輕蔑地嗅著，然後帶著戰利品走出房門。

「我是準備整理那些的。」我困窘地喃喃說道，但耐辛夫人並沒有注意到。她充滿威嚴地指著床舖，而我只得不情願地鑽進被窩，不敢相信自己竟如此處於劣勢，她卻俯身將我身邊的床罩塞好，讓我覺得更糗。

「關於莫莉，」她忽然宣布。「你那天晚上的舉動眞是該罵。你利用你的虛弱勾引她進房裡，然後用不實指控惹惱她。蜚茲，這我可不允許。如果你不是病得那麼重，我早就對你發火了，其實我可是對你大失所望。對於你如何欺騙那位可憐的女孩，我實在不知該說什麼，所以我只想說這不會再發生了。你應該表現出對她的尊重，在各方面都應如此。」

莫莉和我之間的小誤會忽然成了一件嚴重的事情。「搞錯了。」我說道，試著讓自己的聲音聽起來自信滿滿而且鎮定。「莫莉和我需要把事情釐清，而且得私下談一談。爲了讓妳安心，我向妳保證，事情並非妳所想的那樣。」

「別忘了你是誰。王子的兒子不會……」

「蜚茲，」我堅定地提醒她。「我是蜚茲駿騎，駿騎的私生子。」耐辛露出受傷害的神情，我也再度感覺到自己離開公鹿堡之後的巨大轉變。我已不再是任憑她監督指正的男孩了，但在她眼中卻還是以前的樣子。我仍試著緩和語調說明，「不是駿騎的婚生子，我的夫人，只是妳丈夫的私生子。」

她坐在我的床腳望著我，棕色的雙眼直直地注視著我，而我從她的飄忽失神中，看見了一個能承擔更多痛苦和遺憾的靈魂。「你認爲我能忘掉嗎？」

正當我尋找答案時，我的聲音卻在喉嚨中消逝，而蕾細的歸來拯救了我。她找來兩名男僕和幾個小男孩，讓他們把我的髒水和盤子拿走，自己則擺出了一小盤糕點和兩個茶杯，計量著新釀的藥草，好泡另一壺茶。耐辛和我直到這群僕人離開後才打破沉默，而蕾細泡好茶倒進所有的杯子後，以她那如影隨形的喋喋不休在房裡安頓好自己。

「這正是因爲你的身分，所以這不只是個誤會。」耐辛回到主題，好像我從不敢打岔似的繼續說道。「如果你只是費德倫的學徒或是馬伕，你就能自由追求和迎娶任何你希望的人選。但你不是，蜚茲駿騎．瞻遠，你身上流著王室血統，就算是私生子也一樣。」她的語氣略微顫抖，「有這血統的人一定要遵從特定習俗，也有特定判斷事情的標準。想想你自己在王室的位置。你一定要國王的許可才能結婚，你當然也知道這個。爲了尊重黠謀國王，你必須事先告知他你想找個伴，他就會仔細思考這件事，然後告訴你他是滿意或不滿意。他會思考的。這是你結婚的好時機嗎？對王位有利嗎？這樣的搭配是可以接受的，或是容易引起醜聞？這樣的交往會干擾到你的職責嗎？王室可以接受這位女士的血緣嗎？國王希望你有下一代嗎？」

她的每個問題都讓我感到相當驚訝，我只得躺回枕頭上瞪著床舖的吊飾。我從未眞正追求莫莉，只是從兒時玩伴的關係進展到進一步的友誼。我知道自己內心想讓這件事情過去，我的頭腦卻從不停止思考，而她輕而易舉就看出來了。

「最好也記住，蜚茲駿騎，你已對另一人發誓，你的生命早已屬於國王。如果你和莫莉結婚，能帶給她什麼？丈夫的離去？別無所求的片段時光？對國王立誓的人沒什麼機會把時間分給生命中的其他人。」淚水忽然從她眼中流出來。「有些女人願意接受男人忠實的給予，並因此感到滿足，但對其他人來說就不夠了，永遠都不夠。你必須……」她好像從口中擠出這些字句，而且滿臉遲疑。「你一定要考慮到，你不能在一匹馬的背上放兩個馬鞍，不論這匹馬是多麼願意……」她的聲音在最後幾個字裡消失，像遭傷害般閉上雙眼。然後，她吸了一口氣，不想停似地迅速繼續，「另一個考量，蜚茲駿騎。莫莉是、或曾經是個有理想的女子。她做生意而且對商場瞭若指掌，我想經過一段受雇時間之後，她就有能力重新建立自己的事業。但你呢？你能帶給她什麼？你寫得一手好字，但沒有文書的完備技巧。你是個馬廄好幫手，但那並非是你的謀生方式。你是王子的私生子，住在城堡中衣食無缺，但沒有固定的零用金。這對一個人來說或許是個舒適的房間，但你指望帶莫莉過來一起生活嗎？還是你眞相信國王會准你離開公鹿堡？如果他准了，又如何呢？你會和你的妻子靠她辛苦賺的錢共同生活，然後自己什麼都不做？還是你樂意向她學習做生意，成為她的得力助手？」

她終於停了下來，不期待我回答任何問題，而我連試也沒試。她吸了一口氣然後繼續。「你的行為就像個毫不思考的男孩。我知道你沒有惡意，但我們一定要確定事情不會對任何人造成傷害，尤其是莫莉。你在王室宮廷的謠言和陰謀中成長，但她不是，難道你會讓別人說她是你的妾，或是更糟糕的公鹿堡妓女？長久以來，公鹿堡一直是男性的宮廷。欲念王后是……王后，但她不像堅貞王后那樣把宮廷當一回事。公鹿堡如今又有了王后，情況已經不一樣了，你也會發現的。如果你真希望莫莉成為你的妻子，她一定得一步一步融入宮廷生活，否則她會覺得自己是禮貌點頭人群中的局外人。我老實跟你說，蜚茲駿騎，我並不是對你殘酷，但我現在表現殘酷，總比讓莫莉此生都被人冷酷對待好多了。」她如此平靜地說著，雙眼視線從未離開我的臉龐。

她等待我回答，接著我無助地發問，「那我該怎麼做？」

她低頭看了看她的雙手，然後再度看著我的雙眼。「現在什麼也別做，我是認真的。我讓莫莉成為我的女僕，而且盡力教導她宮廷的一切。她是位好學生，而當她教我藥草和調香時，可就是最令人愉快的老師了。我讓費德倫教她寫字，這可是她最熱中的呢！不過，事情現在就應該是這樣子。她一定得讓宮廷的仕女們接受她，把她視為我的一位貴族仕女，而非私生子的女人。過一段時間，你就可以找她，但現在最好別單獨見她，甚至要打消想見她的念頭。」

「但我必須單獨和她談談，簡短的談一談就好，然後我保證會遵從妳的規定。她認為我蓄意欺騙她，耐辛。她覺得我昨夜喝醉了，而我得解釋……」

但是，我還來不及說出下句話，耐辛就搖搖頭，然後繼續說下去，讓我只得結結巴巴地停下來。「我們已經聽到謠言了，只因她來這兒找你，還有人們也對此說了閒話。我破除謠言，向大家保證莫莉是因為現在有困難才來這裡，而且她的母親曾在堅媜王后的宮廷為海樂夫人跑腿。因為這千眞萬確，所以她大可來找我，海樂夫人難道不是我來到公鹿堡之後的第一位朋友嗎？

「妳認識莫莉的母親？」我好奇地問道。

「不算是。她在我來公鹿堡之前就離開這裡，嫁給了一位製燭商，但我的確認識海樂夫人，而且她對我很好。」她不理會我的問題。

「但是，難道我不能到妳房裡和她私下談談，然後……」

「我不容許醜聞！」她堅決地宣稱。「我不會引發醜聞。蚩茲，你在宮廷有敵人，而我不會讓莫莉成為他們為了傷害你而選擇的犧牲品。就這樣，我講得夠清楚了吧？」

她說得很清楚，尤其是那些我原本以為她不知道的事。她對我的敵人有多瞭解？她是否認這些和社交有關？雖然這些紛擾在宮廷裡已經鬧翻天了。我想到帝尊和他狡猾的俏皮話，也想到了他在餐宴中如何轉換柔和的語氣和食客們聊天，讓他們假惺惺的彼此嘻笑，並且輕聲對王子的批評發表意見。我想著該如何殺了他。

「看你的下巴就知道你懂了。」耐辛起身將茶杯放回桌上。「蕾細，我想現在應該讓蚩茲駿騎休息了。」

「請妳至少告訴她不要生我的氣，」我求她。「告訴她我昨夜沒醉，告訴她我從未想要欺騙她或傷害她。」

「我不會傳話！蕾細，妳也不准！別以為我沒看到你們倆互使眼色。記住，蚩茲駿騎，我相信你是懂得禮數的。這位女製燭商師傅並不認識你，事情就該這樣。我們走吧，蕾細。蚩茲駿騎，我希望你今晚能休息一下。」

她們離開了我。雖然我試著捕捉蕾細的眼神並且贏得她的協助，但她拒絕看我。門在她們身後關上，我只得躺回枕頭上。我試著不讓我的心爲了耐辛對我的限制而攪動，她這些規矩很惱人，但她是對的。我只希望莫莉把我的行爲當成不經大腦的胡鬧，而非欺騙或默許的縱容。

我起身撥動爐火，然後坐在壁爐上看著我的房間。在群山王國生活了幾個月之後，這兒看起來的確像個蒼涼之地。房裡衣櫥的裝飾只是一塊滿是塵埃、描繪睿智國王和古靈友好的織錦掛毯，如同我床腳的杉木櫃般搭配著房間。我用批判的眼神仰視著織錦掛毯，它既老舊又遭蟲害，這就是爲何將它放逐於此的原因。如果在我小的時候看到它，可會讓我做惡夢。掛毯以舊式風格編織而成，睿智國王看起來過於高佻，而古靈一點也不像我所見過的任何生物。他們凸出的肩上似乎長著翅膀，或許這也代表環繞在雙肩的光環。我靠著壁爐細細打量著他們。

我打瞌睡了，醒來時肩上有張草圖。壁爐邊通往切德地盤的密門誘人地敞開著，我僵硬地起身，伸伸懶腰然後沿著石板階梯上樓。就像多年前初次造訪般，我穿著睡衣。當時，我跟隨一位有著麻子臉和如鷹般明亮尖銳雙眼的老人走著，他的樣子可真嚇人。他教我如何殺人，也無言地成了我的朋友，而我接受了兩者。

石板階梯冷冷冰冰的，牆上的燭台依然有蜘蛛網、灰塵和煤灰，可以想見這階梯無人清掃，切德住的地方也是。這兒就像往常般混亂、骯髒但舒適。在房裡的一端有著他工作用的壁爐、光溜溜的石板地和巨大的桌子。桌面依然凌亂如昔，研缽和研杵、黏答答的盤子裡裝著給黃鼠狼偷溜吃的肉屑、放乾藥草的鍋子、石板和卷軸、湯匙和鉗子，還有燒得焦黑的壺子，仍散發著濃烈的煙味，縈繞整個房間。

但切德不在這裡。不，他在房間另一頭，那兒有張帶坐墊的大椅子，面對著壁爐內舞動的爐火。地板上的地毯層層堆疊，一張雕工精細的桌子上擺著盛滿秋季蘋果的碗，和裝著夏酒的有塞玻璃瓶。切德端坐在椅子上，捧著半展開的卷軸就著燈光閱讀。他看東西的時候，拿得比以前更遠了嗎？他削瘦的手臂更枯槁了嗎？我不禁納悶他是否在我遠離的這幾個月變老了，還是我以前沒仔細注意他？他那灰色的毛料長袍如往常般端整，長長的灰髮蓋住袍子的雙肩，看起來是相同的顏色。按照慣例，我靜悄悄地站著直到他紆尊地抬起頭來看到我。有些事物變了，另一些卻沒變。

他終於放下卷軸朝我這裡看。他有著綠色的雙眼，總在他那屬於瞻遠家族的面容上綻放著驚喜的光亮。儘管他的臉和手臂上滿布膿包般的痘疤，但他私生子的血統幾乎和我一樣顯而易見。我想我應該可以稱呼他爲伯公，但我們的師徒關係顯然比血親還親近。他從頭到腳看著我，讓我不自覺地在他仔細的觀察下站得更直。他的聲音如下令般嚴肅，「小子，走到燈光下。」

我心領神會地前進了十幾步，讓他如研究卷軸般細細端詳著我。「如果我們是野心勃勃的叛國賊，你和我，我們就能讓人民從你身上看到駿騎的影子，而我能教你如何像他一樣站立，你走路的樣子已經和他一樣了。我還能教你如何在臉上加皺紋，讓你看起來更老。你和他差不多高，可以學學他說那些慣用語和他笑的樣子。漸漸地，我們就能悄悄集合力量，讓他們想都想不到自己是如何失敗的。然後有一天，我們就能奪權。」

他停了下來。

我緩緩地搖頭，然後我們相視而笑，我走過去坐在他腳邊的壁爐石頭上，爐火在我背後散發的溫暖舒服極了。

「這是我的本領，我想。」他嘆口氣，啜飲著酒。「我必須想到這些事情，因爲我知道其他人也會想到。遲早有一天，一些微不足道的貴族們會相信這是前所未有的想法，然後帶著它來見你。等著瞧吧，看看我說得對不對。」

「我希望你錯了。我受夠了陰謀，切德，況且我在棋局中的表現也沒有如同預期一般好。」

「以和你交手的人來看，你做得不錯，而且你活下來了。」他透過我看著爐火。有個問題幾乎顯而易見地懸在我們之間，那就是爲什麼黠謀國王會告訴帝尊說，我是他訓練的刺客？他爲什麼讓我向一位想殺我的人通報和接受指令？難道他把我出賣給帝尊，好用來消除帝尊其他的不滿？如果我是個用來犧牲的抵押品，難道就得像一個誘餌般被吊起來，讓這位年輕王子消遣？我想連切德也無法回答我所有的問題，而問這些就等於全然背叛我們宣示成爲吾王子民的誓言。多年以前，我們就發誓將生命獻給黠謀以保護皇室。我們不能問他將選擇如何運用我們，那樣想的話就成了叛國。

所以，切德舉起夏酒替我倒在一個空杯子裡。我們簡短交談了些只對我們來說有意義的事情，而這眞是難能可貴。我問起黃鼠狼偷溜，然後他就吞吞吐吐地對大鼻子的死表達同情。他問了幾個問題，讓我知道他對我和惟眞私底下的回報和馬廄的謠言都瞭若指掌。切德也簡單跟我提到了有關堡裡那些比較不重要的閒話，還有我不在時的那些中下階級之間所發生的瑣事。但當我問起他對我們的王妃珂翠肯的看法時，他的臉色變了。

「她面對著一條艱苦的道路。她來到一個沒有王后的宮廷，就連她自己都還不是王后。她在艱困時期來到這裡，一個內憂外患交織的王國。但是，她最大的困境是這個宮廷不瞭解她對皇室的概念，反倒給爲她舉辦的盛宴和聚會困住了。她習慣走入人群，親自照顧花園、編織和冶煉打造金屬、排解糾紛，以及犧牲自己以免人民受苦；但在這裡卻發現她的社會完全屬於貴族和有錢有勢的人。她不明白這些聚會的目的不過是消耗酒和異國食物，以及炫耀衣著的昂貴布料和浮誇的珠寶，所以她『表現不佳』。她是位俊俏的女子，也有她個人行事的風格，但她的身材卻過於高大健壯，超越了公鹿堡的婦女，就像是獵人勇猛的坐騎。她心地善良，而我卻不知道她是否能勝任愉快，小子。說眞的，我滿同情她的。她獨自來到這裡，而隨行的人早就回到群山裡了，所以，除了那些希望獲取她偏愛的人刻意討好之外，她還是非常寂寞。」

「還有惟眞，」我煩惱地問道。「難道他對她的寂寞置之不理，沒教她我們的生活方式？」

「惟眞沒什麼時間陪她，」切德直言不諱。「他試著在婚約安排好之前對黠謀解釋，但我們沒聽他的。黠謀和我只管她帶來的政治優勢，而我也忘了將會有名女子日復一日地待在這宮廷裡。惟眞也忙壞了，如果他們只是普通的男女，時間一久自然就會對對方眞誠關懷，但此時此刻他們必須竭盡所能維持表象，很快地，大家也會要求繼承人的誕生。他們沒時間瞭解彼此，更別說關懷對方了。」他一定看出我臉上的痛苦，只因他補充道，「那是皇室的一貫作風，小子，只有駿騎和耐辛是例外。他們不顧政治優勢，只管過得快樂，而從未有王儲爲了愛而結婚。我相信你應該聽過很多人說這整件事有多愚蠢。」

「而且我一直納悶他是否在乎。」

「他付出了代價，」切德平靜地說道。「我不認爲他後悔，但他畢竟是王儲，你可沒他那樣的地位。」

這就是了。我懷疑他知道一切，而指望他不說出來是徒勞無功的。我感覺一股緩慢的紅暈浮上了我的臉。「莫莉。」

他緩緩點頭。「這是屬於市井小民的事兒，而你當時也只是個男孩，那不重要，但你現在是成人了。當她來這裡找你時，大家就開始議論紛紛。耐辛很了不起地停止謠言而且掌握大局。換成是我，可不知道要如何安置這名女子，但耐辛處理得眞好。」

「這名女子……」我痛苦地重複著。如果他說「這名妓女」，我或許不會覺得如此尖銳。「切德，你誤會她、也誤會我了。我們在很久以前原是朋友，至於是誰的錯……是我把事情搞砸了，而不是莫莉。

我總想著在鎮裡結交的那群朋友，這段『新來的』時光是屬於我的。」我結巴地停住，只聽見我愚蠢的話語。

「你覺得你能過兩種生活？」切德的聲音輕細但不溫和。「我們屬於國王，小子，吾王子民，我們的人生也屬於他，無論是睡著或醒著，分分秒秒，每一天都屬於他。你沒時間管自己的事情，只有他的事。」

我微微移動，端詳著爐火，在火光中想著我所認識的切德。我在這裡的黑暗中遇到他，在這間孤寂的房裡與他見面。我從未看他出門逛逛公鹿堡，也沒有人對我提起他的名字。有時，他會假扮成百里香夫人冒險外出。我們曾經一起騎著馬在黑夜中奔馳，在冶煉鎮經歷王國中第一次的恐怖冶煉，但這也是國王的命令，那麼切德的人生到底有什麼？一間臥房、好酒和食物，加上黃鼠狼作伴。他是黠謀的哥哥，但身為私生子，他無法登基成為國王。難道，他的人生正預示著我的人生？

「不。」

我沒說話，但當我注視著切德的臉龐時，他就猜到了我的心思。「在沒處理好的藥劑意外爆炸讓我渾身疤痕累累之後，小子，我選擇這樣的生活。我曾經很英俊，也很自負，幾乎像帝尊那樣自負。當我毀容時，眞希望自己就這麼死去。我把自己關在房裡好幾個月，等我走出來時，就得把自己喬裝起來，不是百里香夫人，那時候還沒有，不，只是遮住臉和雙手讓別人認不出來。我離開公鹿堡，而且離開好一段時間，然後當我回來時，那曾經是我的英俊男子已不復存在。我發覺原來的自己死了之後，反而對這個家族更有幫助。這故事說來話長，小子，但我選擇這樣的生活方式，而非黠謀強迫的。你的未來或許不同，但別想你可以掌握自己的人生。」

好奇心刺激了我。「這就是為什麼駿騎和惟眞知道你，而帝尊卻毫不知情？」

切德怪異地微笑。「對這兩位年長的小子來說，我像是慈祥的繼伯般，如果你相信的話。我用某些方式照顧他們，但當我毀容之後就躲得遠遠的。帝尊從來不認得我，因他母親深深恐懼著滿臉痘疤的人，我想她相信所有關於痲臉人的傳說，也就是災難和不幸的通報者，也因此對有缺陷的人抱持一種迷信般的畏懼。你可以從帝尊對弄臣的反應看得出來，她絕不會讓畸形足或缺了一兩隻手指頭的人當女僕。所以，當我回來的時候，沒人把我介紹給這位夫人或是她的孩子。當駿騎成為黠謀的王儲時，我是向他揭露的事件之一，而我很驚訝他居然記得我，而且想念我，當天晚上還帶惟眞來看我。後來我為了這件事訓了他一頓，眞的很難讓他們明白，不是任何時候想見我都可以的，這些傢伙。」他搖搖頭為著回憶而微笑，而我把話題轉回自己身上。

「你認為我該怎麼做？」

切德嘟著嘴啜飲著酒，思索著說道。「以現在來說，耐辛給了你很好的忠告，你得忽略或避開莫莉，但不要太明顯。把她當成新來的廚房女僕，如果遇到的話，對她親切有禮，但不要像熟人般，也不要刻意找她。把你的精力投注在王妃那兒，惟眞會對你分散她的注意力而感到高興，而珂翠肯也樂得看到一張友善的臉。還有，如果你想贏得娶莫莉為妻的許可，王妃可望成為你的得力戰友。當你逗珂翠肯開心時，也順便照顧照顧她，記住有人並不認同惟眞擁有繼承人，也會有人不怎麼願意見到你有孩子，所以得小心謹慎，隨時提高警覺。」

「就這樣？」我氣餒地問道。

「不。休息一下吧！死根是帝尊用來對付你的東西？」我點點頭而他搖搖頭瞇著眼睛。然後，他直接了當地看著我的臉。「你還年輕，或許可以復原，很有可能。我看過另一個人活下來了，但他下半輩子都在發抖，而我在你身上看到了蛛絲馬跡。這並不明顯，只有熟悉你的人才看得出來。但是，別把自己累壞了，疲倦會讓你發抖和視線模糊，給自己壓力就會病發。你不想讓任何人知道這弱點，最好的方法就是不讓你的弱點顯現出來。」

「這就是茶裡面有精靈樹皮的原因？」我毫無必要地問著。

他對著我揚起眉毛。「茶？」

「或許是弄臣的傑作，我一醒來就看到房裡有食物和茶……」

「那麼如果是帝尊的傑作呢？」

我過了一會兒才明白。「我可能遭下毒了。」

「但你沒有，這次沒有。不，這不是我，也不是弄臣，是蕾細。人眞是不可貌相。弄臣發現了你，而他因爲某些緣故把事情告訴了耐辛，當她變得緊張不安時，蕾細悄悄地把事情都安排妥當了。我想，她覺得你和她的女主人一樣腦袋少根筋，給她一點點機會，她就來打理你的生活。她的用意雖好，但你不行讓她這樣下去，蜚茲。一名刺客需要隱私，在你的房門上裝個門閂吧！」

「蜚茲？」我納悶地大聲說道。

「這是你的名字，蜚茲駿騎。看來它似乎像斷了線的風箏般讓你感到陌生。但我現在要開始用它了，我實在挺厭倦『小子』這稱呼。」

我低下頭。我們接著談論別的事情，距離天亮還有一小時左右，我才離開他那沒窗戶的房間，回到自己的房裡，躺回床上，但一點也不想睡。我總是壓抑著在宮廷身不由己的憤怒，而如今它已悶在我心裡讓我無法休息。我丟開毛毯，下床走到公鹿堡城。

水面上寒冷而清新的風，如同打在臉上潮濕的巴掌般濕冷。我把斗蓬拉得更緊，並且罩上兜帽。我輕快地走著，在陡峭的路上避免踩到結冰的地方，一路往城裡走。我試著不去想，但我澎湃的血液不但沒暖和我的身子，反而使我的憤怒加溫，我的思緒也像一匹奔馳的馴馬般舞動著。

當我第一次來到公鹿堡城的時候，看到的是一個忙碌骯髒的小地方，雖然它在過去十年已形成一股精於世故的虛飾，但它的本質可是再儉樸不過的了。這個城依附著公鹿堡下的山崖，山崖向下延伸成岩岸，而倉庫和棚子都建造在碼頭和樁基上面。在公鹿堡下方受防護的深水停泊處，吸引著商船和商人。往北方走去，在公鹿河與海的交會處，有著更柔緩的海灘，寬敞的河流載送大商船向內駛入內陸王國。離河口最近的地方很容易發生水災，而船隻停泊處因河流的瞬息萬變而變得不可預測。所以，公鹿堡人民在港口上方陡峭的山崖上，如同蛋崖上的鳥般群居著。狹窄不平的石板街道，來回地繞著這險峻的地形，直到延伸至海裡。房屋、商店和客棧謙卑地依附著山崖表面，努力地不想妨礙無時無刻出現的風。山崖的地勢愈高，就有愈來愈多華麗炫飾的木造住家和商店，地基深深切入山崖的石頭中，但我可不熟悉這樣的社會階層。我必須像個孩子般，在緊逼水邊的簡陋商店和水手客棧間跑著玩著。

當我來到公鹿堡城這個區域時，諷刺地回想著如果莫莉和我沒有成為朋友，對我們來說都比現在好。我已損壞了她的名譽，而且如果我繼續注意著她，她就可能成為帝尊謀害的目標。對我來說，相信她為了別人無牽無掛地離開我，和如今知道她認為我欺騙她的痛苦比起來，根本算不了什麼。

我從蒼涼的記憶中走出來，發覺不聽使喚的雙腳已把我帶到她的蠟燭店門口。現在，這是一家茶和藥草店，而我納悶著莫莉的蜂窩後來怎樣了。我感到一陣極度的痛苦，只因我體會到莫莉流離失所的悵然，一定比我的憂愁還痛苦十倍，不，還痛苦百倍。我這麼容易就接受莫莉因為喪父，賠上生存和前途的事實。這麼容易就接受了她在公鹿堡當女僕的事實。一位僕人。我咬著牙繼續前進。

我在城中漫無目的地遊蕩著。儘管心情蒼涼，我仍注意到這兒在過去六個月裡的巨大轉變，甚至在這寒冷的冬天裡，依然人聲鼎沸。建造船隻聚集了來工作的人群，而人愈多就表示生意愈多。我在一個小酒館前停下來，這兒曾是莫莉、德克、凱瑞和我三不五時共飲白蘭地的地方，最廉價的黑莓白蘭地是我們常點的酒。我獨自坐著靜靜地喝著啤酒，可也從身旁的聒噪知道了不少事情。公鹿堡不但因造船而繁榮，惟眞也正召集水手航行戰艦，而來自沿海大公國的衆多男女都熱烈地響應。有人爲了發洩怨恨而來，爲那些在冶煉鎭犧牲的人們復仇。其他人爲了冒險、戰利品而來，更有人是因爲在荒蕪的村莊裡，毫無前途可言而來到此地。有些人來自捕魚或生意人的家庭，航行過也懂得航海技術，而其他人曾是荒蕪村莊裡的牧羊人和農夫。這都無關緊要。所有人都來到公鹿堡城，亟欲讓紅船淌血。

現在，許多人住在以前的倉庫裡。公鹿堡的兵器師傅浩得，訓練大家如何使用武器，精選出她認爲適合在惟眞的戰艦上工作的人，其他人就充當步兵。還有更多人擠在城鎭、客棧、小酒館和小吃攤上。我也聽到了些抱怨，有些戰艦的徵員是移民來的外島人，也被侵襲我們海岸的紅船害得同樣流離失所。他們也聲稱亟欲報復，但六大公國裡沒什麼人信任他們，而有些店家也拒絕做他們的生意，爲忙碌的酒吧招來險惡的暗流。人們竊竊私語著一位幾天前在碼頭遭毆打的外島人，但沒有人通知鎭裡的巡守員。大家的猜測變得愈來愈負面，說那群外島人是間諜，而把他們燒死會是個明智的預防措施。我因無法再消化這些而離開小酒館，難道我走到哪裡都無法避開懷疑和陰謀，就連一個小時的清靜都沒有？

我獨自走著，行經冬意盎然的街道。一股猛烈的風吹起，強風毫不留情地徘徊在彎曲的街道，就快下雪了。同樣地，一陣憤怒的寒冷在我的體內劇烈絞扭著，從憤怒、憤恨、無助又回到憤怒，形成一股無法承受的壓力。他們無權如此對我，我不是生來成爲他們的工具。我有權自由自在地過日子，成爲我應該成爲的人。難道他們覺得可以強迫我照他們的意願行事，隨心所欲地利用我，而我永遠不會還擊？

不，時候會到的。我反擊的時候會到的。

有位頭戴兜帽的男子急急忙忙地朝我走來，當他仰頭一瞥時，我們的眼神相遇。他臉色發白地轉過身去，急忙地沿著來時的路往回走。嗯，他是該這麼做。我的憤怒形成了無法承受的盛怒，風吹著我的頭髮想讓我覺得更冷，但我大步地走得更快，而怨恨的力量也變得熱絡起來，如同鮮血的氣味般引誘著我跟隨。

我轉過一個角落，發現自己走到市場了。可憐的商人因為強風的威脅，紛紛用毛毯和草蓆打包貨品，攤販則收拾起百葉窗。我快步穿越他們，人們也紛紛讓開一條路讓我快速掠過，我可一點也不在乎他們是如何瞪著我。

我來到賣動物的攤子前，彷彿和自己面對面。枯瘦的牠有著淒涼黑暗的雙眼，駭人似的盯著我瞧，怨恨的浪潮在牠發出的聲響中翻攪波動著，而我們的心跳韻律一致。我感覺上唇抽動，就像咆哮般露出我那可憐的人類牙齒。我挺了挺我的五官，強壓下飽經蹂躪的情緒，但籠子裡髒灰色毛的小狼仍瞪著我，張開黑色的雙唇露出所有的牙齒。*我恨你們，恨你們所有的人。來，靠過來。我要殺了你，在把你們肢解後撕裂你們的喉嚨，嚼食著你們的內臟。我恨你們。*

「你需要什麼嗎？」

「血，」我平靜地說著。「我要你的血。」

「什麼？」

我將雙眼的視線由小狼轉移到那個人身上。以埃爾之名哪，他實在臭的可怕，渾身散發出濃烈的臭味。我聞到汗濕、發臭的食物和他身上排泄物的怪味。他身上裹著的破爛獸皮也發出陣陣惡臭。他有著像貂一般的小眼睛、冷酷骯髒的雙手，腰帶上掛著鑲上黃銅的橡木手杖。我強忍著不把他那該死的手杖搶過來，然後把他的腦袋打爛讓腦漿濺出來。他那穿著厚靴子的雙腳不斷踢著，走著走著就太靠近我了，而我拉緊斗蓬克制自己別把他給殺了。

「狼，」我盡力說出來，用嗆到似的喉音說著。「我需要這匹狼。」

「你確定嗎，小子？牠很壞的。」他用腳撥弄著籠子，而我跳了過去，牙齒咬著木條，鼻子又受傷了，但我不在乎。如果我能吃他一小塊肉，我就會撕下他的皮肉，或者緊抓不放。

不。回去，滾出我的腦袋。我搖搖頭甩掉這想法，而這商人一定覺得我很奇怪。「我知道我需要什麼。」我冷漠地回答，抗拒這匹狼的種種情緒。

「你要嗎？」這人瞪著我，衡量著我的價值，以他認爲我負擔得起的金額出價。我過小的衣服令他不悅，而我對他來說也年輕了些，但我推測他已經抓了這狼一段時間了，想要趁牠還是幼狼的時候賣掉牠。現在，既然狼兒得不到牠所需要的更多食物，這人可能會聽任我出價然後賣掉牠。正合我意，因我沒多少錢。「你要牠做什麼？」他隨口問道。

「鬥獸用。」我漫不經心地說道。「牠看起來骨瘦如柴，不過可能還有點精力。」

這匹狼忽然頂撞著木條，張大嘴巴，牙齒閃閃發光。*我要殺了他們，全都要殺光，把他們的喉嚨挖出來，開膛破肚……*

*安靜，如果你想得到自由。*我在心裡促使牠像遭蜂螫般跳回去，退到遠遠的籠子角落蜷縮著，露出牙齒但尾巴藏在兩腿之間，不確定的疑慮淹沒著牠。

「像狗一樣地打架？喔，牠挺在行的。」這商人又用穿著厚靴的腳撥弄著籠子，但狼兒沒反應。

「牠會幫你贏得一大筆錢，牠可比狼獾還凶狠哪！」他更用力踢著籠子，狼也更加畏縮。

「嗯，牠看起來眞有那麼回事。」我輕蔑地說道。我把視線轉離這匹狼，假裝已對牠失去興趣。我端詳著牠身後籠子裡的鳥，鴿子們看來受到挺好的照顧，而兩隻松鴉和一隻烏鴉，卻擠在滿是腐壞肉屑和鳥大便的骯髒籠子裡。烏鴉乞丐似的披著凌亂的黑羽毛。*慢慢吃這亮眼的「蟲子」*，我向鳥兒們建議著。或許你們就可以趁機啄開門閂逃出來。烏鴉衰弱地在原處歇息，把頭深深埋進羽毛裡，但有隻松鴉飛到更高的棲木上，開始輕啄拖拉著封緊籠門的門閂，我把視線移回到狼這邊。

「我不想讓牠打鬥，只想把牠丟進狗群裡讓狗兒們暖暖身，牠們見到一點血光就會想打架。」

「喔，但牠會成爲你的得力打手。看看這裡，這是牠一個月前在我身上留下的傑作，我當時試著餵牠吃東西，牠就攻擊我。」他捲起一隻袖子，露出滿布青紫色傷痕的污穢手腕，傷口仍未痊癒。

我假裝有點興趣地靠近。「看來受感染了。你想自己會失去這隻手嗎？」

「沒有感染，只是痊癒得很慢，就這樣。看看這裡，小子，暴風雪即將來臨。我得把東西收回我的手推車裡，在風雪來臨前趕緊離開。好了，你想出價買這匹狼嗎？牠會成爲你的得力打手。」

「牠或許可以當熊的誘餌，但僅止於此。我會付給你，嗯，六塊銅幣。」我一共有七塊銅幣。

「銅幣？小子，我們至少是在談論銀幣呢！看看這隻優秀的動物，餵牠一點食物，牠就變得更強壯凶猛。光是獸皮就可以讓我賺到六塊銅幣，現在就拿錢來吧！」

「你最好祈禱在牠變得更骯髒之前，你能賣得掉牠的獸皮。還有，在牠決定把你另一隻手咬掉之前。」我更接近籠子催促著牠，而這匹狼更畏縮了。「牠看來病了，如果我的狗兒們因爲殺了牠而染病，大人一定氣壞了。」我仰望著天空。「暴風雪即將來臨，我最好離開這裡。」

「一塊銀幣，小子，然後你就帶牠走。」

那時，松鴉成功地推開門閂，籠門敞開，牠跳到門邊在商人和籠子間信步走著，而我從後面傳來的聲音中聽到松鴉跳出來站在鴿子籠上。門開了。我對烏鴉指著。我聽到牠抖動著可憐的羽毛，我伸手摸到腰帶中的錢包，深思熟慮地掂掂重量。「一塊銀幣？我沒有一塊銀幣。但沒關係，眞的。我只是明白了我沒辦法把牠帶回家，所以最好別買下牠。」

在我身後的松鴉飛走了。這商人咒罵了一聲，經過我面前走向籠子。我盡量纏住他，接著我們同時跌倒在地。烏鴉來到了籠門邊，我把商人甩開迅速站直，搖著籠子讓鳥兒飛向自由的天空。牠費力地拍打翅膀，飛到鄰近客棧的屋頂上。當商人站穩腳步時，烏鴉已經展開牠那羽毛稀疏的翅膀嘲弄般地呱呱叫。

「整個籠子的鳥都飛走了！」他開始責難似地說道，但我抓著斗蓬指著一個破洞。「這可會讓我的主人發火！」我誇張地喊著，和他怒目相視。

他抬頭望著烏鴉，牠膨脹著羽毛抵擋強風，然後躲到煙囪的遮蔽處。他沒有再抓到這隻鳥，而狼兒忽然在我身後哀鳴著。

「九塊銅幣！」商人突然孤注一擲地開價，他那天沒賣出任何動物，我敢保證。

「我告訴你了，我沒辦法帶牠回家！」我回應著，拉起我的兜帽仰望著天空。「暴風雪來了。」我如此宣布，而厚厚濕濕的雪花也開始落了下來。這是非常惡劣的天氣，雪雖然結凍不了但也很難融化。天亮時，街上會閃著結冰的光芒。我轉身離去。

「給我你那該死的六塊銅幣！」商人慌亂地怒吼著。

我遲疑地摸索出這些銅幣，「你會把牠送到我住的地方嗎？」他在我發問時把銅幣從我手中搶過去。

「你自個兒動手吧，小子，你知道你洗劫了我。」

說完，他拿起鴿子籠放入手推車裡，接著是空空如也的烏鴉籠。他忽略我憤怒的抗議，爬上推車的座位搖晃著小馬兒的韁繩。這老傢伙拉著破舊的推車離開，走進厚厚的積雪和霧中。我們周圍的市場裡空無一人，只看到人們在暴風雨中急忙趕回家，收緊衣領和兜帽抵抗濕冷的風和飄著的雪。

「現在我要怎麼處理你呢？」我問著狼兒。

讓我出去，放了我。

我不能，這樣不安全。如果我在市中心把狼放出來，會有太多的狗集合起來攻擊牠，也會有太多的人會爲了牠的獸皮，或者只因爲牠是匹狼而射殺牠，如此牠就無法活著回到森林去。我朝著籠子彎腰，想要舉起籠子看看有多重，而牠露出牙齒朝我撲過來。

回去！我立刻生氣了，這憤怒是會感染的。

我要殺了你，你就像他一樣，是人類。你會把我關在籠子裡，對吧？我要殺了你，把你開膛破肚，扭打著你的腸子。

你給我後退！我極力催促著牠，而牠又畏縮到另一頭去了，對我令牠困惑的動作咆哮哀鳴著，但隨即遠離我，躲在籠子角落。我舉起籠子，很重，而牠跑來跑去的重量讓這活兒更加艱難。但我抬得動這籠子，只不過沒辦法走太遠太久。然而，如果我抬著這籠子繼續走著，我就可以把牠帶出城。牠長大後可能會跟我一樣重，但牠現在是如此瘦弱，也還年輕，比我第一眼看到牠時還年輕。

我提起籠子把它抱在胸前。如果牠現在攻擊我，可是會得逞的，但牠只是哀鳴著躲到遠遠的角落裡，抬著牠走可眞是個棘手的活兒。

他怎麼抓到你的？

我恨你。

他怎麼抓到你的？

牠回想起一個洞穴，還有兩位兄弟，和捉魚給牠吃的母親。然後，一陣血光煙霧之後，牠的兄弟和母親都成了製靴商人發臭的獸皮，而牠最後給拖了出來丟進有貂味的籠子裡，靠吃腐肉過活。還有仇恨，那是讓牠茁壯的力量。

如果你的母親餵你吃魚，一定是因為你太晚出生的緣故。

牠在生我的氣。

所有的道路都是上坡路，雪也開始愈積愈厚。我破損的靴子在結冰的卵石路上溜滑著，雙肩因籠子突然的重量而彎曲著。我怕自己開始發抖，必須時常停下來休息。當我休息時，堅持拒絕思考我做了些什麼，告訴自己我不會牽繫著這匹狼或其他動物。我對自己承諾頂多把這小狼餵大，然後在某個地方把牠給放了，博瑞屈不用知道，而我也犯不著面對他的不悅。我再度抬起籠子，誰會想到這全身長滿疥癬的小動物有這麼重？

這不是疥癬，牠憤怒地說道。是蟲子。籠子裡到處都是蟲子。

所以，原來我胸口的劇癢不是想像出來的。太好了。我今晚得要再泡一次澡，除非我這個冬季想和跳蚤共眠。

我來到了公鹿堡城邊。從這裡望過去，只見稀稀落落的房屋，路面更陡峭，而且陡峭多了。我再次把籠子放在積雪的地上，小狼在裡面縮成一團，身形瘦小的牠，沒有忿也沒有恨。牠餓了，而我做了個決定。

我要把你放出來。我要抱著你走。

牠沒反應，只是鎮定地看著我撥弄門扣，然後把門打開。我以為牠會飛快跑過我身邊，在黑夜和飛雪中消失，但牠只是在原地蜷縮著。我把手伸進籠子裡，抓住牠的頸背把牠拉出來，不一會兒牠就撲在我身上，嘴巴張得大大的要咬我的喉嚨。我即時舉起手臂，交叉著前臂推擠進牠嘴裡，抓穩牠的頸背，將手臂深深推進牠的嘴裡，比牠想要的還深。牠想用後腿把我的肚皮撕裂，但我的緊身短上衣夠厚，足以把傷害的程度降到最低。接著我們在雪地上滾啊滾，像瘋子般猛咬扭打著，但我有足夠的體重也很有力量，加上多年與狗打鬥的經驗，所以能緊抓牠的背部制伏牠，而牠只得無助地掙扎，頭部來回扭動，還用不屬於人類的話語咒罵著我。當牠讓自己精力耗盡時，我俯身向前壓著牠，抓住牠的喉嚨，彎著身子瞪著牠的雙眼。這是牠可以理解的肢體語言，我又補充著。我是大狼。你是小狼。你要聽我的！

我抓著牠，直直瞪著牠看，牠很快地看往別處，但我仍抓著牠，直到牠轉回來看著我，這才發現牠的眼神變了。我放了牠起身走遠，而牠動也不動地躺著。起來。過來這裡。牠翻身站起來走向我，放低腹部貼在地上，尾巴夾在兩腿之間。當牠接近我的時候，側身倒下來露出肚皮，溫和地嗚咽著。

我過了一會兒就心軟了。沒關係，我們只是需要彼此瞭解，我不想傷害你。現在過來吧！我伸手撫摸牠的胸膛，但當我摸到牠的時候，牠吠叫著，讓我感覺到那閃著紅光般的痛苦。

你哪裡受傷了？

我彷彿看到了那個滿懷怒氣，手持棍棒把牠關進籠子裡的人。到處都是。

我試著輕緩柔和地檢查著牠的全身，只見長年的疥癬和肋骨上的腫塊。我起身猛烈地將籠子踢到一旁，牠走過來靠著我的腿。我好餓、好冷。牠的感覺再度如血般注入我的體內，而當我撫摸牠時，很難把我倆的思緒分開。這是因爲我對牠所受的虐待感到盛怒？或者這是牠本身的憤怒？我決定不再思索這無關緊要的問題，小心翼翼地抱牠站起來。我將牠緊抱在胸前，而不是把牠關在籠子裡，感覺就沒那麼重了。牠渾身是毛而且骨頭細長，讓我懊悔著對牠用力過猛，但也知道這是牠唯一瞭解的語言。「我會照顧你。」我強迫自己大聲說出來。

溫暖。牠感激地想著，我就把斗蓬拉過來蓋住牠。牠的知覺成了我的知覺，我能嗅到自己，比我想聞到的味道還重一千倍。馬兒、狗兒、木材燃燒的煙味、啤酒和耐辛的一抹淡淡香水味。我盡全力阻擋牠的知覺，緊貼著帶牠踏上往公鹿堡的路。我知道一間廢棄的小木屋，曾經有位養豬人住在裡面，就在穀倉後頭，但現在沒人住了。這間屋子太破舊，也離公鹿堡居民太遠了，但這正合我意。我要把牠安置在那兒，給牠些骨頭啃，吃煮熟的稻穀，還有用稻草鋪床讓牠安睡。一、兩個禮拜，或許一個月之後，牠就會恢復體力，可以自己照顧自己。然後，我會帶著牠到公鹿堡西邊，然後放了牠。

有肉嗎？

我嘆了口氣。會有的。我對牠承諾。從來沒有動物如此全然感受到我的思緒，或這麼清晰表達牠自己的想法。還好我們在一起的時間不會太長。還好牠很快就會離開。

溫暖。牠反駁我，然後把頭放在我的肩上睡著了，濕濕的鼻子輕輕嗅著我的耳朵。

5

孤注一擲

當然有古老的行事準則，而且這些慣例自然比現在嚴格許多。但是，恕我冒昧，我們並不會矯飾地遠離這些慣例。一位戰士依然受他所說的話約束，而對於並肩作戰的戰友來說，沒有比對同袍撒謊或使其受辱更愚蠢的事了。此外，敦親睦鄰的律法，也禁止人們對同桌共享鹽巴的人動武。

公鹿堡的冬意更濃了，暴風雪從海上襲捲而來，夾帶著強烈的寒意襲擊我們之後，然後就消逝無蹤了。飛雪通常緊接著飄落，城垛上積滿了大量積雪，如同核果蛋糕上的甜品般厚實。漫漫長夜顯得更漫長，星斗在明淨的夜空燃燒著冷冽的光芒。我從群山王國踏上漫長的旅途回來之後，就不像以前那麼怕冷了。當我每天到馬廄和舊豬舍進行例行公事的時候，我的雙頰會因寒冷而發熱，睫毛也因爲結霜而黏在一起，但我總知道家和溫暖的壁爐就在附近。暴風雪和深沉的寒冷像門邊的狼吠般呼嘯著，但這群負責守衛的動物也阻擋了紅船對海岸的侵襲。

對我來說，時間過的很慢。我如切德建議般地每天拜訪珂翠肯，但我們的倔強太過相似了。我確信我們彼此都惹火了對方，但即使如此，我也不敢花太多時間和小狼在一起，免得我們相互牽繫。我沒有其他的固定差事，這不但讓我覺得度日如年，也讓我不斷想起莫莉。夜晚最是難捱，我沉睡的心會失去控制，而夢到的也都是我的莫莉，我那穿著緋紅裙子的製蠋女孩，如今卻穿著嚴肅單調的藍色侍女服。如果我不能在白天接近她，就在夢中以我在清醒時所沒有的勇氣、表達的眞誠和活力追求她吧！當我們在暴風雨後的海灘上漫步時，我握著她的手，毫不遲疑地親吻著她，也毫不隱藏地看著她的雙眼，只因沒有人能在夢裡讓她遠離我。

首先，切德給我的訓練引誘我監視著她，我知道她在僕人樓層的房間，也知道哪扇窗是她的。我不經意地知道她來回的時間，站在看得到她腳步的地方目送她到市場辦事，心中卻感到羞恥，但儘管我努力嘗試，還是無法讓自己不站在那裡。我知道哪幾位女僕是她的朋友，雖然無法跟她說話，我總能向她們打招呼聊聊天，一邊企盼著得到莫莉不由自主地的關注，一邊無助地渴望著她。我不想睡也不想吃，對任何事情提不起興趣。

有天晚上，我坐在廚房對面的守衛室，在角落找到一個可以靠著牆的地方，把穿著靴子的雙腿伸到對面的凳子上，表明了我不想讓人陪。一杯在幾個小時前變溫的麥酒擺在我面前，但我連喝個爛醉的心情也沒有。我不看任何東西也試著不思考，然後凳子就從我伸出的腳下給猛地推開。我差點從座位上摔下來，坐穩後看到博瑞屈在我對面坐著。「你怎麼了？」他粗魯地問道。他向前俯身並且提高聲調。「你又發病了嗎？」

我回頭望著桌子，靜悄悄的說道，「有幾次顫抖，但不是眞正嚴重的抽搐，我太累的時候才會這樣。」

他嚴肅地點點頭，然後等待著。我抬起頭看到他深沉的雙眼注視著我，那份關懷觸動了我內心。我搖搖頭，忽然沒聲音了。「是莫莉。」我過了一會兒說道。

「你沒找到她去了哪兒？」

「不。她在這裡，就在公鹿堡，是耐辛的女僕，但耐辛不讓我見她，她說……」

博瑞屈在聽到我說前幾句時把眼睛張得很大，而現在他望著我們周圍，然後對著門昂首示意。我起身跟著他走向馬廄，然後上樓到他房間。我坐在他壁爐前的桌子旁，看他拿出提爾司白蘭地和兩個杯子，接著擺出縫補皮革的工具，原來他還有一大堆永無止境的馬具要修補。他給我一條需要新皮帶的韁繩，自己則精細地裝飾著一副馬鞍的垂邊。他拉了拉自己的凳子看著我。「這位莫莉，我看過她，她和蕾細在洗衣間？驕傲地抬著頭？閃閃發光的紅色外套？」

「那是她的頭髮。」我不情願地糾正他。

「臀部夠寬，挺能生的。」他大為讚許。

我怒視著他。「多謝。」我冰冷地說道。

他的露齒而笑震驚了我。「生氣吧！我寧願你生氣也不要你自艾自憐。來，告訴我吧！」

而我告訴了他，或許比在守衛室說得更多，因為這裡只有我們倆。我也喝了點白蘭地，還有他房裡熟悉的景象、氣味和工藝品都圍繞在我身邊。我這輩子可找不到比這裡更安全的地方，安全到可以把我的痛苦告訴他。他不說話也不下評論，即使我說完了，他也保持沉默，我只得看著他把染料揉進皮革上剛雕刻好的公鹿形狀裡。

「所以，我應該怎麼做？」我聽到自己問著。

他放下手邊的工作，喝完白蘭地，然後再把酒倒進杯子裡，看了看房裡。「你問我，當然啦，是因為你注意到我出乎意料地有個好太太和許多孩子？」

他語氣中的挖苦震撼了我，但在我能反應之前，他嗆到似的笑了出來。「忘了我說的吧！最後，是我做的決定，而且很久以前就決定了。蜚茲駿騎，你覺得自己應該怎麼做？」

我愁眉苦臉地瞪著他。

「剛開始是哪兒出錯了？」看我沒有回答，他又發問。「你剛不是告訴我你像男孩般追求她，而她卻把你當成男人看待？她在找一位男人，所以別像個受挫的孩子般生氣，要像個男子漢。」他喝下半杯白蘭地，然後替我們倆倒酒。

「怎麼做？」我請求他。

「就像你在其他地方展現你的男子氣概一樣。接受紀律，為任務而活，所以你不能見她。如果說我瞭解女人，她那樣做並不代表不想見你，記住了。看看你自己，你的頭髮活像小馬的冬毛。我打賭你這襯衫已經連續穿了一個禮拜，而你就像冬天的幼馬般細瘦，真懷疑你這德性能重新贏得她的尊敬。吃點東西，每天梳理，還有看在艾達神的份上，做點運動，別在守衛室閒晃了，也替你自己找點事情做。」

我緩緩點頭，謝謝他的忠告。我雖然知道他是對的，但還是忍不住抗議。「但是，如果耐辛不讓我見莫莉，這些對我來說都沒用。」

「長遠來說，小子，這不是你和耐辛的事，而是你和莫莉之間的事。」

「還有點謀國王。」我表情冷漠地說道。

他嘲笑挖苦似地看了我一眼。

「根據耐辛所言，一個人不能在對國王發誓的同時，卻把心完完全全給另一名女子。『你不能在一匹馬的背上放兩個馬鞍』，她這麼告訴我。這是一名嫁給王儲的女子說出來的話，而且她還樂於與他共度或許是很短的時光。」我把縫補好的韁繩拿給博瑞屈。

他沒有接過去，因爲他正舉起他那盛著白蘭地的酒杯，隨即猛地把它放在桌上，酒溢出來弄得杯子外圍都是。「她這麼對你說？」他聲音沙啞地問我，還注視著我的雙眼。

我緩緩點著頭。「她說，認爲莫莉會滿意國王留給我短短的私人時間只是在自欺欺人。」

博瑞屈向後靠回椅背，一連串相互衝突的情緒浮現在他的臉上。他看著一旁的爐火，然後轉回來看著我。有一會兒他似乎想說話，但他隨後坐直身子，一口氣喝完白蘭地，又唐突地站起來。「這兒太安靜了，我們到公鹿堡城走走好嗎？」

隔天，我顧不得頭暈腦脹就起床，不讓自己表現出一副害相思病的樣子。毛頭小子的急躁和草率讓我失去她，而如今我得像個成年人般克制自己。如果時間是唯一能讓我等到她的途徑，我會聽從博瑞屈的忠告，好好運用那時間。

所以，我每天很早起床，甚至趕在早餐之前準備就緒。在完全屬於我的房間裡，我努力伸展然後手持一根老舊的棒子演練格擋動作，直到汗流浹背、頭暈腦脹才下樓洗澡，在熱騰騰的蒸氣中放鬆自己。慢慢地，非常緩慢地，我開始恢復活力，急驚風師傅硬塞給我的新衣也變得合身了。雖然我還是無法擺脫不時的顫抖，但我病發的次數減少，而且我都能在丟臉地跌倒之前回到房裡。耐辛說我的氣色好多了，而蕾細也樂得一找到機會就給我吃東西。我重新振作了起來。

我每天早上和守衛一起用餐，大家只管狼吞虎嚥，也顧不得規矩了。早餐之後就到馬廄裡帶煤灰去雪地慢跑，好維持牠的體能狀態。當我帶牠回馬廄時，親自照顧牠的感覺就像家一樣溫馨。當我們在群山王國遭遇一連串的災難之前，博瑞屈和我爲了我運用原智而鬧得很不愉快，我也因此無法進入馬廄，親自梳理煤灰和替牠準備食物。馬廄裡非常忙碌，動物溫暖的體味混雜著工人們關於堡裡的閒言閒語。

運氣好的時候，阿手或博瑞屈會抽空和我聊聊，而在其他的忙碌日子裡，看著他們討論如何讓一匹種馬停止咳嗽，或醫治農夫帶來堡裡的生病公豬，都能帶給我苦樂參半的滿足感。他們忙得沒什麼時間閒聊打趣，就無心地對我置之不理。事情該是這樣的吧！我已經開始過著另一種生活，但無法期望過去的日子永遠都在那邊為我停留。

那樣的想法並沒有讓我擺脫痛苦的罪惡感，只因我每天都會偷偷走到穀倉後頭那廢棄的小木屋。我總是小心翼翼地行事，和博瑞屈之間的和平也沒維持多久，而我卻覺得理所當然。在我的記憶裡，失去他友誼的記憶實在太鮮明了。如果博瑞屈曾懷疑我重新使用原智，他就會像以前一樣迅速完全地遺棄我，而我每天都問自己，為什麼我會願意為了一隻小狼拿他的友誼當成賭注？

我唯一的答案是，我別無選擇。我不能像無視於關在籠子裡的飢餓孩子般，對小狼置之不理。但對博瑞屈來說，原智有時讓我對動物打開心扉，而他把這當成是令人作嘔的弱點，正常人是不會沉迷的。他其實也擁有原智，只是一直頑固地不願承認他這份潛在的能力。就算他用過，也絕不會讓我有機會逮到；相反的，我就沒有他這麼悄無聲息了。他那怪異的洞察力，總是讓他知道有一種動物深深吸引著我。當我還是個男孩的時候，我沉溺於原智，和動物混在一起，直到有人敲我的頭，或打我一巴掌，才讓我回神繼續做事。當我和博瑞屈住在馬廄的時候，他竭盡所能努力地讓我和任何動物保持距離。他總是成功的，還救了我兩次。失去動物同伴的切身之痛，說服了我相信博瑞屈是對的。只有傻子才會沉迷在這種得不償失的事情上頭。所以，我是個傻子，而不是一個可以對受虐飢餓小狼置之不理的男子。

我竊取骨頭、碎肉和麵包皮，竭盡所能地不讓別人知道，就連廚師或弄臣也被蒙在鼓裡。我每天辛苦地在不同的時間到廚房偷食物，更不辭辛勞地變換路線，免得走出一條明顯通往後面小木屋的路。最困難的是，得用潔淨的乾草和舊馬毯偷渡食物到小木屋去；但我總有辦法做到。

無論我何時到達，小狼都等著我。這不只是動物等待食物的企盼，牠甚至感覺得到我何時展開每天的例行公事，然後走向穀倉後面的小木屋，因此牠都會等著我。牠知道我的口袋裡什麼時候會有薑餅，而且飛快地喜歡上這食物。牠對我的疑心還沒完全消除。不。我感受到牠的小心翼翼，而當我走近的時候，牠也還是把自己蜷縮起來。但是，我不曾打過牠，還有我給牠吃的每一口食物，讓我們之間信任的橋樑愈來愈穩固。這是我不想建立的關係，所以我試著對牠嚴厲地不理不睬，盡量不用原智瞭解牠。我怕牠失去獨立在原野生存的獸性，我一再地警告牠，「你一定要把自己藏起來，每個人對你來說都是威脅，每條狗也一樣，所以一定得待在這裡面，任何人來都不許出聲。」

牠剛開始很容易聽話。牠瘦的令人難過，當我一拿食物來，牠就立刻撲在地上開始狼吞虎嚥。牠通常在我離開小木屋前就在乾草床上入睡，或在啃骨頭時用嫉妒的眼神看著我。但是，當牠吃飽了、也運動夠了，就不怕我了，開始展現出與生俱來的愛玩本性。當門打開後，牠立刻跳到我身上假裝攻擊我，用狼吠和扭打表達對牛骨的鍾愛。當我指責牠太吵，或夜裡偷跑到小木屋後面的雪地玩耍時，牠就會因爲我的不悅而畏縮。

但是，我也在那樣的時刻注意到隱藏在牠眼中的凶猛。牠不承認占上風，只有一股自以爲長大了的意味，等待著直到自己做出抉擇，有時感覺很痛苦，但總是必要的。我在拯救牠時，已決意以後要放牠自由，而一年之後牠就是另一隻夜晚在遠方呼嚎的狼，我不斷地告訴著牠。一開始，牠會想知道何時能離開怪味四溢的公鹿堡，和拘禁著牠的石牆，而我答應牠會盡快，只要牠吃得夠飽夠強壯，等冬天的深雪融化之後，牠有了保護自己的能力，就可以離開。但幾個星期過去了，外面的暴風雪提醒著牠那張床的舒適。當牠漸漸長出肌肉來，就沒那麼常問這件事了，而我有時也忘了提醒牠。

寂寞從裡到外徹底啃食著我。我在夜晚納悶著，如果斗膽上樓敲莫莉的房門，會發生什麼事情。天亮後，我把自己抽離完全依賴我的小狼。城堡中只有另一個像我一樣寂寞的生物。

「我確定你有其他任務，但你爲什麼還要每天過來看我？」珂翠肯以群山人直率的方式問道。記得那是上午十點左右，暴風雪來襲翌日。大片雪花飄落，珂翠肯卻不顧寒冷地下令打開所有的百葉窗，好讓她看看外面。她的縫紉室遠眺著海，我想是極度不安的水面深深吸引著她，而她的雙眼和那天的海水幾乎是同個顏色。

「我得幫妳想個能愉快地打發時間的方法，王妃殿下。」

「打發時間？」她嘆著氣，兩隻手肘靠著臉頰，淒涼地瞪著窗外的飄雪，海風吹著她的秀髮。「你說的話很奇怪。當你說打發時間，就好像我們在群山王國裡提到掠過的風一樣，像是個亟欲擺脫掉的東西。」

她的小女僕迷迭香坐在她腳邊，一邊咯咯笑著，一邊把臉埋在雙手裡，其他兩位仕女心領神會地竊笑著，然後勤奮地低著頭繼續做針線活兒。珂翠肯房中有一大幅裱起來的刺繡，上面有山的底部和瀑布，我沒注意到她進度如此之快。服侍她的其他仕女們今天沒出現，但編了長篇大論的理由解釋不能陪她的原因，大多是頭疼。她似乎不明白她們的不理不睬讓她被藐視，我也不知該如何向她解釋，有時甚至懷疑我是否該這麼做，而今天就是這樣的時候。

我在椅子上移動，交叉著雙腿。「我的意思是在冬天時，公鹿堡會變成挺乏味的地方，因爲天氣讓我們得窩在屋子裡，沒什麼好玩的。」

「在造船工人的遮棚裡可不是這樣，」她告訴我，雙眼看起來有股奇妙的渴望。「那兒非常忙碌熱鬧，工人會充分運用每一個陽光普照的日子安置木材和彎曲木條；而當天暗或颳風時，造船工人在棚子裡仍然劈、削和刨平木材，忙個不停。在煉鐵的地方，工人們製造著鎖鍊和錨，有些人為了航行編織堅固的風帆，其他人負責剪裁和縫製，而惟眞走動著監督所有工程。我卻只能坐在這裡編織刺繡，就算刺傷手指，雙眼也疲憊了，卻還是得繡上花朵和鳥的眼睛。所以當我完工時，就能把它和其他美麗的作品一起擱在一旁涼快了。」

「喔，請不要擱在一旁，吾后，」一位仕女突然衝動地脫口而出。「您的刺繡當成禮物是再珍貴不過的了。修克斯那兒有您裱起來的刺繡作品、歐姆西爵士的房裡也有、瑞本的克爾伐公爵……」

珂翠肯的嘆息阻斷了這名仕女的恭維。「我寧願在船上工作，用巨大的鐵針和硬木釘打造我丈夫的戰艦，那將是值得我花時間的工作，也會贏得他的尊敬。然而，他們給我玩具想取悅我，好像我是個被寵壞的孩子般，不懂得妥善運用時間。」她把頭轉向窗子。此時，我發現從船塢升起的煙，就像海面一樣清晰可見，或許我搞錯了她所注視的方向，原來，她一直注意著造船的棚子。

「我應該派人送茶和蛋糕來嗎，吾后？」另一位仕女滿懷希望地問道。她倆都披著斗篷坐著，而珂翠肯似乎沒注意到寒冷的海風從窗戶灌進來。顯然，對於那兩位坐著的仕女來說，在冷風吹拂下不斷地做著針線活兒，實在不好受。

「如果妳想的話。」珂翠肯毫無興趣地回答。「我不餓也不渴，眞的。我整天做著針線活兒，這裡吃著、那裡喝著，還眞怕發胖，而且我渴望做些有用的事。老實告訴我，蜚茲，如果你覺得不需要來看我，會呆呆地坐在你的房裡嗎？或是在織布機前刺繡？」

「不會。但我並不是王妃。」

「王妃*？嗯，我現在終於瞭解這個頭銜眞正的意義了。」她的語調裡有著我未曾聽過的苦樂參半。「但是王后呢？在我的國土上，我們不說王后的。如果當時換成我，而不是我父親執政，人們就會叫我犧牲獻祭。而且爲了國泰民安，我還眞會給犧牲獻祭掉。」

「如果您在此深冬時節仍身在群山裡，都會做些什麼呢？」我問道，只想找個更舒適的地方繼續聊，可這又錯了。

她沉默下來盯著窗外。「在群山裡，」她輕柔地說道，「從來沒有無聊的時候。因爲我比較年輕，所以大部分的犧牲獻祭都由我父親和兄長承擔。但如姜萁說的，人們總有做不完的事，甚至還可以分一些給別人。可是在公鹿堡這兒，所有的事情僕人們都做得好好的，而且總是不讓你看見，頂多讓你看到結果罷了，就像整潔的房間和桌子上的肉。或許是因爲此地的人口衆多吧！」

她停了一下，眼神看往別處。「在頡昂佩的冬季，廳院和整個城裡寂靜無聲。雪下得很大很厚，強冷的寒風肆虐著我們的土地，而不常行走的道路就在這冬意裡消失無形。徒步或騎馬取代了車行，而來訪的人也早就打道回府了。在頡昂佩的宮殿裡，只有皇室家庭和選擇留下來幫忙的人。不是服侍他們，不完全是。你到過頡昂佩，就該知道那裡的人不單是服侍或保護皇室。在頡昂佩，我會早起替家裡打水煮麥片粥，然後就輪到我攪拌水壺裡的東西。崎瑞、席尼克、喬馮和我會在廚房裡聊天，讓那兒充滿活力。然後，所有年輕人就會來往往地帶木柴回來，擺出盤子和說著一千件事情。」她結結巴巴地說著，而我聽到了她孤單的沉寂。

她過了一會兒繼續說道：「如果有工作要做，無論是粗重的，還是輕鬆的，我們都會參與。我曾將樹枝折斷用來紮牢一座穀倉，甚至在寒冬中幫忙清理積雪，和爲了一個失火的無助家庭重建屋頂拱門。難道你認爲能夠犧牲獻祭的人，就不能打敗想殺害山羊的虛弱老熊，也無法把繩索拉緊好整修遭洪水沖毀的橋？」她眼神充滿著痛苦地看著我。

「這裡，在公鹿堡，我們不讓王妃冒險。」我簡短地告訴她。「讓別人的肩膀去拉緊繩索吧！我們有成打的獵人，爲了榮譽爭先恐後地追捕偷襲牛隻的猛獸，但我們只有一位王后，而王后能做的事情，其他人未必能勝任。」

在我們身後的房裡，仕女們都忘了她的存在，其中一位傳喚了男僕，不一會兒他就拿著甜蛋糕和一壺熱茶回來。她們聚在一起邊聊天邊用茶杯暖手，我短暫地瞥了她們一眼，想知道是誰被選中來陪伴王后。珂翠肯，在我看來，恐怕不是個容易侍候的王后。她的小女僕迷迭香坐在茶几旁的地上，有著夢般的雙眼，雙手緊握著一塊甜蛋糕。我忽然希望自己重新回到八歲的時候，然後加入她。

「我知道你在說什麼，」珂翠肯直接了當地說道。「我是來這裡幫惟真生個繼承人。我不會逃避這個責任，因爲我不認爲這是個責任，而是種樂趣。我只希望我的丈夫分享我的種種心情，但他總是遠在城裡辦事。我知道他今天在哪裡，就在下面，看著他的船從木板和木材中升起。我能陪著他而不招致危險？當然，只要我能替他生個繼承人，也只有他才能是孩子的父親。爲什麼當他忙著保國衛民時，卻把我關在這裡？既然是犧牲獻祭，我理當爲了六大公國分擔這份職責。」

雖然我已習慣了群山人直接了當的說話方式，但她的直言不諱仍令我震驚，而我的回答就顯得魯莽了。我起身靠向她身後的窗戶，把百葉窗綁緊以阻隔不斷從窗戶灌進來的寒風，並且藉機靠近她耳邊激動地說道，「如果您認爲這是王后唯一的職責，就大錯特錯了，吾后。像您一樣坦白說吧！您忽略了對您那些仕女的職責，而她們就是來陪您聊聊天的。難道她們不能在自己溫暖的房裡做針線活兒，或是陪著急驚風師傅？您爲著無法陪伴國王而嘆息，只因您認爲那是個更重要的任務，但我們現在說的這份職

*譯註：王妃的英文名稱是Queen-in-Waiting，其中的waiting，原爲「等待」的意思，而珂翠肯藉此一語雙關地表達每天等待時間過去的寂寥。

責，連國王自己也沒辦法做到，而這正是您需要做的。重新打造公鹿堡宮廷，讓它成爲一個富有魅力而且吸引人的地方，鼓勵貴族和仕女們好好表現，以吸引國王的注意，讓他們竭盡所能支持國王的志業。宮廷裡很久沒有稱職的王后了，容我建議您執行賦予給您的職責，讓自己勝任愉快，而不是站在這裡看著別人造船。」

我整理好覆蓋在百葉窗上的織錦掛毯，阻擋了寒冷的海風，然後走回來看著王后。讓我懊惱的是，她像個擠乳女工般純潔，蒼白的眼中充滿了淚水，好像我賞了她一巴掌似的雙頰發紅。我瞥了瞥那些仕女們，依舊喝著茶聊著天，而迷迭香也沒朝這裡看，反倒趁機撥弄著水果蛋糕，看看裡面到底有些什麼餡料。沒有人注意到發生了什麼事，卻讓我明白了宮廷仕女的虛僞，也害怕她們會如何謠傳，我這私生子到底說了些什麼讓王妃淚流滿面。

我詛咒著自己的笨拙，提醒自己無論珂翠肯的地位多麼尊貴，她只比我年長些，而且獨自住在異鄉。我不該直接跟告訴她這些，而是要把問題告訴切德，讓他安排另一個人解釋給她聽。然後，我突然明白他早已經選中某個人來對她解釋這些事情。我再次緊張地對她露出微笑，而她很快地隨著我的眼光看著那群仕女們，恢復了端莊合宜的儀態，不禁讓我引以爲傲。

「那你有何建議？」她平靜地問道。

「我建議，」我謙虛地說道，「我對於斗膽向王后建言感到羞愧，想要請求她的寬恕。但是，我也建議她賜與這兩位宮廷仕女特別的恩惠，以獎勵她們的忠誠。」

她瞭解地點點頭。「那麼，該賜與什麼樣的恩惠呢？」

「讓她們可以在王后的房裡和您私下聚會，也許可以特別請來吟遊詩人或傀儡師傅表演。您提供什麼樣的娛樂節目都無所謂，重點是那些對您不忠誠的仕女，就無法讓您選上參加這樣的聚會。」

「這聽起來像帝尊的拿手絕活。」

「或許吧！他很會對侍從和隨扈玩這一套，但他懷有惡意，目的是懲罰那些沒有奉承阿諛的人。」

「那我呢？」

「而您，王妃殿下，應該用這來表揚對您忠誠的人，非但不懲罰對您不忠的人，反倒是和對您忠誠的人共度美好時光，而這些人也必定會報答您的。」

「我明白了。那吟遊詩人呢？」

「找芳潤吧！他殷勤的獻唱可是最能打動仕女們的心。」

「你能看看他今晚是否有空嗎？」

「吾后，」我微笑了。「您是王妃，找他來是份極大的榮譽，他絕不會忙到無法前來。」

她再度嘆息，但是小聲多了。她點點頭示意我可以離開了，並起身向她的仕女們微笑，請求她們原諒今早的失態，然後問她們今晚能否前來她的房裡。我看著她們相視微笑，就知道我們做對了。我記著她們的名字：琋望夫人和芊遜夫人。我行禮之後走出房間，沒什麼人注意到我的離去。

所以我就成了珂翠肯的顧問。同伴和顧問都不是我喜愛扮演的角色，我必須像個咬耳嚼舌者，在她耳畔悄聲告訴她接下來該跳什麼樣的舞步，事實上，這可不是個愜意的差事。我感覺我的責備削弱了她的權勢，而我教導她如何像蜘蛛結網般在宮廷掌權，也讓她逐漸墮落。她說對了，這些是帝尊的技倆。如果她為了更崇高的理想，採用比帝尊還溫和的方式行事，我的意圖對我們來說也就有利了。我想看到她掌握權勢，藉以鞏固惟眞的王位讓所有的人臣服。

耐辛夫人每天一早就等著見我，她和蕾細很把這些會晤當回事。耐辛認為我完全聽命於她，好像我仍是她的侍童似的，不曾想過要我幫忙她在名貴的蘆葦紙上謄寫古老卷軸，或要求我展示技藝精進的海笛吹奏技巧。她總是因爲我在某個領域不夠努力而自告奮勇要插手，然後忙著花上大半個小時用令人困惑的方式指導我。我試著彬彬有禮地聽從一切，但也深感自己已陷入她們不讓我見莫莉的陰謀中。我知道耐辛這麼做是挺睿智的，但睿智並不能舒緩孤獨感。即使她們努力不讓我見到莫莉，但我隨時隨地都看見莫莉。喔，不單是她本人，還有她掛在椅子上的披風，甚至蜂蜜蛋糕裡的蜂蜜，都帶著莫莉的味道，如此甜蜜地燃燒著。如果我坐在蠟燭旁嗅著馨香，或是坐在椅子上靠著她那被雪淋濕的斗蓬，會很傻嗎？我有時感覺自己和珂翠肯一樣，淹沒在應盡的責任義務中，根本沒有剩餘的時間過自己的生活。

我每週向切德報告珂翠肯身處宮廷疑雲中的進展，而切德忽然提醒我，那些向珂翠肯獻殷勤的仕女們，正是最迷戀帝尊的人。所以，我一定得警告她該適可而止地款待誰，又該對誰露出眞誠的微笑。有時，我自顧自地思索我寧可悄悄地爲國王執行刺客任務，也不要捲入這些祕密計謀的糾紛中。但是後來黠謀國王就派人通知要召見我。

這個訊息在某日清晨傳來，我匆忙換上衣服去見國王。這是他在我回到公鹿堡之後，第一次召見我。被忽略的感覺令我不安。他是不是對我在頡昂佩的所作所爲感到不悅？他大可直接了當地告訴我。但是，不確定的感覺仍在我心中翻騰著。我試著加快準備動作好趕緊去晉見他，卻不忘特別注意自己的儀表，結果兩件事情都沒做好。我在群山中因病而剪短的頭髮已經變長了，猶如惟眞濃密難梳理的頭髮般，更糟糕的是，我的鬍子也愈來愈粗硬濃密。博瑞屈已經告訴我兩次了，他要我決定到底是要留鬍子，還是多花些心思刮鬍子。當我刮著我那如小馬的冬毛般雜亂無章的鬍子時，一不小心就刮出幾道傷痕，我當下就決定鬍子雜亂點也總比臉上流著血來得不顯眼。我把頭髮往後梳理，眞希望能綁個戰士般的辮子，然後把國王多年前送我的胸針別在襯衫上，代表我正是吾王子民，然後急忙趕去見他。

當我匆匆忙忙跨大步沿著走廊朝國王的房門走去時，帝尊突然從他自己的房門走出來。我停下來試著不撞到他，但覺得好像給困住了，只得瞪著他瞧。從我回來之後就曾見過他幾次，但總是隔著走廊或在辦事的時候瞥見他。但如今，我們倆在不到一隻胳臂的近距離中站著，互相瞪視著對方。我們的長相相似到幾乎會讓別人誤認爲是我們是兄弟，而當我明瞭了這事實之後，就不由自主地感到震驚。他的頭髮更捲，五官更細緻，而他的儀態也有較濃厚的貴族氣息。他的服飾是由孔雀毛編織而成，而我只不過穿著鵪鶉羽毛織成的雜色衣服，在領口和袖口處沒有銀色繡飾，但光看外表的話，一眼就可以看出我倆同是瞻遠家族的人。我們都有像黠謀般的下巴和眉毛，還有相同的下唇彎曲弧度。我們都沒有惟眞的強健體魄，但我比帝尊健壯些。我們相差不到十歲，只有他薄薄的皮膚阻擋我讓他血濺五步。我看著他的雙眼，心中恨不得能把他的五臟六腑給掏出來。

他微笑著，露出潔白的牙齒。「小雜種，」他愉快地打招呼，笑容變得更尖銳。「還是，我應該稱呼你爲廢姿大人*?這對你來說可眞是個再恰當不過的名號了。」他清晰準確的發音毫無疑問是在羞辱我。

「帝尊王子。」我以同樣的語氣回答他，用前所未有的冰冷耐性等他回應。他就是要先發動攻勢。我們對峙了一會兒，彼此的眼神牢牢鎖住對方。然後，他低頭假裝把袖子上的灰塵拍掉，接著大步走過我身邊，但我並沒有讓路。他不像以往一樣推擠著我，而我吸了一口氣之後繼續前進。

我不認識門口的守衛，不過他倒揮手示意要我進入國王的房間。我嘆了一口氣，然後指派另一個任務給自己。我又有機會學習記住別人的名字和容貌，正好現在有一大堆人擠到宮廷來看新任王后，而我

---

*譯註：原文爲Master Fits，而fit這個字有病發、痙攣的意思，Fits又和蜚滋的原文Fitz諧音，帝尊以此諷刺蜚滋不時的顫抖和病發。

也會因此被不認識的人給認出來。「他就是那個小雜種，看樣子就知道。」兩天前，我在廚房門外聽到燻豬肉販對他的學徒這麼說，讓我覺得深受傷害。對我來說，事情變化得太快了。

黠謀國王的房間讓我震驚。我原本期待一扇打開迎接冬季冷空氣的窗戶，然後看著黠謀整裝待發地端坐桌邊，如同統帥聽取軍官們報告般威嚴。他總是一位敏銳的長者，對自己要求嚴苛，每天早起，而且就像他的名字般精明狡黠。我走進他的臥房，從敞開的門望向裡頭。

在門裡，陰影仍舊籠罩著一半的臥房，一位僕人在富麗堂皇的床簾旁收拾杯盤，他看了我一眼隨即移開眼神，顯然以爲我也是個男僕。房裡的空氣停滯，好像久無人居或久未通風般飄著霉味。我等了一會兒讓僕人通知黠謀國王我來了，而當他繼續忽略我的來訪時，我小心翼翼地走到床邊。

「國王陛下？」我斗膽對無言的他說道。「我遵從您的旨令來見您了。」

黠謀坐在床簾的陰影中，身邊墊了很多墊子，張開雙眼看著我說話。

「誰啊……喔，是蜚茲。坐下來吧！瓦樂斯，幫他搬張椅子來，順便也拿一組杯盤過來。」當僕人依照吩咐離開去拿東西時，黠謀對我坦承，「我很想念歇佛斯。他跟了我這麼多年，我不用開口，他就知道該做什麼。」

「我記得他，陛下。那麼，他現在人在哪兒？」

「他在這個秋天生了場病，一直無法康復。這病讓他愈漸虛弱，而且一呼吸就氣喘。他一直咳個不停，然後就病逝了。」

我回想起這名僕人。他當時已經不年輕了，但也沒多老。我對他的病逝感到驚訝，只得無言地站著，而這時瓦樂斯已幫我把椅子和杯盤拿來了。他在我坐下時面露不滿，但我沒理他，因爲他很快就會明白黠謀國王自創的一套禮節。「那麼您呢，國王陛下？您身體還好嗎？我從沒印象您在早晨這個時間還躺在床上。」

黠謀國王發出不耐煩的聲音。「可眞煩人。這不算是病，只是一陣暈眩，當我動作快點時就會發暈。每天早上我都以爲不會再頭暈了，但當我起身時，就覺得公鹿堡裡所有的石頭都在我身體底下翻滾似的，所以只得躺在床上吃喝點東西，然後緩緩起身，到了中午就沒事了。我想這和冬天的寒氣有點關係，雖然療者說過這可能是舊的劍傷所引起的——差不多在你這個年紀時所受的傷。你看，疤痕還在，但我以爲這傷早就痊癒了。」黠謀國王倚靠著床簾將身子彎曲向前，用一隻顫抖的手撥撩著左前額一綹灰髮，我看到他額上的舊傷疤之後點點頭。

「但是，夠了。我不是找你來討論我的健康狀況。我猜你應該在想，我爲什麼要找你來？」

「您需要我完整地報告在頡昂佩的種種事件？」我猜測，瞥了瞥徘徊在側的瓦樂斯。如果是歇佛斯，早就會識相地離開，讓黠謀和我可以毫無顧忌地交談。而我納悶著自己怎會如此大膽，竟然會在新僕人面前暢所欲言。

但是，黠謀卻將剛才說的話揮到一旁。「都安排好了，小子。」他沉重地說道。「惟眞和我討論過了，那些事情就讓它去吧！我不認爲你能告訴我多少我還不知道的事，或是我已經猜測到的事情。惟眞和我長談過，而我對一些事情……感到遺憾，但是，事情都發生了，不管如何，我們還是得重新布局過，不是嗎？」

我的喉嚨中哽著千言萬語。帝尊。我想告訴他。您的兒子想殺死我，殺死您的私生孫子。難道您也和他長談過了嗎？在您讓我受制於他之前還是之後？但是，如同切德或惟眞曾告訴我的，我無權過問國王，甚至也不能問他是否已經把我的生命交託在他的幼子手中。我咬牙切齒忍住心裡的這些疑問。

黠謀看著我的雙眼，然後將視線移到瓦樂斯身上。「瓦樂斯，到廚房或別的地方去，不要待在這兒。」瓦樂斯看起來不太高興，但還是摸摸鼻子離開了。我依著點謀指示起身關門，然後坐回我的位子上。

「蜚茲駿騎，」他嚴肅地說道。「這行不通。」

「陛下。」我看著他的雙眼一會兒，然後低下頭來。

他沉重地說道。「懷抱企圖的小伙子有時難免會做出傻事，而當有人指出他們的錯誤時，他們就會道歉。」我忽然抬頭，納悶著他是否正期待著我的道歉，但他繼續說著。「我溫和地看待這樣的道歉，也接受了它，現在該是繼續的時候了。這一點，就相信我吧！」他語氣柔和地說道，不像是要提出任何要求。「說得愈少，情況就愈容易補救。」

我靠回椅背，吸了一口氣，然後謹慎地嘆了出來。不一會兒我控制住自己，坦蕩蕩地抬頭看著他。

「容我請問您爲什麼召見我，國王陛下？」

「有件不愉快的事情。」他不高興地說道。「畢恩斯的普隆第公爵認爲我應該解決這件事，他擔心我如果不處理，後果將不堪設想。他覺得如果直接採取行動…在政治上而言是不恰當的。我勉強答應他的請求。難道我們還沒受夠內憂和劫匪所帶來的外患？不過，他們還是有權請求我，而我有責任也必須答應他們。所以，你將再度替國王伸張正義，蜚茲。」

他鉅細靡遺地告訴我畢恩斯的狀況。一名女子從海豹灣來到漣漪堡，向普隆第表達擔任戰士的意願。他很高興地接受了，因爲她既健壯又能幹，擁有棍棒、弓箭和刀劍的本領，如同海獺般既美麗又強壯，玲瓏有致且黝黑圓潤。她的到來非常受到侍衛隊的歡迎，也很快成爲普隆第宮廷中受寵的一員。她不是充滿魅力的典型，但有著領袖般的勇氣和意志力。普隆第自己也漸漸地欣賞她，因爲她爲城中重新注入活力，也爲他的侍衛們灌輸一股嶄新向上的精神。

但是她最近卻把自己當成先知和預言家，宣稱海神埃爾賦予她更偉大的使命，還說她的名字是麥迪嘉，雖然雙親默默無聞，但如今她卻在一項火、風和水的儀式中重新爲自己取名爲女傑。她只吃自己獵來的獸肉，房間裡滿是自製的裝飾或是比武得勝的贈禮。她的隨從來頭可大著呢，包括一些年輕貴族和跟隨她的士兵。她傳教似的告訴大家要信奉和榮耀埃爾，擁護傳統的規矩，並且提倡一種嚴苛簡單的生活方式，來榮耀一個人藉由本身力量所贏得的尊榮。

她把劫匪和冶煉事件視爲埃爾在懲罰我們優柔寡斷的態度，並且譴責瞻遠家族助長了這種軟弱。她先是愼重其事地說著這些事情，後來愈講愈明，但還不敢直接了當地鼓動叛國。但是，海邊的山崖上依然進行著殺牛祭血的儀式，而她也像古早時代般，在許多年輕人身上塗抹鮮血，還派他們外出進行這項所謂的地靈探索。普隆第聽說她還在等待一名和她旗鼓相當的人，加入她推翻瞻遠家族的計畫，而他們將一起統治國家，結束農人的時代而展開戰士的時代。根據畢恩斯的情況顯示，許多年輕人已爭先恐後地追求這份榮譽。但普隆第希望在他指控她叛國前，她可以停止這些舉動，免得他必須強迫他的屬下在女傑和他自己之間做個抉擇。黠謀認爲，如果她在比武中被擊敗，或遭遇悲慘的意外，或得了讓她虛弱老醜的怪病；如此一來，她的跟隨者或將驟減。我不得不同意這是可能的演變，但也提醒他有許多人死後反而獲得神一般的地位。黠謀同意我的看法，但前提是這人必須光榮的犧牲。

然後，他突然轉移話題。在海豹灣的漣漪堡，存放著一份惟眞想要謄寫的古老卷軸，那是所有從畢恩斯前來爲國王執行精技的小組成員名單，而且聽說在漣漪堡那兒有一些古靈協助護城所留下的遺物。黠謀希望我翌日就動身前往海豹灣謄寫卷軸並走訪古靈遺物，再回來向他報告。並且將國王的祝福和信念傳達給普隆第，告訴公爵這不安定的狀況很快就得以平息。

我瞭解。

當我起身準備離開，黠謀舉起一根手指示意我停下來，而我站著等候指令。

「你覺得我仍對你信守諾言嗎？」這是個老問題了，我小時候和他見面時，他就開始問了，這可讓我笑了出來。

「陛下，是的。」我如往常般說道。

「那麼就看看你是否也始終如一。」他停頓了一會兒，然後史無前例地補充道，「記住，蜚茲駿騎，我的親人所受的任何傷害，就等於是對我的傷害。」

「陛下？」

「你不會傷害我的親人，是吧？」

我站直了也明白他的要求，然後謙卑地回答他。「陛下，我不會傷害您的親人，我對瞻遠家族立誓。」

他緩緩點著頭。他從帝尊那兒逼出了一份歉意，也從我這兒得到不會殺害他兒子的承諾，他可能相信他已經讓我們和解了。在他的房門外，我停下來將頭髮往後撥了撥，提醒自己剛剛所做的承諾。我仔細思量著，強迫自己檢視為了信守諾言所要付出的代價。一陣苦澀襲捲而來，直到我拿這個來和不信守諾言的後果比較。然後，我發現了自己的遲疑，立刻將它們趕出腦海之外，然後就決定信守對國王的承諾。我和帝尊之間沒有真正的和平，但至少我心安理得。這決定讓我覺得好多了，於是刻意地大步朝走廊另一端前進。

我從群山回來之後，還沒有補充毒藥存貨。現在外頭的狀況可不是很安全，而我必須把我需要偷的東西偷回來。毛線染料或許有些我可以用的成分，療者的用品也可能有其他成分。我心中忙著這項計畫，邊想著邊走下樓梯。

端寧正走上樓梯，當我看到她時就停了下來。她的出現讓我感受到就算看到帝尊時也不曾有的膽怯，而這是一直以來的反應了。在蓋倫的精技小組中，如今她可是最有力量的。威儀退休了，回到內陸住在滿是蘭花的鄉間當個紳士。他的精技在終結蓋倫生命的那場對抗中喪失殆盡，而端寧就是精技小組目前的關鍵人物。夏天時，她會留在公鹿堡，而其他精技小組的成員就散布在漫長海岸上的烽火台和城堡中，透過她向國王報告所見所聞。冬天時，整個團隊回到公鹿堡重續彼此的連結和夥伴關係，在沒有精技師傅的情況下，她已經接手蓋倫在公鹿堡的大部分職責，也一併承接了蓋倫對我的深沉怨恨。她的出現讓我從前受虐的記憶再度清晰浮現，清晰到不忍卒睹，同時也讓我沒來由地感到畏懼。我回來後一直避著她，但此刻只見她正以針一般尖銳的眼神看著我。

這樓梯的寬度足夠讓兩個人擦身而過，除非其中一人故意停在一層階梯的中央。即使她站在下方抬頭看著我，仍讓我覺得她占盡優勢。她的儀態和在我們都還是蓋倫的學生時大不相同，她的外型顯示了她的新職位。那夜空般深藍的長袍繡工精細、長長的黑髮用鑲著象牙裝飾的光亮線絲，在腦後束成造型錯綜複雜的辮子、領口和手上的戒指都閃著銀光，但她的女性特質卻已消失無形。她採納了蓋倫苦行僧般的價值觀，骨瘦如柴的臉龐加上爪子般的雙手，散發出像蓋倫一樣自以為是的光芒。自從蓋倫死了之後，這可是她第一次直接面對我。我在她上方停了下來，完全不知道她想從我這兒得到什麼。

「小雜種。」她語調冷漠地說著，感覺上不像打招呼，倒像在唱名，讓我不禁納悶這字眼是否有可能不會再像針一般地戳著我。

「端寧。」我也盡力語調平平地說著。

「你沒死在群山裡。」

「不。我沒有。」

她還是站在那裡擋住我的去路，非常平靜地說道，「我知道你做了些什麼，也知道你是個怎樣的人。」

我的體內像兔子般顫抖著，告訴自己她或許用盡了精技的每一份精力，把這份恐懼加諸在我身上，也告訴自己這不是我的真實感受，而是她的精技建議我該如何感覺。接著，我強迫自己把哽在喉嚨的話說出來。

「我也知道自己是誰，我是吾王子民。」

「你根本不配成為這種人！」她平靜地堅持己見，對我微笑說道。「總有一天大家都會知道。」恐懼的感覺如假包換，相形之下它的來源就顯得無關緊要了。我站著不發一語，最後她終於退到一旁讓我通過。這是我小小的勝利，雖然回想起來，她也不太能做出其他反應了。我為前往畢恩斯的旅途做準備，忽然因為能夠遠離公鹿堡幾天而感到欣喜萬分。

我不記得那份差事的細節。我遇到女傑，像我這個文書一樣，她自己也是漣漪堡的客人，如同點謀的描述般，是位俊俏的女子，健壯如獵貓般輕盈地行動著。她強健的體魄充滿著耀眼的活力，在房內的一舉一動都備受矚目，而她的貞潔對跟隨她的男性來說，簡直是一大挑戰，甚至也吸引著我，讓我感覺自己的這個任務簡直是個折磨。

她在我們同桌的頭一晚坐在我對面，普隆第公爵熱烈地歡迎我，甚至請他的廚師特製了一道我很喜歡的香辣肉。他的圖書館和較不重要的文牘皆任我使用，甚至他的么女也害羞地陪伴著我。我和婕敏討論我的卷軸任務，她柔聲話語中的聰敏令我驚訝。用餐途中，女傑清楚地對同桌用餐的人提起，私生子在從前是一出生就得被淹死的，而且這是古早以前埃爾所要求的方式，她說道。如果她沒有在我對面傾身微笑對我發問，我大可忽略這個評註。「你聽說過這習俗嗎，小雜種？」

我抬頭看著普隆第公爵的主位，但他正和大女兒熱烈地聊著，根本沒有朝我這兒瞧。「我相信這古老的習俗，就像賓客在主人的宴席上互表禮貌般歷史悠久。」我回答，試著保持視線和語調的平穩。這是個餌。普隆第讓我坐她對面當餌，而我從未曾遭人如此明目張膽地利用過。我讓自己堅強地面對這情況，試著把個人的感覺擱在一旁，至少我已準備就緒。

「有人說這是瞻遠家族衰亡的徵兆，因爲你父親在婚前就不忠了。我當然不會對尊貴的皇室家庭出言不遜，但是告訴我，你母親的同胞如何接受她的賣淫行爲？」

我愉快地微笑著，忽然不再對我的任務感到內疚了。「我不太記得我母親和她的親戚，」我聊天似的回答著。「但我想他們會和我一樣深信，寧願身爲妓女或妓女的孩子，也不要成爲背叛國王的叛國賊。」

我舉起酒杯將視線轉向婕敏，當她看到女傑把腰刀刺進離我手肘幾吋之處的桌面時，深藍的雙眼張得大大的，我因有心理準備而毫不畏懼，反倒將視線對準女傑的眼神。女傑起身站著，眼神看來怒火中燒，鼻孔也發出怒氣，脹紅的臉色更加燃燒著她的美豔。

我溫和地說道。「告訴我。妳教導古老的行儀方式，對吧？難道妳不打算遵守其中一項？那就是身爲賓客者，千萬不可在主人的屋子裡引發流血事件。」

「你現在流血了嗎？」她以問題回答問題。

「妳不也是一樣毫髮無傷嗎？我不會讓我的公爵在宴席上蒙羞，讓別人說他容許賓客爲了爭搶佳餚而自相殘殺。或者，就像妳漠視對國王的忠誠般，妳也並不在乎對公爵應有的禮貌？」

「我可沒宣誓效忠你那溫吞的瞻遠國王！」她吼了出來。

只見人們一陣騷動，有些人是因爲不安，另一些人則急著尋找更好的視野看好戲。所以，這下子有人目睹了她向我挑戰，就在普隆第的宴席上。所有這些都像戰術般經過精心規畫，而她知道我也計畫好了嗎？她對我袖口裡的小袋子起疑嗎？我提高聲調大膽地繼續。「我聽說過妳。我想那些受妳引誘而想叛國的人應該到公鹿堡去，因爲王儲惟眞已下令召集精通戰技的人擔任戰艦船員，同時抵抗我們共同的敵人，也就是外島人。那麼做，我想，應該會是評量戰士技能較好的方式。這難道不比背叛對領袖的誓言，或在月光下的山崖浪費牛的鮮血來得光榮？別忘了，這些肉本來可以拿來餵食我們遭紅船劫掠的同胞。」

我熱切地說著，嗓門也愈來愈大，而她只得瞪著詳知內情的我。我被自己的話語所激動，只因我相信自己所說的。我俯身朝桌子對面靠過去，身體就在她的盤子和杯子上方，並且將我的臉緊靠著她的臉問道，「告訴我，勇者。妳曾經對異國人動武嗎？妳曾經對抗過紅船劫匪嗎？我想沒有。對妳來說，羞辱宴席主人的盛情款待，或是讓鄰人之子變成殘廢，可比殺敵衛國容易多了。」

女傑顯然不擅言詞，只有憤怒地對我吐了口口水。

我平靜地向後靠，把臉擦乾淨。「妳可能想在比較適當的時間地點挑戰我，或許我們可以先約好，一週之後在妳大膽殺害公牛的山崖上碰面？還是，我這文書會比妳那些遲鈍的戰士來得難纏？」

普隆第公爵忽然注意到這片混亂。「蜚茲駿騎！女傑！」他指責我們，但我們仍怒目相視，我並將雙手放在她兩側的桌上俯身面對著她。

如果不是普隆第公爵把他那裝鹽的碗往桌面一砸，嚴正地提醒我們他不想在自己的宴席上看到流血事件，我想她身旁的人也要向我挑戰了。普隆第至少能同時尊重黠謀國王和古老習俗，也建議我們試著去接受。我用最謙卑的態度致歉，而女傑只喃喃說著抱歉。大家再度用餐，吟遊詩人繼續唱著歌。我在接下來的幾天中爲惟眞謄寫卷軸和走訪古靈的遺物，而那東西在我眼中看起來似乎只是一個內裝極細的閃亮魚鱗的小瓶。倒是婕敏對我的好感讓我有點彆扭。另一方面，我也得面對女傑同夥們臉上冰冷的敵意，這眞是個漫長的一週。

我無須和挑戰我的人比武，因爲在這之前，女傑的嘴突然變得如同遭逢傳說中背棄誓言和說謊的天罰一般起水泡、潰爛。她幾乎無法吃喝，所以沒多久就瘦得不成人形，使得親近她的人都因害怕受牽連而紛紛棄她而去，讓她深感苦惱。她的痛苦讓她無法在寒冬迎戰，也沒有人願意代她出征。我在山崖上等待，挑戰者卻從未出現。婕敏陪我一起等，還有普隆第公爵派來的一群權位較低的貴族也隨侍在側。夜晚來臨時，一位堡裡的傳令兵前來通知我們，他說女傑離開了漣漪堡，她無法面對她的挑戰者，獨自騎馬遁逃到內陸去了。婕敏拍手稱幸，然後出其不意地擁抱我，接著我們這群人就涼颼颼但興高采烈地回到漣漪堡大吃一頓，這可是我回到公鹿堡前的最後一餐。普隆第讓我坐在他的左手邊，婕敏則坐在我身旁。

「你知道，」他在用餐終了前對我說道。「你一年比一年更像你的父親。」

畢恩斯所有的白蘭地，都阻擋不了他這句話帶給我不寒而慄的感覺。

6

被冶煉的人

堅媜王后和黠謀國王的兩個兒子分別是駿騎和惟眞。他們只差兩歲，就像親密的兩兄弟般長大成人。駿騎是哥哥，也最先在十六歲生日那天成爲王儲。他幾乎是立刻執行父親所派遣的任務，處理和恰斯國的邊界紛爭。從那時起，他在公鹿堡的時間很少超過幾個月以上，即使婚後也不常抽空休息。這並不像黠謀在位時，因刻意和所有鄰國正式劃清界線，因而導致許多邊界暴動，且大部分的紛爭都藉由武力平息。然而隨著時光流轉，駿騎會更機敏地運用外交手腕解決糾紛。

有人說指派駿騎這樣的任務，是他繼母欲念王后的的陰謀，因爲她想讓他因公殉職。也有其他人說，因爲黠謀想讓他的長子遠離他新任王后的視線和權威。惟眞王子因自己年紀太輕而被迫待在家裡，但他每個月都向黠謀提出要求，希望父王允許他跟隨著哥哥去執行任務。而黠謀爲了引起惟眞盡本分的興趣所花的心思也都白費了。惟眞王子確有行使職責，但總不忘讓大家覺得他寧願和哥哥在一起。最後，在惟眞王子六年來按月提出要求後的二十歲生日當天，黠謀不情願地勉強答應，允許他跟在哥哥身邊。

從那時起，直到駿騎遜位而惟眞繼任王儲的四年間，兩兄弟一直合作與六大公國的鄰國劃清疆界、制定條約，以及貿易協定。駿騎王子精於與人相處，無論是個人或團體對他來說都不成問題。惟眞的專長則是制定條約的細節、繪製精準細緻的疆界地圖，以及像軍人和王子般支持他哥哥的權力執掌。

帝尊王子，黠謀的么兒，同時也是欲念王后的獨生子，在家庭和宮廷間度過年輕歲月，而他母親竭盡所能地培養他成爲繼任王位的候選人。

我如釋重負地回到公鹿堡。這不是我第一次爲國王執行這樣的任務，但我從來不對我的刺客差事感興趣。我爲女傑羞辱和引誘我的方式感到欣喜，因爲這反倒讓我的任務可以順利完成。但是，她總是位美女，同時也是傑出的戰士，所以我對這項任務可一點也不感到驕傲，只不過是服從國王的命令罷了。這就是煤灰載我踏上最後一段斜坡回家時，我心中的想法。

我仰望著山丘，幾乎不敢相信眼前出現的景象。珂翠肯和帝尊肩並著肩騎著馬，那畫面就像費德倫最好的羊皮紙手稿上畫的插畫一般。帝尊穿著鮮紅和金色的服裝，搭配黑色的靴子和手套，騎馬用的斗篷從單邊肩膀垂下，在兩人並肩前進的晨風中顯露出明亮的色彩對比。這風讓他的雙頰露出屬於戶外的紅潤氣息，也吹亂了他一頭僵硬的捲曲髮型。他深沉的雙眼明亮閃耀，如此英挺地跨在步履穩健的馬兒背上，看起來還眞是人模人樣。我這麼想著。他可以選擇成爲這樣的人，而非沉溺於酒精和美色的倦怠王子。又是個浪費。

啊，但他身旁的女士可又是另一回事。和隨行人員比起來，她像一朵稀有的異域花朵般綻放著。她穿著寬鬆的長褲騎馬，而公鹿堡的染缸怎麼也染不出那樣的番紅花紫色。色彩鮮豔的精細刺繡妝點著她的長褲，褲管牢固地塞在靴子頂端。她的長靴幾乎及膝，要是給博瑞屈看到了，一定會讚許這靴子的實用性。她不是穿戴斗蓬，而是一件飾滿豐潤白色皮草的短夾克，上頭的高領保護她的頸部免受風寒。這皮草應該是白狐狸吧，我想著，來自群山遠處的凍原上。她戴著黑手套，風戲耍似的吹著她的金黃色長髮，飄著飄著就糾結在她的肩上。她頭戴一頂針織無邊便帽，由所有我能想到的鮮豔色彩妝點著。她用群山人的方式讓坐騎直挺挺地昂首前進，讓她那匹名叫輕步的馬兒覺得自己應該騰躍，而不光只是步行。這栗色母馬韁繩上的小巧銀鈴發出悅耳的叮噹聲，像冰柱般在生氣蓬勃的早晨中響亮。和其他身穿繁冗長裙和斗蓬的女子相比，她看起來像貓一樣俐落敏捷。

她令人想起北方來的異國戰士，或是從古老傳說中走出來的冒險家，顯然不同於她的仕女們。她並不像出身高貴且裝扮華麗的女性般，對階級較低的王室貴族們炫耀她的地位，倒像和鳥兒們一同關在籠子裡的鷹，而我不確定她是否該如此在她的臣民面前亮相。帝尊騎在珂翠肯身旁有說有笑地和她聊著天，他們的交談生動且不時伴隨著笑聲。我讓煤灰放慢腳步靠近他們，珂翠肯就用韁繩勒住馬兒，露出笑容想對我打招呼，但帝尊只是冰冷地點點頭，還用膝蓋輕碰自己的馬兒讓牠小跑步，而珂翠肯的母馬可不想落後，於是揚起馬啣趕上牠的腳步。王妃和王子的跟班們輕快地對我打招呼，我停下來看他們經過，然後懷抱不安的心情繼續往公鹿堡前進。珂翠肯的臉上充滿活力，蒼白的臉頰被冷空氣凍得泛紅，而她對著帝尊微笑的神情，彷彿偶爾對我露出的笑容般真誠愉悅，我卻無法相信她這麼天真，竟如此輕易就信任他。

我一邊思考一邊從煤灰的背上卸下馬鞍並撫摸牠，俯身檢查牠的馬蹄，察覺到博瑞屈越過廄房圍牆看著我。我問他，「有多久了？」

他知道我在問什麼。

「他在你離開幾天之後就開始這樣。有天他把她帶過來，義正詞嚴地對我說，讓王后整天待在公鹿堡裡，眞是太糟糕了，因爲她已經習慣群山人開放和精力充沛的生活方式，還說他被說服要教她低地區騎馬的技術。然後，他交代我把惟眞送給她的馬鞍套在輕步背上，兩人就騎著馬走了。那你看，我能說什麼，又能做什麼呢？」他在我轉身狐疑地看著他時，凶巴巴地反問我。「如你所言，我們是宣誓效忠的吾王子民，而帝尊是瞻遠家族的王子，即使我不忠誠地拒絕他，王妃仍期待我把她的馬兒牽過來套上馬鞍。」

我稍微揮揮手提醒博瑞屈他的話聽來像極了要叛國似的。他走進廏房站在我身旁，在我安頓好煤灰之後深思熟慮地搔搔牠的耳後。

「你的確別無選擇，」我勉強承認。「但是，我必須明瞭他眞正的意圖，還有她爲什麼忍受他如此隨心所欲。」

「他的意圖？或許只是搖首擺尾好討她歡心。她在城堡中日漸憔悴的事實，已經不是什麼祕密了。喔，她對每個人說話都很直，但她太老實了，使得別人在她憂愁時反而相信她很快樂。」

「或許吧！」我勉強承認，然後像小狗聽到主人吹口哨般猛然抬頭。「我得走了。王儲惟眞……」我含糊其詞，犯不著讓博瑞屈知道我受到精技的召喚。我把鞍囊揹在肩上，就這麼帶著一袋大費周章謄寫的卷軸動身前往城堡。

我沒停下來換衣服，也沒在廚房的爐火邊取暖，而是直接走到惟眞的地圖室。房門半開著，我敲敲門然後進去。惟眞俯身看著固定在桌上的地圖，幾乎沒有抬頭對我打招呼。熱騰騰的甜香酒已經在等著我了，壁爐邊的桌上還擺著一大盤冷肉和麵包，稍後他就挺起身子。

「你可眞會擋，」惟眞打招呼似的說道。「這三天我都在催你趕快回來。還有，你何時才終於發現自己正受到精技的召喚？當你站在我自己的馬廄時。我告訴你，蜚茲，我們得挪出時間好讓我教你一些掌握精技的方法。」

他嘴裡雖這麼說，但我心裡知道根本不可能有時間，因爲他有太多事情要關照。一如往昔，他立刻陷入自己的憂慮中。「被冶煉的人。」他說道。一陣冷冽不祥的預感直竄入我的脊椎。

「紅船又來襲了？在這樣的寒冬裡？」我不可置信地問著。

「不。至少我們目前仍倖免於難。但就算紅船劫匪放過我們回到他們溫暖舒適的家，但禍害卻仍將遺留在此。」他停了一下。「好吧，過去吧！取取暖，順便吃點東西，你可以一邊吃一邊聽。」

當我享用著甜香酒和食物時，惟眞好像在對我訓話。「這是長久以來的問題。關於被冶煉者的報告指出，他們不但洗劫和掠奪旅行者的財物，更侵犯偏遠的農場和房舍。我調查過了，也必須相信這些報告，但這些攻擊距離任何以往遭突襲之處都很遠，而且每次人們都宣稱不只看到一兩位被冶煉的人，而是成群結隊行動的一群人。」

我思考了一會兒，吞下嘴裡的食物之後開口說道，「我不認爲被冶煉的人能成群結隊像伙伴似的行動。當人們遇到他們的時候，感覺不出他們有……社群意識，也就是共通的人性。而且他們所說的話和所算計的事情，在在都只是爲了自己。按照人類的說法，他們不過是一群狼獾，只關心本身的生存問題，把彼此當成爭奪食物和溫暖舒適的對手。」我再把酒倒入杯中，對它散發出來的暖意心存感激，至少它驅走了我身上的寒氣，但被冶煉者蒼涼的孤立感所帶來的淒冷思緒卻依然存在。

是原智讓我發現被冶煉者的這項特質。他們毫無世間的親屬觀念，也讓我幾乎無法感覺到他們。原智讓我確切掌握牽繫著所有生物間所交織的那些線，但被冶煉的人脫離了這些連結，像石頭般孤立，彷佛不經意的暴風雪和氾濫的河流般，既飢餓且心狠手辣。

但惟眞只是深思熟慮地點點頭。「但就算是狼這類的動物也會結夥攻擊，如同淚珠魚襲擊鯨魚般。如果這些動物能團結一致擊垮獵物，爲什麼被冶煉的人不行呢？」

我放下之前拿起的麵包。「狼和淚珠魚按天性行事，牠們和子女共享肉食，不爲自己，而是爲全體獵食。而我所看到的被冶煉者成群結隊卻不共同行動。當我遭幾位被冶煉的人攻擊時，就想到唯有讓他們各自對立才能自救，於是我丟下他們想要的斗蓬，讓他們爲了爭奪它而相互打鬥，稍後當他們再度追捕我時，這群人與其說是互相幫助，倒不如說是互相干擾。」那一夜的慘痛記憶再度浮現心頭，我也只有費勁地穩住聲調。鐵匠在那夜身亡，而我生平頭一遭殺了人。「但是他們沒有共同作戰，這就是被冶煉的人所不明白的地方：團結就是力量。」

我抬頭看著惟眞，他深沉的雙眼中滿是同情。「我忘了你曾有對抗過他們的經驗，原諒我。我不否認你的說法，只是最近實在有太多事情煩擾著我。」他的聲音飄忽而去，看起來他正在聽遠方的某個聲音。過了一會兒，他回過神來。「那麼，你相信他們是無法合作的，但現在看來他們這次眞是團結起來了。看，這裡，」他的手輕輕掠過一張攤在桌上的地圖。「我已經標示出產生民怨的地點，並且依他們所言追蹤記錄有多少地方被被冶煉的人侵襲。你認爲呢？」

我走過去站在他身旁。站在惟眞身邊彷彿站在非我族類者身旁，只見精技的力量從他身上散發出來，而我想知道他是否極力克制自己，還有精技是否威脅他洩露自我，進而讓他的意識傳遍整個王國。

「看看這地圖，蜚茲。」他想起了我，我心裡納悶他到底對我的想法瞭解多少，但我仍強迫自己專注於手邊的任務。這地圖鉅細靡遺地畫出公鹿堡所有細部的構造，淺灘和潮汐沼地都沿著海岸標示出來，內陸的路標和小徑也清晰可見。這是一張用心繪製的地圖，出自一位曾在此地跋山涉水的人之手。

惟眞用了些紅蠟做標示，我也仔細端詳，試著看出他眞正關切的是什麼。

「七起個別事件，」他伸手撫摸地圖上的標示。「有些發生在騎馬當天來回公鹿堡的路程內，但我們沒有遇過如此近距離的突襲，那麼這些被冶煉的人到底是打哪兒來的？或許他們眞的被逐出自己的家園，但爲什麼朝公鹿堡聚集？」

「或許這些人走投無路，只好假扮成被冶煉的人打劫他們的鄰居？」

「或許是，但這些事件的發生地點愈來愈接近公鹿堡，不得不令人擔憂。根據受害者描述，有三個不同的團體。但每次都有搶劫、闖入農場或殺害牛隻的報告，而犯案的團體似乎正漸漸接近公鹿堡，我也想不透被冶煉的人爲何要這麼做。還有……」正當我要開口時，他示意我停住。「其中一個團體的描述和一個月前的一起攻擊事件吻合。如果是同一群被冶煉的人所爲，他們當時可走了很長的一段路。」

「看來不像被冶煉的人。」我如此說著，然後小心翼翼地問道，「你懷疑這是某種陰謀嗎？」

惟眞苦澀地哼了一聲。「當然，我什麼時候不再懷疑陰謀了？但這件事情，至少我如此認爲，可以從公鹿堡外的地方找尋來源。」他忽然停頓下來，好像聽出自己的直言不諱。「幫我查查，好嗎，蜚茲？騎馬出去瞧瞧，聽聽人們怎麼說。告訴我人們在小酒館裡說了些什麼，還有在路上發現了什麼蛛絲馬跡。蒐集關於其他攻擊事件的八卦，並且追蹤每個細節，還得靜悄悄地進行。你能爲我做這些嗎？」

「當然，但爲什麼要靜悄悄的？如果我們警告大家，就能更快打聽出發生了什麼事。」

「我們是會打聽到更多沒錯，但只會是更多謠言和更多抱怨罷了。這些事件目前爲止是個別的民怨，而我想可能只有我把這些個別事件串連出一個模式。我不希望公鹿堡本身發生暴動，也不願人民抱怨國王甚至無法保衛他的首都。不。靜悄悄地，蜚茲，一定要靜悄悄地。」

「靜悄悄地查訪。」我讓自己的語氣聽起來不像在發問。

惟貞微微聳了聳他那寬闊的肩膀，看起來只不過像是轉移負擔，而非卸下重擔。「盡可能停止這類事件，」他小聲說著並且凝視爐火。「靜悄悄地，蜚茲，一定得靜悄悄地進行。」

我緩緩點著頭，只因從前也有過這類的差事。對我來說，殺害被冶煉的人和殺害任何人並沒什麼兩樣，有時我試著假裝自己是讓不安的靈魂安息，爲一個家庭終結極度的痛苦。我希望自己別變得過於自欺，這可是刺客所擔待不起的奢侈。切德警告過我，一定要時時記住自己到底是誰：不是慈悲的天使，而是爲了國王或王儲的利益而行動的刺客，保衛王位是我的職責。我的職責。我遲疑了一會兒，然後開口。

「王子殿下。我回來的時候看到珂翠肯王妃和帝尊一同騎著馬出遊。」

「他倆看起來很相配，不是嗎？她騎得穩嗎？」惟貞無法全然掩飾語調中的苦澀。

「是啊，但還是一貫的群山風格。」

「她來找我，說想好好學會駕馭我們高大的低地馬匹，我也同意了，但不知她會找帝尊當騎術師傅。」惟貞俯身看著地圖，端詳著上面所沒有的細節。

「或許她希望你教教她。」我深思熟慮地說道，把他當成一個普通人，而非王子。

「或許吧！」他忽然嘆了口氣。「喔，我知道她想。珂翠肯有時很寂寞，應該說時常很寂寞。」他搖搖頭說道。「她應該嫁給一名年輕男子，或是嫁到一個沒有戰亂災難之虞的王國。我對她不公平，蜚茲。我知道這個，但她有時實在是……很孩子氣。當她不那麼孩子氣時，可是個狂熱的愛國分子。她燃燒自己爲六大公國犧牲獻祭，而我總得阻擋她，然後告訴她這不是六大公國需要的。她就像個討人厭的傢伙一樣，不停給我找麻煩，蜚茲。她不是像個頑皮的孩子般嘻鬧，就是對我暫時擱在一旁的危機不停地發問。」

我忽然想起駿騎一心一意追求無趣的耐辛，從而略知他的動機，那就是他想找個能讓他逃離現實的女人。如果惟眞可以自己選擇的話，會選上什麼樣的女子？或許是一位比較年長、擁有內在的自我價值和寧靜特質的溫和女子。

「我漸漸厭倦了。」惟眞輕柔地說道，替自己斟了杯甜香酒，走到壁爐邊啜飲了起來。「你知道我期盼什麼嗎？」

這不全然是個問題，所以我也不想回答。

「我希望你父親仍健在，繼續擔任王儲，而我依然是他的得力助手。他會告訴我該執行哪些任務，而我也必定遵照他的吩咐行事。這樣我的內心就可以得到平靜，無論我們再怎麼辛苦都無所謂，只因我確信他最瞭解狀況。蜚茲，你知道跟隨自己信任的人是件多麼輕鬆的事情嗎？」

他終於抬頭看著我的雙眼。

「王子殿下，」我平靜地說道。「我瞭解。」

惟眞有好一會兒都站著不動，然後：「啊！」他一邊說一邊注視著我的雙眼，而我並不需要他技傳所帶來的暖意，就能感受他對我的感激之情。他走離壁爐，再度挺直地站在我面前，微微示意要我離開，我也就照辦了。當我爬樓梯回到房間時，生平頭一次納悶起自己是否應該爲身爲私生子而心存感激。

7
短兵相接

依照習俗和慣例，國王或王后結婚時，皇室配偶會帶一位貼身的隨員充當侍從，像黠謀國王的兩位王后都是如此。但是，當群山王國的珂翠肯王后來到公鹿堡時，誠如她國家的風俗一般，她是來成爲犧牲獻祭的。她獨自前來，沒有任何女性或男性侍從陪著她，就連個貼心女僕都沒有。在公鹿堡裡，沒有任何人能帶給她家一般親切的溫暖。她在陌生人的圍繞之下走馬上任，不僅和她相同階級的人無比陌生，即使是僕人和守衛也都和她所熟悉的大相逕庭。久而久之，她還是找到了適合她的一群朋友，以及適合陪伴她的僕人。雖然剛開始她覺得很彆扭，也覺得讓別人一輩子侍候她可眞是個既陌生又令人苦惱的主意。

小狼很想念我。在我出發前往畢恩斯之前，我留給牠一隻鹿的屍首，完好地冰封在小屋後頭，這應該夠牠吃了。但是誠如牠的狼兒作風，牠只會吃飽睡、睡飽吃，吃飽睡又睡飽吃，直到肉吃光爲止。兩天前那些食物就全吃光了。牠通知我，還在我身邊跳著舞著。小屋裡布滿了啃得光溜溜的骨頭，而牠也用狂烈的熱情歡迎著我，只因原智和牠的嗅覺同時告訴牠——我帶了新鮮的肉來給牠吃。牠飢餓地撲在鮮肉上，根本不理會我正把牠嚼過的骨頭放進袋子裡。太多這類的垃圾會引來老鼠，接下來堡裡的獵鼠狗們就會尾隨而來，我可不想冒這個險。我一邊清理、一邊偷偷看著牠，只見牠用前腳抱著那一大塊肉，並用嘴撕下一小塊肉吃，肩膀的肌肉同時輕微顫動。我也注意到牠把最厚的那根鹿骨頭給咬碎了，就連骨髓也舔得一乾二淨。這可不再是小狼的遊戲，而是一隻年輕力壯的動物之傑作，而牠啃碎的骨頭可比我的手臂骨還粗。

但我憑什麼攻擊你？你帶了肉和薑餅來給我吃呀！

牠的思緒充滿著意義。這是動物的群體行為，年長的我帶著肉回來餵食這隻年幼的小狼。我是狩獵者，為牠帶回一份獵殺物。我朝牠探尋，然後發現對牠而言，我們之間的區分開始逐漸消逝。我們是同個狼群。這是我從未有過的感受，這感受竟比朋友或伙伴的關係更密切。我深怕那樣的關係會像牽繫般影響我，而我不能讓這樣的情況發生。

「我是人類，你是狼。」我大聲地說，知道牠會從我的思緒中理解，而且我也試著強迫牠完全領悟我們之間的不同。

*那只是表面上罷了。骨子裡我們都是同個狼群。*牠得意洋洋地停下來舔舔鼻子，前爪沾著血滴。

「不。我餵你、保護你，這都只是暫時的。當你能夠獨自打獵時，我會帶你到一個遙遠的地方，然後把你留在那兒。」

我從來沒打過獵。

「我會教你。」

那也是同個狼群的責任。你教我打獵，然後我會陪著你，共同出擊，分享獵殺，享受更鮮美的獵

物。

我教你打獵，然後就放你走。

我已經很自由了，你並沒有拘禁我，是我自願的！牠把舌頭伸出一排白牙之外，嘲笑我的假設。

你眞是大言不慚，小狼，而且無知。

那就教我啊！牠把頭轉向一旁，用後齒把肉和筋從骨頭上剪開。這是你在狼群裡的責任。

我們不是同個狼群，我也不屬於任何群體。我的義務是效忠國王。

如果他是你的領袖，那他也就是我的領袖。因爲我們是同個狼群。當牠吃飽時，可就愈來愈得意了。

我換個方式冷冷地告訴牠，我屬於一個你無法參與的群體。在我的群體中，每個成員都是人類，而你不是。你是狼，所以我們不是同個狼群。

牠靜止在那裡，沒有回答我，但牠感覺到了。牠的感覺讓我不寒而慄。孤立和背叛，還有孤寂。

我別過頭去，把牠留在那裡，但無法對牠掩飾這麼做對我而言是多麼艱難，也無法隱藏因拒絕牠而感到的深刻羞恥，更希望牠也能感覺出我這麼做全是爲了牠好。太像了，我回想著，就像博瑞屈把大鼻子帶走，也是爲了我好，以免我對這隻小狗產生牽繫一樣。這思緒燃燒著我，使得我不得不趕緊離開，而且幾乎是拔腿就逃。

當夜晚來臨時，我回到堡裡，上樓回房拿了一捆先前留在那兒的東西，接著又下樓。我那不聽使喚的雙腳，在經過第二道平台時慢了下來，因我知道再過一會兒，莫莉就會端著耐辛用餐的拖盤和碟子朝這兒走來。耐辛很少在飯廳中和堡裡其他貴族仕女一起用餐，反倒偏愛她房裡的隱密和蕾細親近的陪伴。最近她的羞怯還帶著一絲隱遁的意味，但這不是讓我滯留在此的原因。我聽到莫莉下樓的腳步聲，也知道我該走了，但我好幾天沒見到她了，而婕敏羞怯的調情，只讓我更加明瞭我是多麼思念莫莉。我當然知道我該如同對待其他侍女般，祝福她有個美好的夜晚，這應該不算什麼大不了的事，也知道自己不該滯留此地，更明白要是耐辛聽到了將如何指責我，但是……

我假裝仔細端詳著樓梯台階牆上，那些從我來到公鹿堡前就掛在這兒的織錦掛毯。我聽到她愈來愈近的腳步聲逐漸放慢，感覺自己的心跳聲如雷貫耳地砰砰跳著，當我轉身看她時，手掌還直冒汗。「晚安。」我用耳語般的聲音勉強開口。

「晚安。」她極度莊嚴地說著，把頭抬得更高，表情相當堅定。她的頭髮編成兩條柔和的辮子，像皇冠般盤在頭上。她穿著簡單的藍色洋裝，領子上有滾邊的白色蕾絲裝飾，我一看就知道這是誰縫製的荷葉邊。蕾細會送給她自己親手縫製的衣裳當禮物，這可眞是個好現象。

莫莉毫不畏縮地走過我身邊，眼神迅速朝我一瞥，我也忍不住對她微笑，而那一刻，一股溫暖的紅暈浮現在她的臉龐和脖子上，我幾乎感受得到那熱度。但她雙唇的線條隨即變得僵硬了起來。當她轉身走下樓時，身上的香氣向我這裡飄來，這檸檬香油和甜薑味可是莫莉所獨有的。

女性。眞好。無限讚賞。

我像被針刺到般，跳起來並轉過身來，傻傻地期待小狼出現在我身後。但是當然沒有。我向外探尋，牠卻不在我心中。當我更進一步探尋時，發現牠在小屋裡的草堆中打瞌睡。別這樣。我警告牠。遠離我的心靈！除非我讓你陪著我。

驚愕。那你叫我來做什麼？

別和我在一起，除非我希望你來陪我。

我怎麼知道你何時會希望我陪你？

我需要的時候自然會探尋你的心靈。

一段長長的寂靜。那我需要的時候也可以探尋你的心靈，牠提議。對，這就是同個狼群。在必要時相互求救，並隨時準備聽候這種呼喚。我們是同個狼群。

不！這不是我要說的。我是說當我不需要你的時候，你就得遠離我的心靈。我不想總是和你分享思緒。

你這樣說一點道理也沒有。我難道只能在你沒呼吸時才能呼吸嗎？你的心靈，我的心靈，都是同個狼群的心靈。我除了把思緒放在這裡，還能往哪兒擺？如果你不想聽見我，就別聽呀！

我像個傻子般呆立著，試著瞭解牠的想法。一位侍童向我道晚安，而我沒回應。「晚安。」等我回過神來回答他時，他已經走遠了。他回頭疑惑地一瞥，想知道是不是有人傳喚他。我揮手示意他繼續往前走。我用力甩頭揮去雜亂的思緒，下樓走向耐辛的房間。我晚點得再和小狼溝通一次，讓牠明白自己很快就會獨立自主，遠離我的視線和心靈。接著我就會將這次的經驗擱在一旁，不再理會。

我敲敲耐辛的房門之後就獲准進入，一進門就看到蕾細剛完成大費周章的定期清掃，重新把房間整理得有條不紊，甚至還留了張空椅子可以坐。她們倆都很高興看到我，而我也和她們聊起自己的畢恩斯之旅，但避免提及女傑。我知道耐辛遲早都會聽到關於她的傳聞，也一定會質問我；而我到時候就得在她面前闢謠，表示謠傳根本誇大了我和女傑的短兵相接。希望這能奏效。我同時也帶了禮物回來，迷你象牙魚是讓蕾細用來當項鍊墜飾或別在衣服上的，耐辛的禮物則是一對琥珀銀耳環，還有用蠟封蓋的一大陶罐冬綠樹莓子果醬。

「冬綠樹？我沒嚐過冬綠樹。」耐辛對我送她的這份禮物顯得挺疑惑。

「沒有嗎？」我也假裝疑惑地反問。「我以為您告訴過我，這是您日夜思念的兒時芬芳。您不是有位叔叔曾送過您冬綠樹嗎？」

「不。我不記得跟你這麼說過。」

「那麼，或許是蕾細？」我眞誠地詢問。

「不是我，少爺。雖然它飄在空氣中的味道挺香的，但對我來說還是太刺鼻了。」

「喔，這樣子啊！那麼，是我弄錯了。」我把它放在桌上。「什麼？雪花，牠該不會又懷孕了吧？」

當我和耐辛說話時，她的白色狸犬終於決定上前嗅著我，而我也感覺到牠小小的心裡，正爲我身上的小狼氣味而納悶著。

「不，牠只是發福了。」蕾細插嘴替牠回答，然後停下來搔搔牠的耳後。「夫人把甜肉和餅乾留在盤子上，而雪花總是有辦法偷吃。」

「您知道不應該讓牠這樣，這對牠的牙齒和毛不好。」我指責著耐辛，她卻回答說她知道，但是雪花已經老到沒辦法學好這些規矩了。我們由此繼續閒聊，過了一小時我起身要離開，我得試著再次向國王報告才行。

「稍早，我在他房門前給打發走了，」我提到，「不是守衛，而是他的僕人瓦樂斯，他不讓我進去。我問他守衛去哪了？他回答我說守衛們都獲令退下了。他還說國王需要安靜，所以叫我最好別去吵他。」

「國王龍體欠安，你是知道的。」蕾細說著。「我聽說他很少在午前踏出房門一步，而當他出來時，就像著了魔似的精力充沛、胃口奇佳。但到了傍晚，又突然變得虛弱且開始口齒不清。晚上，他在房裡用餐，但廚娘說盤子裡的東西總是原封不動地給送了回來，這情況實在令人擔憂。」

「沒錯。」我表示同意然後轉身離開，一點也不想再多聽了。這下可好了，國王的健康狀況成了城堡中的熱門話題，我一定得問問切德該怎麼辦，並親自去瞭解一下狀況。我之前嘗試晉見國王，卻碰到多管閒事的瓦樂斯，而他對我的態度也十分粗魯無禮，好像我來找國王是爲了打發時間，而不是進行達成任務後的報告。他也把國王當成衰弱的病人一般，自告奮勇阻止任何人來打擾國王。瓦樂斯，我如此想著，沒人好好教過他該如何善盡職責而不越俎代庖嗎？眞是個麻煩的傢伙。當我輕輕踱步走向國王房間的路上時，不禁想著莫莉什麼時候才會發現冬綠樹的香味？她一定知道是我幫她帶回來的，因爲這是她從小到大一直想要擁有的香味。

瓦樂斯走過來打開門，然後從門縫往外看。當他看到我的時候，皺了皺眉頭並且把門再打開一點，但卻用身體擋住門後的縫隙，好像我的一瞥會對國王不利似的。他沒招呼我，反倒提出問題，「你今天稍早時不是來過了嗎？」

「是的，我來過，但那時你說黠謀國王睡了，所以我必須再來一趟向他報告。」我試著保持禮貌的語氣。

「哦，這報告很重要嗎？」

「我想這就讓國王來決定吧！如果他認爲我在浪費他的時間，自然會把我送走。我建議你告訴他我來了。」我遲了些才露出微笑，試著緩和尖銳的語調。

「國王沒什麼精力，我只想讓他在必要時才起身。」他還站在門邊。我看了看他的體型，心想自己是否該用肩膀硬推開他進房去。但那必定會引起一陣鼓譟。如果國王眞的病了，我可不希望再讓他煩心。有人拍拍我的肩膀，當我回過頭看時，卻空無一人，一轉回頭就看到弄臣站在瓦樂斯和我之間。

「你是他的醫生嗎？那麼，憑什麼做出這樣的判斷呢？」弄臣代我繼續談話。「當然啦，你可以成爲一位優秀的醫生，你這副德行就足以讓我瀉肚子了，你的言談也消除了你我腸胃中的脹氣。而我們親愛的國王鎮日在你面前因病而衰弱，眞不知他瀉肚子瀉了多少次？」

弄臣端著一個用餐巾覆蓋的托盤，我聞到了牛肉清湯的香濃和剛出爐雞蛋麵的溫暖。他用搪瓷鈴鐺和鑲著冬青花環的無邊便帽，妝點黑白花斑點冬裝，腋下挾著他那根弄臣權杖。又是鼠頭權杖，而這個鼠頭看起來似乎高高在上，而且神氣活現。我曾看過他拿著它在大壁爐前長談，還帶著它上樓晉見國王。

「走開，弄臣！你今天已經來這裡兩次了。國王已經就寢了，不需要你。」瓦樂斯嚴峻地說道，但是，他身子卻不經意地向後退，讓我看出他是那種無法面對弄臣蒼白雙眼的人，如果弄臣伸出蒼白的雙手觸摸他，他也會畏縮。

「不是兩次而是三次，我親愛的瓦屁斯*，我的出現可取代了你的存在。東倒西歪地走吧！告訴帝尊你所有的八卦。瓦既然都可以有屁了，那牆壁應該也可以有耳朵囉！這樣的耳朵一定聽了一大堆國王的事兒，或許你可以一邊開導我們親愛的王子，一邊讓他瀉肚子，而他那深沉的眼神，依我看，足以證明他的腸子已經向後扭到讓他的眼睛都瞎了。」

「你膽敢這樣說帝尊王子？」瓦樂斯氣急敗壞地說道，弄臣卻早已進門，而我也尾隨在後。「他該聽聽這個。」

「這樣說，那樣說，反正隨便你怎麼說吧！他一定會聽你的。所以，親愛的瓦屁斯，別把你那些脹氣搧到我這兒來，留給你的王子吧，他一定樂於聽你搧風點火。我相信他現在正在享用燻煙，那麼你大可對他排放你的脹氣，他就會昏昏欲睡地點點頭，認爲你說的對極了，也會覺得你那些脹氣眞是芳香怡人。」

弄臣口中仍唸唸有詞，裝滿食物的托盤像盾牌般護衛著他。瓦樂斯已站穩腳步，弄臣則強迫他後退，然後經過起居室進入國王的臥房，把托盤放在國王的床邊，瓦樂斯則退到房間的另一扇門前。這時弄臣的雙眼更明亮了。

「喔，國王根本沒在床上躺著，難不成你把他藏起來了，我親愛的瓦屁斯？出來吧，您出來吧，國王陛下，我狡黠多謀的國王陛下。您是黠謀國王，而不是瞎躲之王，就別偷偷摸摸地藏在牆邊和床單下吧！」弄臣開始不斷撥弄顯然空無一人的床和床罩，伸出權杖讓上面的鼠頭檢視床簾，而我也禁不住笑了出來。

瓦樂斯靠在門上像防著我們似的，但門隨即從裡面打開，他就跌進了國王的臂彎裡，然後沉重地跌坐在地板上。「看看他！」弄臣對我說著。「你看他簡直是喧賓奪主，不僅占據我在國王跟前的位置，還笨拙地摔得四腳朝天想假扮弄臣。這種人真該獲得弄臣的頭銜，卻沒資格承擔弄臣的任務！」

黠謀身穿睡袍站在那兒，臉上露出惱火的不滿神色。他納悶地低頭看著地上的瓦樂斯，又抬頭看看弄臣和我，理都不理剛才發生了什麼事，就對跌跌撞撞站起來的瓦樂斯說話。「這蒸氣對我可一點好處都沒有，瓦樂斯，反倒讓我的頭更疼，還害我滿嘴苦味。拿開它吧！告訴帝尊我覺得他的新藥草或許可以拿來驅趕蒼蠅，但恐怕無法治病。現在就拿開它，等到整個房裡飄滿怪味就太遲了。喔，弄臣，你在這兒。還有蜚茲，你終於來報告了。進來坐吧！瓦樂斯，你沒聽到我說的話嗎？把那討厭的壺子拿開！不，不要經過這裡，繞路把它拿出去！」黠謀揮揮手，像驅趕煩人的蒼蠅般把這傢伙打發走。

黠謀把通往浴室的門緊緊關上，似乎在防止怪味飄進臥房裡，然後走回來搬了一張直背式椅子擺在

*譯註：1.原文爲Wall Ass。Wall是牆壁之意，而Ass有笨蛋、狗屁之意。Wall Ass的諧音類似瓦樂斯（Wallace）。弄臣一語雙關地譏諷瓦樂斯。

爐火邊。不一會兒，弄臣就搬來一張桌子放在椅子旁，覆蓋食物的布成了桌巾，而他就像侍女般優雅地爲國王張羅食物。先是銀器和餐巾，他的靈巧讓黠謀也露出了微笑，接著弄臣就在壁爐邊彎下身子，膝蓋幾乎要碰到耳朵，修長的雙手托著下巴，蒼白的皮膚和頭髮閃耀著火焰般的紅光。他的一舉一動都像舞者般優雅，擺出的姿勢既巧妙又具喜感，而國王就像呵護著小貓咪似的俯身撫平弄臣飛揚的髮絲。

「我告訴過你我不餓，弄臣。」

「您說了，但是您沒說不要帶食物。」

「如果我說了呢？」

「那麼，我就會對您說這不是食物，而是像瓦屁斯拿來煩您的那種蒸氣壺子，但至少會讓您聞到更芳香的氣味。還有，這不是麵包，而是爲您的舌頭準備的藥膏，也請您立刻敷上吧！」

「喔！」黠謀國王靠近桌子喝了一口湯，湯裡的大麥拌著胡蘿蔔和碎肉塊。黠謀嚐了嚐，然後就吃起來了。

「您看我的醫術是不是至少和瓦屁斯一樣？」弄臣自喜地低聲哼著。

「你明知道瓦樂斯不是醫生，他只不過是我的僕人。」

「我知道，而您也知道，但瓦屁斯自己可不知道，所以您的身體一直不好。」

「夠了夠了。過來吧，蜚茲，別像個呆子般站在那兒傻笑。你要告訴我些什麼？」

我瞥了瞥弄臣，然後決定不問國王我是否能在弄臣面前暢所欲言，只因我不想冒犯國王或弄臣。所以，我就簡短報告且隻字不提更祕密的行動。黠謀認眞聽著，聽完後沒說什麼，只是指責我在公爵宴席上的失態。然後，他詢問畢恩斯的普隆第公爵是否對他公國境內的和平感到欣慰，我回答他在我離開時公爵是如此認爲的。黠謀點點頭，然後問起我所謄寫的卷軸。我把卷軸拿出來展示給他看，他也稱讚我的字跡優美。他交代我把卷軸拿到惟貞的地圖室，並且確定他知道這件事。然後他問我有沒有看到古靈遺物，我就詳細的描述。弄臣則從壁爐的石台上像貓頭鷹般安靜地看著我們。黠謀在弄臣的專心注視之下用餐，而我就大聲地唸著卷軸上的文字。當我唸完時，他嘆了口氣把身子靠回椅背。「那麼，讓我瞧瞧你謄寫的卷軸。」他一邊下令，一邊感到納悶。我把卷軸抄本交給他，他再一次仔細地看著，然後把它們重新捲好還給我，說道，「你寫得真優雅，小子，一筆一劃都是傑作。把它們拿到惟貞的地圖室，讓他知道這件事。」

「當然，國王陛下。」我結結巴巴地回答，不免困惑了起來。我不明白他為什麼要重複剛剛已經說過的話，也不確定他是否在等我做出其他回應。弄臣這時起身看了我一眼，但我捕捉到的眼神並非只是一瞥，雖然他只是稍微揚起眉毛動動嘴唇，我卻看得出他示意要我保持沉默。弄臣一邊收拾餐盤，一邊愉快地和國王交談，然後我們就同時被國王打發走。當我們離開時，國王正凝視著爐火。

我們在走廊上更坦然地交換眼神。我開口準備說話，弄臣卻開始吹口哨，直到我們走到樓梯中間他才停下來，然後抓著我的衣袖，我們就這樣在兩層樓之間的樓梯上停了下來。我感覺到他慎選了此處，因為沒有任何人能看到或聽到我們說話，而我們這兒的視野可是一覽無遺。然後，弄臣把權杖拿到我鼻子前，讓權杖頂上的那隻鼠兒對我說話，他裝著老鼠吱吱聲說道，「喔，你和我，我們要記住他所忘掉的事情，蜚茲，然後為他的安全保守祕密。他今晚所表現出來的堅強對他來說負擔太重，而你也別給那神態矇騙了。你得珍惜和服從他重複告訴你的事，因為這代表他加倍重視這些事情，也確定自己會親口告訴你。」

我點點頭，決定當晚就把卷軸交給惟貞。「我不怎麼在乎瓦樂斯。」我對弄臣發表意見。

「你不必擔心瓦屁斯，要擔心的是牆中耳。」他嚴肅地回答，突然用修長的手指穩住托盤高舉在頭上，然後早我一步雀躍地走下樓梯，留下獨自思索的我。

我當晚送走了卷軸，隔天就執行惟眞之前交代的任務。我利用滿是肥肉的香腸和燻魚來下毒，然後分別包成小小的一捆，這樣我就能在逃脫被冶煉的人時輕易把這些撒在地上，希望這劑量夠用來應付追殺我的人。每天早上我都在惟眞的地圖室看書，然後替煤灰披上馬鞍，帶著我的毒藥騎馬前往最有可能遭那些被冶煉的人包圍之處。根據從前的經驗，我這幾次騎馬探險隨身都攜帶著一把短劍，剛開始阿手和博瑞屈對此頗感好奇。我解釋說我是爲了打獵而探路，因爲惟眞可能會來個冬季狩獵計畫之類的。阿手很輕易就相信了，但博瑞屈緊閉的雙唇告訴我，他知道我在說謊，也知道我無法說實話。他便沒再追問下去，但也不喜歡這樣。

我在十天裡有兩次遭那些被冶煉的人所包圍，但我都能輕易脫困，也都來得及從袋子裡把食物丟出來，看著他們撲倒在地上，貪心地把捆著的肉解開塞進嘴裡。隔天我會回到現場，替惟眞記錄我解決掉多少人和他們的外貌長相如何。而第二批攻擊我的人和我們之前所得的記錄都不吻合，我們也懷疑這表示被冶煉的人的數目比聽來的還多。

我認眞執行任務卻不感到驕傲。他們不但死了，而且比活著的時候還可悲。這是一群衣衫襤褸的細瘦生物，身上布滿自相殘殺所引起的凍瘡和傷口，屍體因強烈劇毒而誇張地扭曲變形。凍霜在他們的鬍子和眉毛上閃爍，口中流出的血在雪地上形成血塊，彷彿冰凍的紅寶石。我就這樣殺了七名被冶煉的人，然後在凍僵的屍體上堆滿松枝，倒上油放火燒了他們。我不知道哪個最讓人反感，究竟是我毒殺的行爲呢？還是隱匿這一切事跡的行爲？當小狼知道我每天餵完牠之後就要騎馬出去，原本還央求要跟我走，但有次當我站在一具凍僵的屍體前，我聽到，這不是狩獵，這不是。這不是狼群的所作所爲，而是人類的行爲。我還來不及責備牠闖入我的心靈，牠就從那兒消失了。

我在晚上回到公鹿堡，迎向熱騰騰的新鮮食物、溫暖的爐火、乾燥的衣服和柔軟的床舖，但那些被冶煉者的幽靈卻堵在我和這些溫暖舒適之間。我覺得自己是沒血沒淚的野獸，在白天殺人之後竟然還有心情享受溫飽。我唯一的慰藉卻令我感到刺痛，那就是每當我入睡後都會夢到莫莉，和她一邊走一邊聊，不受遭冶煉者的陰影籠罩，也無懼於他們沾染霜雪的屍體。

有天我比預期中還遲些出發，只因惟真把我留在他的地圖室裡長談。暴風雪即將來臨，我卻覺得這不是什麼嚴重的事情，而且那天我也不打算走遠。當我出發之後，卻看見新的景象，是比我預期中還衆多的一群被冶煉者。然而我繼續騎馬前進，維持本身五種感官的高度警覺，第六種原智感知對尋找被冶煉者可是一點幫助也沒有。在天際聚集的雲層以出其不意的快速遮蔽了日光，這景象也讓我和煤灰感覺腳下的這條狩獵小徑似乎愈走愈長。當我終於從追蹤行動中抬頭一瞥時，不得不承認他們就這樣躲開了我，並且我發現自己出乎意料地遠離了公鹿堡，也偏離了任何足跡遍布的道路。

起風了，是一陣預告即將飄雪的冷風。我把斗蓬裹得更緊，讓煤灰轉身朝回家的路前進，仰仗牠的認路本領和步調，沒走多久天就黑了，雪也不停下著，要不是我常在夜間穿越這地區，一定早就迷路了。然而我們繼續前進，看來像走進了暴風的中心，寒氣襲來讓我渾身開始發抖，我害怕這樣下去，那久未折磨我的痙攣，又會再度復發。

當風終於把雲層吹開時，我不禁心存感激，月光和星光也從層層烏雲中透出，照亮我們的去路。儘管得涉過大量積雪，我們卻用更穩健的步伐走出稀疏的樺木森林，來到一座幾年前遭野火肆虐的山丘。因爲四周沒有遮蔽物，風就顯得更強烈了。我拉緊斗蓬、豎直領子抵擋寒風。我知道一旦抵達山丘頂端就能看見公鹿堡的燈火和遠處另一座山丘，而溪流也會引領我步上足跡遍布的道路帶我回家。於是，我以更愉快的心情橫越平坦的山腹繼續前進。

冷不防地，一陣像雷般轟隆隆的馬蹄加速聲傳來，但似乎被什麼阻礙了。煤灰放慢腳步，把頭向後仰發出嘶聲，而我就在此時看到一匹馬和一位騎士直衝向我，然後向下坡往南奔去。這匹馬背上有位騎士，還有兩個緊抓著他們不放的人，一個抓住馬兒胸前的皮繩，另一人抓著騎士的腿，只見一陣起伏的刀光血影，抓著騎士的腿的那人忽然大叫一聲，然後就摔在雪地上尖叫打滾，但另一人抓住了馬兒的籠頭，試著拖住馬讓牠停下來，這時又有兩人衝出樹叢追上來包抄掙扎的馬兒和騎士。

是珂翠肯！我一認出她的同時，便用後腳跟輕踢煤灰緩步靠近他們。我無法理解眼前的景象，但那並沒有阻止我做出回應。我沒有問自己爲什麼這麼晚了王妃會在這裡獨自遭劫，卻很欽佩她能夠如此穩健地駕馭坐騎，還能同時踢開和鞭打想把她拉下來的一個傢伙。我在接近打鬥現場時拔出劍來，現在回想起來我當時應該沒有發出半點聲響。我對整個打鬥過程有個奇特的記憶，那是一場陰影之間的打鬥，像群山的影子戲般黑白相間且安靜無聲，只聽見那些被冶煉的人，一個接著一個倒下之後的哀嚎嘶吼。

珂翠肯的鞭子劃過一個傢伙的臉，他雙眼汩汩流出的血遮蔽了他的視線，但他仍緊抓不放想把她從馬鞍上拖下來；另一個傢伙完全無視同伴的困境，逕自用力拉扯著馬鞍袋，而袋子裡可能只裝著騎馬出遊時，所需的少許食物和白蘭地。

煤灰帶我接近抓著輕步籠頭的那個傢伙，是名女子。我持劍刺中她，並快速抽出劍來，彷彿鋸木活兒般無情。這眞是場罕見的打鬥，我可以感覺到珂翠肯和自己的情緒，也可以感覺到輕步的驚恐和煤灰受過訓練的戰鬥熱情，但感覺不到攻擊她的人有任何的情緒，什麼都沒有。沒有憤怒的悸動，也沒有因受傷而發出的嚎叫。對我的原智來說，他們根本不在那兒，如同對抗我的風雪般毫無人性。

我作夢般地看著珂翠肯抓住攻擊者的頭髮，將他的頭往後扯，並在喉上狠狠地劃下一刀。在月光下發黑的血沾濕了她的衣裳，也在栗色馬輕步的頸子和肩膀上留下血光，接著那傢伙就倒在雪地上全身痙攣。我對著最後那個傢伙揮劍卻沒刺中他，但珂翠肯可不，她揮舞著短刀刺穿他的無袖上衣，直搗肋骨再刺進肺部，然後迅速把刀拔出來將他踢開。「跟我來！」她對這一片夜晚說著，用腳後跟輕踢栗色馬輕步好讓牠走上山丘，煤灰則用鼻頭輕觸珂翠肯的馬鐙跟在後頭，接著我們就一同騎上山丘頂，在下山前瞥了瞥公鹿堡的燈火。

山坡底下有片叢林，積雪也掩蓋著一條小溪，我輕踢煤灰帶頭讓輕步轉身免得跌進溪裡。珂翠肯沒說什麼，靜靜地跟著我走進森林中遠離暴風雨。我斗膽快速地趕路，總覺得會有人跳出來叫喊和攻擊我們，但我們總算趕在烏雲再度遮蔽月光前回到路上。我讓馬兒慢下腳步喘口氣，又沉默地前進了一會兒，同時專心聆聽後頭是否有追趕的聲音。

稍後當我們覺得比較安全時，珂翠肯突然發出一聲顫抖的長嘆。「謝謝你，蜚茲。」她用仍然發抖的聲音簡短說道，但我沒有回應，心裡卻有些期待她隨時會哭出來，果眞如此我也不會怪她。但她漸漸穩住自己，把衣服拉直並且拿刀在長褲上擦拭，然後將刀子重新放進腰上的刀鞘。她俯身拍拍輕步的頸子喃喃地稱讚和安慰這匹馬，我感覺輕步的緊張情緒緩和了下來，也欽佩珂翠肯技巧高超地迅速獲得這匹高大馬兒的信任。

「你怎麼會在這裡？是爲了找我嗎？」她終於問了。

我搖搖頭，雪又開始下了。「我外出打獵不小心走遠了，相信是好運將我帶到您這兒。」我稍稍停頓然後繼續說道，「您迷路了嗎？會不會有人出來找您？」

她的鼻子輕輕抽動，然後吸了一口氣。「不完全是。」她用顫抖的聲音說著。「我和帝尊一同騎馬出遊，還有一些人也跟著我們。當暴風雪來臨時，我們紛紛掉頭準備回公鹿堡去，其他人騎在我們前面，但帝尊和我愈騎愈慢，他正告訴我他家鄉的民間故事，所以我們讓其他人先走，以免他們的談話聲影響我聽故事。」她又吸了一口氣，我也聽見她嚥下今晚最後的驚恐。說著說著她的聲音逐漸平緩下來。

「其他人遠遠地騎在我們前面，然後突然從路邊的樹叢裡冒出一隻狐狸來。『如果妳想見識眞正的運動，就跟我來吧！』帝尊向我挑戰，將他自己的馬轉離那條路去追趕狐狸，輕步也不顧我的意願蹦蹦跳跳地跟在他後面。帝尊瘋了似的伸展四肢騎馬狂奔，用馬鞭催促馬兒加快腳步。」她描述帝尊的語氣帶著驚愕和疑惑，卻也有一絲讚賞。

但輕步不聽使喚。她開始對他們的步伐感到恐懼，因爲她對路不熟，也害怕輕步跌倒，所以試著用韁繩駕馭牠。但當她明白道路和其他人已遠離視線，而帝尊也遠遠超前時，她就向輕步示意希望能趕上他。後來，她不出所料完全迷失在暴風雪中，儘管曾經掉頭尋找來時路，但落雪和強風很快的就把足跡給掩蓋掉了。最後她終於讓輕步帶路，相信牠會帶她回家。如果不是遭到那群野人的攻擊，她現在早該到家了。她的聲音愈來愈微弱，然後沉默了下來。

「被冶煉的人。」我平靜地告訴她。

「被冶煉的人。」她語氣納悶地重複道，然後穩住聲音說：「他們眞是喪心病狂，和我聽說的一樣。難道我是這麼差勁的犧牲獻祭者，差勁到會引來殺身之禍？」

我們聽到遠方傳來的號角聲，是搜尋隊伍。

「他們會殺了所有路過的人，」我告訴她。「對他們來說這並不算是攻擊王妃，而我也懷疑他們是否知道您是誰。」我緊緊閉嘴以防止自己不小心爆出帝尊的內幕。如果他不想害她，就不會讓她陷入這樣的險境。我不相信他會藉著在黃昏中騎馬穿越雪嶺追狐狸展示所謂的「運動」，他根本就是故意這麼做好讓她喪命。

「我想我的丈夫一定會對我大發雷霆。」她像個懊惱的孩子般說道。當我們繞過山丘時，就看到一群手持火把的騎士迎面而來，似乎在回應她的預測。此時又一聲更響亮的號角聲，不一會兒我們就加入了他們。他們是主要搜索隊的前鋒，這時一位女孩騎馬向後飛奔，回去報告王儲他的王妃已經找回來了，而惟真的侍衛們在火光中高聲歡呼，並且對著輕步頭上的血光咒罵，但珂翠肯鎮定地向大家保證那不是她的血，平靜地說著那些被冶煉的人是如何攻擊她，以及她自衛的方式。我看到士兵們愈來愈欽佩她了，同時首次聽到她描述那位最大膽的攻擊者從樹上跳下來襲擊她，她卻先殺了他。

「她宰了四個人，而且還毫髮無傷！」一位頭髮灰白的老兵歡欣鼓舞地說著，然後：「請求您的原諒，吾后。我沒有任何不敬之意。」

「如果蜚茲沒有把那個抓住輕步的頭不放的那個人殺了，事情可就不是現在這樣了。」珂翠肯平靜地說道。她非但不炫耀勝利，反而確保我也得到應有的重視，大家也就更尊敬她了。

他們大聲恭喜她，然後憤怒地說著明天要搜遍公鹿堡所有的森林。「我們這些士兵眞該爲王后無法平安騎馬出遊而感到羞恥！」一名女子宣稱。她手握刀柄發誓翌日就要在手刃那些被冶煉的人，讓他們血債血還，其他人也跟著附和，有些人虛張聲勢，另一些人則爲了王后的平安歸來鬆了一口氣，談話的氣氛因此愈來愈熱烈，聲音也愈來愈大了。這可是不折不扣的凱旋而歸，直到惟眞抵達爲止。他沒命似的騎著一匹汗流浹背的馬，從遠處急馳而來。我這時才知道這項搜索行動早已展開多時，而人們只能猜測自從惟眞獲悉他的夫人失蹤時，騎遍了多少條路四處尋找。

「妳怎麼這麼傻，在這麼遠的地方迷路！」這是他對她說的第一句話，語調不怎麼溫和。我看著她傲氣盡失地低下頭，也聽到身邊的人們正喃喃評論著。從那時起情況就變糟了，他並沒有當衆教訓她，但我看到他聆聽她平鋪直敘事情經過，以及如何殺人自衛時皺眉的模樣。他不喜歡她如此坦白地當衆提及一群被冶煉的人。這些人不但膽敢攻擊王后，而且極可能還滯留在公鹿堡境內，說穿了惟眞希望大家從明天開始都對此事保持沉默，尤其不能提到他們膽敢攻擊的對象正是王后本人。惟眞用凶狠的眼神看著我，好像一切都是我造成似的，接著粗魯地從他的侍衛隊中強行徵募兩匹無人騎乘的馬，好讓他和王后能盡快騎回公鹿堡。他忽然將她拉離侍衛隊，然後帶她騎馬飛奔回公鹿堡，好像愈快到達就能安全似的，似乎不明白自己這麼做，無異是剝奪了侍衛隊護送王后平安回家的榮耀。

我自己則和侍衛隊們慢慢騎馬回去，試著不去聽士兵們不高興的言談。他們不完全在批評王儲，反而繼續稱讚王后勇敢的精神，也爲她沒能得到惟眞的擁抱和好話相迎而感到難過，即使有人想到帝尊的所作所爲，也沒人敢說出來。

稍晚當我在馬廄裡照料好煤灰之後，也幫博瑞屈和阿手將輕步和惟眞的坐騎眞理安頓好，博瑞屈則抱怨兩匹馬遭受了嚴重的折磨。輕步在攻擊事件中受了輕傷，牠的嘴也因猛力掙脫束縛而受傷發炎，幸好兩匹馬都沒有永久性的傷害。博瑞屈派阿手替牠們準備溫熱的穀粒粥，這才平靜地說出帝尊稍早把馬兒牽進馬廄，卻沒提珂翠肯的事就往堡裡而去。直到後來一位馬僮詢問輕步的去向時，博瑞屈這才有了警覺。當他爲了得知眞相而斗膽詢問帝尊本人時，帝尊卻回答說他以爲珂翠肯已經一路由侍衛陪同回來了。如此說來，博瑞屈是拉警報的人，而帝尊卻對自己何時離開道路含糊其詞，也沒說清楚狐狸後來把他帶到哪兒去了，更別提珂翠肯可能的去向。「他對路線很熟。」博瑞屈在阿手拿穀粒粥回來時喃喃地說著，我知道他不是在說那隻狐狸。

當晚，我腳步沉重地走回堡裡，我的心也同樣沉重。我不願去想珂翠肯的感受，也不願深思守衛室裡的閒言閒語，就回到房裡換下衣服躺在床上，也立刻睡著了。莫莉在我的夢中等著我，我也唯有如此才得以平靜。

不一會兒就有人猛敲已經上鎖的房門，把我給吵醒了。我起身開門，只見一位睡眼惺忪的侍童說，惟眞找我到他的地圖室去。我告訴他我知道該怎麼走，然後叫他回去睡覺，然後急忙著裝下樓，心中納悶不知又有什麼災難即將降臨在我們身上。

惟眞在那兒等我，而爐火似乎是房裡唯一的照明。他的頭髮凌亂，還在睡衣外罩了一件睡袍，看來也是一副剛起床的樣子。我鼓起勇氣等待他說出所得到的任何消息。「把門關上！」他簡潔地下令，我聽令把門關上，然後走過來站在他面前，不確定他眼裡的閃光到底是憤怒還是覺得有趣，只見他突然問道，「紅裙女士是誰？爲什麼我每個晚上都夢到她？」

我不知該如何回答，心裡非常渴望知道他是如何探知我私密的夢境，整個人也因困窘而感到暈眩，即使我赤裸裸地站在整組宮廷人馬的面前，也不會像此刻感到如此毫無遮掩。

惟眞別過頭去，似乎要咯咯笑出來似地咳了幾聲。「過來吧，小子，我能理解。我無意打探你的祕密，而是你自己用力將它推到我身上來的，尤其是這幾個晚上。我需要睡眠，但又不想一睡就因爲……你對那名女子的愛慕而發燒。」他忽然停止說話，而我的臉火燙燙地燃燒著，比任何爐火都來得溫熱。

「所以，」他不自在地說著，過了一會兒突然說道：「坐下。我要教你像保守祕密般保衛你的思緒。」他搖搖頭。「很奇怪，蜚茲，你有時能徹底阻隔我的技傳，但卻在夜晚像狼嚎般洩露你最私密的慾望，我猜是蓋倫對你的迫害讓你變成這樣。雖然我們希望這件事情從未發生，可是這卻是無法改變的事實。所以我得盡可能教你，而且一有時間就教你。」

我一動也不動，突然間我們都無法看著對方。「過來，」他粗聲重複。「跟我一起坐在這裡，專心凝視火焰。」

他用一個小時的時間讓我做一個練習，讓我藉此把夢境保留給自己，也可能是想讓我不再作夢。當我得知我連在想像中都會像現實般失去莫莉，一顆心不禁往下沉，而他也感覺到了我的憂鬱。

「過來，蜚茲，這會過去的。控制你自己並且忍耐，你可以做到的。或許有一天你會希望生命中像現在一樣沒有女性，就像我一樣。」

「她不是故意迷路的。」

惟真憂傷地看了我一眼。「意圖無法替代結果，她可是王妃啊，小子。她非得在行動前不止一次，而是再三思考。」

「她告訴我輕步跟著帝尊的坐騎走，即使她拉韁繩想阻止牠，牠卻不理會。你大可責備博瑞屈和我的大意，我們原本就應該訓練那匹馬的。」

他忽然嘆了一口氣。「我想也是。那就當你已經接受過責備了，然後告訴博瑞屈幫她找匹比較不好動的馬，直到她的騎術精進爲止。」他又深深地嘆了一口氣。「我猜她會覺得我在懲罰她，還會用那對深藍的雙眼憂愁地看著我，而不會有任何怨言。噢，也罷，這是無可避免的。但是，她非殺人不可，然後毫無顧忌地說出來嗎？她有沒有想過，我的人民會怎麼想？」

「她沒什麼選擇。難道她死了會比較好？至於人們怎麼想……嗯。最先發現我們的士兵覺得她很勇敢也很能幹，這些對王后來說都是很好的特質。尤其是那名在你侍衛隊中的女子，在我們回來時熱切地談論她。他們已將她視爲王后了，而不再是哭哭啼啼的小可憐，並且將毫無疑問地追隨她。此時此刻，拿著刀的王后會比珠光寶氣躲在牆後的女子更深得人心。」

「或許吧！」惟眞平靜地說道，而我感覺得到他並不同意。「但是，那些被冶煉者的殘暴行爲歷歷在目，大家現在應該都知道他們將群起入侵公鹿堡了。」

「他們也應該知道，一位意志堅定的人會保護她自己不受歹徒侵犯，而根據你的侍衛在我們回來時所說的話，我想，接下來那些被治煉的人入侵我們的機會，應該會大幅減少。」

「我知道，而且有些人無可避免將殺害自己的親人，不論這些人是否遭治煉，淌著都是六大公國的血，而我必須防止我的侍衛殺害我的人民。」

我們之間有了一陣短暫的沉默，同時都想到他將毫不遲疑派我執行那相同的任務。刺客。那個字眼定義了我的身分，也不需維護自我尊嚴。我明白了。

「不是這樣的，蜚茲。」他對我內心的思緒回答。「你維護我的尊嚴，而我也對你的克盡職責引以爲榮。這是一件不光彩的差事，也是個必須祕密進行的任務，但是不要因爲保衛六大公國而感到羞恥，也不要認爲我會因爲它的隱密而不心存感激。今晚你救了我的王后，我也不會忘記的。」

「她不需要什麼援助。我相信她就算單打獨鬥也能活著回來。」

「很好。我們不會爲此感到懷疑。」他停了一會兒然後尷尬地說道，「我得獎賞你，你知道的。」

當我想開口拒絕時，他舉起手制止我。「我知道你不會跟我要求什麼，這我很清楚，也知道我們之間的關係非比尋常，無論我給你什麼都無法充分表達我對你的感激，但多數人並不知道這點。你希望公鹿堡城的人民高談闊論你救了王后一命，王儲卻一點都不想表揚你嗎？但我不知該給你什麼……也許該是個具體可見、而你也得隨身攜帶好一陣子的物品。我至少還懂得這樣的治國之道。一把劍？比你今晚帶著的那片鐵還好的東西？」

「這是浩得讓我練習用的一把老劍，」我爲自己辯護，「挺好用的。」

「看得出來。我得讓她選一把更好的送給你，還要在刀柄和鞘上面做些精細的雕工。可以嗎？」

「我想是吧！」我尷尬地說道。

「很好。那麼我們就各自回房就寢，如何？而且我現在應該可以好好睡一覺，不是嗎？」他的語氣毫無疑問地充滿了興味，而我的雙頰又熱了起來。

「我必須問……」我笨拙地說出難以開口的話。「你知道我夢到了些什麼嗎？」

他緩緩地搖頭。「別認爲你讓她蒙羞。我只知道她穿著藍裙，但你卻把它看成是紅色的。我看得出來你用年輕人該有的熱情愛著她，那就別掙扎著硬要自己停止去愛，只要別在晚上用技傳聲張此事即可，因爲不止我能接受這樣的技傳，儘管我相信只有我能如此清楚認出你的夢境特質，但還是得小心。蓋倫的精技小組成員也會精技，就算他們技巧笨拙而且力道不足，還是得注意。一個人如果讓敵人從精技夢境中得知他的最愛，可就難保不遭殃了。還是提高警覺吧！」他不經意地發出咯咯笑聲。「還有，希望你那位紅裙女士身上沒流著精技的血液，因爲如果有的話，她一定都察覺到了你這些夜晚的夢境。」

他在我腦海注入這令人不安的思緒之後，就打發我回房就寢。但那夜我再也無法入眠。

8

王后的覺醒

噢，有人騎著馬狩獵野豬，
或瞄準箭射向麋，
而我熱愛與英勇王后共騎，
讓她平息我們的憂傷。

那日她將名望付諸腦後，
也無懼痛苦的來臨，
騎馬奔馳撫慰人們的心，
而我的敬愛亦跟隨她起舞。

——「英勇王后的狩獵」

整個公鹿堡第二天一早就沸騰了起來，庭院的空氣中洋溢著狂熱的歡慶氣氛。這天，惟真的私人侍衛和不當班的戰士們聚在一起準備出發去進行一場獵殺行動，獵犬吵鬧地吠著，而負責攻擊獵物的狗兒們則張大嘴，鼓起胸膛無法克制地興奮吠叫。人們已經打賭下注誰將會有最輝煌的戰果，馬兒們蓄勢待發，弓箭已上弦，侍童們也倉促忙亂地穿梭來回。廚房裡有一半的人手忙著打包食物好讓獵人們隨身攜帶，士兵們不分男女老少高聲談笑著，吹噓以往的豐功偉業和相互比較武器以培養狩獵的振奮精神。我已在冬季獵麋或熊的狩獵行動前，目睹上百次這番景象了，但這次卻充斥著與以往不同的緊張氣息，血腥的氣味也瀰漫在空氣中。我聽到片片段段令人不安的對話：「……對那些糞便般的匪徒絕不留情……」、「……一群膽小鬼和叛國賊，竟敢攻擊王后……」、「……一定得付出昂貴的代價，他們不配這麼快就死……」我迅速低頭急忙回到廚房，穿越擁擠如蟻冢般的人群，也在這裡聽到同樣慷慨激昂的言論，復仇的渴望依舊沸騰著。

我在惟真的地圖室裡找到他。我看得出來他在這天已梳洗著裝整齊，但昨夜的疲倦所留下的痕跡就像是髒袍子一樣明顯。他這身打扮是要待在室內看文件的。我敲敲半掩著的門，看到他背對著我坐在爐火前的椅子上，他點頭示意我進來。我走進房裡，他連瞧都沒瞧我一眼，只是靜靜坐著不動，而房裡的空氣中正瀰漫著一股暴風雪即將成形的緊繃氣息。他椅子旁邊的桌上擺著一托盤的早餐，看樣子他一口也沒動過。我安靜地站在他身旁，幾乎確定這回我又是被技傳到這兒來的。當沉寂的時刻繼續延伸時，我不禁納悶惟真自己是否知道原因。過了好一會兒我決定先開口打破沉默。

「殿下，你今天不和侍衛們一同騎馬外出嗎？」我問道。

這讓我感覺自己像打開了防洪水閘似的。他轉身看著我，臉上的皺紋一夜之間變得更深了，看起來既憔悴又像生了場病。「我不會，我也不敢。我怎麼能默許這樣的自相殘殺！但我又有什麼選擇？當大家矢志為王妃復仇時，我卻無精打采地躲在城堡中！我不敢阻止我的士兵維護本身的榮譽，所以只得表現出一副遇事不明的樣子，像個呆子、懶蟲或膽小鬼般裝傻。今天的事蹟毫無疑問會被寫成一首民謠，該怎麼稱呼它呢？『惟真屠殺無智者』？或是『珂翠肯王后對被冶煉的人所做的犧牲獻祭』？」他的語調逐字升高，我就在他快說到一半時走到門邊緊緊把門關上，在他繼續咆哮的時候環視房裡，心中納悶除了我之外，會不會有其他人也聽到了這番話？

「你昨晚有睡好嗎，殿下？」我在他說完時問道。

他無可奈何地露出微笑。「你該知道我剛開始為何無法入睡。當我再度嘗試入睡時，情況就比較不……吸引人。我的夫人到我房裡來。」

我感覺雙耳開始發燙。無論他想告訴我什麼我都不想聽，我不想知道他們昨晚發生了什麼事，是吵架或重修舊好我都不想知道。只因惟真是那麼的無情。

「她並沒有如你所想的那樣流著淚。她不是來尋找安慰，也不是因為害怕黑夜而來，更不是要我別再替她擔心，而是像個受責備的軍官直挺挺地站在我的床前請求我原諒她的不當行為。她的臉色比白堊還蒼白，態度卻如橡樹般堅定……」他的聲音逐漸微弱，彷彿覺得自己說太多了。「是她預見這場獵殺襲擊行動，不是我。她半夜到這兒問我們該做些什麼，我卻不知該如何回答，連現在也還不清楚……」

「至少她預見了這個。」我繼續說道，希望能稍微緩和他對珂翠肯的憤怒。

「但我沒有，」他沉重地說道。「她卻辦到了。駿騎也會如此。喔，如果駿騎還在，就會在她失蹤的那一刻預知此事，然後想出各種緊急應變的計畫，但我不行。我只想趕快帶她回來，還希望沒什麼人聽聞此事，彷彿這眞的做得到一樣！所以今天我心裡想著，萬一我眞的要繼承王位，整個王國的權柄恐怕會掌控在一個最無能的人手上。」

這是我前所未見的惟眞王子，一個自信心開始支離破碎的人，也終於明白珂翠肯和他是多麼的不相稱。但這不是她的錯。她很堅強，從小就被栽培成爲統治者。惟眞常說他自己從小到大都是次子，而適合他的女子應該要能像海錨般穩住他，幫助他成爲一位稱職的國王，或是在夜裡靠在他的枕邊啜泣尋求安慰，讓他確信自己有足夠的男子氣概擔任一國之君。而珂翠肯的教養及自我約束力卻讓他懷疑自己的能力。我忽然懂了，惟眞只是個普通人。但這可一點都不令人安心。

「你至少應該出去和大家說說話。」我斗膽建議。

「你要我說什麼呢？『打獵順利』？不。你走吧，小子。跟著他們去看看，然後回來告訴我發生了什麼事。現在就走吧，別忘了把門帶上。我不想見任何人，直到你回來之前。」

我轉身依他的吩咐行事，卻在離開大廳走向庭院時碰到了帝尊。他很少這麼早就起床走來走去，從他的模樣看來，他並不願意如此早起。他的衣服和髮型都打理得很體面，但那些精緻的飾品卻不復見，沒有耳環，也沒有精心摺疊繫在喉頭處的絲飾，唯一的首飾就是他的王室戒指。他那梳理整齊的頭髮沒有香味，也不捲曲，只見他雙眼泛紅，一副很惱怒的樣子。當我試圖走過他身邊時，他一把抓住我，意圖將我硬扯過去好面對著他。我只是放鬆肌肉，絲毫沒有抗拒他，然後卻驚奇地發現他竟無法移動我。他轉頭用燃燒怒火的雙眼看著我，卻發現自己必須稍微仰頭才能直視我的雙眼。我知道自己變高也變壯了，但是從來沒想到會有如此令人愉快的副作用。我忍住不讓嘴角上揚露齒而笑，但我的眼神一定透露了這份喜悅。他粗暴地推我一把，而我只是稍微搖晃著。

「惟眞在哪裡？」他對我咆哮。

「王子殿下？」我假裝不懂他要問什麼。

「我哥哥人在哪裡？他那無恥的夫人……」他吼了出來，憤怒快讓他窒息了。「我哥哥這時候通常會在哪裡？」他終於勉強自己把話說完。

而我沒說謊。「有時早起登上烽火台，或者在吃早餐，我猜。也或許正在泡澡……」我回答他。

「沒用的小雜種！」帝尊把我打發走，像一陣旋風般往烽火台的方向快速離開，而我希望他爬樓梯爬得愉快。我在他遠離視線之後拔腿就跑，不想浪費這得來不易的時光。

當我走進庭院時，立刻就明白帝尊為什麼會發怒了。珂翠肯站在馬車座位上，所有的人都抬頭看著她。她穿著和前晚相同的服裝，我在日光下也清楚看見她那白色毛夾克袖子上的一道血跡，紫色的長褲上也沾染了更深的血漬。她腰間扣上了一把劍，並著靴戴帽準備就緒，這景象可真讓我感到不悅。她怎能這樣？我環視眼前的景象，心中納悶她到底說了些什麼，讓每個人都睜大眼睛看著她，我也就衝入了一片死寂的人群中。每個人似乎都摒住呼吸等她說下去。當她用冷靜的語氣發言時，群眾一片寂靜，只聽見她清晰的聲音迴蕩在冷空氣中。

「我說，這不是一般的狩獵，」珂翠肯莊嚴地重複著。「把你們的歡樂和吹噓擺在一旁，拿掉所有的珠寶首飾和階級標誌，內心莊重地想想我們將要做的事。」

她的語氣依然帶著濃濃的群山口音。我冷靜地察覺到她的用字遣詞都經過精挑細選，每一段話都拿捏得恰到好處。

「我們不是去狩獵，」她重複著。「而是替死者討回公道，平復遭紅船掠奪所造成的損失。紅船讓被冶煉者成為喪心病狂的人，並徒留他們的軀殼來狙擊我們。然而，我們今天所要打倒的這些被冶煉者，也是六大公國的自己人。」

「所以，我的戰士們，我請求你們今天精準地射出每一箭，出手要快狠準。我知道你們辦得到。我們都已受盡折磨，看在大家的份上，且讓今日的殺戮盡可能短暫仁慈。讓我們咬緊牙關拋開一切影響我們的思緒，彷彿從身體割下殘肢般下定破釜沉舟的決心，這就是我們所該做的。這不是復仇，我的同胞們，而是動個手術然後療癒傷痛。照我說的去做，現在就開始。」

有那麼一會兒她就站著不動俯視著我們，而接下來的情景像是一場夢境，群衆開始移動了。獵人拔掉衣服上的羽毛、緞帶、階級標誌和珠寶裝飾交給侍童，歡樂和吹噓的氣氛蕩然無存。她扯下這層防護，強迫大家眞正思考待會兒要做的事情。沒有人喜歡這樣，衆人卻仍猶豫不決地等珂翠肯繼續說下去，但她依然保持絕對的靜默，所有的人也不得不遲疑地看著她。當她看到大家都將全副注意力放在她身上時，便再度開口。

「很好，」她平靜地稱讚我們。「那麼現在就注意聽我說的每一個字。我要一些馬兒抬的轎子或四輪運貨馬車，由負責馬廄的人員來決定哪種最好，並且在裡面墊好乾草。我們不會把任何同胞的屍體拿去餵狐狸或讓烏鴉啄食，而是帶回來查明姓名，並準備火葬用的柴堆好榮耀戰死的人。如果知道家人住在附近，就傳喚他們來參加喪禮，住得遠的就派人傳話過去，並且將戰士的榮譽賜給那些失去親人的民衆。」她眼中的淚水流到雙頰上，像鑽石般在初冬的陽光下閃閃發光。當她轉身向另一群人下令時，聲調就變粗了。「我的廚師和僕人們！在大廳餐桌上擺好所有餐具準備喪禮宴席，在小廳準備好水、藥草和乾淨的衣服，我們就可以爲屍體做好火葬的準備。其他的人都放下手邊的工作，去撿木柴堆成柴堆，等我們回來火葬和哀悼陣亡的同胞。」她望著每個人的眼睛，臉上浮現出某種表情，然後就拔出劍高高舉起發誓。「當我們結束悼念之後，就準備爲他們復仇！那些奪去我們同胞生命的人應該知道我們的憤怒！」她緩緩降下劍刃，乾淨俐落地放回鞘中，然後用眼神再次號召我們。「現在就騎著馬出發，我的同胞！」

我全身起雞皮疙瘩，而我周圍的男男女女都騎上馬排成狩獵隊形。博瑞屈無巧不巧地突然出現在馬車旁，套上馬鞍的輕步也正等待著牠的騎士。我想知道他在哪裡找到這黑紅相間的馬具，這正巧是悼念和復仇的色彩，我不禁納悶這是否是她訂做的，還是他早就知道該找什麼來。她從馬車座位上走下來，直接跨上輕步的背，然後在馬鞍上坐穩，輕步也無視於如此新奇的騎乘方式，依然穩穩地站著。她舉起持劍的手，狩獵大隊就在她身後快馬奔騰。

「把她攔下來！」帝尊在我身後嘶聲說道。我轉身看到他和惟真雙雙站在我的背後，群衆卻完全沒有注意到他們。

「不！」我斗膽大聲說出來。「你們感覺不到嗎？就別破壞氣氛了。她幫大家重拾曾經失去的東西，我雖然不清楚那是什麼，但他們已痛心地想念它好長一段時間。」

「是自尊心，」惟真用低沉的聲調說道。「這是我們大家，尤其是我，早已失去的東西。你們瞧，在那兒騎馬的是一位王后。」他饒富興味地輕聲說著，語調中還帶有一絲羨慕。他緩緩轉身靜靜地走回堡裡，接著我們身後便響起了嘈雜的聲音，只見群衆依著珂翠肯的吩咐展開行動。我走在惟真身後，眼前的景象讓我震驚不已。帝尊推開我跳到惟真面前，憤怒顫抖地看著他，而惟真也停了下來。

「你怎麼能讓這種事情發生？難道你控制不了那女人嗎？她把我們當成笑柄！她以爲她是誰，怎敢如此大膽地下命令，還從堡裡帶領武裝侍衛隊出去！她以爲她是誰，竟如此趾高氣昂地下命令！」帝尊的聲音因怒火而嘶啞。

「我的妻子，」惟真溫和地說道。「也是你的王妃殿下，而且是你選的。父王向我保證你會選一名足以擔任王后的女子，我想連你都不知道自己的眼光有多好。」

「你的妻子？她會毀了你，你這笨蛋！她會趁你不注意時捅你一刀！她會偷走他們的心，好建立自己的名聲！難道你看不出來嗎，你這傻瓜？你或許樂於見到那隻群山母老虎偷走王冠，但我可不！」

我急忙轉身蹲在一旁彎腰繫鞋帶，避免看到惟眞攻擊帝尊。我的確聽到酷似一巴掌打在臉上的聲音，還有一聲短促的怒吼。當我抬起頭，看見惟眞和之前一樣平靜地站著，而帝尊卻蹲下來用手摀住口鼻。「我不容許任何人羞辱珂翠肯王妃，甚至我本人。我認爲我的夫人已經重新喚醒了士兵們的自尊心，或許她也鼓舞了我的自尊。」惟眞思索著，臉上露出略微驚訝的神情。

「國王會知道的！」帝尊將手從臉上移開，驚嚇地看著他手上的血，然後舉起顫抖的手對著惟眞。「父王會看到你的傑作！」他全身發抖，還差點因流鼻血而嗆到。他稍微俯身攤開沾了血的雙手，以免在衣服上留下血跡。

「什麼？你想就這麼流著鼻血等父王下午起床後展示給他看？如果你有這能耐，就也過來給我瞧瞧！」然後他對我說：「蜚茲！你難道除了站著發呆外，沒更好的事情做了嗎？你走吧，去看看大家是否都遵從我夫人的命令！」

惟眞轉身大步走下迴廊，我趕緊遵命遠離帝尊身旁。儘管他在我們身後孩子氣地踱腳詛咒發脾氣，但我們都沒理他。我希望這件事至少不會被僕人知道。

這對公鹿堡來說可眞是既漫長又奇特的一天。惟眞走訪黠謀國王的房間，然後又回到他的地圖室裡。我不知道帝尊在做什麼，但每個人都依照王后的吩咐迅速安靜地辦事，大家一邊竊竊私語，一邊在設宴和清洗屍體的廳中準備。此刻我注意到一個重大的轉變。那些對王后最忠心的仕女們，此刻發現自己有人隨侍在側，彷彿她們是珂翠肯的影子似的，那些貴族仕女毫不遲疑地來到小廳，監督僕人備妥加藥草的水和擺好毛巾及亞麻布，我自己則幫忙找木柴好搭柴堆。

傍晚時分，狩獵大隊回來了，他們莊嚴寧靜地護衛著馬車。帶頭騎在前方的珂翠肯看起來很累，彷彿被某種不是寒氣的冰冷給凍僵似的。我想走到她身邊，卻不願和牽著她的馬兒、護衛她下馬的博瑞屈搶功。她的靴子和輕步的雙肩都沾滿了鮮血，可見她身體力行吩咐士兵的事。她輕聲吩咐侍衛們去清洗身體和梳整頭髮及鬍子，換上乾淨的衣服回到廳中。珂翠肯在博瑞屈牽走輕步時獨自站立片刻，我從沒見過她散發如此憂愁的氣息。她很疲倦。非常非常地疲倦。

我安靜地走向她。「如果您有需要，吾后。」我輕柔地說著。

她沒有轉過身來。「我一定要親自執行。但是，請靠近些，我可能需要你的幫忙。」她如此靜悄悄地說著，相信除了我沒別人聽到。然後她往前走了幾步，等候的群眾們也在她前面散開，在她沉重地發言時點點頭。接著她沉默地穿越廚房，點頭讚許廚子們準備好的食物，然後在大廳裡巡視，再度點頭讚許她所看到的一切。當她進入小廳時，先是稍作停頓，然後脫下精心縫製的針織帽和夾克，露出柔軟的紫色亞麻布襯衫。她把帽子和夾克拿給一位侍童，他看起來對此榮譽感到震驚。接著，她走到一張桌子前把袖子捲起來，所有人都停下來轉頭看她，只見她抬頭望著滿臉驚訝的眾人們。「把陣亡者的屍體抬進來。」她簡單明瞭地下令。

一具具引人悲憐的屍體被抬進來，數量多到令人心碎。我沒有細數到底有多少具，但比我預期的和惟真的報告中所顯示的還多。我跟在珂翠肯身後捧著一盆溫暖芳香的水，跟著她來回檢視一具具屍體，溫柔地清洗每張悲憤的臉，並且幫他們闔上痛苦的雙眼，好讓他們安息。其他人則排成如蛇般的長串隊伍，跟在我們後面，溫柔地替每具屍體寬衣，將身體徹底清洗乾淨、梳理頭髮和裹上乾淨的布。然後，我察覺到惟真也來了，身旁還跟著一位年輕的文書，來往於一具具屍體之間，將少數已知的陣亡者名字寫下來，並簡短地記錄其他罹難者的外觀。

我告訴他其中一位罹難者的名字，凱瑞，莫莉和我最後一次得知這街頭小子的消息，是他已經去當傀儡師傅的學徒了，而他終止生命的方式也只比傀儡好一些，那笑得合不攏嘴的神情也永不復見。當我們都還是男孩時，我們曾一起跑腿賺取一兩文錢，而他也在我第一次喝得爛醉時陪著我，大聲喧笑直到瀉肚子爲止，然後把腐魚塞在小酒館主人的桌台下，只因他指控我們偷竊。現在回想起來，我們共度的時光依然栩栩如生，但突然間卻變得不太眞實，只因我部分的過往已被冶煉掉了。

當我們完成時，便安靜地站著觀望滿是屍體的桌子。惟眞上前在一片沉默中大聲朗誦陣亡者名單。雖然寫下來的名字並不多，但他可沒忽略那些不知名的人。「一位剛長鬍子的年輕男子，深色頭髮，手上有捕魚的傷痕……」他逐一描述。「一位捲髮的清秀年輕女子，有著傀儡師傅公會的刺青標誌。」我們聆聽這一長串陣亡者名單，只有鐵石心腸的人才不會落淚。我們團結一致把這些屍體抬到火葬的柴堆上，小心謹愼地將他們安放在最終的歇息處。惟眞親自點燃火把，卻把它遞給在柴堆旁等待的王后。當她在淋上松脂的大樹枝上點燃火焰時，便朝著黑暗的天空呼喊，「我們將永懷你們！」所有的人也都跟著她喊。年長的中士布雷德站在柴堆旁，拿著剪刀替每位士兵剪下一綹手指長度的頭髮，象徵悼念戰死的同袍。惟眞加入了這個行列，珂翠肯也站在他身後，等著獻出自己的一綹淡黃色頭髮。

接下來是個我從未曾經歷過的夜晚。公鹿堡城大部分的居民在沒有懷疑的情況下，紛紛來到城堡內，他們效法王后禁食觀看，直到柴堆中的屍體燃燒成骨灰。然後，大廳和小廳都擠滿了人，戶外的庭院也擺出用厚木板搭起來的桌子，讓擠不進廳裡的人有地方可坐。一桶桶的飲料端了出來，而我怎麼也想不到公鹿堡竟然會有這些麵包、烤肉和其他食物，稍後我才知道這是城裡自願供應的。

好幾週足不出戶的國王走了下來，坐在高桌旁的王位上觀看人群。弄臣也來了，在國王身旁和身後站著接受國王賞給他的任何食物，但今晚他可不會取悅國王，反而安靜地不再喋喋不休，就連帽子的鈴鐺和袖子都用線綁緊，以免發出聲音來。我們互相看了對方一眼，但我看不出這一瞥有什麼特別的意義。惟眞坐在國王右邊，珂翠肯則坐在惟眞右邊。帝尊當然也在那兒，身上穿著豪華的黑色服飾，但只有他衣服的顏色代表服喪。他沉著臉生氣地喝酒，而我猜有些人可能覺得他正在靜默地哀悼。對我來說，我能感受到他體內沸騰的憤怒，也知道在某個地方的某個人，終將爲帝尊此刻所感到的羞辱付出代價。連和國王一樣鮮少露面的耐辛都來了，讓我感受到我們所表現出來的團結一致。

國王吃得很少，直到高桌都坐滿了人才起身發言。當他說話時，就有人在低桌和小廳重複他的話，連外面的庭院中也有吟遊詩人複頌。他簡短地提到紅船入侵事件的罹難者，但並沒有提到冶煉或獵殺被冶煉者的任務，而是將今天陣亡的人描述爲因抵抗紅船而壯烈犧牲的烈士，接著簡單地提到我們必須緬懷他們等等，然後便以疲憊和哀戚爲理由告退，起身回到他自己的臥房。

接著，惟眞也站了起來，他幾乎是重複珂翠肯之前的話，就是我們現在雖然在哀悼亡魂，但悼念結束後就必須準備復仇。他缺乏珂翠肯之前演說時那股激昂和熱情，不過我看得出來每一桌的人都回應他的話。大家點點頭然後開始互相交談，只有帝尊坐在那兒沉默地怒視這景象。惟眞和珂翠肯很晚才離桌，手挽著手讓大家注意到他們一起離開，帝尊則留下來喝酒和喃喃自語。我則在惟眞和珂翠肯離開後不久，便開溜回房就寢。

我並不嘗試入睡，只是把自己陷入床舖中，雙眼盯著爐火發呆。當暗門打開時，我立刻起身上樓到切德的房間，發現他因爲感染了興奮的氣息而坐立不安，甚至連他滿是痘疤的蒼白雙頰也泛著粉紅。他的灰髮亂糟糟的，綠色的雙眼像寶石般閃閃發光著。他在房裡走來走去，當我進來的時候就粗魯地抱住我，接著退後看著我一臉震驚的表情大笑。

「她是天生的統治者！天生的，而她現在已醒過來了！再沒有比現在更好的時機了！她很可能會救了我們！」

他的歡欣狂喜看起來有些邪氣。

「我不知道今天有多少人陣亡。」我責備他。

「啊！但是沒有白費！至少沒有白費！這些人並沒有白白送死，蜚茲駿騎。以艾達和埃爾之名，珂翠肯直覺和仁慈兼俱！這可出乎我的意料之外。如果你父親仍健在，小子，讓他搭配她成爲一對統治者，我們就擁有一對能掌握全世界的君主。」他又啜了一口酒，然後繼續在房裡走來走去。我從未見過他如此興高采烈和雀躍。我手邊的桌上放了一個有蓋籃子，裡面的食物都已經拿出來放在一塊布上面，有酒、乳酪、香腸、醃黃瓜和麵包。所以，即使身在他的塔裡，切德依然可分享喪禮餐宴。黃鼠狼偷溜從桌子另一頭跑出來，用貪婪的雙眼透過食物看著我，接著切德的聲音把我從思緒中喚回來。

「她有很多與駿騎相同的特質，尤其是在適當的時機讓自己處於優勢。她讓一個不可避免又難以啟齒的情況，從不起眼的屠殺事件轉變成一齣正統的悲劇。小子，我們有位王后，公鹿堡又有王后了！」

我對他的喜悅有些反感，而且立刻有股上當的感覺。我遲疑地問道，「你真的認爲王后做那些事情，只是裝模作樣？那些做爲完全是經過精心策畫的政治手段？」

他躊躇地思考了一會兒。「不。不，蜚茲駿騎，我相信她是眞心的，但那也不失爲一記高明的策略。喔，你覺得我冷酷無情，或者因無知而毫無感覺，事實上我太清楚了，比你更清楚今天對我們來說是多麼意義重大的一天。我知道今天有衆多人傷亡，還知道有六支部隊的士兵在今天的行動中受傷，也可以告訴你有多少被冶煉者戰死，而且大概在一天之內就可以知道他們的名字。我已經列好名單了，包括紅船帶給我們的所有禍害。小子，我會確認這筆帳得血債血還，好慰藉罹難者的親屬。這些家庭將獲悉國王會他們罹難的親人，視爲在紅船之役中光榮犧牲的戰士，也將懇求他們協助復仇行動。寫這些信可不愉快，蜚茲，但我仍得打草稿，以惟眞的筆跡寫完之後讓黠謀簽名。你是不是覺得我除了爲國王殺人之外，其他什麼都不會？」

「請原諒我，只是我一進來的時候看到你如此開心……」我開始解釋。

「我是很開心！而你也應該是。我們已經群龍無首般地漂流了好一陣子，也遭受到無數浪潮衝擊和強風肆虐，如今有名女子來此掌舵引領大家前進，而我樂觀其成！王國中的人已經厭倦這幾年來的卑躬屈膝，而我們每個人都應該站起來，小子，我們要挺身作戰！」

我這才看到他如何由憤怒和哀悼的思緒中，產生興高采烈的情緒，也記得多年前那個黑暗的一天，我們首次騎馬前往冶煉鎮目睹紅船襲擊後的慘狀。他當時告訴我該學著付出關懷，只因這存在我的血液中。忽然間，我覺得他的激動十分恰當，就舉杯加入他，一同為我們的王后乾杯。接著，切德就嚴肅起來，透露他傳喚我的原因，那就是黠謀國王又再度重申要我看顧珂翠肯。

「我一直想跟你談談，現在黠謀有時會重複已經下達的指令，或已經做出的評論。」

「我也注意到了，蜚茲。我們會再另外找時間討論國王的健康情況，但現在我要親自向你保證，他那些重複的言談並非心智衰弱的喋喋不休。不。國王在今天準備下樓用晚餐時再度下旨，確認你將會加倍努力。他和我都認為王后喚起群眾跟隨她，反而為她自己招致更多風險。雖然他沒明講，但你還是得小心注意她的安全。」

「是帝尊。」我不滿地哼著。

「帝尊王子？」切德問道。

「他是我們應該恐懼的對象，尤其王后現在已經有權力了。」

「換成我，我不會把這種事說出來，你也不該說。」切德平靜地說著，語氣鎮定但神色嚴肅。

「為什麼不？」我反問他。「為什麼我們不能至少有話直說一次？」

「我們之間，可以，如果完全沒有其他人在場，而且談的是關於你我的事情。但這件事情卻不是。

我們是對國王宣誓效忠的吾王子民，而吾王子民不會以思考叛國爲樂，更別說是……」

一陣嘔吐的聲響傳來，原來偷溜在桌上的食物籃旁邊吐了，從鼻子噴出一滴滴流質。

「你這貪心的小淘氣！又嗆到了是不是？」切德不怎麼在意地責怪著牠。

我找到一條破布清理善後，但是當我走到那兒時，偷溜卻側臥著喘氣，切德則用烤肉叉子撥弄牠嘔吐出來的東西，我看了幾乎要反胃。他示意我把那塊破布擺在一旁，然後抱起發抖的偷溜交給我。「安撫牠，讓牠喝點水。」他簡短地指揮我。「去吧，老傢伙，蜚茲他會照顧你的。」他對黃鼠狼這麼說。

我把牠抱到爐火邊，牠卻馬上把所有的東西都吐在我的襯衫上，我感受異樣刺鼻的氣味。我將牠放下來，脫下襯衫，便聞到一股隱隱約約的氣味，這可比嘔吐出來的東西還苦澀。我正準備開口，切德就確認了我的懷疑。「瓦塔葉，搗得碎碎地，香腸的辣味可完全掩蓋了它的味道。希望酒沒被下毒，否則我們倆都死定了。」

我身上的每一根汗毛都驚恐地豎直起來。切德看到我僵直地站著，就輕輕推開我把偷溜抱起來。他拿了一碟水給牠喝，看著偷溜淺嚐讓他感到欣慰。「我想牠會活下去。這隻小豬把嘴塞得滿滿的，所以比人類更嚐得出味道，然後就吐了。桌上的嘔吐物看起來像嚼過的，但沒有經過消化。我想是食物的味道，而不是毒藥讓牠想吐。」

「但願如此。」我無力地說道，每條神經緊繃著在內心等待。我被下毒了嗎？我感覺想睡、昏沉和暈眩嗎？我的嘴麻木乾燥，還流口水？我突然全身冒冷汗，而且開始發抖。別再發病了。

「夠了。」切德平靜地說道。「坐下。喝點水。你別自作自受了，蜚茲。那瓶子用舊的軟木塞封著，如果有人在酒裡下毒的話，也是好幾年前的事情了。據我所知，很少人會在酒裡下毒，然後耐心地擺上幾年。我想我們沒事兒的。」

我顫抖地吸了一口氣。「難道不會有人意圖如此？誰幫你把食物送過來的？」

切德哼了哼。「我一向都是自己準備食物，但桌上那籃食物是送給百里香夫人的。人們三不五時就想討好她，因爲謠傳她是國王的顧問，但我不認爲這名假扮的老女人會成爲下毒的對象。」

「帝尊，」我又說道，「我告訴過你，他相信她是國王的下毒者，你怎麼這麼大意？你知道他怪罪百里香夫人毒死他母親！那麼，我們該彬彬有禮地讓他殺了我們？他不當上國王是不會罷休的！」

「那我就再告訴你一次，我不想聽到任何關於叛國的言論！」切德吼了出來。他坐在椅子上把偷溜抱在腿上，只見這小傢伙坐直了身子清洗鬍鬚，然後又蜷縮起來準備睡覺。我在切德撫摸那小寵物時看著他蒼白雙手上突起的肌腱和紙一般的縐摺皮膚，他卻只管低頭看著那隻黃鼠狼。過了一會兒，他稍稍心平氣和地說道，「我想國王是對的。我們都應該加倍謹慎，對珂翠肯和我們自己都一樣。」他抬頭用痛苦的眼神看著我。「看顧好你的女士們，小子。今晚的事情無法用純眞和無知來防護。耐辛、莫莉，甚至蕾細都得小心。然後也得找個巧妙的方式警告博瑞屈。」他嘆了口氣自顧自地說道，「難道我們的外敵還不夠多嗎？」

「多得很。」我向他保證，但不再提到帝尊。

他搖搖頭。「如此展開我的旅程可眞是糟透了。」

「旅程？你要遠行？」我感覺難以置信。切德從未離開公鹿堡，幾乎從沒離開過。「上哪兒？」

「我該去的地方，雖然我覺得自己現在應該留下來。」他自顧自地搖搖頭。「我不在的時候要好好照顧自己，小子，我離開就無法看顧你了。」他對我言盡於此。

當我離開時，他依舊盯著爐火看，鬆弛的雙手護著偷溜。於是我舉起幾乎抬不動的雙腳走下樓去。試圖毒害切德的計謀比任何事情都令我震驚，如果連他這個祕密存在的身分都無法保護他，更別提其他我所關心的那些更容易下手的人了。

我怪罪自己之前的大言不慚，讓帝尊看出我變得更茁壯了。我眞傻，居然引誘他攻擊我；我也應該知道他會找個比較不明顯的目標下手。我在房裡匆忙換上乾淨的衣服，然後離開房間，上樓直接前往莫莉的房間，輕叩她的房門。

沒有回應，我也沒更用力敲門。再過一兩個小時就天亮了，城堡中的人們大多還在熟睡，只因前晚的活動讓大家太疲憊了。我不想吵醒不該吵醒的人，讓他看到我在莫莉的房門前，不過我還是得弄清楚莫莉是否無恙。

她的房門只用簡單的門閂拴上，我不出幾秒就鬆開了，也提醒自己記得她該在明晚之前換個更好的門閂。我像個輕柔的影子般進入她的房間，然後把身後的門關上。

微弱的爐火依舊燃燒，徘徊不散的餘燼散發出朦朧的光芒。我站著不動，讓自己的眼睛適應光線，然後和爐火保持距離。我聽見莫莉熟睡時均勻的呼吸聲，這應該就夠讓我安心了，卻不禁多疑她或許發燒了，甚至因中毒而睡死了。我對自己承諾只要輕撫她的枕頭就好，看看她的皮膚是發燙了還是正常的，這樣就好了。於是我輕輕走向她。

我在床邊一動也不動地站著，她在床罩下的身形在陰暗的燈光中若隱若現，而她的氣味如同歐石南般溫暖香甜。她很健康，完全沒有中毒的徵兆。我知道自己該走了。「好好睡吧。」我輕聲說出這些。

她悄悄地撲向我，手中的刀刃閃耀著爐火餘燼紅光。「莫莉！」我一邊喊一邊用前臂後端將刀子撥到一旁，只見她整個人僵在那兒，另一隻手向後握拳，房裡頓時變得鴉雀無聲。然後，「新來的！」她憤怒地吼著，用左手朝我的胃揮出一拳，在我向後跳開時從床上翻滾下來。「你這白癡！你把我給嚇死了！你以爲你在做什麼？膽敢鬆開門閂溜進我的房間！我應該叫守衛把你轟出去！」

「不！」我央求她，此刻她正把柴火往壁爐裡丟，然後點燃一根蠟燭。「求求妳，我這就離開。我無意傷害或侵犯妳，只想確定妳安然無恙。」

「是嗎。但我可不這麼想！」她滿是怒氣地輕聲說著。她的頭髮因就寢而綁成兩股粗粗的辮子，讓我清晰地回想起好久以前遇到的那個小女孩，但她卻已不再是個女孩了。她看到我凝視著她，就把一件更厚的長袍披在肩上，並且在腰上繫了條皮帶。「我可眞是嚇壞了！我今晚想好好睡個覺都不行！你是不是又喝酒了？那麼，又喝醉了？你到底想幹嘛？」

她像手持武器般拿著蠟燭走近我。「不，」我向她保證，站直身子並且把襯衫拉平。「我向妳保證我沒喝醉，我眞的沒有惡意，但……今晚發生了一些事情，讓我不得不擔心妳會因此而遭殃。所以，我過來看看妳是否安然無恙，但我知道耐辛不會同意我這麼做，而我也不想吵醒整個城堡裡的人，就悄悄溜進來，然後……」

「新來的，你在胡說八道。」她冷冷地說。

說得沒錯。「眞對不起。」我再次道歉，接著在床角坐了下來。

「別坐得這麼舒服，」她警告我。「你現在就給我走，單獨離開或是和城堡守衛一道，你自己選。」

「我這就走，」我向她保證，然後匆忙起身。「我只想確定妳安然無恙。」

「我好得很，」她暴躁地說道。「我怎麼會不好？我今晚和昨晚一樣好，過去這三十個夜晚我都好得很，你卻沒想到要來檢查我的身體狀況。那麼，爲什麼還在今晚來？」

我吸了口氣。「因爲有些夜晚比其他夜晚還危險。這兒發生了一些很不好的事情，讓我不得不擔心更糟的事情是否會接踵而來。的確，在某些夜晚，身爲小雜種的心上人可不是最有益身心的事。」

她雙唇的線條和語氣一樣平板。「這是什麼意思？」

我又吸了一口氣，下定決心盡可能對她誠實。「我無法告訴妳發生了什麼事，只能說我相信妳可能會身陷險境，而妳得信任……」

「這不是我要問的。我是說身為小雜種的心上人是什麼意思？你怎麼敢這麼稱呼我？」她憤怒的雙眼閃閃發光。

我發誓，當時我的心跳在胸中砰的一聲停了下來，一陣冰冷的死寂竄流全身。「沒錯，我是沒這資格，」我躊躇地說道。「但我實在無法停止關心妳。無論我是否有資格稱呼妳是我的心上人，那些居心叵測的人都會利用攻擊妳來傷害我。我該如何表達我因深愛著妳而希望自己不要去愛妳，或者至少克制自己不要表現出我愛妳，只因我的愛讓妳身陷險境，只因這些話是句句實言？」我僵硬地轉身就走。

「那我怎麼敢說我懂你的最後一句話，然後相信它是真的？」莫莉大聲質問。

她的語氣中透露的訊息讓我轉過身來。我們四目相對片刻，然後她忽然笑開來。我穩穩地站在那兒勇敢面對她，只見她走過來繼續笑著，然後舉起雙手抱住我。「新來的。你可真是繞了一大圈，最後才表態說你愛我。先是闖進我的房間，然後站在那兒用打結的舌頭努力說出『愛』這個字。你為什麼在多年以前不直接說出來？」

我傻傻地站在她的臂彎裡俯視著她。對了，我遲鈍地感覺出來自己比她長高許多。

「然後呢？」她迅速發問，我卻納悶了一會兒。

「我愛妳。」畢竟這是很容易說出來的，也讓我如釋重負。接著，我緩慢謹慎地舉起手抱住她。

她抬頭對我微笑。「我也愛你。」

我終於吻了她。在那同時，公鹿堡附近某處的一匹狼正愉快地高聲吠叫，使得每一隻獵犬和看門狗也齊聲呼喊，和諧的叫聲響徹冰冷的夜空。

9

防衛與牽繫

費德倫所陳述的夢想，我有時很能了解。要是照他的方式來做，紙張將會像麵包一樣普及，而每個孩子也將在十三歲之前學會寫字。但是即便如此，我卻不認爲這樣做會達到他所有的期望。他哀悼每當有人逝世，知識就會隨之入土爲安，即便是最普通的凡人也無一倖免。他提到將來如果能把鐵匠製鞋或造船工人操作鉋刀的方式記載下來，識字的人就能夠從中學習，但我不相信現在或未來會是這樣。有些事情可以從書本的文字中學習，但其他技藝必須先經由雙手操作和心領神會，再由頭腦記清楚。自從我看到檣魚把第一片與他同名的魚形木頭，砌上惟眞的第一艘船之後就深信不疑，因爲他的雙眼在魚形木頭成形之前就看到它了，然後用雙手將心中所知的形狀付諸成型，這樣的技藝是無法從文字記錄上學習到的。也或許這些技藝無從學習，而是像精技或原智般傳承自祖先的血液。

我回到自己的房間，坐下來看著壁爐中的餘燼，等待城堡中其他人醒來。按理說我應該是累壞了，然而我幾乎因為竄流全身的精力而顫抖。就算我坐下來一動也不動，還是可以感受到莫莉溫暖的雙臂環繞著我，而我也清楚記得我們雙頰碰觸的位置。我的襯衫因彼此短暫的擁抱而纏繞著她的一絲氣味，使得我十分苦惱，不知該穿著它讓那芳香伴隨著我，或是該小心地將它放回衣櫥裡存放。我不認為如此悉心呵護有什麼不對，回想起來，我不覺得自己愚蠢，反而因自己的智慧而發出會心一笑。

狂風和飄雪在清晨降臨公鹿堡，我卻感覺室內更溫暖了。或許，這是個讓我們從昨日的疲憊中復原的機會。我不去想那一具具慘不忍睹的屍體，和清洗一張張靜止不動的冰冷臉龐，更不願憶起燒掉凱瑞身軀的熊熊火焰。我們可以在公鹿堡中充分運用這寧靜的一日，而大家或許會在傍晚時聚在壁爐邊說故事、聽音樂和交談。我原先以為可以這樣。我想下樓去找耐辛和蕾細。

我確知莫莉何時會下樓去拿耐辛的早餐，也知道她何時會上樓送早餐，卻為此折磨著自己。我會在樓梯或走廊上等待她經過，雖然這只是微不足道的巧合，但如果我太常這麼做，那些監視我的人將毫無疑問地注意到這種「巧合」。不。我得留心國王和切德的警告，讓莫莉知道我擁有成年人的自制和忍耐。如果在追求她之前，我能做的只有等待，我會等的。

所以，我內心煎熬地坐在房裡直到確定她已經離開耐辛的房間，然後下樓敲敲耐辛的房門。當我等待蕾細來開門時，想起了自己必須加倍看顧耐辛和蕾細，雖然說得可比做得容易，但我確實有些想法。我昨晚就讓莫莉承諾絕不把不是自己準備的食物送上樓，或者從一般的食物罐中直接取用。她對此嗤之以鼻，因為我在給了她最熱情的道別之後才提出這個要求。「你現在可真像蕾細。」她責備著我，然後輕輕地在我面前將門帶上。過了一會兒她開了門，只見我還站在那兒盯著門瞧。「去睡吧！」她責備我，接著紅著臉繼續說，「別忘了，夢中有我。希望我在你夢中，如你在我夢中般如影隨形。」這些話讓我飛也似地逃下樓回房去。之後，每當我想起當晚的情境時，就不禁臉紅。

現在，我一邊走進耐辛的房間，一邊試著將這些思緒從腦海中移除，因爲我是來這兒辦正事的，耐辛和蕾細也確實相信這是個社交拜訪，所以我必須把心思放在我的任務上。我看著緊鎖房門的門閂，還眞合我意，沒有任何人能用腰刀把它撬開溜進房裡。至於房裡的窗戶，就算有人爬上了外牆，也得經過緊閉的木質百葉窗、一幅織錦掛毯，和在窗前如軍隊般排列成行的盆栽，才能衝破緊閉的窗戶，就連技高一籌的好手也不願輕易嘗試。耐辛招呼我的時候，蕾細又靜下來做些針線活兒，而耐辛也無所事事地像個女孩般坐在爐火前稍微撥弄著煤炭。「你知道，」她忽然問我，「公鹿堡的歷史上多得是個性堅強的王后嗎？而且不僅是出自瞻遠家族的人，許多瞻遠家族的王子都和功績蓋過王子本身的女子結合。」

「您想珂翠肯會成爲這樣的王后嗎？」我禮貌地問著，一點也不知道接下來的對話會是什麼樣子。

「我不知道，」耐辛柔和地說道，又懶洋洋地撩撥炭火。「我只知道自己不是這樣的王后。」她沉重地嘆了口氣，抬頭以近乎道歉的眼神看著我，「又是個惱人的早晨，蜚茲，我的腦中只想著過去可能發生和應該發生的事。我不應該讓他遜位，如果他沒遜位，我敢打賭他現在一定還健在。」

我幾乎無法回應這樣的陳述。她又嘆了一口氣，拿著煤炭攪棒輕敲著壁爐上的石台。「我今天是個充滿渴望的女人，蜚茲。昨天當每個人都爲珂翠肯的作爲而歡欣鼓舞時，這一切卻喚醒了我內心最深處對自己的不滿。換成是我的話，就會像現在一樣躲在房裡，但你的祖母可不會。公鹿堡曾經有位和珂翠肯相似的王后，那就是堅媜。她也很能激勵別人奮起行動，尤其是其他的女性。當她還是王后時，超過一半的皇家侍衛都是女性，你知道嗎？你可以找時間向浩得打聽打聽，我知道她在堅媜嫁給黠謀時也跟著一道來。」耐辛沉默了，讓我以爲她將用這片刻的寧靜結束談話。然後，她輕柔地補充道，「她喜歡我，堅媜王后喜歡我。」她近乎羞澀地微笑。

「她知道我不喜歡接近人群，所以有時會單獨召見我去她的花園陪著她，而我們也談得不多，只是靜靜地在陽光下翻動著土壤。這是我在公鹿堡最愉快的回憶之一。」然後，她忽然抬起頭看著我。「我當時只是個小女孩，你的父親也還是個男孩，我們還不算見過面。雖然我的父母知道我不熱中宮廷生活的瑣事，但仍不時順道帶我來公鹿堡。堅媜眞是位不尋常的女性，竟然會注意到我這麼一個平庸安靜的女孩，也願意花時間和我在一起。但是，她就是這樣的人。公鹿堡當時可說是風調雨順國泰民安，和現在的情況大不相同，那時候的宮廷生活也更愉快。但後來堅媜去世了，而她的小女嬰也因出生後高燒不退，與她一同離開人間。過了幾年黠謀就再娶，然後……」她頓時停下來嘆了一口氣，然後緊閉雙唇輕拍打著身旁的壁爐。

「過來這裡坐著，我們得談些事情。」

我依著她的吩咐，也在壁爐旁的石台上坐了下來。我從未見過耐辛如此嚴肅專注，而這所有的情況都讓我覺得事有蹊蹺。這根本不像她平日異常興奮的閒聊方式，幾乎快嚇壞我了。她在我坐下的時候靠了過來，我便急忙往前移動，幾乎坐在她的雙膝位置旁。她傾身向前悄聲說道，「有些事情最好別張揚，但我們有時候總得討論一下。蜚茲駿騎，親愛的，不要覺得我不懷好意，但我一定得警告你，你那位帝尊叔叔對待你的方式，可能比想像中的更糟。」

我忍不住笑了出來。

耐辛立刻惱火了。「你一定要注意聽！」她更急迫地輕聲說道。「喔，我知道他總是衣著華麗，很吸引人也充滿機智詼諧。我也知道他很會吹捧奉承，宮廷裡所有的年輕仕女都深深爲他著迷，而所有的年輕男子也都模仿他的穿著和儀態。但是，他光鮮亮麗的外表下隱藏著強烈的野心，恐怕還伴隨著多疑和嫉妒心。我以前從未告訴過你。但是，他跟我把你教養出來的樣子完全相反，而你學習精技也讓他眼紅。我有時覺得你在精技上失敗也好，假設你成功了，他更可肆無忌憚地將嫉妒心發揮到極致。」她停了一下，看到我嚴肅傾聽又繼續說著：「時局動盪不安，蜚茲。不僅紅船持續侵擾我們的沿海地區，就連像你這……像你這樣出身的人也更要留神。雖然有些人在你面前總是和顏悅色，但他們很有可能就是你的敵人。當你父親還健在時，我們深信他的影響力足夠保障你的安全，但是在……他過世之後，我明白了當你逐漸步入成年之後，所承擔的風險也隨之與日俱增。所以，我盡可能強迫自己回到宮廷看看是不是眞有需要我的地方，而我發現你眞的有需要，也值得接受我的協助，所以就發誓要竭盡所能來教育和保護你。」她露出了滿意的微笑。

「我可以說自己到目前爲止都把你照顧得滿好的，但是……」她靠得更近了，「但有時連我也保護不了你，所以你必須照顧自己，一定要複習和反覆演練浩得教你的技藝。還有，吃喝時也要很謹慎，在人跡罕至的地方更要提高警覺。我不是嚇你，蜚茲駿騎，如今你已成年，一定得開始思考這些事情。」

眞可笑。幾乎是場鬧劇。我從六歲開始就得在殘酷的現實中存活下來，但這位像隱士般備受呵護的女士，此刻怎能如此坦誠地描述我所面臨的險境？我的眼角滿是淚水。我一直不瞭解耐辛爲什麼回到公鹿堡，在一個她顯然毫不關心的社會中過著隱士般的生活。如今我明白了。她是爲了我而回到這裡保護我。

博瑞屈也在保護我，切德也是，就連惟眞也用他自己的方式護著我，當然也包括很早就視我爲己出的黠謀。但我的存活多少都能讓他們從中獲利。就拿博瑞屈來說好了，如果我在他的保護之下仍遭謀殺，可眞會讓他喪盡尊嚴。但耐辛就不同，只有這位全天下最應當厭惡我的女士不爲別的，專程過來只爲了保護我。她有時眞是很傻氣愛管閒事又煩人，但我和她之間的最後一堵牆就在彼此相視時瓦解了。我曾深深懷疑她的出現是否能阻止厄運降臨在我身上，認眞的看來，她對我的興趣反而時刻提醒帝尊我是誰的兒子。但是，令我感動的並不是她的作爲，而是她的動機。她放棄了寧靜的生活、美麗的果園和花園林木，來到這沿海峭壁上潮濕的石頭城堡，在一群她漠不關心的宮廷群眾之中，看顧她丈夫的私生子。

「謝謝您。」我誠懇平靜地說道。

「嗯。」她迅速地別過頭去。「嗯，不用客氣，你知道的。」

「我知道，但老實說，我今天早上來這裡是想警告您和蕾細要小心。這兒局勢很混亂，而可能有人會視您為……障礙。」

此時耐辛大笑出來。「我！我？古怪懶散愚蠢的老耐辛？十分鐘以後就把腦裡的事情忘光光的耐辛？因丈夫去世而變得瘋瘋癲癲的耐辛？小子，我知道人們如何對我議論紛紛，但大家都認為我不會對任何人造成威脅。我只不過是另一個在宮廷裡任人看笑話的傻子，所以我向你保證，我不會有什麼危險。但是，即使我會有這方面的顧慮，我這一輩子所養成的習慣也能護衛我。何況，我還有蕾細陪著呢！」

「蕾細？」我的語氣透露出隱藏不住的驚訝，不一會兒就笑了出來，然後轉頭對蕾細眨了眨眼，她卻覺得我的笑容冒犯了她而生氣地瞪我。當我還來不及從壁爐邊起身，蕾細就從搖椅上跳起來，拔出毛線堆裡的長針往我的頸動脈刺戳，另一隻針戳著我肋骨間直對心臟的空隙。我嚇得差點尿溼了褲子，我抬頭看著這位我幾乎已不認得的女士，不敢發出半點聲音。

「就別再逗這孩子了。」耐辛溫和地責備她。「是的，蜚茲，就是蕾細。即使她在成年之後才拜浩得為師，但卻是浩得最得意的門生呢！」蕾細在耐辛說話時將她手中的武器從我身上移開，回到座位上熟練地再度穿針引線，繼續她的針線活兒，而我發誓她絕沒有因此而漏掉一針一線。當她完成之後，就抬起頭對我眨眨眼，然後又繼續編織，我這才重新恢復了呼吸。

於是我這受了罰的刺客稍後離開了她們的住所。當我在迴廊上走著時，不禁想起切德警告過我可別小看了蕾細，我皺起臉納悶這到底是他表達幽默的方式，還是他要我多多尊重看似和善的人。

想念莫莉的思緒又在我的腦海中浮現。我毅然地阻隔這思緒，卻忍不住低頭嗅著她在我襯衫肩部留下的微弱清香。我自顧自地傻笑，然後動身去尋找珂翠肯。我有任務在身。

我餓了。

這思緒毫無預警地侵入我的腦海中，心裡也湧上了一股羞愧的感覺。昨天接踵而來的種種事件讓我忘了餵牠。

餓一天肚子沒什麼，更何況我在小木屋的角落裡發現了一個老鼠窩。難道你覺得我一點都不能照顧自己嗎？但是，如果有更多食物，那是再好不過了。

很快就會有的，我答應牠。但我得先做一件事情。

我在珂翠肯的起居室發現兩位儀容整潔的年輕侍童，他們一看到我進來就咯咯笑著，也說不出珂翠肯人在哪裡，於是我走進急驚風師傅的編織房瞧瞧。這是個溫暖親切的房間，堡裡許多仕女經常在此聚會，但珂翠肯不在這裡。芊遜夫人告訴我，她的女主人早上找惟眞王子談話去了，或許她人就在那兒。

但是，惟眞既不在房裡，也不在地圖室，只見恰林在那兒依照品質好壞將一張張羊皮紙分類。他告訴我惟眞今天很早就起床，接著馬上動身前往他的船棚。沒錯，珂翠肯早上也在他房裡，但在惟眞走了之後才來，她聽到恰林告知惟眞已經出門之後，也跟著離開。到哪兒去了？他不確定。

我現在可餓壞了，告退之後立刻走到流言最多的廚房找點吃的，或許會有人知道王妃到哪裡去了。用不著擔心，我告訴自己，還不是時候。

公鹿堡的廚房在寒冷起風的時節最是熱絡，燉肉的蒸氣混著烘麵包和烤肉的香味四處飄逸。冷得發抖的馬僮在這兒和廚房助手們閒聊打發時間，偷竊剛出爐的麵包和乳酪，更不忘品嚐美味的燉肉，直到博瑞屈在門口出現才像霧般消失不見。我從早上煮的食物裡割下一塊冷肉布丁，沾著蜂蜜和一些廚娘爲了做豬油渣所準備的培根碎屑，一邊品嚐一邊聽著人們談話。

奇怪的是，很少人直接提到前一天發生的事，讓我覺得堡裡的人應該需要時間才能對這些事釋懷。然而，我卻感受到如釋重負般的氣氛，也想起了曾經親眼目睹的一些情況，比方說一個人殘廢的腿遭截肢，或是一個家庭發現自己孩子已經溺死了，終於鼓起勇氣面對最壞的情況，坦坦蕩蕩接受事實然後說著，「我認得你。你傷害了我，讓我差點兒喪命，但我還活著，而且會繼續活下去。」這是公鹿堡的群衆給我的感覺。所有的人終於承認了紅船所造成的嚴重傷害，此時此刻油然生起一股療傷止痛後奮起復仇的意識。

我不想在這裡直接打聽王妃的去向，碰巧的是剛好有位馬僮正在談論輕步，他說昨天看到輕步肩上的血，其實有一部分是牠自己的，然後一群人就開始談論起牠如何在博瑞屈試著醫治牠的肩傷時張嘴猛咬，還有牠這個樣子得要由兩個人抱住頭才能加以制止，於是我設法加入談話的行列。「或許性情溫和的馬比較適合王后？」

「喔，那可不。王后喜歡輕步的傲氣和精神，這可是她今早來馬廄時親口告訴我的。她親自前來探望她的馬兒，然後問我什麼時候可以再騎著牠出去。是眞的，她直接跟我說的。我告訴她，沒有一匹馬兒想在這種天氣被人騎著到處跑，更何況牠的肩膀還有道深深的傷口。然後珂翠肯王后點點頭，又站著和我聊了一會兒，還問我的牙齒是怎麼不見的。」

「然後你告訴她說，有匹馬在你騎著牠的時候突然向後甩頭，把你的牙撞掉的！因爲你不想讓博瑞屈知道我們在乾草棚裡摔角時，你卻跌落在那匹灰色小馬的廄房裡！」

「住嘴！是你推我的，所以你和我都有錯！」

然後這兩個傢伙就互相推打著對方，直到廚娘大吼一聲讓他們跌出廚房。不過，我可打聽到了我想知道的消息，於是趕緊朝馬廄的方向前進。

外面的天氣比想像中來的冷冽，呼嘯而過的風，尖聲地從每一道門縫中吹進來，即使在馬廄裡，寒風也不放過門打開時趁機竄進來的機會。馬兒的呼吸在空氣中形成一道道白煙，馬廄裡的人們也相互緊靠著取暖。我找到阿手然後問他博瑞屈在哪裡。

「在砍柴，」他平靜地說道。「爲著喪禮用的柴堆砍柴，而且，他天一亮就一直喝酒。」

這幾乎讓我忘了自己的任務，我也從來沒聽說過這樣的情況。博瑞屈有喝酒的習慣，但都是在晚上工作告一段落時才喝。阿手也看出了我的疑慮。

「是他那隻獵犬母老虎昨晚去世了。不過我可沒聽說過得替狗兒搭柴堆。他在運動畜欄後面。」

我轉身走向運動畜欄。

「蜚茲！」阿手急忙警告我。

「沒事的，阿手。我知道牠對他來說意義重大。在他照顧我的第一個晚上，就把我安頓在牠旁邊，然後交代牠要看著我。牠身旁有隻小狗，是大鼻子……」

阿手搖搖頭。「他說他不想見任何人。別問他任何問題，也別讓任何人跟他說話。他從來沒有這樣交代過我。」

「好吧！」我嘆了口氣。

阿手一副不以爲然的神情。「牠都一把年紀了，他應該想到的。牠根本沒辦法再跟他一起打獵，早該在幾年前就把牠換掉了。」

我看著阿手。即使他無微不至地照顧動物，也擁有溫和的脾氣和良好的直覺，卻仍然無法眞正體會人與動物之間的感情。我曾因自己獨特的原智感知力而震驚，這時若要揭穿沒有原智能力的阿手，簡直等於指責他的聾盲。我搖搖頭把心思拉回原本該執行的任務上。「阿手，你今天有看到王后嗎？」

「有啊，但那是好一陣子前的事了。」他擔憂地用雙眼掃視我的臉。「她來問我惟眞有沒有把眞理帶出馬廄往城裡走，我告訴她沒有。王子雖然有來看牠，卻把牠留在馬廄裡。我告訴她街上的石板路一定都結冰了，所以惟眞不會冒險讓他最心愛的馬兒走在那樣的路上。他最近可不怎麼常步行到城裡去，雖然幾乎每天都會來馬廄探一探。他還告訴我這是外出呼吸新鮮空氣的好藉口。」

我的心一沉。我的洞察力使我深信珂翠肯尾隨惟眞到公鹿堡城去了。步行？沒有人陪伴？在氣候如此惡劣的一天？當阿手嚴責自己沒看出王后的意圖時，我牽出了一隻有個好名字且腳步穩健的騾子夥伴，來不及趕回房裡添加保暖衣服，就借了阿手的斗蓬套在自己的斗蓬外面，然後拉著這隻心有不甘的動物離開馬廄，迎向強風和飛雪。

你現在要來了嗎？

不是現在，但快了。我一定得先辦一件事情。

我也能去嗎？

不。這不安全。現在安靜下來遠離我的思緒。

我在城門邊直接了當地質問守衛。沒錯，今早是有位女子徒步朝這兒走來。是有些人因爲做生意的關係必須風雨無阻地走這段路。王后？守衛們互換眼神，卻沒有人回應。我說或許有位披著厚斗蓬的女子，戴著帽子遮著臉不讓別人看出她是誰？帽子上有白色的毛邊？一位年輕的守衛點點頭。斗蓬上有刺繡，還有白紫相間的褶邊？他們互換著不安的眼神。的確有這樣一名女子經過這裡，他們卻不知道她是誰，不過既然我提到了那些顏色，他們應該就知道……

我用冰冷的語調嚴責他們眞是群傻瓜白癡。不明身分的人可以不經檢查就通過我們的城門？他們看到了白色毛皮和紫色刺繡，難道猜不到那可能是王后嗎？也沒有人陪她？沒有人擔任她的護衛？尤其是經過昨天的事件之後？公鹿堡這麼一個好地方，竟然沒有一位步兵能伴隨王后在風雪天走到公鹿堡城，眞是太不可思議了。我輕踢著夥伴離開，讓這群人相互指責。

這段路可眞難走。寒風反覆無常地吹著，我得用斗蓬應付這變幻莫測的風向。雪不停地飄落，風也不斷吹起地上凍結的薄冰，讓它飛旋起來鑽進我的斗蓬裡。夥伴也很不高興，但仍吃力地走過厚厚的積雪。危險的冰層覆蓋著雪地下的崎嶇道路，而這騾子屈從於我的固執，步履艱難且鬱鬱寡歡地走著，我眨眨眼抖落睫毛上的飛雪，催促牠以更快的速度前進。王后倒在雪中被飄飛的雪花覆蓋的影像不斷侵入我的內心。眞是荒唐的念頭！我堅定地告訴自己。簡直荒謬至極！

我來到公鹿堡外圍之後就追上她了。我認得她的背影，就算沒穿紫白相間的衣服我也認得。她帶著優雅的冷漠在飛雪中前進，好像群山的成長背景讓她對酷寒免疫了，就像我無懼於含鹽分的微風和濕氣一樣。「珂翠肯王后！吾后！請等等我！」

她轉身看到我的時候微笑地站在原地，我就從夥伴的背上滑下來與她並肩站著，直到看見她毫髮無傷才鬆了一口氣，但這股如釋重負的感覺反而讓我明白自己有多麼擔心。「這風雪天您獨自在這兒做什麼？」我不禁發問，稍後才加上一句，「吾后。」

她環顧四周，好像現在才注意到周圍的狂風飄雪，然後轉身對我露出帶著悔意的微笑。她可一點都沒有著涼或不舒服，反而因步行而面色紅潤，臉龐四周的白色毛飾更襯托出她鮮明的金黃頭髮和藍眼。在這一片銀白中，她非但沒有蒼白地毫無生氣，反而顯現出金黃和粉紅般的朝氣，藍色的雙眼炯炯有神。昨天當她騎著馬的時候如同死神，而在清洗遭她親手殺害的屍體時是如此悲愴。但在此時此地的風雪中，她卻是逃離公鹿堡走在雪地上的快樂女孩。「我在找我的丈夫。」

「一個人？他知道您就這樣徒步而來？」

她看來頗爲驚訝，然後抬起下巴像我的騾子般昂首說道，「難道他不是我的丈夫嗎？我需要先預約時段才能見他嗎？我爲什麼不能單獨步行？難道我看起來這麼無能，會在前往公鹿堡城的途中迷路？」

她繼續前進，我不得不拉著夥伴跟上她，但牠可一點兒也不興奮。「珂翠肯王后。」我才開口，她就打斷了我的話。

「我可眞受夠了你這樣子。」她忽然停下來轉身看著我。「昨天是我這些日子以來第一次依著自己的意願生活，而我不想讓這種感覺消逝。如果我想在我丈夫工作時探望他，我就應該探望他。我不知道那些仕女們對這樣的出遊有何感想，無論是在這種天候徒步或是在別的情況下，我都不清楚她們是否願意跟隨，所以我就自己一個人上路了。我的馬兒昨天受了傷，而這崎嶇的路對動物來說也不好走，所以我沒騎馬。這一切都很合理。那麼，你爲什麼要跟蹤我、還質問我？」

她選擇了直言不諱當作武器，而我也欣然接招，但仍吸了一口氣，然後用禮貌的口吻回答她，「吾后，我跟蹤您是想確定您毫髮無傷。既然只有一隻騾子在這兒聽我們說話，我就不妨直說。難道您這麼快就忘了，是誰想在您自個兒的群山王國搶奪惟眞的王位？難道他會遲遲不策畫陰謀？您相信兩個晚上前在林中迷路只是個意外？我可不這麼認爲。還有，您覺得您昨天的行動讓他感到喜悅嗎？剛好相反。您認爲這是爲了人民所做的事情，他卻認爲您圖謀奪權。所以他惱怒地喃喃自語，然後斷定您將比以往更具威脅性。您一定要知道這一切。所以，您爲什麼讓自己成爲恐遭刀箭毒手的目標？在這地方沒人會發現您的！」

「我可不那麼容易就成爲目標，」她反駁我。「技藝高超的弓箭手才能在如此強勁的風雪裡射中目標。至於刀子嘛，嗯，我也有一把刀，想要發動攻勢？我可是會反擊的！」她再度轉身邁開步伐前進。

我毫不留情地繼續說下去。「然後會發生什麼事？您殺了一個人，接著引起整個城堡騷動，惟眞不得不懲戒他的守衛，只因他們的疏忽讓您有身陷危機之虞？那麼，如果殺手的刀劍本領比您還強呢？如果我現在將您的屍體拖離這一片飛雪中，將爲六大公國帶來什麼樣的後果？」我吞了口口水然後補上一句，「吾后。」

她慢了下來，但仍抬起下巴輕柔地問我，「如果我日復一日地在堡裡坐著，像隻蛆一樣變得愈來愈軟弱盲目，又會有什麼樣的後果？蜚茲駿騎，我不是棋局中的棋子，只管坐在棋盤上等著玩家動手。我是……有隻狼在看我們！」

「在哪兒？」

她指了一指，但牠像飄著打轉的雪般消失了，只在我心中留下鬼一般的笑聲。過了一會兒，風惡作劇地將牠的氣味傳送給夥伴，接著這騾子就哼著鼻息拉扯最粗的那條韁繩。「我不知道我們離狼群這麼近！」珂翠肯驚訝地說道。

「只是隻城裡的狗，吾后。或許只是一隻骯髒的流浪犬在村裡的垃圾堆中翻嗅著找東西吃，牠可什麼也不怕。」

難道你認爲我不餓嗎？我餓得可以吃下這頭騾子了。

回去等著，我馬上過來。

垃圾堆離這裡很遠，且擠滿了海鳥和牠們的排泄物，及其他髒東西。這頭騾子應該挺新鮮味美的。

回去，我告訴你。我待會兒會帶肉給你吃。

「蜚茲駿騎？」珂翠肯小心謹慎地問著。

我倉促地回神看著她。「請原諒我，吾后。我分神了。」

「那麼，你臉上憤怒的表情不是針對我囉？」

「不。那是……另外一件事在干擾我。對您我只有擔憂，毫無憤怒。您能否騎上夥伴，讓我帶您回公鹿堡去？」

「我想見惟真。」

「吾后，他看到您這樣子會不高興的。」

她嘆了一口氣縮了縮身子，將視線從我這兒移開，然後更平靜地問道，「難道你從來不想和別人一起消磨時光，蜚茲，不管對方是否歡迎？難道你不瞭解我的寂寞？」

我瞭解。

「我明白身爲他的王妃應該爲公鹿堡犧牲獻祭，但我好歹……是個女人，也是他的妻子，更願意盡爲人妻的義務，但他很少來找我，就算有，也是講沒幾句話就離開了。」她轉過身來看著我，睫毛上忽然閃爍著淚光。她將眼淚擦乾，然後憤怒地說道，「你曾說我的責任只是做公鹿堡王后該做的事。那麼，我可告訴你，我這樣夜復一夜獨自入眠是不可能有身孕的！」

「吾后，請息怒。」我臉孔發熱地央求她。

她毫不留情地繼續。「我昨晚等都沒等就直接走到他房門前，但守衛說他已經離開房間到烽火台去了。」她別過頭去。「就連那份差事都比與我同床共枕還重要！」她那滿是痛苦的話語，確實無法掩飾心中所受的傷害。

我爲了自己不想知道的事情而暈眩。珂翠肯獨自躺在冰冷的床上，惟真在夜裡克制不住精技的誘惑。然而，我不知道哪個情況比較糟，只得用顫抖的聲音說道，「您可別告訴我這些事情，吾后。告訴我這些事情是不妥的……」

「那就讓我去找他當面說清楚。我知道他需要聽聽這些，而我就是要說出來！即使他心中有千百個不願意，他也得爲了責任義務陪伴我。」

有道理。如果要讓狼群的數量增加，她一定得傳宗接代。

別管這件事。回家。

家！我心中響起了一聲嘲笑似的吠叫。家是同個狼群聚集之處，而不是冷清空蕩的地方。聽聽她說的，每句話都很有道理。我們都得和我們的首領在一起，而你爲了這匹母狼擔憂簡直愚蠢極了。她的狩獵技巧高超，又有銳利的牙齒，捕殺獵物時也乾淨俐落。我昨天看到她了，眞的配得上我們的首領。

我們不是同個狼群。安靜。

我是。我的眼角捕捉到了一些動靜，快速轉身之後卻沒看到任何東西。我回頭看見珂翠肯在我面前站著不動，我感受到她之前的怒火已沉浸在痛苦之中，她堅定的決心也如淌血般慢慢消退。

我在風中平靜地說道。「吾后，請讓我帶您回公鹿堡。」

她沒有回應，只是戴上帽子拉緊了好遮住她的臉，然後騎上騾子勉強讓我帶她回公鹿堡。她那壓抑的沉默讓這段路變得更長更冷，而我並不因她這樣的轉變感到自豪。我將注意力轉移到自己身上，沒多久就找到了小狼。牠像樹梢的一縷白煙般偷偷地尾隨接近我們，用風吹起的落葉和飄落的雪掩護自己。我無法確認自己眞正看到牠，只不過用眼角捕捉到些許動靜，還有牠在風中留下的一絲氣味。牠眞是有絕佳的本能。

你覺得我可以打獵了嗎？

等你準備好服從才可以。我嚴厲地回答。

那麼，當我這孤單的狼獨自狩獵時該怎麼辦？牠因受刺激而生氣。

我們走近了公鹿堡的外牆，而我卻納悶牠是如何不經城門走出城堡的。

要我做給你看嗎？牠平和地提議。

或許等我帶肉來的時候吧！我感覺到牠同意了。牠不再跟著我們，反而迅速跑開，等我到小木屋時就看得到牠了。城門的守衛尷尬地質問我，於是我正式表明自己的身分，而士官也識相地不堅持我表明身旁那位女士的身分。我在庭院裡讓夥伴停住好讓王后下來，而當我伸手扶著她爬下來時，感覺到有人正看著我，一轉身就看到莫莉。她提著兩桶剛從井裡打上來的水，像隻準備跳躍的鹿般站在那兒，一動也不動地看著我。她的雙眼深沉面容肅穆，轉身時有種僵硬感，然後就頭也不回地穿過庭院走到廚房入口，讓我心中產生了一股寒冷的不祥預感。接著，珂翠肯放開我的手拉緊身上的斗篷，沒有看我但柔和地說道，「謝謝你，蜚茲駿騎。」然後慢慢走向大門。

我把夥伴牽回馬廄然後照料牠，這時阿手走過來對我使了個眼色，我點點頭之後，他就去做自己的事了。有時候我就是欣賞阿手這一點，那就是他不理會與他無關的事。

我鼓起勇氣為下一步做準備。我走到運動畜欄後面看著一絲炊煙升起，也聞到了刺鼻的焦肉毛皮味，走近時只見博瑞屈站在火旁看著它燃燒，雖然風雪一直想把火吹熄，博瑞屈卻下定決心要讓火熊熊地燒著。他看我走來，並沒有注視我或與我交談，雙眼像兩個黑洞般滿是麻木的痛苦，如果我膽敢說話他就會生氣，但我不是來找他的。我從腰際抽出刀子割下一小綹手指長度的頭髮，放進柴堆中看著它燃燒。母老虎，一隻最優秀的母獵犬。接著，我想起了一件事然後大聲說道。「牠在帝尊第一次看到我的時候就陪在我身旁，坐在旁邊對他咆哮。」

博瑞屈過了一會兒就點點頭表示贊同，只因他當時也在場。於是我轉身慢慢離開。

我的下一站是廚房。我偷拿了些昨天剩下來的帶肉骨頭，雖不怎麼新鮮但還差強人意。小狼說得沒錯，牠馬上就得獨自在外狩獵覓食，而博瑞屈的痛苦更促使我再度下定決心。母老虎在獵犬裡算長壽的了，但是對博瑞屈來說還是活得太短。和動物產生牽繫等於替自己招致日後的痛苦，而我的心已破碎夠多次了。

我一邊走向小木屋，一邊思索著該怎麼做才好。我察覺不對猛然抬起頭時，只感覺牠全身的重量壓在我身上。牠像飛箭似的衝過來，穿越雪地將全身重量往我的後膝推擠，搭在我肩上把我壓了下去。牠強勁的力道使得我整個臉都埋在雪中，當我抬起頭用手臂支撐身體時，牠又趕緊加速猛撲過來。我揮著手但仍擋不住牠的攻勢，然後牠一邊跑，一邊把尖銳的爪子刺進我的皮膚。抓到你了，抓到你了，抓到你了！光輝榮耀，生氣蓬勃。

我才剛要站穩，牠又發動攻勢把我撲個滿懷。我舉起前臂不讓牠咬到喉嚨和臉，牠就假裝憂慮地咆哮著，而我在牠的攻擊下再度失去平衡跌在雪地上。我伸手抓住牠把牠抱在懷裡，然後我們就在雪地上一直打著滾。牠不斷咬著我，雖然有點兒痛，但牠總是在表示好玩，好玩，好玩，抓到你了，抓到你了，又抓到你了！在這裡，你死定了，我就在這裡咬碎你的前爪，這裡這裡，你流血了！抓到你了，抓到你了，抓到你了！

夠了！夠了！我終於吼了出來：「夠了！」牠就放開我跳走了。牠跳著逃到雪地裡，繞圈圈後又跑回我這裡。我舉起手擋住我的臉，牠卻搶走我那一袋骨頭跑開了，看看我敢不敢追牠，而我才不會這麼輕易就讓牠贏呢！所以，我在牠身後跳起來擒住牠並搶走那袋骨頭，然後我們就胡扯亂拉地扭打起來。牠假裝放掉然後咬著我的前臂逼我鬆開手，接著又搶到了那袋骨頭，使得我不得不追著牠跑。

抓到你了。我拉了牠尾巴一下。抓到你了！我用膝蓋壓牠的肩膀讓牠失去平衡。搶到骨頭了！我拿了骨頭轉身就跑。接著，牠四肢並用的撲上我的背，又讓我臉朝下地跌入雪地裡，然後搶了骨頭就逃。

我不知道我們玩了多久，最後，我們終於在雪地上停了下來，肩並肩喘著氣躺在地上，什麼也不想。裝骨頭的袋子破了好幾個洞，讓骨頭都露了出來，然後小狼就搖晃綁緊的袋子，從裡面咬了一根骨頭出來。牠撲上去用牙齒將肉撕咬下來，接著用爪子按住骨頭啃著末端酥脆的軟骨，我就伸手從袋中拿出一根肉厚髓多的骨頭往前丟。

突然間我又還原成一個正常人，感覺就像大夢初醒，也像是嗶啵作響的肥皂泡。小狼扭動著耳朵轉身看著我，好像我對牠說了些什麼，但我沒有，只是把自己從牠身上抽離，一時之間忽然全身發冷，原來雪跑進了我的靴子、腰際和領子裡，而我的前臂也有牠用牙齒拉扯過的一道道傷痕。我的斗蓬破了兩個洞，感覺像從遭下藥的睡眠中甦醒般無力。

怎麼了？衷心的關懷。你怎麼走遠了？

我不能這麼做。我不能這樣子跟你玩。這是不對的。

一臉疑惑。不對？如果你都做了，那還有什麼不對？

我是個人，不是狼。

有時候，他同意。但你犯不著時時刻刻都當人類啊！

但是，我一定得這樣。我不希望像這樣和你牽繫著。我們不能這麼親近，因爲我必須放你過你該過的自由生活，而我也得過我該過的日子。

牠嘲笑般地哼了一聲，露出牙齒冷嘲熱諷著。就是這樣，兄弟。我們就是這樣。你憑什麼認爲你知道我該過什麼樣的生活，甚至還威脅強迫我就範？你根本還不能接受你也是隻狼的事實，就算是了也不斷否認。你這些模稜兩可的話根本是胡說八道，不讓你自己的鼻子四處嗅著，也不讓你的雙耳傾聽。我們就是這樣子，兄弟。

我沒有鬆懈自我防衛，也沒讓牠走遠，但牠就像從敞開的窗戶吹進房間的一陣風般略過我心頭。夜晚和雪。還有我們嘴裡的肉。聽著，用你的鼻子嗅嗅看，我們和這夜晚一樣生氣蓬勃！我們能生龍活虎地打獵到黎明，而這整個夜晚和森林都屬於我們！我們雙眼敏銳、牙尖嘴利，而且可以趕在天亮前捕捉到許多獵物飽餐一頓。來吧！回歸你原有的樣子！

過了一會兒我就回過神來，卻從頭到腳全身發抖，然後舉起雙手檢視，忽然覺得身上的肌肉既陌生又束縛，就像身上穿的衣服般那麼不自然。我可以走，我可以走，現在，今晚，走得遠遠地尋找我們的同類，沒有任何人能跟著我們，更無法找到我們。牠帶給我一個閃爍著黑白月光的世界，有充足的食物和睡眠，既簡單又完整。我們鎖定彼此的視線，然後牠用柔和光亮的綠色眼神召喚著我。來吧！跟我來吧！我們何必跟人類以及他們所有的猜忌陰謀窮攪和？在他們永無休止的爭吵中根本沒肉可吃，他們的陰謀詭計也無趣得很，然而連最單純的快樂都得處心積慮才能獲得。你爲什麼選擇這樣的生活？來吧！跟我一起遠離吧！

我眨了眨眼。雪花黏在我的睫毛上，而我此刻正站在一片黑漆中冷得發抖。一匹狼在離我不遠處站立著抖動全身，尾巴平伸、雙耳豎起，然後走過來用頭磨蹭我的腿，鼻子也輕輕觸碰著我冰冷的手。我單膝蹲下抱住牠，用雙手感覺牠頸部溫暖的皮毛，還有強健的肌肉及骨骼。牠聞起來挺好的，既乾淨又充滿野性。「我們就是這樣子，每個人都該服從各自的天性。」我告訴牠，稍微撫摸牠的雙耳然後起身。當牠啣起那袋骨頭拖進牠那溫暖的窩之後，就拖著腳步走到小木屋下面。我轉身離去。公鹿堡的燈火幾乎讓我睜不開眼睛，但我仍朝向這片燈火輝煌前進。我當時說不出個所以然，卻這麼做了。

10

徒勞的奔波

在太平盛世時，精技的知識僅限傳授給擁有王室血統的人，以確保這項魔法的獨一無二，避免落入他人手中成爲對抗國王的利器。因此，當蓋倫成爲殷懇的精技學徒時，他的責任包括了協助完成駿騎和惟眞的訓練，那時除了他們之外無人接受這樣的指導。帝尊的母親斷定她那養尊處優的孩子過於虛弱，無法承受精技的嚴苛訓練。因此，在殷懇過早地逝世之後，蓋倫就成了精技師傅，但卻沒什麼任務，至少有些人認爲他在當殷懇的學徒時，所受的訓練不足以讓他勝任精技師傅，其他人則堅稱他從未擁有成爲精技師傅所需的精技功力。無論如何，他在那些年裡都無法證明自己的能耐，也無法反駁那群批評他的人，只因在蓋倫擔任精技師傅時，王室裡並沒有年輕的王子或公主可以接受訓練。

唯有在紅船入侵之後，精技的訓練範圍才得以拓展，然而好幾年都不見稱職的精技小組出現。根據傳統，以往當外島人來襲時，擁有三個或四個精技小組是很尋常的事。一個小組通常有六到八位成員，都是他們自己相互挑選出來而可以合作無間的成員，且至少有一位和執政君主關係密切的關鍵成員。這位關鍵的成員將其他成員傳達或收集而來的訊息直接向君主報告，而其他不負責傳達訊息的成員則集合力量將他們的精技資源延伸給君主備用。人們通常將這些小組中的關鍵成員稱為國王或王后的吾王或吾后子民。在極少的狀況下，會有不受小組和訓練束縛的人出現，只因他和王室的密切聯繫，可以讓君主透過肢體接觸來直接獲得他的精技力量。君主可以從這關鍵成員身上獲得耐力以維持執行技傳的精力，而按照習俗，一個精技小組通常以其關鍵成員的名字來命名，我們也因此擁有如火網小組般的傳奇典範。

蓋倫在創設他第一個也是唯一的精技小組時，選擇忽略所有的傳統，以創立小組的精技師傅、也就是他自己的名字來命名，而小組在他死後也一直保留這名稱。不像以往聚集精技使用者而從中形成小組，蓋倫自行選擇小組成員，因此他的小組缺乏那些傳奇團體所擁有的凝聚力，各成員僅對精技師傅而非君主效忠。所以，原本的關鍵成員威儀向蓋倫報告的次數，也等同於他向點謀國王或王儲惟眞報告的次數。在蓋倫逝世和威儀的精技能力破功之後，端寧異軍突起地成爲蓋倫精技小組的關鍵成員，而其他倖存的小組成員包括擇固、欲意、愒懦和博力。

我在夜晚時像狼一般奔跑。

我起先以爲這只是個生動無比的夢境，潑墨般的樹影在一望無際的白雪地上延伸，我聞到冷風中那股與世隔絕的氣味，也感受到跟在鑽出過冬洞穴的鼬鼴邊跳邊挖的荒謬樂趣，醒來後只覺一陣神清氣爽。

但隔夜當我再度體驗生動的夢境後，醒來時終於明白我不但在夢中封鎖了惟眞，同時也封鎖了莫莉的夢境，讓自己的內心向狼的夜間思緒徹底開展。這是一個惟眞或其他精技使用者無法跟隨的情境，完全沒有宮廷錯綜複雜的陰謀詭計，也沒有擔憂和永無止境的計畫。我的狼活在當下，心中沒有雜亂的記憶片段，日復一日只憑著日常所需過活。牠並不記得自己前兩晚殺了多少隻鼬鼠，只記得像哪條路可以追捕最多的兔子，或哪兒的氣候像春天一般從不結冰等重大事件。

這就是我第一次教牠如何狩獵的情形，但我們起初做得並不好。我還是每天早起餵牠足夠的糧食，並且告訴自己，這只是我生命中爲自己保留的私密小角落，就像狼兒跟我說我是出於天性才這麼做。此外，我向自己保證不讓這個連結成爲完整的牽繫，而牠很快地就會獨自狩獵，我也會放牠遠走高飛過著自由自在的生活。有時我告訴自己只能允許牠進入夢境，或許順便教教牠如何打獵，就能盡快放牠走，而我也拒絕思考博瑞屈對此事做何感想。

我從清早的探險活動歸來，發現兩位手持棍棒練武的士兵，在廚房庭院中不懷惡意地彼此挑釁，在寒冷清靜的空氣中呼氣、移動和截擊對方。我完全不認識其中那位男士，有好一會兒我還以爲這兩位都是陌生人，結果另外那名女士看到了我。「嘿！蜚茲駿騎。有話對你說。」她握著棒子對我喊著。

我瞪著她試著認出她，這時對手閃躲不及就挨了她重重的一擊。當他用單腳跳起來時，她就蹦蹦跳跳地退後用一種高八度的嘶聲大聲笑著。「哨兒？」我難以置信地發問。

名叫哨兒的這位女子露出著名的缺齒微笑，擋下同伴揮棒而來的一擊，然後又蹦蹦跳跳地退後。「是啊，如何？」她上氣不接下氣地問著，而她那練武的同伴見她有事耽擱，便禮貌地放低他的棒子，但哨兒卻立刻舉起棒子擊向對方。他幾乎輕而易舉地揚起棒子反擊，接著她又笑著舉起手求和。

「是的，」她轉頭對我重複。「我是來……事實上，大家推派我來請你幫忙。」

我指著她身上的衣服。「我不懂。妳離開惟眞的侍衛隊了？」

她稍稍聳著肩，但我看得出來這問題讓她覺得高興。「但也沒差多少，我現在是王后的侍衛。雌狐的動章，看到了沒？」她拉著白色夾克的前襟，並且緊握住那塊布料，讓我看清楚那上好的羊毛手工織品和紫色底的白色刺繡，是一隻咆哮的狐狸。她衣服上的紫色剛好搭配紫色厚毛長褲，寬鬆的褲腳翻邊塞進了及膝的靴子裡，而她同伴的服裝也和她的極爲相稱。王后的侍衛。珂翠肯的冒險事件造就了這身制服。

「惟眞決定她需要擁有自己的侍衛隊？」我高興地問道。

哨兒臉上的微笑黯淡了些。「不完全是。」她避開不答，然後站直身子像報告似地說著。「我們決定她需要自己的侍衛，是我和兩天前跟著她一塊騎馬的人決定的。我們一起討論……什麼都談，不過那是之後的事了。我們談論她在戰場和回到這裡之後的表現。我們當時談到應該有人獲准組織王后的侍衛隊，但沒人知道該怎麼做。我們瞭解這是必須的，但別人似乎毫不在意……可是我上週就在城門那兒聽到你對她獨自徒步出城這件事發脾氣。對了，就是你！我在隔壁那間房裡聽到是你說的！」

我有點想抗議，但還是草率地點頭。哨兒繼續說道：「所以呢，我們就決定要這麼做。我們將人員平均分配，而且穿上紫白相間的制服以示區隔。惟眞的侍衛大多略顯疲態，且因待在堡裡的時間太長而失去戰鬥力，所以也該是注入新血的時候了。於是我們重新組織，頒授官階給那些早在幾年前就該升官的人，然後徵召新人遞補空缺。這計畫完美極了，新人讓我們有機會磨練技巧，而我們也可以教導他們。王后將有自己的侍衛隊，不論是她自己想要的，或因應現況都沒問題。」

「原來如此。」一股不自在的感覺油然而生，「那妳要我幫什麼忙？」

「向惟眞解釋，王后有自己的侍衛隊了。」她簡潔平靜地說道。

「這很接近不忠，」我同樣簡短地回答。「惟眞自己的士兵把侍衛隊的制服擺在一旁，卻要換成他的王后的……」

「有些人會這麼認爲，另外一些人或許也會這麼說。」她坦然面對我，臉上失去了笑容。「但你知道那不算不忠，而是必須做的事情。你的……要是駿騎看到了這個需求，也會在她來這兒之前幫她組織侍衛隊，但王儲惟眞……這麼說吧，這不是對他不忠。我們因爲敬愛他而效忠他，到目前爲止都是一樣的。我們總是在他身後守衛，這次我們退了幾步之後又重新整裝再度防守，就是這樣。我們認爲他有位好王后，也不想看到他失去她，如此而已。我們還是一樣尊敬王儲，你知道的。」

沒錯，但我還是覺得不妥。我不顧她的懇求，搖搖頭試著思考。爲什麼找我？我有些惱火。然後我就懂了，當我大發雷霆指責侍衛沒有好好保護王后的同時，就已自告奮勇護衛她了。這時，我想起了博瑞屈警告過我千萬別忘了自己的處境。「我會告訴王儲惟眞，如果他允許的話，我也會告知王后。」

哨兒露出了微笑。「我們就知道你會幫這個忙。謝謝你，蜚茲。」

她很快地轉著圈離開我，握好棒子威脅似地對她的同伴揮舞，而他只得勉強讓步。我嘆了口氣離開庭院，想到了莫莉這時候應該會來打水，而我也希望能看看她。但是她沒出現，眞讓我失望透了。我知道我不應該玩這種遊戲，但有時眞的無法抗拒這誘惑。我離開了庭院。

這幾天簡直像特別的自我折磨般難熬，我拒絕讓自己再度探望莫莉，但仍無法抗拒地尾隨她。所以，我在她離開之後不久來到廚房，幻想著還能在空氣中捕捉到她的一絲香水味。或者，我也會在某個晚上守在大廳，試著找個能看她而不被發現的地方，無論有什麼餘興節目，不管是吟遊歌者、詩人或傀儡師傅的獻技，或是邊聊天邊做手工藝的人們，都無法阻止我將眼神投射在她可能出現的地方。她穿著深藍裙子和短布衫時，看起來很嚴肅端莊，而且從不抬頭看我。她總是和城堡中的其他女人談話，或者在耐辛難得下樓亮相的晚上，極度專注地坐在她身邊陪伴她，完全拒絕承認我的存在。有時我會覺得和她的短暫相遇是一場夢，但每當我晚上回房拿出藏在衣櫥底的襯衫貼近臉時，就會幻想自己仍嗅到她的一絲香水味。我就靠這個來支撐自己。

在火葬被冶煉者之後的幾天，除了王后的侍衛隊組織起來之外，城堡內外也有其他的轉變。有兩位未受傳喚的造船師傅自告奮勇貢獻技藝協助造船，讓惟眞非常高興，就連珂翠肯王后都深受感動，只因他們親自向她表示願意效勞，而他們的學徒也跟著一起來到船塢，成排成列的造船工人數目也因此擴增。如今，船塢在黎明前和黃昏後都燈火通明，大家也以異常緊急的速度趕工，所以惟眞更不常在房裡，而當我拜訪珂翠肯時也發覺她愈來愈壓抑。我試著用閱讀和外出走走引起她的興趣，但一點兒都沒用。她大多呆呆地坐在編織房裡，日漸蒼白且無精打采，而她那深沉陰暗的心情也影響到陪伴她的仕女們，所以來到她的房裡可就像守屍般無趣。

我不指望在惟眞的書房看到他，所以也就不覺得失望。他和往常一樣在船塢那兒忙著，而我留話給恰林表示只要惟眞有時間，我願意隨時接受召見。我決定讓自己忙起來，於是遵照切德的建議，回到房裡拿骰子和計分棒，然後走到王后的房間。

我決定教她一些貴族仕女們喜歡玩的賭博遊戲，希望能拓展她的娛樂活動範圍，也希望這些遊戲能讓她多和別人交往，而減少我陪伴她的時間。她淒涼的心情開始讓我覺得是個沉重壓抑的負擔，所以時常衷心期盼能遠離她。

「先教她欺騙，當然，你必須告訴她這是遊戲規則許可的，告訴她這遊戲容許參與者欺騙。只要在手上耍點詭計，這很容易教的。如此一來，她就可以輕易地在帝尊懷疑她之前把他的口袋清空，只消一兩次就夠了，他又能如何？指控公鹿堡的仕女在擲骰子時作弊？」

這當然是弄臣說的。他在我手旁陪著我，鼠頭權杖在他肩上輕輕震動。我並沒有眞正嚇一跳，但他知道又讓我吃了一驚，眼中因此閃耀著愉悅的神采。

「我想如果我沒教好，我們的王妃一定會出錯，不如你跟著我一起逗她開心？我可以把骰子丟開，讓你玩玩雜耍。」我建議著。

「爲她玩雜耍？爲什麼？蜚茲，那是我每天的例行公事，而你卻只看到了我愚蠢的言行。你把我的工作視爲玩樂，而我看你如此認眞玩遊戲，恐怕被設計了都還不自知呢！不妨聽聽弄臣的建議，不要教她擲骰子，倒可以教她謎語，這樣你們倆都可以變得更聰明。」

「謎語？那不是繽城的遊戲嗎？」

「有個在公鹿堡挺流行的謎語，如果你知道的話就回答。當一個人不知如何召喚一樣東西時，該怎麼召喚這樣東西？」

「這從來不是我的拿手遊戲，弄臣。」

「你的血親也是，我是這麼聽說的。那麼，就試著回答這個謎語。在黠謀的卷軸上的什麼東西有翅膀，在惟眞的書裡有火焰般的舌頭，在瑞爾城的羊皮紙上有對銀色雙眼，而在你房裡有著金色魚鱗般的皮膚？」

「那算謎語嗎？」

他用憐憫的眼神看著我。「不。我之前問你的才是謎語，而剛剛那個問題的答案是古靈。讓我們回到第一個謎語，你該如何召喚它？」

我緩慢地大步走向他，並直直地盯著他瞧，但他的眼神總是很難捕捉。

「那也算謎語嗎？還是個嚴肅的問題？」

「是的。」弄臣的樣子很沉重。

我停了下來，簡直給弄糊塗了，只得瞪著他瞧。他和他的鼠頭權杖鼻子對鼻子相視假笑，用這方式回答我。「你看看，鼠兒，他知道的可不比他的叔叔或祖父還多。他們沒人知道要如何召喚古靈。」

「用精技。」我猛然回答出來。

弄臣用怪異的眼神看著我。「你知道啊？」

「只是懷疑罷了。」

「為什麼？」

「我不知道。現在想想似乎又不是這樣子。睿智國王長途跋涉尋訪古靈，如果他靠技傳就可以接觸他們，又何必如此大費周章？」

「沒錯。但有時衝動的答案也蘊含著眞相，所以回答這個謎語吧，小子。有一位仍然健在的國王，而王子也是，況且兩人都會精技。但是，當初和國王一起或在他之前受訓的人在哪裡？為何當我們迫切需要精技使用者時，卻一個也找不到？」

「很少人在太平盛世時受訓。蓋倫直到臨死前都不適合訓練別人，而他創設的精技小組……」我忽然停下來，即使走廊沒人我也不願說下去，只因我不想透露惟眞告訴過我有關精技的任何事情。

弄臣忽然在我身邊歡躍地繞著圈子。「如果鞋子不合腳，不管是誰幫你做的都不能穿。」他宣稱。

我勉強點點頭。「的確。」

「而製鞋者也離開了。悲哀。眞是悲哀。比桌上熱騰騰的肉和杯子裡的紅酒還悲哀。但是，離去的人可是另一個人教導出來的。」

「殷懇。但她也走了。」

「喔。但黠謀可還活著，惟眞也是。看來她還有兩位門生仍活得好好地，一定還有其他人。問題是，在哪裡呢？」

我聳聳肩。「走了，老了，死了。我不知道。」我壓抑住心中的不耐煩，試著思考他的問題。「黠謀國王的姊姊欣怡，也就是威儀的母親可能也受過訓練，但她早已去世多年。黠謀的父親慷慨國王是最後一位擁有精技小組的人，我相信，但那個年代的人很少還活著。」我不再說了。惟眞曾告訴我當時殷懇盡可能大量地訓練有精技天分的人，當然一定有人還活著，而且頂多比惟眞年長十歲……

「死了。太多人死了，如果你問我的話，我的確知道。」弄臣插嘴回答了我沒說出口的問題，而我只能茫然地看著他。他對我吐吐舌頭，踏著華爾滋舞步稍稍遠離我，然後把權杖握在下巴底下鍾愛地輕撫鼠頭。「你看，鼠兒。就像我告訴過你的。沒有人知道。也沒有人會聰明地提出問題。」

「弄臣，難道你不能有話直說嗎？」我挫敗地吼著。

他受驚似的忽然停了下來，踮著腳旋轉半圈時放低腳跟，然後雕像般地站在那兒。「會有幫助嗎？」他嚴肅地問道。「如果我不跟你說謎語，你會相信我嗎？那會讓你停下來審愼推敲每個字，稍後再回房反覆思索那些字？非常好。我還眞應該試試。你知道『六位智者前往頡昂佩』的韻文嗎？」

我仍像往常一樣迷惑地點點頭。

「那麼朗誦一遍讓我聽聽。」

「六位智者前往頡昂佩，爬上山坡下不來，化成石頭飛走了……」這首古老的童謠忽然使我困惑。「我不記得全部。無論如何這是一篇胡說八道的韻文，就像其他韻文一樣總是在你的腦海中打轉，卻不具任何意義。」

「那就是爲什麼它會和知識性詩歌，共同記載在卷軸上的原因。」弄臣下了結論。

「我不知道！」我反駁他，忽然覺得惱怒得難以忍受。「弄臣，你又來了。你所說的都是謎語，全部都是！你老是說你要把話講清楚，但你所說的一切卻仍不清不楚地困擾著我。」

「謎語，我親愛的蜚茲小子，是用來讓人們思考的，從古老的諺語中發現新的眞相。但是，這麼說來……你的腦袋瓜可眞讓我困擾。我該如何讓你明白？或許我應該在黑夜裡站在你的窗戶底下唱著：

私生的王子，我可愛的蜚茲，

你把時間浪費在自己的挫折中。

當所有努力即將開花結蒂時，

你卻半途而廢，還努力壓抑。

他晃動一邊的膝蓋，假裝權杖上有弦般撥弄著，精力充沛地唱歌，而且還唱得挺好的，是一首流行情歌的曲調。他看著我，戲劇性地嘆了一口氣，舔舔嘴唇繼續哀傷地唱著：

爲何瞻遠家族的人無遠見，

僅只看到事情表象的浮現？

沿海受困遭攻擊，汝等生民憂愁困倦。

我再三警告催促，奴等卻說時機未現！

噢，私生的王子，高貴的蜚茲，

莫非要等眾民屍骨無存才將行動實踐？

一位女僕停下來困惑地站著聆聽，另一位侍童也在房間門口張大嘴笑著偷看我們。我的雙頰逐漸發紅發熱，只因弄臣既溫和又熱情地抬頭看著我。我試著輕鬆地走遠，但他雙膝跪地跟隨我，還抓住我的袖子，我不得不忍受他，否則就得可笑地掙扎才能脫身。我站在那兒真覺得愚蠢極了，他卻對著我傻笑。那位侍童同樣咯咯笑著，走廊也傳來兩個人饒富興味的談話聲。我拒絕察看是誰居然如此以我的不安為樂，弄臣卻作態親吻我，然後把音量降低到像是祕密的耳語般，繼續唱著：

命運女神的誘惑可教你向她低頭？
用你的精技竭力奮鬥！
召來同夥，找出有訓練的人手，
淋漓盡致發揮內在所有。
未來打造汝輩來謀，
但看諸君熱忱驅首。
若以原智贏得戰果，
則為我族拯救公國。
屈膝弄臣來此懇求，
莫教黑暗前來降臨，
不讓民生化為塵土，
端賴汝輩奮拋頭顱。

他停頓了一會兒然後愉快地大聲唱著：

諸位若錯過大好時機，
便如同屁眼兒洩了氣，
請讓我帶著萬分敬意，

觀看這場難得的戰役。

他忽然放開我的袖口，跌跌撞撞地翻著筋斗遠離我，然後露出光溜溜的臀部爲表演做結束。它們看起來驚人地蒼白，而我再也無法隱藏內心的詫異和羞辱。弄臣跳躍雙腿穿好衣服，而他權杖上的鼠兒則極盡謙恭之能事，向停下來觀賞我受辱的觀衆們鞠躬致意。大家笑成一團，掌聲也此起彼落，而他的演出可眞讓我啞口無言。我別過頭去試著走開，但弄臣又跳過來擋住我的去路，然後忽然態度嚴肅地對咯咯笑著的人們說話。

「呸！你們眞該感到羞恥，這麼高興幹嘛？咯咯發笑還對一位心碎的男孩指指點點！難道你們不知道蜚茲失去了最親愛的人？噢，他用臉紅隱藏悲傷，而她的入土爲安讓他難以平復自己的熱情。誰過世了呢？就是最固守貞潔和最狠毒的老處女，親愛的百里香夫人，毫無疑問地因自身的惡臭喪生。有人說這是因爲吃了腐爛的肉，可你也說腐爛的肉有股惡臭，讓人聞了就不敢吃。所以，我們也可以說百里香夫人沒聞到這股惡臭，或許她以爲這是手指上的香水味。別再哀悼了，可憐的蜚茲，你還會找到另一個人的。而今天我將奉獻自己，以鼠兒紳士的腦袋發誓，請求你加緊達成任務，只因我已拖延太久。再會吧，可憐的蜚茲。振作你那憂傷的心！勇於面對你的孤寂！既可憐又鬱鬱寡歡的年輕人！噢，蜚茲，可憐可憐的蜚茲……」

接著他遠離我在走廊閒逛，悲哀地搖著頭，然後和鼠兒商量他應該爲了我和哪位富孀交往，他如此張揚等於是背叛了我。即使他是個伶牙俐齒的鬼靈精弄臣，我也沒料到會成爲他公開的笑柄。我等著他回頭說最後幾句話，好讓我理解這到底是怎麼回事，但他沒有。當他經過轉角時，我以爲這場磨難總該結束了，於是充滿困窘疑惑地在走廊上走著。我的腦海中滿是他韻文中的打油詩，也知道我將在接下來這幾天一直思索著他的情歌，試著發現言外之意、弦外之音。但是百里香夫人呢？他當然不會無中生

「有」，但切德為什麼要讓他塑造出來的公衆人物就這樣死去？哪位可憐女子的遺體會代替百里香夫人的遺體被抬出來，讓馬車拉到遙遠的親戚家埋葬？難道這就是他悄悄離開公鹿堡展開旅程的方式？但為什麼要結束她的生命？是不是這樣才能讓帝尊相信自己下毒成功？如此決絕？

我困惑地來到珂翠肯的房門前，站在走廊上恢復先前沉著的表情，這時對面的門突然打開，只見帝尊邁步朝我這兒走來。他的氣勢把我擠到一旁，在我還來不及恢復之前就風度翩翩地說道，「沒關係，蚩茲。我幾乎不指望像你這麼垂頭喪氣的人還能道歉。」當他站在走廊上拉直他的短上衣時，一群年輕人跟著他走出房間、饒富興味地竊笑著，而他也報以微笑然後靠近我惡毒地輕聲說道，「老妓女百里香死了，看現在你要喝誰的奶水？喔，我知道了。你一定會找到其他老女人抱抱你，還是你想哄騙年輕女子？」他大膽地對我笑著，然後優雅地揮舞袖子揚長而去，後面還跟著三名馬屁精。

他對王后的羞辱眞把我氣壞了。我從未經歷過如此突如其來的震撼，感覺胸口和喉嚨因怒氣而發腫，一股可怕的力量充斥全身，我的上唇也因而扭曲。我察覺到遠方傳來的聲音，什麼？這是怎麼一回事？殺了它！殺了它！殺了它！殺了它！我向前走了一步然後跳起來，知道自己的牙齒幾乎就要陷入他的喉嚨和肩膀交接處。

但是，「蚩茲。」有人驚訝地喚著我。

是莫莉的聲音！我轉身看著她，情緒從憤怒轉為喜悅，但她很快地退到一旁說道，「不好意思，大人。」然後就快步走過我身旁。她的雙眼下垂，態度就像僕人般謙卑。

「莫莉？」我邊說邊跟著她，而她也就停下來了。當她回頭看著我的時候，臉上並沒有什麼表情，聲音也很平淡。

「大人，您有事交代嗎？」

「有事交代？」當然。我看看四周，發現走廊並沒有其他人，於是上前壓低聲音在她耳邊說道。「沒有，我只是很想念妳。莫莉，我……」

「不會吧，大人。請您讓我離開。」她驕傲鎮靜地轉身走遠。

「我做了些什麼？」我驚愕又憤怒地問著，不期待會得到什麼回答，但她停了下來，身著藍衣的背影直挺挺的，頭髮上綁著花邊馬尾襯，昂首地站在那兒，沒有回頭但平靜地說道，「沒事。您什麼也沒做，大人。絕對沒事。」

「莫莉！」我提出抗議，她卻繞過轉角離去。我站在那兒凝視她的背影，過了一會兒才明白我剛才發出了介於嗚咽和咆哮般的聲音。

不如咱們一同打獵吧！

或許吧！我發現自己也同意，那最好了。去打獵、殺獵物、吃東西、睡覺。別做其他事了。

爲什麼不現在就出發？

我也不知道。

我整頓好自己然後敲敲珂翠肯的房門，小迷迭香過來開門，露出酒窩微笑著邀請我進房，而我進去之後果然就察覺到莫莉到這兒來的任務。珂翠肯把一支粗粗的綠色蠟燭握在鼻子下方，桌上也還有其他蠟燭。「月桂樹果。」我說道。

珂翠肯抬起頭微笑著。「蜚茲駿騎，歡迎，快進來坐下。要吃點什麼嗎？喝酒嗎？」

我站在那兒看著她。眞是大轉變。我感覺到她的力量並且知道她已穩住陣腳了。她穿著一件柔軟的及膝短袖束腰上衣和綁腿，髮型還是她慣有的樣式，戴著簡單的珠寶首飾，是一條串著綠藍小珠子的項鍊。然而，這絕對不是我幾天前帶回城堡的女子。她一點也不痛苦、憤怒、受傷和困惑。眼前的珂翠肯相當尊貴。

「吾后。」我遲疑地開口。

「珂翠肯。」她平靜地糾正我，然後在房中穿梭把蠟燭擺上架子，像自我挑戰似的不再多說。

我走進她的起居室，裡面只有她和迷迭香。惟眞曾對我抱怨她的房間像軍營一樣，可一點兒也不誇張。簡單的家具一塵不染，看不到公鹿堡常見的厚重織錦掛毯和小地毯，地上只有簡單的草蓆，加框的羊皮紙屏幕有著精細的花樹噴畫。整個房間整理得有條不紊，所有的東西不是收起來了，就是還沒拿出來。這是我對這片寂靜唯一能做出的描述。

我帶著徹底混淆的衝突情緒來此，如今卻靜靜地站在這裡，呼吸平順且心情平靜。房間的一角改裝成一間擺設羊皮紙屏幕的凹室，地上有一片綠色羊毛小地毯，還有我在群山見過的矮腳凳。珂翠肯把一根綠色的月桂樹果蠟燭放在一道屏幕後面用爐火點燃它，爲這噴畫屏幕增添日出般的朝氣和溫暖。珂翠肯走著走著就坐在凹室裡的一張矮凳上，然後指著她對面的那張凳子。「一起坐下好嗎？」

我跟著坐下。屏幕散發出柔和的光芒，小巧私人房的夢幻氣息和月桂樹果的香甜氣味圍繞著我，而這張矮凳可異常地舒適，讓我過了一會兒才想起來這兒拜訪的目的。「吾后，我想您可能想學些我們在公鹿堡玩的賭博遊戲，這樣您就可以加入正在玩遊戲的人們。」

「改天吧！」她和善地說道。「如果你和我想讓我們自己高興起來，而且你也願意教我怎麼玩，就沒問題，但僅只於此。我發現古老的諺語一點兒也沒錯。一個人只能在自我破碎或自我覺醒前才能遠離眞我，而我很幸運地覺醒了，重新回到眞實的自我。蜚茲駿騎，這就是你今天所感受到的。」

「我不明白。」

她微笑著。「你用不著明白。」

她又沉默了下來，小迷迭香已經坐在壁爐邊拿起她的小黑板和粉筆自己玩了起來，就連這孩子的歡樂在今天看來都十分寧靜。我轉過頭等待珂翠肯，但她只是坐著看我，露出呆呆的微笑。

我過了一會兒問道，「我們要做些什麼？」

「沒什麼。」珂翠肯說道。

我也跟著她沉默了下來。過了好久她才開口，「我們本身的野心和任務，以及加諸於這個世界的框架，只不過是橫跨雪地的樹影，會隨著陽光移動，在月夜消逝，在起風時飄揚，而當平滑的積雪融化之後，就會扭曲地落在崎嶇的地面上，但樹仍屹立不搖。你明白嗎？」她稍微傾身用和善的眼神注視我的臉。

「我想是吧！」我不安地回答。

她幾乎憐憫地看著我。「如果你心領神會而不用腦筋想，也不擔憂這對我來說為何重要，只要試著領會你生命中是否值得擁有這樣的想法。但我可不是命令你一定要那麼做，我從未在這兒命令任何人去做任何事情。」

她又靠回椅背，輕柔的放鬆她直挺挺的背，看來一派悠閒自在。她還是無所事事地坐在我對面舒展自己，我卻察覺到她的生命輕輕掠過我身邊並圍繞著我。這是最輕微的碰觸，要不是我曾親身體驗精技和原智，就無法感覺到。我謹慎地像檢視一座由蜘蛛網編結而成的橋一般，輕輕地把我的意識覆蓋在她的意識之上。

她繼續探尋，卻不像我某對種特定的動物探尋，也不解讀周遭的動靜，使得我無法像描述自我的感受般用言語形容她的方式。珂翠肯不用原智尋找任何東西，如她所言，她僅是大自然中存在的一部分。她整頓好自己，並且思索那張大網碰觸她的種種方式，這樣就滿足了。我對這精細微妙的現象感到驚訝，不一會兒就放鬆地呼吸，釋放自我讓原智自由馳騁，放掉所有警戒和博瑞屈因我而產生的一切憂慮，這可是我從未做過的事情。珂翠肯的探觸像滑過蜘蛛絲的露珠般纖弱，而我卻像決堤的洪水般。在突然釋放後迅速填滿所有的舊河床造成氾濫，並且讓一波波的流水奔向低地。

我們打獵去吧！狼兒高興地說著。

博瑞屈在馬廄裡剛清理完馬蹄，起身自顧自地皺眉頭，煤灰則在自己的廄房裡踱步。莫莉聳聳肩把頭髮甩開，而我對面的珂翠肯驚訝地看著我，好像我大聲對她說了些什麼似的。又過了一會兒，我控制住自己，用原智體會千般感受，鋪展延伸且毫不留情地照亮一切。我都感覺到了，不僅是人來人往，還有每一隻在屋簷上振翅的鴿子，每一隻偷偷溜到酒桶後面的老鼠，和生命中的每一顆微粒，但與其說是微粒，倒不如說是生命之網中的每一個小結。每件事都不會單獨存在，亦不會遭到遺忘，充滿意義而且都很重要，卻也都不重要。有人在某處唱著，然後又回歸寧靜。獨唱之後緊接著合唱，其他微弱的聲音在遙遠的地方說著，什麼？請再說一次？你在呼喚我嗎？你在這裡嗎？我在作夢嗎？這些思緒像乞丐拉扯陌生人的衣袖般撥弄著我，讓我忽然明瞭如果不趕緊揮去它們，自己就會像一塊散開的布料般潰決。

我眨眨眼睛將自己重新封鎖起來，然後吸了一口氣。

一個呼吸，一眨眼。時間似乎靜止了。珂翠肯斜眼看著我，而我裝作沒看見，舉起手搔搔鼻子並且轉移重心。

我堅定地讓自己鎮靜下來，過了幾分鐘才嘆口氣和充滿歉意地聳聳肩。「我恐怕不懂那遊戲。」我說道。

我還真惹惱了她。「這不是個遊戲。你不用去理解或『執行』它，只要放下手邊的事情安靜坐著。」

我表現出再試試看的模樣，坐著不動幾分鐘，然後出神地把玩袖口直到她發現為止，接著就像感到羞恥般低下頭來。

珂翠肯嘆了一口氣，決定放棄我。「製作這些蠟燭的女孩有很靈敏的嗅覺，幾乎可以把我整個花園的芳香帶進房裡圍繞著我。帝尊給了我她的一些忍冬燭蕊，後來我就親自尋找她製作的蠟燭。她是這兒的一位女僕，沒有多餘的時間或資源製作許多蠟燭，所以我覺得自己很幸運得到她的贈禮。」

「帝尊！」我重複。帝尊和莫莉說過話，也很清楚她會做蠟燭，種種預感讓我心頭一緊。「吾后，我恐怕打擾了您，而這不是我所願意的。請允許我離開，當您需要陪伴時再回來好嗎？」

「這個練習需要有同伴，蜚茲駿騎。」她憂愁地看著我。「你能不能再試著放輕鬆？我本來還覺得……不？喔，好吧，我讓你走。」我聽到她語氣中的懊悔和寂寞，只見她坐直了身子，吸了一口氣然後慢慢吐出來，讓我又感受到她的意識在那張網上輕彈著。她擁有原智，我如此想著。不怎麼強烈，但她的確有這能力。

我安靜地離開她的房間，不禁略微欣喜地納悶如果博瑞屈知道了會怎麼想。不過當我想起她如何機敏地察覺我向外開展的一切，可就沒這麼有趣了。我想起了和小狼的夜間狩獵。這會讓王后很快就抱怨起自己做了奇怪的夢嗎？

當我認清這事實後，一股冷冽的感覺湧上心頭。我知道自己遲早會因為長期疏忽而被發現，也知道博瑞屈感受得到我在運用原智。萬一還有其他人呢？我恐將招致野獸魔法的指控。於是，我堅決地下定決心。明天，我將展開行動。

11
孤狼

弄臣將一直是公鹿堡最難解的謎之一，幾乎可以說沒有人確切知道他的身世。他的出身、年紀、性別、還有血統等都是人們猜測的話題。最令人吃驚的是，如此一位公眾人物竟然可以依舊籠罩在神祕之中，而關於弄臣的種種問題總是比答案來得多。他眞的具有神祕的力量、預知能力或魔法？還是他僅靠著機智和伶牙俐齒讓人認爲他有未卜先知的能力？如果說他不像表現出來的那樣地知道未來，憑他一副老神在在的先知樣，也支配著我們許多人協助打造他心目中的未來。

白雪襯托著白毛，一隻耳朵正抽動著，此時小小的動作就洩露了行蹤。

你看到了嗎？我立刻問牠。

我聞到了。

我看到了。

我對著獵物輕輕眨了眨眼，不再有任何動作。這樣就夠了。

我看到了！牠縱身一躍，兔子嚇了一跳，小狼就奮力追趕牠。這兔子輕盈地跑過鬆散的積雪，小狼也只得奔騰跳躍地撲向牠。只見兔子閃閃躲躲地飛奔，跑到這裡又跑到那裡，繞著樹又繞著灌木叢，然後跑進刺藤堆裡。牠還在那兒嗎？小狼滿懷希望地嗅著，但密密麻麻的刺讓牠把敏感的鼻子給縮了回來。

跑掉了。我告訴牠。

你確定嗎？你爲什麼不幫忙？

我不能在鬆散的雪地上追逐獵物。我一定得偷偷靠近，必要時才跳躍。

喔。原來如此。深思熟慮。我們是兩匹狼，一定要成對地打獵。我可以把獵物趕到你那兒，讓你準備好跳出來咬住牠的脖子。

我緩緩搖著頭。你一定要學習獨自打獵，小狼。我不會總是陪著你，無論是在心裡或在你身旁。狼不會單獨狩獵的。

或許不會，但許多狼確實如此，你也將是。但我不是有意讓你從獵兔子開始。過來吧！

牠伏在我的腳跟旁，想讓我帶領牠。我們在天際的冬光黯淡之前離開公鹿堡，然而此時此刻只見天空一片開闊的藍，純淨而清冷。我們踏上的這條小徑只不過是深雪裡的一道淺溝，我每走一步就陷入深及小腿的雪中。對我們來說，森林是一片冬季的寧靜，偶爾傳來小鳥飛過或是遠方的烏鴉叫聲。這是個開放的森林，大多長著樹苗，只有幾棵僥倖逃過火燒山丘的大樹，在夏天就成了放牧山羊的好地方。牠們嬌小鋒利的蹄在地上留下足跡。我們走著走著就來到一棟儉樸的石屋，還有破敗不堪的畜欄和山羊的庇蔭處，這裡只在夏季時才有人使用。

當我早上去找小狼時，牠高興地帶我來到一條可以躲過守衛的迂迴小徑，用磚頭封起來的牛欄柵門就是牠的出路，石頭和灰泥因土壤略微鬆動而搖搖欲墜，形成了一個可以讓牠滑出去的寬闊缺口，而我從踩掉的雪可以看出牠常常使用這通道。我們鬼鬼祟祟地溜出牆外遠離城堡，像影子般在黯淡的星光和映在白雪的月光中走著，等到我們安全離開城堡之後，小狼把這探險當成了狙襲練習。牠衝到前方伏下等待，跳起來用張開的爪子或用咬的來捉我，然後跑得遠遠地繞著大圈再從我後面攻擊。我讓牠這麼玩著，欣然接受這讓我感到溫暖的練習和毫無心機的嬉鬧。我總是讓我們保持行動，所以就在日出時已遠離公鹿堡幾哩遠、一個冬季人煙罕至之處。我在一片白雪中看到那隻白兔純屬偶然，原本還想找容易點的獵物讓牠初試身手。

*我們為什麼來這裡？*牠在我們一看到小石屋時問我。

*來打獵。*我簡短回覆，然後在不遠處停下，小狼就在我身旁俯低身子等待。*那麼，就開始吧！*我告訴牠。*去看看有沒有獵物。*

*喔，這可真值得狩獵，就是這個。*在人類的窩嗅出殘餚碎屑。牠輕蔑地想著。

不是殘餚碎屑。去看看。

牠向前跑，然後從另一個角度朝石屋前進，我就看著牠走。我們在夢中一同狩獵，而我也教過牠了，所以現在我希望牠完全不需要我幫忙就能單獨行動。我對牠獨自狩獵的能力深信不疑，於是責怪自己現在要求牠證明這能力，只是多耽擱時間。

牠盡可能待在積雪的灌木叢中，然後小心翼翼地接近石屋，豎起耳朵保持警覺，鼻子也不停地嗅著。*熟悉的味道。是人類。山羊。冷冰冰的死了。*牠靜止了一會兒，然後謹慎地前進一步。牠現在可學會了預先計畫且精準地邁出步伐，伸直尾巴並且保持全神貫注。*老鼠！*牠跳起來抓住獵物，甩甩頭猛地一咬讓這小動物飛起來，落下來的時候又把牠接住。*老鼠！*牠歡喜地宣布，然後將獵物拋向空中抬起前腿跳躍，接著又高興地用小小的前齒接住再丟向空中。我則露出了引以爲傲和讚許的神情。等牠玩夠了，這老鼠可成了一團濕透的破毛球，牠就一口吞下獵物然後跳回我身邊。

一群老鼠！這裡滿是老鼠。石屋周圍都有牠們的味道和蹤跡。

我想這裡一定有大量的老鼠。牧羊人都在抱怨這兒老鼠過剩，在夏天時糟蹋糧食。我想牠們也會在此過冬。

吃驚地肥，在這時節。小狼表示完意見就跳走了。牠興致高昂地打獵，直到肚子餓了才罷休，接著就輪到我走向石屋。雪堆積在搖晃的木門上，但我還是用肩膀把它撞開。石屋內部很陰暗，積雪從屋頂漏下來呈斑點條紋狀凍結在布滿塵埃的地板上，屋內有簡陋的壁爐和附水壺掛勾的煙囪，凳子和木頭長椅就是僅有的家具。壁爐旁邊還有一些柴火，剛好讓我用來在發黑的石頭上生火。我保持火勢微弱，足夠我取暖和保溫隨身攜帶的麵包和肉。小狼這時也來嚐嚐食物，與其說肚子餓了，倒不如是和我分享這美味，然後牠就悠閒地探索石屋內部，好多老鼠！

我知道。我遲疑了一下，然後強迫自己繼續說道，你在這兒不會挨餓。

牠在角落嗅著嗅著，突然間揚起鼻子朝我這裡前進了幾步，然後停下來僵硬地站著。我們四目相對注視著彼此，黑暗中一片荒涼。你要把我遺棄在這裡。

是的。這裡有充足的食物，而我過一陣子就會回來看看你是否安好。我相信你在這兒會過得挺好的，也會教自己打獵。先是老鼠，然後是更大的獵物……

你背叛了我。你背叛了同個狼群。

不。我們不是同個狼群。我讓你自由地生活，小狼。我們太親近了，這對彼此都不好，我老早就告訴你了，我將不會和你有牽繫。我們的生活毫不相干，你最好還是獨自度日，成爲你天性該成爲的狼。

我天性就該屬於狼群。牠抬頭瞪著我。你能告訴我這附近的狼群能接受入侵者侵犯牠們的地盤，進而接納我成爲牠們的一分子嗎？

我只得別過頭去不看牠。不。這裡沒有狼群，要走上好幾天才能到達狼群自由奔跑的荒野。

那我在這裡有什麼？

食物。自由。你自己的生活，一種沒有我的獨立生活。

孤立。牠對我露出牙齒然後突然轉身，繞著圈子經過我身邊走向門口。人類。牠嘲諷地說出來。你眞的不是狼群的一分子，而是人類。牠在敞開的門邊停下來看著我。人們總是以爲自己可以控制他者的生活，卻又不產生牽絆。你認爲自己就能決定是否要與我有所牽繫？我的心屬於我自己，由我決定心之所向，然而我不會打從心底相信推開我的人，也不會服從否認狼群和牽繫的人。難道你認爲我就準備在這個人窩裡咬著來送死的老鼠，然後像老鼠一般靠著人類的垃圾過活？不。如果我們不是同個狼群，我們就不再是手足。我不虧欠你，更不可能服從你。我不會留在這裡，要過怎樣的生活由我自己決定。

牠的想法可眞是狡猾。牠隱瞞了一些事情，但我只能猜測。你要怎樣都無所謂，小狼，但有件事情例外。別跟我回公鹿堡。我不允許你這麼做。

你不允許？你不允許？不允許風吹過你的石屋，還是不允許草在屋子周圍生長？你可眞有權力。你不允許。

牠輕蔑地哼了一聲然後轉身遠離我，讓我更堅決地對牠說了最後幾句話。「小狼！」我用人類的聲音叫牠。牠回頭驚訝地看著我，小小的耳朵朝後傾聽我的聲調，幾乎露出牙齒譏笑我，但我搶先一步抗斥牠。這是我早已熟能生巧的事，就像一個人直覺地知道該把手指頭從火焰中移開般稀鬆平常。這是我鮮少使用的力量，因博瑞屈曾經用它來對付我，而我也並非總是相信它的威力，但這跟我在牠棲身籠中時所用的催促大不相同。我用力讓心理上的排斥幾乎成為肢體抗拒讓牠從我身邊彈開，而牠向後跳了一大步張腿站在雪中預備跳躍，眼神充滿震驚。

「走！」我對牠吼，用人類的字眼和聲音對牠咆哮，同時用盡每一分原智再度抗斥牠。牠跳起來在雪地上亂扒一通狼狽地逃走了，而我克制自己拒絕和牠心靈相通，並且確定牠沒有停下來。不。到此為止。抗斥中斷了那份牽繫，不單是從牠身上把自己抽離，更是把所有和牠的連結推回去，一刀兩斷，而且最好就保持這樣的狀態。然而，我站著凝視牠消失時留下的一抹足跡，感覺一陣冰冷的空虛，一種失去了什麼的刺痛感。我聽過人們談論被切除的手或腳，總會反射性地觸摸著那永遠消逝的部分。

我離開石屋徒步回去，走的愈久愈覺得傷痛；這並不眞的是生理上的疼痛，卻是我唯一可以拿來比較的。這種感覺就像割肉剝皮般殘酷，比博瑞屈帶走大鼻子還糟，而我卻選擇這般地自作自受。蒼白的午後比黎明的黑暗更加淒冷，而我試著讓自己不感到羞恥，告訴自己不過是做了該做的事，就像我對女傑一樣，我把這想法趕出腦袋。不，小狼會過得好好的，會比和我在一起時還好。然而，野生動物是如何生活的？躲躲藏藏總是害怕暴露行蹤，堡裡的獵犬、獵人或其他人會發現牠嗎？牠可能會覺得孤立寂寞，不過總會活下來的。我們的聯繫切斷了，但有一股持續的誘惑讓我想向外探尋，想看看我是否還能感受到牠，牠的心是否也還能觸碰我的心。我嚴厲地抗拒著，盡可能牢牢封住我的思緒不與牠接觸。走了。牠不再跟著我，不會在我那樣抗斥牠之後還跟過來，不。我踏著沉重的步伐前進，拒絕回頭看。

如果我沒有深陷思緒，沒有那麼專心地孤立自己的內心，或許就會察覺到一些警訊。但我也無法確定這一點。原智無法用來對付那些被冶煉的人，而我也不確定是他們先偷襲我，或是我剛好誤打誤撞地經過他們的藏身之處。我首先感到一股重量壓在我背上讓我臉朝雪地跌在地上，還以為小狼跑回來挑戰我的決定。我在地上滾，有一個人在我快要站起來時抓住我的肩膀。三名男性的被冶煉者，一位很年輕，其他兩位體型高大而且看起來曾是孔武有力的壯丁。我快速地記下所有資訊，就像切德給的練習般將他們分類。一位身形高大拿著一把刀，另外兩位拿著棒子。他們穿著破爛骯髒的衣服，凍紅的臉因寒冷而脫皮，鬍子污穢、頭髮淩亂，臉上滿是傷口疤痕。他們是自相殘殺，還是在攻擊我之前曾經攻擊過別人？

我掙脫其中一位的挾持，向後跳開試著遠離他們。我有把腰刀，雖然刀刃不長，卻是我僅有的武器。我以為今天不需要任何武器，也以為公鹿堡附近不會再出現被冶煉的人。他們將我包圍起來讓我站在中心，看起來一點兒也不擔心我拿著刀。

「你們想要什麼？我的斗蓬？」我將鉤子解開讓斗蓬掉下來。一位被冶煉的人看著斗蓬落下，但沒有人如我所願地跳過來撿起它。我轉身移動試著一眼就看到這三個人，不讓他們在我身後，但這可不容易。「還是我的連指手套？」我把手套脫下來丟向看起來最年輕的那位，他卻眼睜睜地看著手套落在他腳邊。他們一邊移動一邊咕嚕叫著，搖晃雙腿看著我，但沒有人想先發動攻勢，只因他們知道我有一把刀，先進攻的話就會挨刺。我朝著圓圈缺口走了一兩步，他們卻移動靠攏起來防止我逃走。

「你們到底要什麼？」我對他們大聲吼，旋轉一圈嘗試看到每一個人，過了一會兒就鎖住了其中一位的視線。他的雙眼比小狼的還空洞，沒有明顯的野性，只露出身體不適的悲慘和需要，在我瞪著他時眨了眨眼。

「肉。」他咕噥地叫出來，好像是我從他口中搾出這個字似的。

「我沒有肉，也沒有任何食物，而你只會討一頓打！」

「你！」另一個傢伙以拙劣地模仿出的笑聲恫嚇著，陰鬱且冷酷無情。「肉！」

我停下來太久，也花了太多時間盯住其中一位，結果讓另一位趁機跳到我身後撲抓上來，用雙臂抱住我並壓住我的一隻手臂，接著突然恐怖地用牙齒咬住我頸部和肩膀交接處。肉。是我的肉。

一陣意想不到的恐懼席捲而來，而我就像第一次和被冶煉的人作戰般，用毫不留情的殘酷以其人之道還治其身。各種天候是我唯一的戰友，因爲他們就快因飢寒交迫步向毀滅，他們的雙手也因凍僵而遲鈍。如果說我們都充滿了狂猛的求生意志力，至少在我內心的是一股嶄新且強大的力量，不像他們的求生意志因他們殘破的身體而耗損。我的血肉留在第一個攻擊者的嘴中，不過我確實讓自己掙脫了，我記得很清楚。但接下來的情況就不太清楚了，我無法排列事情的先後順序。我的刀子在那年輕人的肋骨內折斷了，也依稀記得有根拇指快要伸進我的眼裡，還有我讓他手指脫臼的啪答聲。當我和這位攻擊者纏鬥時，另一位就用棒子猛烈敲打我的肩膀，直到我讓他的同伴轉身挨打。我不記得自己感受到那一陣重擊的痛楚，而我脖子上被咬下來的肉也不過是血液流經的溫暖地帶。我沒有受傷的感覺，也毫不膽怯地想把他們都殺了，但我無法戰勝。他們人多勢眾，雖然年輕人倒在雪地上咳血，但其他兩個人一位想把我掐死，另一位則試著拉出糾結在我皮肉和袖子裡的劍。我拳打腳踢試著傷害敵人，卻毫無用處，同時感覺周圍的世界開始變黑，一陣天旋地轉。

兄弟！

牠來了，像千斤重的破城錘一般齜牙咧嘴地朝我們的纏鬥猛撲過來，然後大家都在雪地上跌倒。強烈的衝撞力讓被冶煉的人鬆開手，我也得以將一口氣吸進肺裡。我的神智清醒了，突然間再度擁有戰鬥意志，忘卻痛苦和傷害全力一搏！我發誓我看見自己被勒得發紫，還聞到血從傷口湧出來那令人發狂的血漬味，於是咬著牙奮戰到底。接著，小狼將一名攻擊者擊退讓我脫困，然後用任何人都望塵莫及的速度攻擊他，猛烈地打著咬著在敵人抓住牠之前又飛躍開來，牠隨即飛奔回來。

我知道自己當時在小狼咬緊牙關時就意識到了，也感覺死亡在自己嘴裡咯咯作響，快速噴出來的血浸濕了我的口鼻，還流滿了整個面頰，死亡的氣息籠罩著我。我甩甩頭用牙齒撕咬著敵人的肉，讓他的所有生命力在惡臭的衣衫下不停流洩。

接著是一片死寂。

然後我靠著一棵樹坐在雪地上，小狼前蹄沾血躺在離我不遠處，用舌頭把腳舔乾淨，小心地、緩慢地、徹底地舔著。

我舉起袖子擦掉嘴和下巴的血，這可不是我的血。突然間，我身體前傾跪在雪中吐出麴渣子然後嘔吐，連我發酸的膽汁也無法洗清口中死人血肉的腥味。我瞥著他的屍體，然後就別過頭去。他的喉嚨裂開來了，而我不一會兒就驚懼地憶起自己是如何用牙齒咬下他堅韌的喉腱。我閉上雙眼，靜止不動地坐著。

一個冷冰冰的鼻子碰觸我的臉頰，我張開眼睛看著牠坐在我身旁凝視著我。*小狼。*

夜眼，牠糾正我。*我母親替我取的名字。我是兄弟姊妹中最晚睜開眼睛的。*牠抽動鼻子打了個噴嚏，然後看了看那些屍體，而我不情願地隨著牠的眼神掃看過去。那位年輕人死在我刀下，但不是一刀斃命，而其他兩位……

*我殺得比較快。*夜眼平靜地說道。*但我可沒有牛一般的牙齒。你在人類裡面算是表現得不錯的了。*牠站起來搖擺身體，而我感覺臉上灑滿了冰冷和溫熱的血，我倒抽一口氣，並把血擦淨，然後明白了情況有多嚴重。

你在流血。

你也是。他把刀從你身上拔出來之後就刺向我。讓我看看。

爲什麼？

這問題懸在我們之間的冷空氣中。夜幕即將低垂，頭頂上的樹枝在夜空中變黑了，而我不需藉著光就能看得到牠，甚至不用看著牠就能感覺到牠。難道你看到耳朵之後才能確定那是你身體的一部分？否認夜眼就如同否認自己身體的一部分。

我們是兄弟，是同個狼群，我承認了。

是嗎？

我感到一陣探求和觸摸牽引我的注意力，讓我回想起自己曾經感受和否認這種感覺，但我不再否認了。我把注意力集中在牠身上，絲毫不分神。夜眼就在那兒，有血有肉地在我眼前，我沒有逃避牠。我知道那把劍刺進了牠的肩膀，也感受到兩大塊肌肉間的椎心之痛。牠把爪子縮在胸前，我遲疑了一下然後感受牠的痛苦，接著又遲疑了。然而，我決定不再遲疑，而是像牠之前一樣對牠開啓。全然的信任才是眞信任。我們是如此親近，而我卻無法確定是誰先有這想法。不一會兒我就察覺出夜眼的洞察力與我的重疊，讓我對這世界有了兩倍的警覺。牠對屍體的嗅覺和靈敏的聽覺告訴我食腐狐狸已經逼近，還有在夜光下依舊犀利的視覺。然後，這雙重的感覺消失了，我們的知覺合而爲一，彼此完全牽繫住了。

寒冷降臨，地面一片寒氣，我的骨子裡也一陣哆嗦。我們找到了我那件結霜的斗篷，我將霜雪抖掉之後就重新披上它，鬆鬆地披著避免碰觸傷口，接著不理會前臂的傷，奮力將連指手套給拖回來。「我們最好離開。」我輕聲告訴牠。「回家之後，讓我來清洗和包紮我們倆的傷口，但我們得先進去取個暖才行。」

我感覺到牠的贊同。牠走在我身旁而不是跟隨我，抬頭用鼻子深深呼吸這新鮮的空氣。冷風吹起，雪也開始飄落。牠的鼻子讓我領悟到我不用再害怕被冶煉的人。空氣一片清淨，除了我們身後的屍體發出的臭味，但這臭味逐漸轉變成臭屍味，接著混雜了食腐狐狸群的氣味。

你錯了，牠說著。我們單打獨鬥的技巧都不怎麼樣。一陣狡黠的的愉悅。難道你認爲你在我來之前表現得很好？

「狼不應該單獨狩獵。」我試著維持尊嚴告訴牠。

牠對我伸伸舌頭。別怕，弟弟。我在這裡。

我們繼續穿越鬆散的白雪和光禿禿的黑樹。就快到家了，牠安慰著我，在我們緩慢費力地前進時，我感受到牠的力量和我的混合在一起。

我在接近正午時來到惟眞的地圖室，前臂用綳帶緊緊包著藏在寬鬆的袖子裡，傷勢不重但很痛，肩膀和脖子間的咬傷也不容易痊癒，因爲那裡的肌肉給咬掉了一些還曾血流不止。當我昨晚照鏡子看著傷口時幾乎嘔吐出來，清洗傷口時反而流出更多血，只覺自己有一大塊肉消失了。嗯，如果夜眼沒來幫我，就會失去更多的血肉，這眞是難以言喻的噁心感受。我替傷口敷上藥，但似乎處理得不太好，只得拉高襯衫並且綁好，以便遮住上了綳帶的傷口；雖然把傷口磨得發疼，但好歹遮住了它。我略帶憂慮地敲門，在門打開時清了清喉嚨。

恰林告訴我惟眞不在，眼神滿是深沉的憂慮，而我試著不受影響。「他不能放著造船工人不管，不是嗎？」

恰林對我善意的逗弄搖搖頭。「不。他在烽火台裡。」這位老僕人簡短地說道，在我轉身時緩緩關上門。

好吧。珂翠肯也這麼告訴我，我卻試著忘掉我們之間的那段談話。當我登上烽火台時只覺一陣恐懼。惟眞沒理由在此刻待在烽火台裡，因爲這是他在夏季技傳的地方，當時天候良好且正值劫匪來襲。但是，沒有理由到了冬季還待在這裡，尤其是風大雪大的今天，眞的沒有理由待在這裡，除了因爲精技本身的致命吸引力。

我也曾感受那股誘惑力，我一邊提醒自己，一邊爬上綿延的樓梯到達烽火台頂端。我曾體悟精技那令人陶醉的蓬勃朝氣，而精技師傅蓋倫的話此時卻像凝結已久的痛苦記憶般浮現腦海。「如果你很軟弱，」他威脅我們，「如果你缺乏專注和訓練，或者讓自己沉溺在歡愉享樂之中，非但無法控制精技，反而會讓精技控制住你。要學著拒絕所有享樂，也不要讓任何嗜好誘惑你。接下來，當你像鋼鐵般堅強時，或許就可以準備面對精技的誘惑和轉移對它的注意力。如果你讓步了，就會喪失心智成爲呆呆地流著口水的大嬰兒。」接著，他就會用極度變態的剝削和懲罰訓練我們。然而，當我面對精技的喜悅時，並沒有感受到蓋倫描述的廉價歡愉，反而像聽到音樂時那樣血脈賁張和心跳加速、或像機靈的野雉突然飛向秋天的樹林般，甚至像騎馬完美地跳越困難的障礙般興奮。那時，所有事物都處於平衡狀態，如鳥群振翅盤旋飛行般整合片刻。而精技帶給我的美好感受並不短暫，反而依照個人的承受力持續著，並且隨著精技功力爐火純青而變得更強烈純淨，至少我如此相信。我本身的精技能力在一場和蓋倫的意志之戰遭到永久破壞，雖然我築起的心防連精技能力高超的惟眞都無法隨時滲透，我自己向外開啓的本領卻彷彿受驚嚇的馬兒般輕浮飄搖地時斷時續。

我在惟眞的門外停頓了一會兒，深深吸了一口氣然後緩緩吐出，拒絕讓精神的黑暗占據心靈。那些事情都過去了，自責抱怨是沒有意義的。我按照慣例不敲門就進去，這噪音打斷了惟眞的專注力。

他不該在此時技傳，卻依然如此。他將百葉窗打開然後靠在窗台上，風雪在房裡肆虐著，吹亂了他深色的頭髮、深藍色襯衫和短上衣。他深長平穩地呼吸著，是一種介於深沉睡眠和跑步者休息喘口氣的節奏，看起來渾然忘我似的。「惟眞王子？」我輕聲喚道。

他轉身看我，眼神彷彿熱、光和一陣迎面而來的風，強有力的技傳讓我覺得快脫離自己了，而他的心智也徹底擁有我的心智，不留餘地將我摒除在外。我有好一會兒淹沒在惟眞的心中，而當他離去時又迅速地讓我像遭大浪拋開的魚般跌跌撞撞喘著氣，他站在離我一步之遙處，抓住我的手肘讓我穩住腳步。

「對不起，」他道著歉。「我不知道你要來。你嚇到我了。」

「我應該先敲門，王子殿下，」我回答之後對他點頭表示我能自己站直。「外面什麼東西讓你看得如此專注？」

他別過頭去。「沒什麼。山崖上的一群男孩看著一群鯨魚玩耍，還有兩艘我們的船在海上捕撈大比目魚。雖然沒什麼樂趣，但在這種天氣出航可眞不簡單。」

「那麼你不是爲了外島人進行技傳……」

「這時候沒幾個外島人，但我還是不敢掉以輕心。」他低頭看著我的前臂，剛剛鬆手放開的那隻，然後轉移話題。「你怎麼了？」

「這就是我來找你的原因。我遭被冶煉者攻擊，就在山脊上可獵捕大量松雞的地區，靠近牧羊人小屋那兒。」

他迅速點點頭，深色的眉毛皺在一起。「我知道這地區。有多少人？描述一下。」

我很快地略述這群攻擊者，他點了點頭卻沒有驚訝的神情。「我在四天前得到關於他們的報告，但應該不至於這麼快就接近公鹿堡，除非每天馬不停蹄地朝這裡移動。他們死了嗎？」

「是的。這是你預料中事？」我可嚇呆了。「我以爲我們已剷除他們了。」

「我們剷除了當時在這裡的人，其他人正朝這兒走來，我都有追蹤報告，但沒想到他們這麼快就接近。」

我掙扎片刻控制自己的聲音。「王子殿下，我們爲什麼只有追蹤報告？我們爲什麼不……處理這件事情？」

惟貞的喉嚨發出微弱的聲響，然後轉身看向窗外。「有時需要等待，讓敵人完成行動好發現完整的策略。你懂嗎？」

「被冶煉的人會有策略？我想沒有吧，王子殿下。他們是……」

「完整報告吧！」惟貞命令我卻不看著我，我遲疑了一下然後開始徹底重述整個事件，說到打鬥尾聲時，我的敘述就變得有些不連貫，於是我讓話語停在嘴邊，沒再多說了。「但我還是努力掙脫他的手，然後三個人都死了。」

他的眼神沒離開海面。「你應該避免肢體衝突，蜚茲駿騎。你似乎總是在這樣的情況下受傷。」

「我知道，王子殿下，」我謙卑地承認。「浩得盡全力訓練我……」

「但你不是受訓成爲戰士。你有其他天賦，而你也應該擅加運用這些天賦來保護自己。喔，你是位優秀的劍客，但沒有足夠的肌肉和體重成爲打手，至少目前還沒有。而你在戰鬥中卻總是會像個打手一樣。」

「我沒機會選擇自己的武器，」我探試性地回答然後加上，「王子殿下。」

「不。你將有機會的。」他像在遠方說話似的，空氣中一股微弱的緊張氣息告訴我，他一邊說話一邊技傳。「我恐怕又要派你出去了。我想或許你是對的。我對發生過的事件已經觀察得夠久了，被冶煉者將圍攻公鹿堡。我無法推測原因，但這或許不比阻止他們達到目的重要。你將再度解決這問題，蜚茲。或許這次我會防範我的夫人涉入此事，我想她應該知道自己已經有侍衛隊可以陪她騎馬了吧？」

「如你所聽到的，殿下。」我一邊告訴他，一邊責罵自己為何不早點告訴他王后侍衛隊的事。

他轉身平視著我。「我聽到你授權組織侍衛隊的謠言。我不是要竊取你的榮耀，但當我聽到這樣的謠言時，就當作是我吩咐你這麼做的。是的，我想我吩咐過你。非常間接地。」

「王子殿下。」我如此回答，同時也覺得此刻最好閉上嘴。

「嗯，如果她真要騎馬，至少現在有人保護她了。雖然我衷心希望她別再碰到那些被冶煉的人。如果我能想到一件事情讓她忙就好了。」他疲憊地補充道。

「王后花園。」我向他提議，想起了耐辛的描述。

惟真斜眼看著我。

「舊的花園，就在烽火台頂端。」我對他解釋。「這花園多年來無人照料。我在蓋倫要我們移除植物之前看過廢棄的花園，後來我們把那兒清理出來上精技課。它以前一定是個很迷人的地方，有一盆盆土壤和植物、雕像，還有攀爬的蔓藤。」

惟真自顧自地笑了笑。「還有許多水池，裡面有蓮花還有魚，就連小青蛙也在那兒。夏天時常會有鳥兒飛來喝水和玩水。駿騎和我常到那兒玩，他會掛上玻璃和輕金屬片串成的風鈴，當風吹過來時就發出清脆的聲響，或像珠寶般在陽光下閃耀。」我感覺自己的心隨著他對那個時空的記憶溫暖了起來。

「我母親養了一隻小獵貓，牠會躺在陽光照耀的溫暖石頭上。牠名叫嘶荳，有著斑點毛皮和毛茸茸的雙耳。我們喜歡拿線和一撮羽毛逗牠玩，而牠也會從花盆後面跑出來偷襲我們。當我們應該好好研究藥丸和藥草時，我卻無法學好，因為實在有太多事情可玩，只有百里香例外。我知道我母親所擁有的每一種百里香種類，她種了好多，還有貓薄荷。」他微笑著。

「珂翠肯會愛上這樣的地方，」我告訴他。「她在群山種了好多植物。」

「是嗎？」他看來十分驚訝。「我以為她比較常……運動。」

我立刻感到一陣不悅。不，比不悅還糟糕。他怎麼可以比我還不瞭解他的妻子？「她有些花園，」我平靜地說道。「種了許多藥草，而且知道所有藥草的用途。我記得曾親口告訴過你。」

「是的。我想你說過。」他嘆了一口氣。「你說對了，蜚茲。代我拜訪她，順便向她提王后花園。現在是冬天，可能沒辦法讓她大顯身手，但在春天整修花園可眞是再好不過了……」

「或許你親自告訴她吧，王子殿下。」我斗膽提議，但他只是搖搖頭。

「我沒時間。但我把這任務託付給你。那麼，我們現在就下樓到地圖室，我得跟你談些事情。」

我立刻轉身走到門口，惟眞慢慢地跟上來。我幫他扶住門，然後他在門檻處停了下來回頭看著敞開的窗戶。「它會呼喚我，」他冷靜簡短地向我承認，好像在說他喜歡的東西般輕鬆。「只要我不忙的時候，我就感到它的呼喚，因此我必須忙著，蜚茲，而且要忙得不可開交。」

「我瞭解。」我緩緩說道，不怎麼確定我眞的明白。

「不。你不瞭解。」惟眞很篤定地回我一句。「這就像深沉的孤寂，小子。我可以對外開啓觸碰別人，有些人很容易接觸，但沒有任何人對我回應。當駿騎還健在的時候……我還是很想念他，小子。有時我眞爲他感到孤寂，彷彿世界上獨一無二的某種東西，如同最後一隻獨自狩獵的狼。」

我的脊椎猛打寒顫。「黠謀國王呢？」我繼續問道。

他搖搖頭。「他現在很少技傳，功力也逐漸減退，更因此耗費了大量的體力和心智。」我們又走下幾級階梯。「你我是目前爲止唯一知道那件事的人。」我點點頭。

我們緩緩步下樓梯。「有療者來檢查你的手臂嗎？」

我搖搖頭。

「博瑞屈也沒有。」

他了然於心地陳述事實。

我又搖搖頭。夜眼在我皮膚上留下的齒痕太明顯，雖然牠只不過咬著玩罷了。我無法讓博瑞屈看到被冶煉者在我身上所留下的傷痕，而又不讓他發現我的狼兒所留下的蛛絲馬跡。

惟眞又嘆了一口氣。「好吧，保持傷口清潔。我想你很清楚如何保持傷口清潔。你下次出門時得先有萬全的準備，一定要這樣，不可能每次都有人來幫你。」

我放慢下樓的腳步，而惟眞繼續走著。我深呼吸然後說道。「惟眞，」我平靜地問著。「你對這件事……知道多少？」

「沒你知道得多，」他愉快地說著。「但比你想像的還多。」

「您的口氣可眞像弄臣。」我苦澀地說道。

「有時候。他是另一位深刻體悟寂寞的人，也知道它會讓一個人做出什麼事情。」他吸了一口氣，我幾乎覺得他會說出我是個怎樣的人，卻沒有因此譴責我，反而繼續說道，「我相信弄臣幾天前跟你說了此話。」

這時我寂靜無聲地跟著他，納悶他怎會如此瞭解這麼多事情。當然了，運用技傳。我跟著走進他的書房，而恰林一如往昔準備周全等著我們。桌上擺好了食物和調酒，只見惟眞坐下來起勁地吃著，我坐在他對面看他用餐。我不太餓，但看著他如此津津有味地享用簡單豐盛的食物，不禁也食指大動起來。在這方面他還是像個士兵，我這麼想。他享受這細微的樂趣，肚子餓的時候享用這些美味豐富的食物，盡可能細細品味著。見到他充滿活力胃口大開，眞讓我感到滿足，但也不禁納悶明年夏天他將如何每天花好幾個小時技傳，持續看守不讓劫匪侵犯沿海，在預警我們的同時也在心中變戲法讓劫匪迷失方向。我想起惟眞在去年夏季的收成期因勞累而瘦了下來，面容枯槁也沒有力氣進食，只能喝下切德在他茶裡添加的興奮劑，然後繼續過著時刻技傳的日子。夏季來臨，他對精技的飢渴取代了生命中的其他慾望，而我納悶珂翠肯將如何反應？

惟眞在我們用餐完畢後帶著我瀏覽他的地圖。被冶煉者的行進模式如今昭然若揭。他們無視於森林或結冰平原等種種阻礙，愈來愈接近公鹿堡，而我一點兒也無法理解。我所碰到的被冶煉者看似都已失去知覺，很難相信他們之中有任何人會理解爲何要不顧艱險地翻山越嶺，只爲了來到公鹿堡。「而你整理的所有記錄都指出他們有相同的計畫。經過你確認的所有被冶煉者，看來都朝向公鹿堡移動著。」

「難道你看不出這是協調過的計畫？」惟眞平靜地問道。

「我看不出來他們會有什麼計畫。他們如何彼此聯絡？而且看起來不像一個整體計畫。他們並沒有集合起來成群結隊一同來到這裡，看來每個人都各自行動朝這裡走來，只是有些人剛好就遇上了。」

「就像飛蛾撲火。」惟眞說道。

「或者像蒼蠅飛向臭屍。」我酸溜溜地補充道。

「飛蛾撲火純粹是因爲著迷，蒼蠅飛向臭屍則是飢餓感驅使。」惟眞若有所思地說道。「眞希望我知道到底是著迷還是飢餓感吸引那些被冶煉的人朝我而來，或許是另一個截然不同的原因。」

「爲什麼你覺得自己非得知道他們爲何而來？你認爲自己是他們的目標嗎？」

「我不知道。但如果我查出來了，或許就能對敵人多些瞭解。我不認爲所有被冶煉者都是碰巧來到公鹿堡，反倒覺得他們是要來對抗我，蜚茲。或許並非他們自願，但還是要來對抗我，而我必須知道原因。」

「你得先成為他們，才能瞭解他們。」

「喔，」他看來可不高興。「現在誰的口氣像弄臣了？」

這問題讓我覺得不安，也就不予理會。「王子殿下，那天當弄臣嘲笑我的時候……」我遲疑了一下，這記憶果然令我感到刺痛。我一直深信弄臣是我的朋友，但試著把這情緒推到一旁。「他用自己的一套譏諷方式在我腦中灌輸了一些想法。他說，如果我明白他的謎語，就應該尋找其他會精技的人，就是國王那一代的先生女士們，在蓋倫成為精技師傅前，由殷懇訓練出來的那批人。還有，他好像也提到我應該進一步打探有關古靈的事情，例如要怎麼召喚他們、他們做了些什麼？他們到底是誰？」

惟眞將身子靠回椅背上，用手指抵住胸膛。「這裡面的任何一項探詢都足以動用成打的人手，卻沒有一個人能單獨勝任其中任何一項，因為每個問題的解答都很難求得。第一個問題，沒錯，我們之中應該還是有會精技的人，甚至是比我父親更年長的人，接受訓練在古老的戰役中抵抗外島人。一般人應該不知道誰受過訓，因為訓練都是私下進行的，即使精技小組成員也很少知道本身圈子外的情況。不過，應該還有些相關記錄保存下來，我很確定，曾經有一段時間是如此，但後來怎麼樣就沒人敢說了。我想殷懇把那些記錄傳給蓋倫，但在他……逝世之後，這些東西既沒在他房裡，也不在他的遺物中。」

這回換惟眞停頓下來。我們都知道蓋倫是怎麼死的，因為我們都曾在事發現場，只是不怎麼談論這件事。蓋倫因叛國而死，他嘗試用技傳竊取惟眞的力量，想等到吸乾之後再殺了惟眞，然而惟眞借用我的力量幫自己吸乾蓋倫的精力。這可不是我們喜歡回憶的事情，但我試著以不帶任何情緒的語氣大膽發問。

「你認為帝尊會知道這些記錄在哪裡嗎？」

「就算他知道也不會說出來，」惟眞的語調如我的一樣平板，也結束了那個話題。「但我在尋找精技使用者方面還算小有成就，至少知道名字，但每次找出來的人不是死了，就是不知去向。」

「嗯。」我記得切德前陣子提過此事。「你如何查出他們的名字？」

「我父親記得一些，就是效忠慷慨國王的最後一組精技小組成員，其他的我就不怎麼記得，因爲我當時還小，還有些是我和堡裡的耆老們聊天時問出來的，當時我請他們回想有哪些傳言透露誰受過精技訓練。我當然沒說這麼多來發問，從以前到現在我都不想讓別人知道我的這項任務。」

「我能否問問爲什麼？」

他皺了皺眉頭對著地圖點點頭。「我不像你父親那麼聰明，小子。駿騎可以用魔法般的直覺跳躍思考，我卻只會發現一些形式。你難道沒發現我查出的每一位精技使用者，要不是死了就是再也找不到？我總覺得如果我找到一位精技使用者，而讓人知道了這位精技使用者的名字，那對他恐怕不利。」

我們沉默地坐了好一會兒。他讓我自己下結論，而我也夠聰明不說出來。「那麼古靈呢？」我終於問了。

「這是另一個謎。我推測當時的記載很詳細，所有的人都知道他們是誰，我是如此推測。就像你找到了一幅詳細解說馬的卷軸，除了許多比較間接的描述外，還有不少和馬蹄鐵直接相關的記載，或是關於一匹種馬的血統記錄等等，但我們之中有誰會耗費時間精力，一筆一劃地寫下一匹馬到底是什麼樣子？」

「我懂了。」

「所以這又是過濾細節，而我自己卻沒有時間可花在這樣的任務上面。」他坐著看了我一會兒，然後打開桌上的一個小石箱，拿出一把鑰匙。「我臥房裡有個櫃子，」他緩緩說道。「裡面收藏了些卷軸，有些卷軸上有關於古靈的間接描述，另一些則和精技有關，就用這鑰匙打開櫃子拿出這些卷軸鑽研。向費德倫要一些上好的紙，發現到什麼就寫筆記，再找出那些筆記的共通模式，然後每個月帶來給我看。」

我握著這小小的黃銅鑰匙，彷彿附上了弄臣提到而由惟真確認的任務般異常沉重。找出模式，惟真如此建議。我忽然間看清楚一個模式，一張從我這裡經過弄臣朝惟真編織然後又繞回來的網，就像惟真其他的模式一樣，這看來並非純屬巧合，而我想知道誰創造了這個模式。我瞥了瞥惟真，但他的思緒已遠離此地，於是我安靜地起身離去。

當我走到門口的時候他對我說。「明天一大早來我的烽火台裡找我。」

「殿下？」

「我們或許會發現另一位精技使用者，一點兒也不起眼地混在我們之中。」

12

任務

我們的紅船之役中最具摧毀力的部分，或許就是那難以承受的無助感，好比一股可怕的無力感來襲，籠罩著整片國土和領導者。劫匪難以理解的手法讓我們在事發的頭一年仍茫然不知所措。劫匪來襲的第二年，我們試著保衛自己，但我們的戰技卻很生疏，只因它們總是被用來對抗偶然來犯的那些投機或鋌而走險的劫匪。相對於那些仔細調查我們的海岸、烽火台位置、潮汐和水流的海盜組織，我們簡直像孩子般不成熟。只有惟真王子的精技在保衛著我們。他讓多少艘船迷航、多少位領航員疑惑，又使多少位舵手混淆，我們將永遠無法得知，只因他的人民無法理解他爲他們所做的一切；更糟的是，整個情況顯示瞻遠家族似乎並沒有爲了保國衛土做出任何努力。人們只看到成功的突襲事件，卻看不到那些觸礁和在暴風雨中朝南方航行過頭的戰艦。人民喪失了信心，而內陸大公國也對繳稅來保障非他們所共有的海岸線大爲氣惱，沿海大公國則必須負擔這些似乎無法改善現況的稅賦。所以，如果人們對惟真的戰艦的熱中隨著他們對惟真現實的評價而時起時落，我們還真的無法責怪他們。看來這是我生命中最漫長難捱的一個冬天了。

我從惟眞的書房走到珂翠肯的住所。我敲敲門，然後之前那位小女僕迷迭香開門讓我進去，她面露歡愉的小臉配上一頭捲髮，讓我聯想到某種湖邊的仙靈。房內的氣氛柔和，幾位陪伴珂翠肯的仕女圍坐在一幅白色亞麻布周圍，用顏色鮮豔的線在布的邊緣織上花草形狀的紋飾。我曾在急驚風師傅的住所見過類似的活兒，通常這類活動看起來都很愉快，人們一邊將鮮明的線縫在厚布上，一邊友善地閒話家常。但在這裡，整個房間卻幾近鴉雀無聲，仕女們低著頭努力且有技巧地縫著線，絲毫沒有歡樂的交談。氣味芬芳的粉紅和綠色蠟燭，在房間的每個角落燃燒著，隱隱約約的香氣在那幅織布前融合為陣陣芳香。

珂翠肯同樣忙碌地編織，同時監督大家工作，滿室的寂靜似乎就由她而起。她的面容平靜祥和，神色自若地幾乎在自己的身邊築起了一道牆，雖然看起來挺愉快，眼神也十分和藹，但我感覺她有些心不在焉，彷彿裝滿冷水的容器般。她穿著簡單的綠袍，看起來比較有群山風格，而非公鹿堡的樣式。她把珠寶首飾放在一旁，抬起頭對我露出疑問似的微笑，讓我覺得自己像個入侵者，彷彿打斷了師生之間的教學活動。所以，我除了打招呼外，還得解釋我為何在此出現，接著我就中規中矩地開口，並且留心每一位看著我的女士。

「吾后，王儲惟眞派我來給您捎個訊息。」

她的雙眼似乎被什麼給觸動了一下，隨即又恢復平靜。「好的。」她語氣平穩地說道。沒有人停下手中的針線活兒，但我確定每個人都豎起耳朵等著聽我到底捎來什麼消息。

「以前在烽火台頂端有座花園，也就是王后花園。惟眞王子說那兒從前有許多花草盆栽、裡面有水生植物和魚兒的池塘，還有串串風鈴。這花園是他母親的，吾后，而他希望您擁有這座花園。」

氣氛更加寂靜了，只見珂翠肯睜大雙眼，小心翼翼地問道，「你確定他這麼說？」

「當然了，吾后。」我納悶她怎會有如此反應。「他說很樂於見到有人重建花園。他的語氣充滿了鍾愛之情，尤其他最喜歡一片片盛開的百里香花圃。」

珂翠肯臉上的笑容就像花瓣般綻放開來，接著她舉起手放在嘴前，透過手指顫抖地吸了一口氣，蒼白的臉立刻浮現血色，雙頰紅暈眼神發亮。「我一定要去看看！」她猛然站起來。「迷迭香？請把我的斗蓬和手套拿來。」她環視著她的仕女們。「妳們爲什麼不也披上斗蓬、戴上手套，陪我出去瞧瞧？」

「吾后，今天的暴風雪可是最強烈的……」一位仕女遲疑地開口。

但是，較年長且深具母儀的芊遜夫人這時卻緩緩起身。「我陪您一同上烽火台去。阿勇！」一位在角落打瞌睡的小男孩跳了起來。「快把我的斗蓬和手套拿來，還有別忘了我的帽子。」她轉身面對珂翠肯。「我清楚記得堅媜王后那時的花園，我常常陪她在那兒度過好幾個小時的歡樂時光。我很樂意幫忙重建花園。」

在一個極短的暫停之後，其他的仕女們也紛紛起身跟進。當我披上斗蓬走回來的時候，所有的人都準備出發了。我帶領一群仕女們穿越城堡，爬著漫長的樓梯前往王后花園，那感覺還眞是奇特。接著，一些侍童和好奇的人們也聚集過來，不一會兒就有一大群人跟隨珂翠肯和我。我帶著大家步上陡峭的石梯，珂翠肯緊跟在我身後，其他人則拉成了一條長長的隊伍尾隨在後。當我用力推開被深雪擋住的厚重大門時，珂翠肯溫和地問道，「他原諒我了，是吧？」

我停下來穩住呼吸，用肩膀把門推開，這對我脖子上的傷一點兒好處也沒有，而我的前臂也隱隱作痛。「吾后？」我用發問回應。

「我的丈夫惟眞，他已經原諒我了，而這就是他表達的方式。喔，我應該創造一個花園好讓我們共享，不再讓他蒙羞。」當我看著她那欣喜若狂的笑容時，她便輕鬆地用肩膀將門推開。我站在冬日的寒光中眨眨眼，只見她走出門涉過一層層深深的積雪往烽火台頂端走去，一點兒也不在意惡劣的天氣。望著一片荒蕪的台頂，我不禁納悶自己腦筋是不是有問題。眼前陰沉的天空下，除了被風吹散的層層積雪飄散在一面牆邊的雕像、花瓶和水盆上，其他可什麼都沒有。我鼓起勇氣準備面對珂翠肯失望的神情，但她仍站在台頂中央，在風雪中伸出手臂像個孩子般笑著轉圈圈。「這兒眞美！」她發出驚嘆。

我隨著她走出去，其他人則緊跟在後。珂翠肯不一會兒就走到靠牆的一堆堆東倒西歪的雕像、花瓶和水盆前，像慈母般溫柔地將小天使雕像上的雪刷下來，又把石凳上的積雪清除，然後放上小天使的雕像。這雕像可不輕，但珂翠肯精力充沛地運用她的體型和力量從雪堆中救出其他的雕像，她一邊驚嘆著，一邊堅持其他仕女們也該過來欣賞欣賞。

我就站在她們身旁不遠處，冷風從我身邊吹過，喚醒我傷口的疼痛，也讓我想起了痛苦的往事。我曾幾乎一絲不掛地在寒冬中站在此地，讓蓋倫強迫灌輸我精技能力，在這裡把我當狗一般鞭打著我，而當我在此掙扎的同時，也讓自己的精技遭受永遠都磨滅不了的創傷。這對我來說仍是個心痛之地，不論這個花園是多麼綠意盎然、多麼寧靜，只要位在這塊大石頂端，我就無法不納悶它是否仍吸引我。一堵矮牆引起了我的注意，我知道自己如果走過去從牆邊望出去，就會看到下方的岩石山崖，但我沒這麼做。曾有人要我從這裡跳下去，但這快速的了結方式已不再誘惑著我，而我也將蓋倫昔日的精技提議丟在一旁，轉身看著王后。

她的氣色在白雪和石頭的襯托之下顯得生氣盎然，讓我想起一種叫做雪花蓮的花朵，有時在雪融的時候依然綻放。她那淡黃的髮色在綠披風的襯托下金光閃閃，她的雙唇泛紅，雙頰也像將盛開的玫瑰般粉紅，明亮的雙眼在發現每一件寶物時，猶如藍寶石般晶瑩閃爍。相反的，那群穿戴斗蓬、帽子抵擋寒冬的那些髮色深沉、黑眼或棕眼的仕女們，則靜靜站著附和王后和分享她的喜悅，卻不時摩擦凍僵的手指或緊握斗蓬擋風。我想這就是惟眞應該看到的，散發熱情和生命力的她，然後就會情不自禁地愛上她，那燃燒的旺盛生命力彷彿他從前打獵或騎馬時的意氣風發。

「這裡當然很美，」琋望夫人一邊走一邊說。「但天氣實在很冷，可能得等到雪融了，風勢也減弱了，才能整理吧！」

「喔，妳錯了！」珂翠肯一陣驚呼，從她的寶藏堆中挺直身子大聲笑著，然後再走回塔頂中央。「花園自心中而生。我明天一定得清除塔頂的積雪和結冰，然後把所有的凳子、雕像和花盆擺好。但要怎麼做呢？像輪輻一樣成放射狀排列？還是排成一個引人入勝的迷宮？還是中規中矩地按照高度和主題擺設？可有上千種排列方式，而我一定要多做嘗試，除非我的丈夫記得花園昔日的樣貌，那我就可以爲他重建兒時的花園！」

「明天吧，珂翠肯王后。現在天色已黑，也愈來愈冷了。」芊遜夫人提議。我看得出來上了年紀的她，由於爬樓梯和站立在冷風中而顯現疲態，但她仍露出和藹可親的笑容說道。「我今晚或許能告訴您我印象中的花園。」

「是嗎？」珂翠肯發出驚呼，自顧自地拍著雙手，然後對芊遜夫人露出感激的微笑。

「我很樂意。」

接著，我們從屋頂排成一路縱隊下樓去，我則殿後把門帶上，並稍微站著不動讓雙眼適應烽火台中的黑暗。我下方的燭火在移動的隊伍中浮動著，而我衷心感激跑去將蠟燭拿來照明的侍童。我更加緩慢地跟在隊伍後面，整個手臂的咬痕和劍傷疼痛地顫動著。我爲珂翠肯的喜悅感到高興，卻也因這整件事虛構的假象產生罪惡感。我建議將花園交給珂翠肯，讓惟眞鬆了一口氣，但他可不像她這麼在乎這件事。她把重建花園視爲建立他們的愛情聖殿般，但我懷疑惟眞翌日還會記得他送她的這份贈禮嗎？在我下樓的同時，不禁自覺背叛了別人，也覺得自己挺傻的。

我希望獨自用餐，所以避開廳堂走到廚房對面的守衛室，然後看到用餐中的博瑞屈和阿手。我無法拒絕他們邀我一同共進晚餐，但我一坐下就覺得自己好像不存在似的。他們並沒有把我排拒在彼此的交談之外，但我卻不再過著他們所談論的生活，而且馬廄和動物產房鉅細靡遺的點滴，現在可真讓我困惑。他們親密地互相分享經驗和知識，用男性特有的自信輕快地討論問題，而我愈來愈感覺自己只不過是點頭贊同他們，卻無話可說。他們處得很好，博瑞屈也沒有倚老賣老的意味，但阿手總是無法隱藏對前輩的敬重。他在短時間內就從博瑞屈那兒學到很多知識。他在去年秋天離開公鹿堡時還是位卑微的馬僮，如今卻暢談老鷹和狗兒的種種話題，並且向博瑞屈提出切合實際的馬匹配種問題。他們起身離去時我還在用餐，只聽聞阿手對當天稍早遭馬兒踢到的一隻狗表達關切，然後兩人在對我道晚安之後就邊聊邊走出門口。

我安靜地坐著，周圍還有其他守衛和士兵們正在吃喝聊天。令人愉悅的交談聲和湯匙碰撞鍋邊的聲音，還有從大塊圓形乳酪切下一片食用的砰砰作響聲，就如同音樂般悅耳動聽。房裡充滿了食物和人們的氣息，也飄著柴火、濺出來的麥酒和豐盛滾燙的燉肉香味。我此時此刻應該感到快樂滿足，而不是坐立不安、憂愁或孤單。

兄弟？

來了。我們在老地方豬棚見。

夜眼到很遠的地方打獵。我帶著裝藥膏的小袋子和一包骨頭先來等牠，身旁的飛雪環繞在我身邊，彷彿火花在冬日裡永無止盡的舞蹈著。當我用雙眼探索這一片黑暗時，就感覺到牠正在靠近我，但牠還是有辦法出其不意地跳出來嚇我，不過牠對我還算仁慈，只是輕咬搖晃我沒受傷的手腕。我們走進屋裡，我點燃了一根殘餘的蠟燭然後檢查牠的肩膀。我昨夜可眞是累壞了，而且全身痠痛，所以很高興欣賞到自己的得意傑作。我修剪了牠傷口邊濃密厚實的短毛，然後用乾淨的雪清洗傷口，上面的一塊結痂變厚變黑了，看得出來今天又流了一點血，但還好並無大礙。我在傷口塗上一層厚厚油油的藥膏，夜眼雖然有點畏縮，但仍強忍著痛讓我替牠上藥，然後轉頭疑惑地聞著傷口上塗抹藥膏的地方。

鵝脂，牠說著說著就開始舔拭藥膏。隨便牠了，反正這藥膏對牠沒壞處，況且牠的舌頭也可以把藥膏推進傷口深處，可比我用手指塗抹管用多了。

餓嗎？我問牠。

不太餓。老井邊有很多老鼠。接著，牠輕輕嗅著我的袋子，但有點牛肉或野味塡飽肚子也不錯。

我把骨頭倒成一堆，然後牠就撲到骨頭堆旁，嗅著嗅著就選了一根多肉的關節骨大快朵頤。我們很快去打獵？牠爲我想像被冶煉的人。

一兩天之後吧！我希望下次能揮劍迎擊。

我不怪你。牛的牙齒算不上什麼武器，但也可別等太久。

爲什麼？

因爲我今天看到幾個那樣的人，那些沒有感覺的傢伙。他們在溪流沿岸發現了一隻凍死的公鹿，然後便吃了牠，那可眞是既髒又臭的肉呢！但他們仍照吃不誤。不過，這可不會讓他們耽擱太久，因爲他們明天就會更接近此地。

那我們明天去打獵，帶我看看你在哪兒發現他們的。我閉上雙眼之後，就明白牠指的是哪一片河岸。我不知道你走了這麼遠！你今天帶著肩傷一直朝那兒走嗎？

沒那麼遠。牠的回答帶著些許誇耀的意味。而且我知道我們會一起去尋找他們。我獨自行走的速度可快多了，所以我先單獨找到他們，再帶你一起去打獵會比較容易。

這可不算是打獵，夜眼。

不。但這是我們爲本身的狼群所做的事。

我在寂靜的氣氛中陪牠坐了一會兒，看著牠啃著我帶來的骨頭。牠在這個冬季發育得很好，糧食充足且過著脫離牢籠的自由生活，讓牠體重增加，肌肉也更結實了。雪花飄落在牠的毛皮上，但牠那全身滿布厚實的灰毛抵擋了雪花，也阻擋濕氣滲入牠的皮膚裡，而且牠聞起來也挺健康的，並不是那種過度飲食、窩在室內且缺乏運動的癡肥狗味，而是一種清新的野性氣息。你昨天救了我一命。

你把我從牢籠中的死亡解救出來。

我想我孤單太久了，已經忘了有個朋友的滋味是什麼。

牠停下咀嚼骨頭的動作，抬起頭用溫和喜悅的眼神看著我。朋友？這字眼太微不足道了吧，兄弟，而且表達的方向也錯了，所以可別再把我當朋友。我對你而言就像你對我而言一樣，我們是相互牽繫的兄弟，也屬於同個狼群，但我並不會是你所需要的一切。牠又重新啃著骨頭，而我細細玩味著牠剛才說的話。

好好睡吧，兄弟。我在離開前對牠說。

牠卻嗤之以鼻。睡？很難吧！月光就要衝破層層烏雲，帶給我打獵所需要的光線，但如果還是很陰暗的話，我就會睡了。

我點點頭讓牠繼續享用骨頭。當我走回城堡時，已經覺得比較不那麼淒涼孤寂了，但內心仍因夜眼如此適應牠自己和我的生活方式而感到內疚，只因外出到處尋訪被冶煉者的行蹤對牠來說，似乎不是件光明磊落的事情。

這是為了同個狼群，是為了同個狼群好。這群毫無感覺的傢伙想侵犯我們的領土，我們可不允許他們這麼做。牠倒覺得這樣挺理所當然的，還因為我的不安感到驚訝。我在黑暗中點頭贊同，推開廚房的門走向暈黃的燈光和溫暖。

我一邊上樓回房，一邊思索自己這幾天做了些什麼事情。我原本下定決心讓小狼過著自由的日子，到頭來卻和牠成為兄弟，而我並不後悔。我也警告過惟真另一批被冶煉的人正朝著公鹿堡前進，但後來卻發現他早就知道了，也因此為自己贏得研究古靈和尋找其他精技使用者的任務。我更請求他將花園送給珂翠肯，讓她忙到無暇顧及自己所受的傷害，卻因此欺騙了她，讓她更加堅定自己對惟真的愛。我在台階停下來喘口氣，心想或許我們都隨著弄臣的樂音起舞吧！他不是對我暗示過這些相同的事情嗎？

我又摸著口袋中的黃銅鑰匙，心想現在可是個好時機。惟真不在他的房裡但恰林在，而恰林會讓我進房用這把鑰匙打開盒子。我的雙手抱滿了在那兒找到的卷軸，可比我當初想像的還多。我把它們帶回自己的房裡放在衣櫥上，在壁爐生火取暖，然後瞄了一眼敷在脖子咬傷處的藥布，可早已變成沾了血的骯髒布團，雖然知道應該換新藥了，但我卻很怕把它剝下來。過了一會兒，我添了更多柴火，接著將卷軸一一分類，只見蛛網密布的一行行小字和褪色的插畫，然後抬頭環視自己的房間。

一張床、一個櫃子、床邊的一張小桌子、裝洗澡水的帶柄大口水壺和碗、一幅睿智國王和一位泛黃的古靈商討事情的醜陋織錦掛毯，還有壁爐台上的幾支蠟燭。從我搬進來的第一個晚上起，這房間的擺設多年來幾乎沒什麼改變。這是個空蕩沉悶且缺乏想像力的房間，我也忽然覺得自己是個空蕩沉悶且缺乏想像力的人。我擊打追捕、獵殺和服從命令，雖說是個人，卻更像隻獵犬，而且還是隻無人撫摸和讚賞的不討喜獵犬，不過是勞動狗群的其中一隻罷了。上次黠謀或切德召喚我是什麼時候的事了？為什麼連弄臣都取笑我。難道我對於任何事情和任何人都只不過是個工具？除了我自己還有別人關心我嗎？忽然間，我再也無法容忍和自己獨處，於是我放下手上的卷軸離開了房間。

當我敲著耐辛的房門之後就是一陣停頓。「是誰？」是蕾細的聲音。

「蜚茲駿騎。」

「蜚茲駿騎！」她的聲調中有些訝異，因為我通常都是白天來訪，而今天我卻來晚了。當我聽到木條移開和門閂打開聲音就放心了，她果然把我叮嚀要小心門戶的話聽進去了。門緩緩地打開，只見蕾細露出疑惑的笑容退後一步讓我進去。

我進門親切地對蕾細打招呼，然後尋找耐辛的蹤影。我猜她在另一個房間，而這房裡的某個角落，卻坐著雙眼低垂忙著針線活兒的莫莉，但她並沒有抬頭看我，或對我示意。她用圓髮髻把頭髮固定在小蕾絲帽下面，一身藍色洋裝穿在別的女人身上或顯簡樸，但穿在她身上卻顯得單調。她依然低著頭眼神專注地工作，此時我看到蕾細平視著我，接著我又看看莫莉，心中的感受不禁如脫韁野馬般宣洩而出。我只花了四步就橫越房間走到她的椅子旁跪下，在她退縮時，握住她的手親吻著。

「蜚茲駿騎！」耐辛在我身後怒氣沖沖地吼著。我看到她站在門前憤怒地緊閉雙唇，而我轉身不再看她。

莫莉也別過頭去，但我仍握著她的手平靜地開口。「我不能再這樣下去了。不管有多麼傻、多麼危險，也不管別人怎麼想，我就是無法與妳分離。」

她把手抽回去，我也因為不想傷到她而鬆開手，卻轉而抓住她的裙子，像個固執的孩子般緊緊捏著。「至少和我說說話。」我請求她，但耐辛回話了。

「蜚茲駿騎，這樣做可不恰當。馬上停下來！」

「我父親當年追求您也不是一件恰當明智而合宜的事，但他卻毫不遲疑，他當時的感受應該和我現在的心情相同。」我仍注視著莫莉。

這爲我贏得耐辛詫異的沉默。此時莫莉卻把刺繡擺在一旁起身走開，讓我意識到自己非得放手不可，否則就會撕破她的裙子了，於是我鬆手讓她遠離我。「耐辛夫人，今晚可否讓我早點回房休息？」

「那當然。」耐辛回答她，語氣卻不怎麼確定。

「如果妳走了，我就一無所有了。」我知道自己的語氣過於戲劇化，我依然跪在她的椅子旁邊。

「就算我留下來，你也還是一無所有。」莫莉語調平平地說著，同時把圍裙脫下來掛在掛鉤上。「我是名女僕，而你是位出身王室的年輕貴族，我們之間不可能會有將來。我在過去這幾個星期已經看開這點了。」

「不。」我起身朝她走過去，卻忍住不去碰她。「妳是莫莉，而我是新來的。」

「或許曾經是，」莫莉先是承認，然後嘆了一口氣。「但現在不是了。您就別再爲難我了，大人，您一定要讓我過過平靜的日子。我已經走投無路了，所以一定得留在這裡工作，至少等賺到足夠的……」她忽然搖搖頭。「晚安，夫人、蕾細，和大人您。」她轉身走開。我看到蕾細靜靜地站著，也注意到她沒有替莫莉開門，但莫莉可沒停下來。當她用力關上門之後，一陣可怕的沉默籠罩整個房間。

「很好。」耐辛終於呼了一口氣了。「我很高興見到你們其中一個人還算明理。你到底在想什麼，蜚茲駿騎，就這樣闖進來只差沒有攻擊我的侍女？」

「我想我愛她，」我坦白說道，然後跌坐在椅子上用雙手抱著頭。「我實在受不了這樣的孤寂。」

「那就是你來這裡的原因？」耐辛好像被冒犯似地說道。

「不。我是來看您的，我並不知道她也在場。但是，當我看到她的時候，這股強烈的感覺就淹沒了我。這是眞的，耐辛，我無法再這樣下去了。」

「我想你最好還是維持原狀，因爲這是你該做的。」這些話聽來刺耳，但她可是一邊嘆氣一邊說著。

「莫莉有說過……有提到我嗎？她曾向您提到我嗎？我一定得知道，求求您！」我打破這片沉寂，看著她們交換眼神。「她眞的希望我讓她靜一靜嗎？她這麼討厭我嗎？難道我沒依您的吩咐行事嗎？我確實有等待，耐辛夫人，我避開她也小心謹愼不引起話題，但這一切何時會結束？或者這就是您的計畫？把我們分開來，直到忘掉彼此？這行不通。我不是個小孩子，她更非您藏起來不讓我找到的小玩意，藉著用別的玩具轉移我的注意力好讓我忘了她。這是莫莉，她是我的心肝寶貝，我不會讓她離開的。」

「你恐怕非得如此了。」耐辛沉重地說道。

「爲什麼？她選擇了別人嗎？」

耐辛將我的問題像是蒼蠅一樣的趕開。「不。她並不善變，她不是那種人。她既聰明又勤快，機智且充滿活力。我看得出來你爲何心繫著她，但她也還是有自尊心，而且看透了你拒絕瞭解的事。你們各自的背景完全沒有交集，即使黠謀允諾你們的婚事——雖然我相當懷疑他會這麼做——你們接下來要如何生活？你沒辦法離開城堡到公鹿堡城的蠟燭店工作，你也知道自己不能這麼做。那麼，如果你把她留在這兒，她能享有什麼樣的身分？不瞭解她的人不會想到她的好，只會看到你們的階級不同。人們只會將她視爲讓你沉溺其中的低下慾望。『喔，這私生子看上了他繼母的女僕。我想他在角落逮到她太多次了，結果他現在必須承擔後果。』你知道我的意思。」

我明白。「我不在乎人們怎麼說。」

「或許你可以忍，但莫莉呢？還有你們的孩子呢？」

我靜下來了。耐辛俯視著她擱在膝上的雙手。「你還年輕，蜚茲駿騎。」她非常平靜地撫慰著我。「我知道你現在不相信，但你可能會遇到身分地位與你相當的人，而她也可能會。或許她應該有那樣的機會享有快樂的生活，而你可能也得讓步。給自己大約一年的時間，如果到時候你還是沒變心，那就……」

「我絕不會變心的。」

「恐怕她也是如此。」耐辛直言不諱。「她很關心你，蜚茲，她說她在還沒完全弄清楚你是誰之前，就把心給了你。我不想背叛她對我的信任，但如果你如她所要求的就這樣離她遠遠的，她永遠都不會告訴你，所以我就說了出來，也希望你別介意這件事所帶給你的痛苦。她知道這是不可能的，而且也不想成爲嫁給貴族的女僕，更不願自己的孩子成爲城堡僕人的兒女，所以她一點一滴地把我所能付給她的微薄薪資存起來買蠟和香精，同時盡可能持續原本的生意。若有一天她存夠了錢，就會重新開一間蠟燭店，雖然短期內不可能，但這好歹也是她的目標。」耐辛稍作停頓。「她看不出你能過那樣的生活。」

我坐下來思考了好一陣子，蕾細和耐辛都沒說話。蕾細緩慢地在我們的沉默中移動，先是泡茶，然後將一杯茶塞進我手中。我抬頭試著對她微笑，然後小心地把茶擱在一邊。「您一開始就知道事情會演變成這樣？」我問道。

「我一直都很提心吊膽，」耐辛簡短說道。「但我也知道自己無法做任何事情，而你也一樣。」

我坐著不動，腦筋幾乎一片空白。夜眼將鼻子靠在一根骨頭上，在老石屋底下一個挖開的洞裡打瞌睡，我輕輕碰觸牠而不吵醒牠，而牠平靜的呼吸彷彿一股安定的力量，我就靠牠來穩住自己。

「蜚茲？你要怎麼辦呢？」

淚水刺痛了我的雙眼，我眨眨眼讓這疼痛過去。「就照您的吩咐行事，」我沉重地回答。「我不一直都是聽命行事嗎？」

當我緩緩站起來的同時，耐辛一直保持沉默。我脖子上傷口隱隱地抽痛著，我此時忽然只想大睡一場。當我離開時她對我點頭示意，走出房門前，我停下腳步。「今晚我來這兒除了探望您之外，還有另一件事情。珂翠肯王后想重建王后花園，就是在烽火台頂端的那座花園。她想知道花園在堅媜王后在位時的樣子，我就想到您或許能替她回憶一下。」

耐辛遲疑了一會兒。「我還記得，而且記得很清楚。」她沉默了好一會兒，然後整個人明亮了起來。「我會把它畫下來解釋給你聽，然後你就可以轉告王后。」

我看著她的雙眼。「我想您應該親自去找她，相信她會非常高興的。」

「蜚茲，我從來不擅與人相處。」她結結巴巴地解釋。「我想她一定會覺得我既怪又無聊。我沒辦法……」她的聲音聽起來斷斷續續，然後就停了下來。

「珂翠肯王后非常寂寞，」我平靜地說道。「她身邊雖有仕女們陪伴著，但我想她恐怕沒有真正的朋友。您曾是王妃，難道無法體會她這樣的感受嗎？」

「我想，她遇到的情況應該跟我的情形大不相同。」

「也許吧！」我表示同意，隨即轉身離去。「的確有一點不同，那就是您有位體貼熱情的丈夫。」

耐辛這時在我身後發出細微的驚嚇聲。「況且，我不認爲帝尊王子以前像……像現在這麼詭計多端，而您一直有蕾細的支持。是的，耐辛夫人，我肯定整個情況對她來說是完全不同，而且困難多了。」

「蜚茲駿騎！」

我在門口稍作停留。「什麼事，夫人？」

「在我對你說話的時候，轉過來看著我！」

我慢慢轉身，而她果真在我面前用腳跺著地板。「你愈來愈壞了，竟想讓我蒙羞！你覺得我怠忽職守？你以為我不知道自己的職責所在？」

「夫人？」

「我明天就去找她，而她會覺得我既古怪又笨拙，還滿腦子怪想法。她將發覺我實在無聊透頂，然後就會希望我根本沒來找過她，接著你就得因為讓我這麼做而向我道歉。」

「我確信您最瞭解狀況了，夫人。」

「別在我面前假奉承，你走吧！真是個令人無法忍受的小子。」她再度跺腳，然後轉身逃回自己的寢室。蕾細在我身後扶著門，雙唇緊閉、態度拘謹。

「如何？」我要走之前問了她一句，只因我知道她還有話要說。

「我覺得你還真像你的父親，」蕾細刻薄地說道。「只是你不像他那麼固執，但他可也不像你這麼輕易就放棄。」她在我身後用力關上門。

我望著關上的房門一會兒，就動身回房去，我知道我該幫脖子上傷口換藥了，於是我爬上一層又層的階梯，而每踏出一步手臂就會震動疼痛著。我在台階停了下來，望著燭台上燃燒的蠟燭，過了一會兒就爬上另一道階梯。

我持續敲了好幾次門，只見一道黃色的燭光從她房門底下的縫隙透出來；但當我繼續敲門時，那燭光卻突然熄滅了。我拿出小刀大聲地嘗試鋸開門閂。她好像換了新的門閂，而且還多加了一根木條，比我的刀刃頂端能舉起的重量還重一些。我只好放棄，然後離開。

往下滑總比往上爬來得容易。事實上，當一隻手臂受傷時，往下滑可就容易到有些危險的程度了。

我俯視遠方如白蕾絲般衝擊石頭的海浪。夜眼說得沒錯，天空果然透出些許月光。繩子在我戴著手套的手中滑了一下，讓我受傷的手臂必須承受我的體重，讓我痛得不禁叫出聲來。再努力一點點，我答應自己，然後下滑兩步。

莫莉的窗台比我期待中的還窄。我將繩子纏繞在手臂上稍作休息，然後輕而易舉地把刀刃滑進百葉窗的縫隙裡，再怎麼說這也不是個牢固的裝置，上方的窗鉤也已經鬆脫。當我試著鬆開下方的窗鉤時，她的聲音就從房裡傳了出來。

「如果你進來的話我就大叫，然後守衛就會過來。」

「那麼妳最好泡好茶迎接他們。」我冷冷地回答，繼續扭動下方的窗鉤。

不一會兒莫莉就用力打開百葉窗，然後直挺挺地站在窗前，壁爐中舞動的爐火自她身後發出光芒。她穿著睡衣，但還沒把頭髮綁起來，梳理整齊的秀髮蓬鬆且閃閃發光，肩上還披了一條披肩。

「走開，」她憤怒地對我說。「離開這裡！」

「不行，」我氣喘吁吁地說道。「我沒有力氣爬回去，而且繩子也不夠長，沒辦法延伸到最底下去。」

「你不能進來。」她固執地重複。

「很好。」我索性坐在窗台上，將一隻腳伸進房裡，另一隻腳懸在窗外。接著一陣狂風吹來，撥動了她的睡衣，也吹動了壁爐中的火焰。我沉默無言。過了一會兒她開始發抖。

「你到底想要什麼？」她生氣地問道。

「妳。我想告訴妳，明兒個我就去請求國王准許我迎娶妳。」我不假思索地說著，忽然間頭昏眼花地發覺自己可以暢所欲言，為所欲為。

莫莉瞪著我，過了一會兒用低沉的聲音說道，「我不想嫁給你。」

「我可不想告訴他這個部分。」我發覺自己對她露齒而笑。

「你眞是令人難以忍受！」

「是的。而且現在很冷，請至少讓我進去避避寒。」

她沒答應我，但卻從窗邊退了開來，而我輕快地跳進房裡，完全忽略是否會動到手臂上的傷口。我關上百葉窗並將它綁緊，隨即走到房間另一頭的壁爐前添加柴火好驅除寒氣，然後站起來面對爐火讓雙手解凍。莫莉直挺挺地站著不發一語，雙臂交叉在胸前，我一邊微笑一邊看著她。

她可沒有笑容。「你應該離開。」

我感覺自己的笑容褪去。「莫莉，請跟我說說話。我以爲上回我們談過之後，已經瞭解彼此了，現在妳卻不跟我說話也不理我……我不知道起了什麼變化，也不懂我們之間到底怎麼了。」

「沒事。」她忽然間看起來十分脆弱。「我們之間什麼事也沒有，也不會發生任何事，蜚茲駿騎。」那個名字自她的口中說出來，聽起來可眞不習慣。「我在這段期間好好想了一想。如果你一週或一個月前像現在這樣魯莽，而且面帶微笑來找我，我知道自己就會讓步。」她讓自己露出陰沉憂鬱的笑容，像是回想一個在多年前的夏天匆匆過世的孩子。「但你沒有。你的想法很正確也很實際，更沒做錯什麼事情。但我卻因此覺得受了傷害。這說起來挺傻的。我告訴自己，如果你像之前所言那樣深愛著我，就沒有任何一件事情可以阻擋你來看我。一堵堵高牆擋不住你，你更不會顧忌那些行爲舉止的準則、名譽和禮節。你那天晚上來的時候，當我們……但事情並沒有也沒變。你並沒有回來。」

「但這都是爲妳好，爲了維護妳的名譽……」我無助地向她解釋。

「別出聲。我告訴過你這挺傻的，但感覺用不著蘊含智慧，感覺就是感覺。你對我的愛並不明智，而我對你的關懷亦然。我後來明白了，同時也瞭解理智必須戰勝感覺。」她嘆了一口氣。「當初你叔叔找我談話時，讓我很生氣，簡直憤怒到了極點。他讓我鼓起勇氣違抗一切，也讓我下定鋼鐵般的決心維護我們之間的關係，但我畢竟不是顆石頭，而且就算我像頑石般固執，也會被殘酷無情的理智侵蝕殆盡。」

「我叔叔？妳是指帝尊王子？」我對於這樣的背叛感到不可置信。

她緩緩點頭。「他希望我不要透露他的來訪，而且說就算你知道了，也不會有什麼助益。他必須爲了整個家族的利益著想，還說我應該能瞭解。我是瞭解，但他實在讓我非常生氣，不過也讓我漸漸發現什麼對我來說才是最好的。」她稍作停頓，然後用手輕撫臉頰，她哭了，淚水靜靜地在她開口說話時流了下來。

我走到她身邊，試探性地將她擁入懷中，令我驚訝的是她並沒有拒絕。我像呵護一隻容易受傷的蝴蝶般小心翼翼地抱著她，而她也將前額靠在我肩上，然後對著我的胸膛說話。「我再過幾個月就能存夠錢重新自立更生，並非開店，而是在某處租屋而居和找個能讓我溫飽的工作，然後就可以存開店的錢，這就是我想做的事情。耐辛夫人很好，蕾細也成了我的朋友，但我不喜歡當僕人，而且也不會一直當下去。」她停了下來，疲憊且微微顫抖地站在我的懷裡，看起來已經不知道該說什麼了。

「我叔叔對妳說了些什麼？」我小心地發問。

「喔。」她吞吞口水，將頭在我身上輕微地動了動，我想她可能用我的襯衫在擦眼淚吧。「就是我預期他會對我說的那些話。他第一次來找我的時候可眞是冷酷無情，我猜他覺得我是個……街頭妓女。他嚴厲警告我國王不容許任何醜聞發生，還問我是不是有了孩子。我很生氣地回答他說，我根本不可能懷孕，因爲我們根本沒有……」莫莉停了下來，我能體會她面對這樣的問題所蒙受的羞辱。「然後他告訴我這樣很好，還問我覺得自己應該得到什麼，好補償你對我的欺騙。」

這話好比在我腸子裡扭轉的小刀，而我也漸漸覺得憤怒異常，卻強迫自己保持沉默，因爲我想聽她把話講完。

「我告訴他我不並想要什麼，因爲我像你欺騙我一樣也欺騙了自己。然後他就想給我錢讓我遠離此地，好讓我不再提到你或是我們之間的事。」

她痛苦地說著，聲調愈來愈尖銳和緊繃，但仍強作鎭定繼續說下去。「他給我的錢足夠開一家蠟燭店，但我很生氣地告訴他，我不會因爲收了錢就停止去愛一個人，因爲如果錢就能讓我決定去愛或不愛一個人，那我可眞的是妓女了。雖然他非常憤怒，但他還是離開了。」她忽然顫抖地哭了出來，然後又壓抑住自己。我輕輕將手放在她的肩上感覺那兒的緊繃，然後撫摸她那比任何馬鬃還柔軟光亮的秀髮。她不說話了。

「帝尊總想傷人，」我聽到自己這麼說著。「他想用趕走妳來傷害我，而用傷害妳讓我蒙羞。」我自顧自地搖搖頭，納悶自己怎麼如此笨拙。「我應該早點看出來才對。我只想到他可能會到處說妳的壞話，或對妳造成肢體傷害。但是，博瑞屈說得沒錯，這個人沒有一絲一毫的倫理道德，也不遵循任何規則。」

「他原本很冷漠，但還不至於粗暴無禮。他說他只是以國王使者的身分前來防止醜聞發生，而且愈少人知道這件事情愈好，因爲他想避免別人的閒言閒語。在我們談了幾次之後，他就說很遺憾見到我陷入困境，他會告訴國王這一切不是我一手策畫的，甚至他還買我的蠟燭，同時也讓其他人知道我在賣蠟燭。我相信他試著幫我，蜚茲駿騎，或許他也這麼認爲。」

聽到她替帝尊辯護，可比她針對我的任何辱罵和責難更令我感到心如刀割。我小心地把自己纏繞著她髮絲的手指移開。帝尊。我這幾週來刻意獨來獨往避開她，爲了避免醜聞而不與她交談也不打擾她，反倒讓帝尊有機可乘。他並非追求她，而是利用本身的迷人風采和精雕細琢的言語讓她忘了我，而我卻無法當場反駁他。他甚至自告奮勇成爲她的夥伴，我卻成了無話可說和欠缺思考的毛頭小子、一個沒頭腦的壞蛋。我咬住舌頭，不讓自己在她面前說帝尊的壞話，因爲這聽起來只會像膚淺憤怒的小子，反擊阻撓自己意願的人般意氣用事。

「妳有對耐辛或蕾細提到帝尊來找過妳的事嗎？她們怎麼說？」

她搖搖頭，髮絲因搖動而散發芬芳的氣味。「他提醒我不要告訴任何人。他說『女人愛搬弄是非』，而且我也知道這是眞的，我甚至不應該告訴你。他說如果我自己做出這樣的決定，耐辛和蕾細會更尊重我，他還說……你不會讓我走……如果你覺得這是他替我做的決定，還說你一定得相信是我自己要離開你的。」

「他可眞瞭解我。」我不得不對她承認。

「我不該告訴你的，」她喃喃自語，然後退了幾步抬頭看著我的雙眼。「我不知道爲什麼要告訴你。」

她的雙眼和秀髮展現森林般的色彩。「或許妳不希望我讓妳離開？」我試著如此問她。

「你不得不讓我走，」她回答。「我們都知道我們不會有未來的。」

在那一瞬間一切都靜止了，爐火緩緩地燃燒著。我們都沒有移動，但我感覺自己似乎來到了另一個地方，深刻地察覺她的氣味和一切。她的雙眼和散發藥草香的肌膚及秀髮，和柔軟的羊毛睡衣下溫暖細柔的身體融合成一體。我像猛然見到嶄新色彩般感受著她，所有的憂慮和思緒全都懸在這份突如其來的醒悟中。我知道自己在發抖，只見她的雙手緊握我的肩膀讓我穩住，一股暖流自她手中流經我的全身。

我低頭看著她的雙眼，而且想知道自己從她的眼神中看出了些什麼。

她親吻我。

那一個簡單的動作好像一道敞開的防洪閘門。接下來，她就不停地吻著我，而我們並沒有停下來思考所謂理智或道德的問題，而是毫不猶豫地繼續。我們全然允許彼此一同進入全新的境界，而我無法想像會有比這更深刻的結合，以及互相給予的驚奇喜悅。我們在那夜拋開一切外界的期望和記憶，像兩個完全獨立的個體般自由自在地做自己。我無權支配她，如同她也無權支配我，但我發誓絕不後悔如此的給予和接納。那夜突然其來的甜蜜記憶一直烙印在我的靈魂深處，只因這是我所擁有最眞實的感受。還記得當時我用顫抖的手指將她睡衣頸部的蝴蝶結弄亂成一個死結，而莫莉雖然很理智篤定地撫慰著我，卻在我回應時猛然倒抽一口氣，可讓她自己也大吃一驚，但這都沒有關係，只因我們的無知已經臣服於另一種更古老的知覺。我努力展現出溫柔和力量，卻也發現自己對她的力量和溫柔感到震驚。

我聽說這是一種舞蹈，也曾聽聞這其實是一場戰爭。有些男人露出了然於心的微笑談論它，另一些人則語帶嘲諷。我曾聽過市場裡那群壯碩女人如同母雞對著麵包屑咯咯叫般笑談此事，也曾有妓女像攤販誇耀鮮魚般談論她們用以謀生的肢體。我自己倒覺得這是一種無法言喻的感受，如同藍色、茉莉花的香氣和笛聲般只能親身體驗。她那溫暖而赤裸的雙肩弧度、獨特柔軟的女性酥胸、全然交託時所發出的輕吟、她喉部的芬芳、還有她肌膚的氣息都只不過是片段的描述，雖然非常甜蜜，總還是無法體現完整的經驗，就算上千個細節也沒辦法解釋清楚。

壁爐的柴火燒成了暗紅色的餘燼，而蠟燭早已燃燒殆盡。感覺上這原本讓我們感到陌生的地方，在此時卻變成了家。我想我寧願放棄自己所擁有的一切，也不願離開這個由亂糟糟的毯子和羽毛被所築成的迷濛愛巢，在這裡呼吸她那份溫暖的寧靜。

兄弟，這樣很好。

我像上鉤的魚般跳了起來，讓莫莉從矇矓的白日夢中驚醒。「怎麼了？」

「小腿抽筋。」我撒謊，她卻笑出聲來並相信了我，但這麼細微的小謊可讓我頓時感到羞愧，我所說過的一切謊言和扭曲的事實更令我蒙羞。我眞想開口告訴她實情，告訴她我是皇家刺客，也就是國王用來殺人的工具，我的狼兄弟和我分享她當晚付出的一切，還有她將自己獻給一位四處獵殺並且和動物共享生活的人。

眞無法想像如果眞的告訴她這些，會對她造成什麼樣的傷害和羞辱，而她或許也會覺得我們之間的撫觸永遠玷污了她。我告訴自己能容忍她鄙視我，但絕不允許她鄙視她自己，於是咬緊雙唇告訴自己這是比較高尙的行爲，只因我覺得保守祕密比讓事實毀了她來得好。那麼，我當時對自己撒了謊嗎？我們不都是如此嗎？

我躺在那兒，讓她用溫暖的雙手抱著我，而她溫熱的身軀也同時溫暖我的側身，接著我對自己保證將做出改變。我將停止扮演自己目前的角色，而且再也不需要告訴她這些不堪的細節。明天，我對自己承諾，我會告訴切德和黠謀我不再幫他們殺人了，而我明天也會讓夜眼明白我必須斷絕彼此的牽繫。就在明天。

但黎明已然來臨，明日也已是今日，我得帶領小狼獵殺被冶煉者，因爲我想帶著嶄新的勝利晉見黠謀，讓他有心情准許我所請求的恩惠。當我今晚完成獵殺任務後，我將讓他允諾莫莉和我的婚事。我答應自己，他的許可將展開我生命中的嶄新篇章，我從此再也不用對自己心愛的女子保守祕密。我親吻她的前額，然後輕柔地將她的雙手放在我身旁。

「我必須離開妳，」我在她移動時輕聲說著。「但我祈禱這不會太久。我今天會請求黠謀允許我迎娶妳。」

她移動了一下，接著睜開雙眼，用納悶的眼神看著我一絲不掛地離開她的床。我在爐火中添加更多木柴，同時迴避她的眼神，然後拾起散落一地的衣服穿上。當我扣緊腰帶之後，一抬頭就看見她面露微笑望著我。原來她不怎麼害羞，反而讓我整張臉都漲紅了起來。

「我覺得我們已經結婚了，」她輕聲說道。「我無法想像任何誓言能讓我們比現在更眞實地結合。」

「我也有同感，」我坐在她的床沿再次握住她的雙手。「但如果所有的人都知道了，就能讓我感到無比滿足，而我的夫人，這表示我們需要一場婚禮，然後我將會當衆宣誓全心對妳忠誠。但我現在得走了。」

「等等嘛，再多留一會兒。我確定我們在其他人起床之前，還來得及共度短暫的時光。」

我俯身親吻她。「我現在就得走，把懸在我的夫人窗外牆上的繩子拿回來，否則就會引人非議。」

「至少留下來讓我幫你把手臂和脖子傷口上的藥換掉。我昨晚本來想問你是怎麼受傷的，但是……」

我對她微笑。「我知道。當時有更多有趣的事情可以做。不，親愛的。我要走了，但我答應妳我今早就會在我房裡把藥換好。」稱呼她「親愛的」，可比任何字眼更讓我覺得自己是位眞正的男人。我一邊親吻她，一邊對自己承諾我馬上就會離開這兒，卻仍眷戀她在我頸部的輕撫，於是我嘆了一口氣。「我眞的得走了。」

「我知道，但你要告訴我你是怎麼受傷的。」

我聽得出來她覺得我傷得不重，只是借題發揮好把我留在身邊，但我仍心懷羞愧地盡量圓謊。「狗咬的，是馬廄裡帶著一群小狗的母狗。我以爲自己跟牠很熟，但是我錯了，當我彎腰抱起牠的一隻小狗時，牠就衝過來咬我。」

「可憐的小子。好吧，你確定自己會好好清洗傷口？動物咬傷很容易感染的。」

「我會重新清洗包紮傷口，但我現在眞的要走了。」我幫她蓋好羽毛被，卻也挺遺憾必須離開這溫暖的被窩。「天亮前再多睡一會兒。」

「蜚茲駿騎！」

我在門邊停了下來，然後轉身問道，「什麼事？」

「不管國王怎麼說，今晚來找我。」

我開口準備抗議。

「答應我！否則我眞不知該如何度過這一天。答應我，你會回到我身邊，不管國王怎麼說。記著，我現在已經是你的妻子了，而且永遠都是，永遠。」

那份禮物幾乎讓我的心跳停止，而我也只能傻傻地點頭。我的樣子一定挺有說服力，只因她對我露出了如同仲夏陽光般明亮燦爛的微笑。我舉起門上的木條並且鬆脫門閂開門準備離去，只見眼前黑漆漆的走廊。「記得在我走之後鎖門。」我輕聲叮嚀然後悄然離去，把她留給即將結束的夜晚。

13

狩獵

精技，如同其他的訓練般擁有許多種傳授方式，而黠謀國王執政時期的精技師傅蓋倫運用剝削和強迫受難的技巧，擊潰學生心中一道道的牆，一旦讓他們淪落到苟延殘喘的境地，蓋倫即可輕而易舉地入侵學生易受影響的心智，然後強迫灌輸本身的精技技巧。雖然通過嚴酷訓練且技巧穩固的部分學生日後成了他的精技小組成員，但沒有一個人稱得上天賦異稟。據說蓋倫因爲自己把資質平庸的學生教導成技藝紮實的精技使用者而沾沾自喜，這或許是眞的，但他也有可能讓原本潛力無窮的學生淪爲僅是好用的工具。

或許有人會拿蓋倫的技巧，和前一任精技師傅殷懇的技藝來做個比較。她將基礎的精技知識傳授給當時還很年輕的惟眞和駿騎王子，而根據惟眞本身的經驗，她大多溫和地循循善誘學生們降低自我防衛。她讓惟眞和駿騎成爲嫻熟堅強的精技使用者，卻不幸在完成他們的成年訓練之前辭世，而當時蓋倫也尚未邁入精技教學者的階段，不禁令人納悶有多少精技知識隨著她入土爲安，王室魔法的多項潛力恐怕也因此不復再現。

那天早上我在房裡稍作停留。爐火已經熄滅，但我心中的淒楚可比房裡的寒氣更濃。這空殼般的房裡住著一個即將遭人遺忘的生命，如今看來更是荒涼。我上身赤裸地站著，一邊發抖一邊用冷水沐浴，接著重新包紮手臂和頸部的傷口。雖然我遲遲未更換藥布，但傷口看來出乎意料地乾淨且迅速癒合。

我穿上保暖衣物，在厚厚的眞皮短上衣裡添加一件厚實的保暖襯衫，穿上同樣厚重的眞皮外褲，並且用皮線將褲管在腿上綁緊。我取下劍，換上一把短匕首，又從裝備中拿出一小罐磨成扮的死神之帽。儘管如此，我卻依然感覺沒有任何保護，也只得傻傻地離開房間。

我直接走向惟眞的烽火台，因爲我知道他一定在等我一同進行技傳訓練，不過今天我得想想辦法說服他讓我外出獵殺那些被冶煉的人。我迅速爬上樓梯，同時企盼這一天趕快過去，只因我目前只想請求黠謀國王允諾我迎娶莫莉，而且只要一想到她，我心中就會產生不明所以的百感交集。當我放慢腳步思考這一切時，只覺徒然。「莫莉。」我自顧自地大聲卻溫柔地叫出她的名字，而這神奇的字眼不但堅定了我的決心，更鼓舞著我的士氣。不一會兒，我就停下來用力敲門。

與其說我聽到惟眞准我入內的許可，倒不如說是我感覺到了。我將門推開走進房裡，然後在我身後把門帶上。

整個房間看起來十分寂靜，一陣冷風從敞開的窗戶吹進來，只見惟眞頭戴皇冠坐在窗前那把椅子上，雙手閒散地擱在窗台上望著遠方的地平線。他的雙頰泛紅，寒風吹亂了他深色的頭髮。雖然風勢不大，房裡的氣氛也依舊寧靜沉寂，但我卻彷彿步入一場龍捲風中。惟眞的意識朝我沖刷而來，引領我進入他的心智，隨著他的思緒和技傳飄向遠方的海上。他引領我步上一趟暈眩的旅程，搭乘他心中的每一艘船來回飄盪。接著，我們走進一位商船船長的心中，「……如果價錢夠好，回程的時候就運些油回來……」然後從他心中跳到另一位匆匆忙忙的補網者心中，她揮舞著纜針自顧自地發牢騷，船長同時責怪她手腳不俐落，還催她加緊趕工；接著發現一位憂心在家待產的舵手之妻，還有三個家庭於清晨趕在漲潮覆蓋河床前外出採集蛤蠣，直到惟眞忽然將我們喚回自己的身體和所在位置，才從衆人紛擾的思緒中回過神來。我像個被父親高高舉起觀賞熱鬧市集的小男孩般，回到地上站穩之後，用稚氣的雙眼看著眼前無數的膝蓋和腿，卻不由得一陣頭昏腦脹。

我走向窗邊站在惟眞身旁，只見他望著窗外遠處的海面和地平線，但我突然間明白他爲什麼費盡心思繪製一幅幅精細準確的地圖。他像打開握在手中的無價之寶般，爲我展開這些形形色色的人生，而他就是將這群人、也就是他的人民視爲珍寶。他並不是在眺望滿布岩石的海岸或土壤肥沃的牧地，而是珍惜這些人所度過的每一分每一秒。這就是惟眞的王國，羊皮紙上的地理界線爲他圍住了王國的領土範圍，而我也和他一樣疑惑爲何會有人想傷害這些人民，更同樣抱持強烈的決心，不讓另一個寶貴的生命葬送在紅船的突襲中。

暈眩過後，我周圍的這個世界又穩住了，烽火台頂端的一景一物也靜止了。惟眞依舊望著窗外，然後問我，「所以你今天要狩獵？」

我點點頭，毫不在乎他是否意會我話中的含意，這一點兒也不打緊。「是的，被冶煉者比我們預期中還接近這兒。」

「你會對抗他們嗎？」

「你告訴我得做好萬全準備，而我會先試試毒藥，但他們可能不會急著狼吞虎嚥下過毒的食物，或許還會想攻擊我，所以我也帶著刀以防萬一。」

「和我推測的一樣。還是換成這個吧！」他從椅子旁舉起一把帶鞘的劍放到我的手中，有好一會兒我只是沉默地望著這把劍。這眞皮劍鞘雕工精細，刀柄有優雅簡約的大師風格。我在惟眞的點頭允許下當著他的面拔劍出鞘，劍身閃閃發亮，多年前千錘百鍊所帶給這柄劍的鋒利又在反光的波動中再度浮現。我伸出劍用手感受著它的輕盈和蓄勢待發，但總覺得我的技巧還配不上如此精巧的劍。「我應該在盛大的典禮上把劍賜給你，但我現在就給你，免得你因爲沒有它而無法活著回來。我會在冬季慶把劍收回來再好好賜給你。」

我把劍收回鞘中，然後如吸氣般再度迅速抽出劍來，我可從來不曾擁有這麼精雕細琢的東西。「我覺得好像應該持劍對你發誓什麼的。」我忽然說道。

惟眞笑了出來。「帝尊毫無疑問會需要這種發誓，但我覺得既然你已誓死效忠，就別再拿這把劍對我宣誓了。」

一股罪惡感油然而生，我於是鼓足了勇氣對他說，「惟眞，王子殿下，我今天以刺客的身分爲您出任務，」

就連惟眞也吃了一驚。「有話直說吧！」他若有所思地說道。

「我想現在也該直說了。我今天仍會履行刺客的任務，但我的內心已經疲乏至極了。如你所言，我已對你誓死效忠，如果你一聲令下，我也會繼續執行任務，但我請求你讓我用別的方式來效忠你。」

惟眞沉默了好一會兒，手握拳頭托著下巴嘆了一口氣。「如果你只對我發誓，我或許可以很快答覆你，但我只是王儲，你一定得向國王提出請求，你的婚事也一樣。」

房裡的寂靜變得廣闊而深沉，也拉長了我們之間的距離。我無法打破沉默，只好等惟眞開口。「我教過你別洩露你的夢境，蜚茲駿騎。但如果你還是無法隱藏你的內心，可別怪其他人發現了你的祕密。」

我隱忍著嚥下內心的憤怒。「你知道多少？」我冷冷地問他。

「盡可能少知道，你放心。我很能守護內心的思緒，但比較不能阻擋別人的思潮，尤其像你這種精技力道很強卻仍不穩定的人，而我也不想打探你的……幽會。」

他沉默了下來，我也不想說話。我的隱私不但遭受嚴重侵擾，更糟糕的是我該如何向莫莉解釋？眞是難以想像！我再也不能忍受在彼此之間用沉默掩飾另一個隱密的謊言。惟眞一向人如其名，是我自己太大意了。接著，惟眞十分平靜地繼續說下去。

「說眞的，我還眞羨慕你，小子。如果我能選擇的話，你今天就可以成婚了。如果黠謀拒絕了你，就在心裡牢牢記住這個，然後告訴紅裙女士：等我當上國王之後，你隨時隨地都可以和她成婚，我不會讓你重蹈我的覆轍。」

我想，我所擁有的剛好是惟眞遭剝奪的。同情無法自己選擇妻子的男人是一回事，然而在離開枕邊的心上人之後，卻發現你所關心的人永遠無法瞭解我和莫莉之間那充實完滿的體驗，又是另一回事。嘗見莫莉和我分享彼此的一切，一定讓他覺得痛苦萬分，而他卻永遠無法擁有這份幸福。

「惟眞，謝謝你。」我向他道謝。

他看了我一眼，露出憔悴的笑容。

「嗯，就這樣。」他有些遲疑。「可別認爲這是個承諾，但另外那件事我倒可以想想辦法。如果你忙著執行對我們來說更重要的任務，就沒時間擔任……外交使節。」

「什麼樣的任務？」我謹愼地發問。

「經過造船師傅這陣子的努力，我的艦隊一天比一天茁壯。說到這裡，我又無法做想做的事了。我不能親自航行戰艦，而這也不是沒有道理的。在這裡，我可以坐鎭於此眺望和指揮大局，殘暴的紅船劫匪也無法威脅我的生命，還可以同時指揮多艘戰艦發動攻勢，並且在必要時派遣支援。」他清了清喉嚨。「但如此一來，我就感受不到海風的吹拂，也聽不到風吹動船帆的聲響，更無法如我所願迎戰劫匪，用我手中的刀將他們趕盡殺絕，血債血還。」他的臉上浮現出陰冷的憤怒，停頓了一會兒然後較為鎮靜地繼續說道，「是這樣的。為了讓艦隊發揮最大的作戰能力，每艘船至少要有一個人能接收我的訊息，而這個人最好也能把船上的細節和戰況通報給我。你今天看到了我所能做的實在有限，雖然我可以知道其他人的想法，但沒有辦法左右他們。有時我能找到容易受我的精技影響的人，並且影響他的思緒，但畢竟和快速回覆直接的問題大不相同。」

「你想航海嗎，蜚茲駿騎？」

吃驚實在不足以形容我當時的感受。「我……你剛才才提醒我，我的精技能力還不穩，而你昨天也說我在一場打鬥中不太像劍客，反倒比較像打手，儘管接受了浩得的訓練……」

「那麼讓我提醒你現在已經是冬至了，再沒幾個月就春天了。我告訴過你這不過是個可能性，如此而已，而我也只能克盡僅有之力幫助你精通技藝，剩下的恐怕得全靠你自己了，蜚茲駿騎。你能在春天來臨之前，把精技和劍法都練好嗎？」

「如你所言，王子殿下。我無法承諾，但會盡力而為。」

「很好。」惟真定定地看著我好一會兒。「今天就開始？」

「今天？我今天得狩獵，不敢因此而忽略原有的任務。」

「這些任務並不相互抵觸。讓我今天跟著你吧！」

我茫然地望著他，過了一會兒也就點點頭答應了。本以為他會起身穿上冬衣帶把劍，沒想到他卻走來抓住我的前臂。

當他出現在我心中時，我本能地抗拒他。這不像他以往只是在我思緒中來回穿梭，彷彿收拾桌上凌亂的紙張，而是眞正占據我的內心。自從蓋倫的酷刑之後，還沒有人能夠如此侵犯我，雖然我試著去掙脫他，但手腕卻像鐵塊般甩脫不掉，一切都暫停了。你得信任我，可以嗎？我渾身冒汗站在那兒，像一匹在廄房裡見到蛇的馬兒一樣發抖。

我不知道。

考慮考慮吧！他求著我，然後將意識抽出了一點。

我依然感受得到他，還在等待，但也知道他正刻意和我的思緒保持距離。我的內心狂亂地奔騰，實在有太多事情要做了。但是，我一定得這麼做以便脫離刺客生涯重獲自由，我也可以藉這個機會讓所有的祕密都成爲過往，而不是持續對莫莉隱瞞和辜負她的信任。我必須這麼做，但我該如何不讓他知道夜眼和我們彼此分享的一切？我尋找夜眼。我們的牽繫是個祕密，而且我也得保守這個祕密。所以今天我要獨自狩獵，懂嗎？

不。這很傻也太危險了。我一定要在場，但你放心，我不會讓任何人發現的。

「你剛才在做什麼？」惟眞大聲問道，並且抓住我的手腕。我俯視著他的雙眼，看到他並沒有責怪我的意思，只不過像發現一個在木製品上雕刻的孩子般問著，我內心的自我卻呆住了。我渴望解脫重重枷鎖，希望這世界上有個人能瞭解我的一切，知道我到底是個什麼樣的人。

你已經有我瞭解你了，夜眼提出抗議。

沒錯，而我也不能讓牠陷入險境。「你也必須信任我。」我發現自己對王儲這麼說著。當他仍深思熟慮地抬頭看著我時，我又問了，「王子殿下，你信任我嗎？」

「是的。」

他就用這兩個字表達他對我的信任，同時相信我所做的一切都不會傷害到他。這聽起來似乎不是件大不了的事，但身爲王儲的他竟然准許他的刺客保有私密，這可眞一項驚人之舉。多年前，他的父親收買了我的忠誠，讓我衣食無虞並且受教育，還在我衣襟上別了一個銀色胸針；而惟眞這麼輕易就信任我，頓時讓我感覺他這麼做比我曾獲得的一切還來得意義深遠。我對他的敬愛不禁自內心洶湧而出。我怎能不信任他？

他卻羞怯地微笑。「只要你有心就能技傳。」然後他又進入我的內心。只要他一直抓住我的手腕，就能輕而易舉連結我的思緒，而我也感受到他帶著好奇和一絲哀愁，透過我的雙眼低頭注視自己。*鏡子可仁慈多了。我眞的老了。*

他就這麼隱藏在我心中，去否認他話中的眞實只是徒然。所以，*這是必須的犧牲獻祭了*，我同意他的說法。

他放開我的手腕，接著我眼前出現了模糊重疊的影像，我看到自己又看到他，然後視覺就恢復清晰了。他小心翼翼地轉身，雙眼再度凝視著地平線，然後將視野封鎖起來。沒有他的碰觸，彼此內心交流的感覺就完全不同。我緩緩離開房間，像端著裝滿酒的酒杯般，小心翼翼地下樓梯。*沒錯。如果你在這兩種情況下都不要太在意，會比較容易些。放輕鬆。*

我下樓走到廚房吃了一頓豐盛的早餐，也盡量表現出一副沒事兒的樣子。惟眞說得沒錯，只要我不去在意的話，就比較容易維持彼此間的聯繫。我趁大家都在忙的時候在袋子裡偷偷裝了一盤小麵包。

「去打獵啊？」廚娘轉身問我，而我點點頭。

「那麼小心一點。這次要追捕什麼啊？」

「野豬，」我信口胡扯。「今天先找到一隻，姑且不殺牠。我想這應該能爲冬季慶增添些許趣味。」

「幫誰啊？惟眞王子？你可沒辦法把他引出城堡外，寶貝。他這些日子老待在房裡，可待得太久了，可憐的黠謀國王也好幾個禮拜都沒有好好和我們吃一頓像樣的餐，每次送回來的盤子都還滿滿裝著食物，眞不知道自己幹嘛一直煮他最愛吃的菜餚。現在帝尊王子可能會有興趣去打獵，只要不弄亂他那頭捲髮。」廚房裡的女僕們不禁笑了開來，我卻因爲廚娘的直言不諱而雙頰發燙。穩住。他們不知道我在這裡，小子。讓我來處理這些沒用的風涼話，記住別背叛了我們之間的關係。我感覺到惟眞對這件事情的興趣和關切，所以只得對廚娘露齒而笑，感謝她讓我帶走肉餡餅，然後就離開廚房。

煤灰在廄房裡休息，看起來迫不及待想要出門。博瑞屈在我替牠套上馬鞍時經過這兒，深沉的雙眼望著我的皮件、雕工細緻的劍鞘和精細的劍柄，然後清清喉嚨，卻還是沉默地站著。我一直無法確定博瑞屈到底對我的任務瞭解多少。記得我有次在群山洩漏了自己刺客學徒的身分，但這是在他因爲保護我而傷到頭之前。當他復原之後曾表示已經忘了受傷前一天所發生的事，但我有時不禁納悶這到底是不是眞的。或許這是他保守祕密的明智方法，就算知情的人也無法針對此事彼此談論。「小心點，」他終於粗聲囑咐我。「別傷到這匹母馬。」

「我們會小心。」我答應他，然後領著煤灰經過他身邊走出去。

儘管我有任務在身，現在卻也還早，我犯不著趕著執行任務，戶外的冬光也足以讓我安全地策馬慢跑。我牽著煤灰，讓牠用自己的步調提振精神，讓牠暖身但不致汗流浹背。陽光透過雲層縫隙照亮了樹木和積雪，我也就拉著煤灰穩住牠的腳步。我們得繞路走到河床，非不得已才走人來人往的道路。

惟眞分分秒秒都伴隨著我。我們並沒有交談，而是他探索我內心的對話。他享受早晨的新鮮空氣和煤灰敏捷的反應力，還有我年輕的身軀。但當我離城堡愈來愈遠時，就覺得彼此的感受由一開始的輕觸，變成好像得努力握住對方的手一般，不禁納悶自己是否能維持下去。不要想，放手去做。如果你留意每一次呼吸，到頭來就連呼吸都會變得很費力。我眨眨眼，忽然意識到他此時正在自己的書房裡做早晨的例行公事，也聽見恰林如遠方嗡嗡作響的蜜蜂般和他討論著事情。

我無法感覺夜眼，也試著不想牠、不找牠，費勁地在心中排拒牠，完全像在心中留住惟眞的意識那般吃力。我這麼快就習慣尋找我的狼兒，看著牠等待我的輕撫，這讓我感到一陣孤寂，好像腰帶上那把最心愛的刀子不見了一樣，失去平衡。只有莫莉的影像能夠完全取代牠在我心中的印象，我現在卻也得避開她。惟眞雖然沒有責怪我那天晚上的行爲，但我知道他認爲那可不是什麼光彩的事情，。我不安地感覺到如果我給自己時間好好思索那夜發生的事，就會同意他的看法，所以只得膽怯地不去想它。

我感覺到自己正費盡大半的心力不去思考，於是甩甩頭讓自己敞開心胸迎接這一天。我走的這條路人跡罕至，在公鹿堡後面的山坡盤旋而上，綿羊和山羊的數量可比人還多。幾十年前一場閃電引起的大火把這兒的樹都給燒光了，後來長出的樹木多半爲樺樹和三角葉楊，稀稀落落地讓積雪覆蓋著。這山谷間不適合耕種，頂多充當夏季放牧的地方，但我不時會看到一縷焚燒木柴的輕煙升起，還有一條小路通往伐木工人的小木屋，或設陷阱者的小屋。這個區域只有一些相隔遙遠的小農場，住在裡面的居民都是卑微的小老百姓。

路愈來愈窄，當我進入森林中年代較久遠的區域時，發現樹的種類也變了。顏色深綠的萬年青依然茂密挺直地矗立在路邊，它們的樹幹非常厚實，繁茂的樹枝後面只見一個個積雪覆蓋著雪地上的圓丘，只有些許矮樹叢、如針般粗硬的大樹枝上仍覆蓋著大量積雪。我輕易地讓煤灰遠離道路，就著灰暗的日光走在積雪形成的天然屏障之下，茂密陰暗的樹林讓今天變得更加寂靜。

你在找一個特定的地方。那麼，你知道被冶煉者的正確位置嗎？

他們似乎在某處河岸吃著一隻昨天凍死的鹿。我想我們應該可以從那兒開始跟蹤他們。

誰發現他們的？

我遲疑了一會兒。是我的一位朋友。他很害羞但很信任我。有時候當他看到不尋常的事物，就會跑來告訴我。

嗯。我感覺到惟眞語帶保留地思索我謹愼的言談。沒關係，我不會再問下去。我想你或許還是需要保有自己的祕密。我記得有位智能不足的女孩曾走過來坐在我母親的腳邊，我母親就供她吃穿，還給她小裝飾品和糖果。但我有一次無意間聽到她告訴我母親，有一個人在小酒館裡賣漂亮的項鍊和臂章。過沒幾天國王的侍衛就在那家小酒館逮捕了路盜瑞福，可見沉默寡言的人知道的事情可多著呢！

的確如此。

我們沉默地前進，有時我會提醒自己惟眞並沒有具體地在我身邊，但我希望我眞的在你身邊。我太久沒有好好騎馬穿越山丘了，小子。我的生活因爲種種目標而顯得沉重，根本想不起來我上次在何時做了自己想做的事情。

當我點頭贊同他的思緒時，一陣尖叫打破了森林中的寂靜。這是一個年幼生命無言的呼救，好像被什麼打斷似的忽然停止。我無法克制地尋找聲音的來源，而我的原智找到了這股慌張的死亡恐懼，也感受到夜眼突如其來的恐慌。我封鎖自己的心阻擋這思緒，讓煤灰轉頭往聲音的方向快速前進，在牠的脖子後面俯身領著牠走過迷宮般的雪堆、掉落一地的大樹枝和空曠的雪地。我們來到一座山丘上，我儘管心裡很急，卻怎麼也無法加快速度。當我終於走到山丘頂端時，就看到了這輩子難以忘懷的景象。

眼前出現三位衣衫襤褸、鬍子雜亂全身發臭的人，互相叫喊而且扭打成一團。我的原智感受不到他們的人性，但我認出了他們就是夜眼昨晚帶我看過的那群人。嬌小的她大約三歲，身穿母親爲她縫製的鮮黃及膝束腰外衣。這群人爲了爭奪她而大打出手，把她當成落入陷阱的小兔子，像拔河般憤怒地拉扯著她的四肢，完全不理會她那小小的寶貴生命。這景象令我狂怒地拔劍出鞘，此時那些被冶煉的人正堅決地抓住她的脖子想肢解她，只見其中一個鬍子沾了鮮血的人轉頭望著我，原來他還沒等她斷氣就開始吃了起來。

我踢踢煤灰，彷彿騎馬復仇似地衝向他們，而夜眼從我左側的樹叢裡跳出來，趕在我之前迎戰他們，然後跳上其中一位傢伙的肩膀張大嘴咬住他的脖子。另一個傢伙在我要下馬時朝我走過來，白費力氣地用手擋住我的劍，我的利劍將他的脖子砍斷了一半，最後才卡在頸椎上。我接著拔出腰刀從煤灰的背上跳下來刺向試圖刺殺夜眼的傢伙。但第三位被冶煉者抱著小女孩的屍體逃到林子裡去了。

這傢伙像發了瘋的熊一般打鬥，甚至在我劃破他的肚皮之後還想嘶咬抓傷我們。他的腸子都懸在腰帶上了，卻依然跌跌撞撞地追著我們，讓我根本沒時間害怕。我知道他快斷氣了，所以丟下他追趕逃走的那個傢伙。夜眼像一團條紋狀的灰毛球在山崖上浮動，而我一邊趕上牠，一邊責怪自己那兩條慢吞吞的腿。這條路上有遭踐踏的積雪、血跡和那傢伙的渾身惡臭，讓我無法專注心神。我發誓當我衝上山崖時，以爲自己可以即時搶救那女孩讓她免於一死，阻止整個悲劇的發生，但此時我只能讓這不合邏輯的衝動加快我的腳步。

他向後急奔，從一個大樹椿後面朝我們跳躍而來，把女孩的屍體丟向夜眼然後朝我撲了過來。他可真像個壯碩的鐵匠，因體格強壯而吃得飽穿得好，不像我碰到的其他被冶煉者那樣狼狽。他像隻遭獵捕的動物般憤怒地將我舉起來，然後用前臂勒緊我的喉嚨，又跳到我背上用胸膛抵住我，把我的胸膛和一隻手扭到他身子下方的土裡，而我拿著刀刺進他的大腿兩次，這可惹惱了他。於是，他更用力地把我的臉推進冰凍的雪堆裡，我眼前登時冒出一個個黑點。這時夜眼也跳到我背上來，讓我覺得自己的脊椎都快斷了。夜眼用犬齒咬著那人的背，只見這被冶煉者把下巴縮進胸前，並且弓著肩膀抵抗攻擊。他知道自己快把我掐死了，所以在解決掉我之後還有時間對付這匹狼。

這場扭打讓我頸部的傷口破裂，鮮血大量湧出，但這和我的掙扎比起來幾乎微不足道。我用力甩頭掙脫他，而我流出來的血也夠滑溜，讓我可以稍微把喉嚨掙開些。當我好不容易呼吸了一口空氣之後，這傢伙又抓著我的頭向後扳。如果他不能掐死我，至少還有力氣扭斷我的脖子。

夜眼改變戰略。雖然牠的嘴巴塞不下這傢伙的頭，但銳利的牙齒總可以把他的頭皮撕離頭顱。只見牠張口撕扯這塊肉，他的鮮血如雨般流到我身上。他無言地嘶吼，卻仍不忘用膝蓋抵住我的背。他鬆開一隻手想攻擊夜眼，我就在他的臂彎裡鰻魚似的掙扎著，用一邊的膝蓋踢他的鼠蹊部，然後用刀刺進他的側身。這一定痛苦極了，不過他非但沒有放開我，反倒迅雷不及掩耳地快速將頭撞在我的頭上，然後用粗壯的雙臂抓住我朝他的身上擠，想要壓碎我的胸膛。

我對這場打鬥的清晰記憶僅止於此，後來不知是什麼情緒淹沒了我，或許就是傳說中面對死亡的那股怒氣吧。我用牙齒、指甲和刀子攻擊他，盡可能把他的肌肉割下來，但如果沒有夜眼同樣憤怒的迎擊，我根本無法抵抗這頑強的攻勢。過了一會兒，我從這人的身體下方爬了出來，嘴裡還帶著腥臭味。我把口中骯髒的頭髮和血吐出來，用褲子擦擦手，然後把手伸進雪裡清洗，心裡卻知道無論如何都無法眞正洗清這些污穢。

*你還好吧？*夜眼在雪地一兩碼的距離內來回走動，嘴裡也沾了血，只見牠含了一大口雪然後又來回走動。我跌跌撞撞地朝牠走了一兩步，看到女孩的屍體之後就跌坐在一旁的雪地裡。這才明白已經太遲了，事實上當我看到他們的時候就已經太遲了。

她的身形嬌小，有一頭烏黑的秀髮和深色的雙眼，可怕的是她的身體依然溫暖鬆弛。我把她抱起來，將黏在她臉上的頭髮向後梳理，看著她小小的臉龐和牙齒，還有圓圓的臉頰。她雖然已經斷氣了，但仍用那充滿不解的眼神定定地看著我，嬌小多肉的雙手因手臂上的咬傷而滿是鮮血。我坐在雪地裡把小女孩的屍體抱在膝上，就這麼感受抱著小孩子的感覺。如此嬌小溫暖，也如此寂靜。我低頭在她光滑的頭髮上啜泣，突然間無法克制地顫抖。夜眼嗅著我的臉頰發出嗚咽的聲音，然後粗魯地將前腿搭在我的肩上，而我忽然警覺到自己已將牠排除在思緒之外了。我用手靜靜地撫摸牠，但無法對牠敞開內心或做其他事情。牠又嗚咽了一聲，我也終於聽見遠方傳來的蹄聲。牠滿懷歉意地舔了舔我的臉頰，然後就消失在樹林中。

我抱著小女孩掙扎起身站穩，看到一群騎士從我上方的山丘朝這兒前進。惟真騎著他的黑馬，帶領博瑞屈和布雷德，還有其他六名騎士來到這裡，我卻驚恐地發現一位衣衫襤褸的女士坐在布雷德身後，當她看到我的時候不禁大叫一聲，趕緊下馬衝過來將手伸向我懷中的孩子。我不忍心見到她那充滿希望和喜悅的神情，而當她看著我的雙眼時，我立刻知道她已經喪失所有希望了。她從我手中抱走小女孩，抓住垂在脖子上冰冷的臉龐開始尖叫。這份孤寂的悲慟像潮水般衝擊著我，也擊潰了我心中的那堵牆，讓我不由得跟隨她一同哀傷，而她的尖叫聲也一直沒停止。

幾個小時以後我就坐在惟真的書房裡，耳邊依舊縈繞著陣陣尖叫聲。我隨著叫聲呼吸，無法控制地渾身顫抖。我上身赤裸地坐在壁爐前的凳子上看著療者生火，我身後的博瑞屈則像石頭般安靜，同時把我脖子上的松樹刺和泥土清乾淨。「這個，還有這個可不是新的傷口。」他一邊說一邊指著我手臂上的其他傷口，而我沒說什麼，事實上我根本無話可說。他身邊的那盆熱水裡飄浮著壓乾了的鳶尾花，旁邊還有長春花的碎片。他把一塊布浸在水中沾濕，然後擦拭我喉嚨的傷口。「這鐵匠的手可真大。」他大聲說著。

「你認識他嗎？」療者轉身看著博瑞屈發問。

「沒說過話。我在春季慶時見過他一兩次，那時候還有一些偏遠地區的商人帶著貨物來到這裡，而我記得他帶了些裝飾馬具的精細銀飾。」

他們又沉默了下來，博瑞屈也繼續埋頭工作。把溫水染紅的血多半不是我自己的，除了一堆小傷和一碰就發疼的肌肉，我的身上還有許多抓傷和擦傷，前額也腫了一大塊，但我總覺得好像沒有受傷，更因此而感到羞恥。小女孩死了，而我至少也該傷得不輕，但不知道爲何會有這樣的想法。我看著博瑞屈將一塊潔白的紗布敷在我的前額，而療者替我斟了一杯茶。博瑞屈把茶杯接過來謹慎地聞著，之後才拿給我。「如果是我的話，就會少用些纈草鎮定劑。」他只對療者說了這些，只見療者走回壁爐邊坐了下來。

恰林端著食物走進來，清出一張小桌子擺上食物，過了一會兒惟真大步走進房裡，把斗蓬脫下來掛在椅背上。「我在市場裡找到她先生，」他說道。「他現在陪著她。她在出門打水前讓小女孩在門口玩，回來的時候孩子就不見了。」他看著我，我卻無法注視他。「我們發現她在樹林裡喊著孩子的名字。我知道……」他忽然瞥了瞥療者。「謝謝你，甸恩。如果你幫蜚茲駿騎上好藥，就可以離開了。」

「我還沒仔細看……」

「他沒事的。」博瑞屈拿著長長的繃帶包紮我的胸膛，繞過另一隻胳臂又纏了上來，想把脖子傷口上的敷藥固定住，但一點兒用處也沒有，只因這咬傷剛好在肩膀頂端和脖子之間的交會處，我只得轉移注意力，看著療者在離開前惱火地望著博瑞屈，但博瑞屈根本沒注意到。

惟眞拉過來一張椅子面對我坐下。當我舉起茶杯準備喝茶時，博瑞屈卻從我手中拿走杯子。「等你說完話再喝吧！否則這裡面的纈草鎮定劑可會讓你昏昏欲睡。」他拿著茶杯走了，我看到他在壁爐邊倒掉半杯茶，然後加熱水稀釋，之後就把雙手交叉在胸前，靠在壁爐台邊注視著我們。

我轉移視線凝視惟眞的雙眼，等待他開口。

他嘆了一口氣。「我和你一起看見那孩子，也看到他們爲了她互毆，但你後來就忽然不見了。我們失去聯繫，我費盡力氣卻還是找不到你，就知道你一定有麻煩了，所以盡快出發找你，但很抱歉我來晚了。」

我企盼自己能告訴惟眞關於我的一切，但這恐怕太露骨了。就算我知道王子的祕密，也無權將它們洩露出來。我瞥見博瑞屈仔細端詳牆壁，然後就鎭重地對王子開口。「謝謝你，王子殿下，你已經以最快的速度趕來了，而且就算你早點來恐怕也太遲了，因爲她幾乎在我看到她的時候就斷氣了。」

惟眞俯視他的雙手。「我比你還淸楚狀況，而我關心的是你。」他抬頭看我，試著露出笑容。「你打鬥的方式最突出之處，就是你竟然能夠撐的過這種暴烈的攻擊方式。」

我用眼角瞥見了欲言又止的博瑞屈，不禁打著寒顫。他看到了被冶煉者的屍體和打鬥的痕跡，也知道我並非單打獨鬥，但這件事可眞會讓這一天過得更糟糕。我感到內心忽然凍僵了，只因博瑞屈雖然現在不說，但私底下的質問更令人難以消受。

「蜚茲駿騎？」惟眞喚回我的注意力。

我開口了。「請你原諒我，王子殿下。」

他幾乎噗嗤一聲笑了出來。「別再說『王子殿下』了。你大可放心，我不指望你如此稱呼我，博瑞屈也是。他和我認識彼此夠久了，而他也沒有在這種時候稱呼我哥哥『王子殿下』，別忘了他是我哥哥的吾王子民。駿騎也曾借用他的力量，而且常用不怎麼溫和的方式。我確定博瑞屈看得出來我也對你這麼做，更知道我今天和你一同騎馬，至少走到了那座山丘。」

我看著緩緩點頭的博瑞屈，彼此都不淸楚他爲何也在這裡。

「我在你瘋狂打鬥的時候和你失去聯繫。如果我依照自己的意願利用你，就不可能有這種情況發生。」惟眞的手指輕敲大腿，仍在思索。「我看只有讓你練習，才能讓你學到這項本領。博瑞屈，駿騎曾經告訴我，你在危急時刻用斧頭的功力可強過劍法。」

博瑞屈露出了吃驚的神情。其實他根本沒料到惟眞會知道這檔事，只得又緩緩地搖頭。「他曾經爲此嘲笑我，說斧頭是打手的工具，根本算不上是紳士的武器。」

惟眞露出一抹緊繃的微笑。「那麼，這還挺符合蜚茲的風格，就讓你教教他吧！我不認爲浩得教過他，雖然如果我要求的話她就會照辦，但我寧願讓你來教，因爲我希望蜚茲練習在用斧頭的時候仍和我保持連結。如果我們能結合這兩種課程，或許就可以讓他同時精通這兩項本領。況且，如果是你教他的話，他就不會爲了保守我在他心中的祕密而分心。你辦得到嗎？」

博瑞屈無法完全掩飾臉上不悅的神情。「可以，王子殿下。」

「那麼勞駕你了，明天就開始吧！對我來說愈快愈好。我知道你有其他任務，也沒多少自己的時間，所以你大可讓阿手在你忙著教學的時候幫你做事，他看來挺能幹的。」

「他是很能幹。」博瑞屈謹愼地同意。這可是惟眞所知道的另一個小小訊息。

「那麼，很好。」惟眞把身子靠回椅背上，像環視一整個房間的人那樣端詳我們倆。「有人對這樣的安排有任何意見嗎？」

我明白他用這個問題禮貌地結束談話。

「殿下？」博瑞屈低沉的聲音變得溫和且遲疑。「容我……我是說……我不想質疑王子殿下所做的決定，但是……」

我摒住呼吸。這下可好了，原智。

「說吧，博瑞屈。我想我交代得很清楚了，在這裡別說『王子殿下』。你擔心什麼？」

博瑞屈站直注視王儲的雙眼。「這樣……好嗎？不管是不是私生子，他畢竟是駿騎的孩子，而我今天在那裡看到的……」博瑞屈一開口就停不下來，努力掩飾聲音裡的怒氣。「你讓他……獨自面對一個像屠宰場的危險狀況，換成是同年齡的其他男孩恐怕早就沒命了。我……試著不打探我不該知道的事，也明白還有很多別的方式可以效忠國王，更瞭解有些任務的確沒那麼光彩。但在群山上……還有我今天看到的事情。你可以讓別人代替您哥哥的孩子執行這項任務嗎？」

我將視線移回惟眞身上，這可是我頭一次看到他臉上充滿了憤怒的神情。他沒有冷嘲熱諷或皺眉表達不滿，只見他雙眼閃爍著怒火，嘴唇也因怒氣而緊繃，但卻只是平靜地說道，「再看清楚一點，博瑞屈，坐在那裡的可不是個孩子。再想想看，我沒有派他單獨上山，而是和他一起經歷彼此意料中的狙襲和狩獵，並非正面衝突。即使事情不若所料地發展，他卻活著回來了，就像他以前從類似的危急狀況中生還一樣，而且未來也將如此。」惟眞猛然起身，我也頓時感到整個房間激昂的氣氛，就連博瑞屈也似乎感覺到了。只見他瞥了我一眼，然後強迫自己像士兵一樣立正站好，看著惟眞在房裡走來走去。

「不。這不是我替他選的路，也不是替我自己選的路。如果他生在和平時期就好了！如果他是婚生子，而且我哥哥還在位就更好了！但我的運氣可沒那麼好，他也沒有，你也一樣！所以他得和我一樣身不由己地效忠王國。這眞該死，但珂翠肯說得沒錯，國王的確應該爲人民犧牲獻祭，他的姪兒也應該如此，而今天這場大屠殺更印證了這點。我知道你在說什麼，也見到布雷德看了屍體之後跑到一旁吐了，回程時還盡量遠離蜚茲。我不知道這小子……這男人是如何生還的，我猜他是盡其所能求生吧！所以，你倒說說我該怎麼做？我能做什麼？我需要他，需要他進行這醜陋的祕密戰爭，因爲他是唯一受過訓練能應付這種狀況的人，就像我父親命令我站在烽火台上，耗盡心力觀看鬼鬼祟祟且汚穢的屠殺行動，而蜚茲也得無所不用其極執行……」

（我的內心僵住了，呼吸也凍結在肺裡。）

「……那麼就讓他盡其所能運用本身的技巧，只因我們的當務之急就是求生存，因為……」

「他們是我的人民。」我直到他們轉頭瞪我的時候，才知道自己說話了，房裡也頓時陷入一片寂靜，然後我吸了一口氣繼續說著。「很久以前有位長者告訴我，總有一天我會瞭解某件事情，還說六大公國的人民也是我的人民，身上流的血液讓我挺身捍衛他們，對他們所遭遇的傷害也感同身受。」我眨眨眼，讓切德和冶煉鎮的記憶遠離我的視野。「他說得沒錯，」我過了一會兒終於繼續。「他們今天殺了我的孩子，博瑞屈，還有那名鐵匠和其他兩個人。這並不是被冶煉者的錯，而是紅船劫匪幹的壞事。我一定要讓他們血債血還，把他們趕出我的沿海。現在這就像吃飯呼吸般簡單，也是我該做的事情。」

他們同時看著我的臉。「流著什麼樣的血，就會變成什麼樣的人。」惟真平靜地說道，語氣卻透著一絲激昂，而他的自豪也讓我顫抖了一整天的身體靜止下來。一股深沉的鎮定油然而生，今天總算做對了一件事情，而這活生生血淋淋的事實更讓我意識到，自己必須為了人民好好做這些醜陋低賤的事。這是我的職責，而我也做得挺好的，這全都是為了我的人民。我轉頭看著博瑞屈，只見他仔細地端詳我，就像見到不同凡響的新生動物般。

「我會教他，」他答應惟真。「教他一些使用斧頭的訣竅和別的本領。我們能在明日天亮之前開始嗎？」

「很好，」我還來不及抗議，惟真就同意了。「我們現在吃點東西吧！」

我突然間感到異常飢餓，起身走到桌邊準備大吃一頓，這時博瑞屈卻走到我身邊。「先洗臉和洗手吧，蜚茲。」他溫和地提醒我。

當我清洗完畢之後，惟真水槽裡芳香的水因為沾染那名鐵匠的血而變得深紅。

14

冬季慶

冬季慶不但是一年中最黑暗時的慶典，也是慶祝陽光重返的節慶。我們在冬季慶的頭三天向黑暗致敬，說故事和布偶秀的內容都是關於承平時期的種種，也都有快樂的結局。人們吃著在上一個夏季保存下來的鹹魚、植物的根和水果，然後在正午時狩獵。我們獵殺動物來慶祝一年的關鍵時刻，然後將新鮮的肉端上餐桌和去年收成的稻穀一同食用。我們在最後三天期盼著夏季來臨，織布機上的布料也更鮮豔，織工還會取下一小塊布料帶到大廳，互相比較誰織的花樣最鮮麗、最輕盈，而在慶典上所說的故事敘述著事情的源頭和後續發展。

我試著在當天下午晉見國王。即使發生了許多事情，我還是沒忘記對自己的承諾。瓦樂斯說黠謀國王身體不舒服也不想見任何人，我眞想敲門讓弄臣叫瓦樂斯開門，但我沒這麼做，只因我不確定和弄臣之間的友誼是否一如往昔。我們自從他唱了那首嘲弄的歌曲之後就沒再見面了，我一想到他就會想起他說的那些話。當我回房之後，就再度翻遍惟眞的手稿。

閱讀可貞令人昏昏欲睡，那杯稀釋過的纈草鎮定劑也發揮強力的功效。我的四肢鬆軟無力，只得把卷軸推到一旁，暈頭轉向地想著別的事情。或許該在冬季慶上號召受過精技訓練的人，無論年紀多大和多虛弱都無所謂？這會讓回應的人變成遭陷害的目標嗎？我又想起那些和我一同受訓的人，他們一點也不喜歡我，但並不表示不再效忠惟眞。蓋倫的態度或許帶壞了他們，但應該還有救吧？我把威儀排除在名單之外，因爲他在頡昂佩的最後一次精技體驗讓他功力全失，接著就默默退休住在酒河邊的某個小鎭，而且據說未老先衰，但是還有其他人。我們一共有八個人完成訓練，七個人接受測驗，我沒通過，而威儀的技巧完全喪失，那麼就還剩五個人了。

這群人稱不上是一個小組，而我也納悶他們是否都像端寧那麼恨我。她把蓋倫的死怪罪到我的頭上來，也毫不對我隱瞞這份怨恨。其他人知道事情眞相嗎？我試著回想他們。擇固自視甚高，且對本身的技傳過度引以爲傲；惕儒曾是位懶惰但討人喜歡的男孩，但自從當上小組成員之後，我有幾次看到他那空洞的眼神，好像完全變成了另一個人；博力自從棄木匠一職而靠精技爲生就過度運用體力，而欲意從來就不引人注目，就算會技傳也好不到哪裡去。但不管怎麼說，他們都確實擁有精技能力，難道惟眞不能再訓練他們？或許行得通，但在什麼時候呢？他何時有空做這件事？

有人來了。

我清醒了。我攤開手腳、臉朝下趴在床上，身旁擺著一堆亂糟糟的卷軸，本來不想睡，但也從來沒睡得這麼沉過。如果夜眼沒有運用我本身的感知看顧著我，我可就毫無警覺了。我看著房門打開來，爐火快熄滅了，房裡幾乎沒別的光線。我沒鎖門，因爲我原本沒打算就寢。我非常安靜地趴著，心裡納悶到底是誰這麼躡手躡腳地進來，而不想驚動我。還是這人想在空無一人的房裡偷走卷軸？我把手伸到腰刀上準備跳起來，只見一個身影從門邊溜進來然後輕輕把門帶上，於是我拔刀出鞘。

是你的女人。夜眼在某處伸伸懶腰，懶洋洋地搖著尾巴，我則用鼻子深呼吸。莫莉，我確定是她，也滿足地嗅著她那甜蜜的香氣，感覺身體頓時充滿朝氣。我躺著不動閉上眼睛等她走到床邊，聽到她的輕聲驚嘆，然後是一陣收拾卷軸的沙沙聲。她把卷軸放在桌上，然後遲疑地撫摸我的臉頰。「新來的？」

我無法抵擋裝睡的誘惑，就讓她坐在我身邊，床面也因爲她溫暖的體重而甜蜜地傾斜。她俯身靠過來，我就一動也不動地讓她吻著我的雙唇，然後伸手抱著她享受這份驚喜。直到昨天我還是個極少有肢體碰觸的人，頂多有朋友拍拍我的肩膀，或者在人潮中擠來擠去，還有最近那許多隻想把我掐死的手，這些差不多就是我所熟悉的肢體接觸，然後我就經歷了昨夜和現在這神奇的時刻。她吻了我之後輕柔地躺在我身旁，而我仍舊一動也不動地深深呼吸著她的芬芳，細細品味我們肌膚相遇的溫暖。這感覺好比飄在風中的肥皂泡，我唯恐一呼吸就會讓它消失無蹤。

很好，夜眼頗爲贊同。這兒並不怎麼寂寞，還挺像狼群。

我全身僵硬稍微遠離莫莉。

「新來的？怎麼了？」

我的。這屬於我，而且無法和你分享，懂嗎？

自私。這可不像是肉，分享並不會減少它。

「等一會兒，莫莉。我有塊肌肉扭到了。」

哪一塊？牠笑嘻嘻地說著。

不，這不像肉。我總是和你分享肉和遮風擋雨的地方，也會在你需要時和你並肩作戰，會一直讓你陪我狩獵也會幫你，但這件事，我是說和我的……女人。這我一定得獨享。一個人。

夜眼對我的解釋嗤之以鼻，然後抓起一隻跳蚤。你每次都劃上莫須有的界線。肉、狩獵、保衛領土、還有母狼……都是狼群的事。難道我不該在她生育小寶寶時幫忙外出打獵？我不該保護牠們嗎？

夜眼……我現在無法解釋這些給你聽。我應該早點告訴你的，但你現在能離開嗎？我答應你我們晚一點再討論。

我等待著，但什麼都沒有，完全感受不到牠。這個處理好了，還有一個。

「新來的？你還好吧？」

「我沒事，只是……需要一點時間。」我想這是我所做過最困難的一件事。莫莉在我身旁忽然遲疑，想要離我遠一點，而我得專心找到心中的界線，把心智放在自我中央為思緒設限。我平穩地呼吸並調整心中的韁繩。它總會如此提醒我，我也總是運用這個畫面控制自己，不能過於鬆散，也不能太緊繃。我也必須把自己侷限在本身的軀體中，以免驚醒惟真。

「我聽到謠言，」莫莉欲言又止。「對不起，我不應該來的。我想你可能需要……但或許你只想一個人靜一靜。」

「不，莫莉，求求妳，莫莉，請妳回來，回來吧！」我撲到床的另一頭，在她起身時抓住她的裙擺。

她轉身看著我，還是很不確定。

「你總是我所需要的一切。一直都是。」

她的雙唇露出了微笑，接著就坐在床邊。「但你感覺上好疏遠。」

「我剛才是……我只是有時需要讓頭腦清醒。」我停了下來，不知該說什麼才不會對她撒謊。我早已下定決心不再說謊的。我伸出手握住她的雙手。

「喔，」她過了一會兒開口，然後因我沒有多做解釋而忽然停頓下來。「你還好嗎？」她謹慎地問我。

「我沒事。我今天沒見到國王。我試過了，但他身體不舒服，然後……」

「你的臉上有傷，還有抓傷。我聽到謠言……」

我沉默地吸了一口氣。「謠言？」惟眞吩咐大家保持沉默，博瑞屈不會洩露祕密，布雷德也是。或許他們之中沒有任何一個人對當時不在場的人提起這件事，但人們總會討論一起看到的事情，也很容易讓別人聽見。

「別再玩貓捉老鼠的遊戲了，如果你不想告訴我就說一聲。」

「王儲要我們別說，這和不想告訴妳是不同的。」

莫莉思索了一會兒。「我想也是。我不應該聽信謠言的，我知道。但這謠言奇怪得很……而且他們還把屍體抬回公鹿堡火葬。有位奇怪的婦人今天在廚房裡一直哭一直哭，說被冶煉者殺了她的孩子，然後就有人說你和他們打鬥想救那孩子，另一個人卻說你就像熊或是其他動物般攻擊他們。這些謠言很令人困惑，有人說你把他們都殺了，然後有位幫忙火葬屍體的人說他們至少有兩個人被某種動物傷害。」

她靜下來看著我，而我可不願再想這件事，不想對她撒謊卻也不想說實話。我無法告訴任何人事情的眞相，所以只能看著她的雙眼，在心中企盼我們遇到的事情如果單純些就好了。

「蜚茲駿騎？」

我永遠也聽不慣她直呼我的名字，不禁嘆了一口氣。「國王要我們別說，但是……沒錯，被冶煉者殺了一個孩子，我當時也在場，但爲時已晚。這是我所見過最醜惡悲哀的事。」

「對不起，我無意打探，只是不知道事情的眞相可眞不好受。」

「我知道。」我伸手撫摸她的秀髮，而她也把頭靠在我的手上。「我曾告訴過妳我夢見妳在泥濘灣。我當時從群山王國一路回到公鹿堡，而妳卻生死未卜。有時我想那棟燒毀的房子應該倒塌在酒窖上，還以為拿著劍的女子殺了妳……」

莫莉平視著我。「房子倒塌的時候，一陣強烈的火花和黑煙就朝我們飄來，也擋住她的視線，但我後退了……我後來用斧頭殺了她。」她忽然開始發抖。「我沒有告訴任何人，真的沒告訴任何人這件事。你怎麼知道的？」

「我夢到了。」我溫柔地拉著她的手，她就過來躺在我身邊。我伸手抱住她，感覺她還在發抖。「我有時會夢到實際發生的事情，但不常就是了。」我平靜地告訴她。

她稍微後縮了一下，雙眼搜尋似的注視我的臉。「你說的是眞的吧，新來的？」

這問題眞令我受傷，不過也算我活該。「不。這絕不是謊言，我向妳保證，而且我發誓從今以後不再撒謊……」

她將手指放在我的唇上。「我希望和你共度人生，所以別再對我保證你做不到的事情了。」她另一隻手伸到我襯衫的結帶上，這下換我發抖了。

我親吻她的手指，接著親吻她的雙唇，過了一會兒莫莉起身把門閂和木條帶上。我記得自己在心中強烈祈禱切德可別在今晚回來，還好沒有，而我那夜遨遊到很遠很遠的地方，來到一個愈來愈熟悉卻依舊奇妙非凡的地方。

她在深夜離開，將我搖醒還囑咐我一定要在她離開之後把門鎖上。我想起身穿好衣服送她回房，但她帶些怒氣地拒絕了我，說自己可是挺能爬樓梯的，而且最好別讓其他人看到我們在一起。我心不甘情不願地讓步，然後沉沉睡去，就算再多的纈草鎮定劑也無法讓我如此熟睡。

我第二天在如雷的吼叫聲中驚醒，起床驚恐疑惑地站著。過了一會兒，這如雷的聲響變成敲門聲，我聽見博瑞屈重複喊著我的名字。「等一下！」我設法回答他，卻只覺渾身痠痛。我抓了幾件衣服跌跌撞撞走到門邊，過了好一會兒才能伸出手指開門。「怎麼了？」我問道。

博瑞屈只是瞪著我。他已梳洗著裝完畢，就連頭髮和鬍子都梳理整齊了，還拿著兩把斧頭。

「喔。」

「惟眞烽火台裡的房間。動作快點，我們已經遲了。但是先梳洗乾淨吧！那是什麼味道？」

「香水蠟燭，」我隨口掰了出來。「這些蠟燭可會帶來好夢。」

博瑞屈一定覺得我的解釋挺可笑的。「我聞到這些香氣可不會做什麼好夢。小子，你整個房間都是麝香。待會在烽火台頂端見。」

接著他就滿懷決心地在走廊上邁開步伐離開。我回房無力地明白了這就是他所謂的早晨。我用冷水徹底清洗全身，這可不是種享受，只是我眞的沒時間暖水。我翻出了一些乾淨的衣服，當我著裝時又聽到敲門聲。「我快好了！」我叫了出來。敲門聲還是沒停，這表示博瑞屈生氣了，而我也一肚子火。他一定瞭解我今天早上是多麼渾身痠痛。我把門打開準備面對他，只見弄臣像一縷炊煙般溜了進來。他穿了一件新的黑白花斑點上衣，黑色的藤蔓繡紋像長春藤一般爬滿了袖子，黑色衣領上的那張臉像冬月一樣蒼白。冬季慶，我無趣地想著，今晚是冬季慶的第一個晚上。這個冬季和過去五年的一樣漫長，但今晚我們將用儀式慶祝冬至。

「你想要什麼？」我問道，可沒心情看他愚蠢作態。

他滿懷感激深深地嗅著。「能得到你剛才享有的些許溫存那就太好了。」他提出建議之後就在我面前優雅地跳起舞來，這可把我惹惱了。他輕巧地跳到我亂糟糟的床舖中央，然後又跳到床的另一頭讓床夾在我們中間，我跳過床追趕他。「但不跟你要。」他妖嬈地驚呼著，揮揮手娘娘腔地責備我然後向後退。

「我可沒時間跟你耗。」我滿懷厭惡地對他說。「惟眞要見我，可不能讓他等。」我滾下床站好整理身上的衣服。「離開我的房間。」

「喔，聽聽這語氣。蜚茲從前還比較能接受嘲弄。」他腳尖旋轉繞到了房間中央，然後突然停了下來。「你眞的生我的氣嗎？」他直接了當地問。

聽到他如此坦白不禁讓我倒抽一口氣，也花了些時間思考這問題。「沒錯。」我謹愼回答，納悶他是不是故意想套我的話。「你那天在那麼多人面前唱那首歌，讓我覺得自己像個傻瓜。」

他搖搖頭。「你就別給自己取封號了，只有我才是弄臣＊，而我也將永遠是弄臣，特別是那天在那麼多人面前唱那首歌。」

「你讓我質疑我們之間的友誼。」我也直言不諱。

「喔，很好。無怪乎別人總是懷疑我們之間的友誼，也納悶我們對彼此來說是否都是勇敢的朋友。」

「我明白了。那麼就別忘了是你開始散布謠言、在我們之間挑撥離間。這樣我瞭解了，但我還是得走。」

「那麼，再會了。好好和博瑞屈玩斧頭，但別被他今天教你的東西給嚇呆了。」他把兩根木柴加進即將燃燒殆盡的爐火中，然後大搖大擺走到壁爐前方。

＊譯註：Fool同時有「弄臣」和「傻瓜」雙重含意。

「弄臣，」我爲難地開口。「你是我的朋友，這我知道，但我不想讓你在我出去的時候留在我的房間。」

「我也不想讓別人趁我不在的時候進我的房間。」他狡猾地指出。

我悲慘地臉紅。「那是很久以前的事了，我爲我的好奇心向你道歉。你放心，我絕對不會再這麼做。」

「我也是，在這件事情之後。我會在你回來的時候向你道歉，可以嗎？」

我要遲到了。博瑞屈會很不高興，但我也莫可奈何。我坐在凌亂的床上，這就是莫莉和我躺過的地方，此刻它忽然成了私人領域，我只得故作輕鬆用力拉起棉被蓋住羽毛床鋪。「你爲什麼想待在我的房間？你有危險嗎？」

「我生活在險境裡，蜚茲小子，就像你一樣，我們都有危險。我今天想在這兒待一陣子，然後試著脫離險境，或者至少減輕危險。」他對著凌亂的卷軸意味深長地聳聳肩。

「惟眞委託我保管這些。」我不安地說道。

「顯然他信得過你的判斷力，所以你或許也可以判斷由我保管是否安全？」

託朋友保管自己的東西是一回事，而把別人託管的東西交給他又是另一回事。我毫無疑問信任弄臣，但仍覺得不妥。「或許先問問惟眞比較好。」我建議著。

「我和惟眞愈少接觸，對我們彼此都愈好。」弄臣冷冷地說道。

「你不在乎惟眞？」我挺吃驚的。

「我是國王的弄臣，而他是王儲，就讓他等等吧！等他當上國王之後我就聽他的，如果我們到時候都還活著的話。」

「我不想聽到批評惟眞王子的話。」我溫和地告訴他。

「不想聽?那你最近眞該戴耳塞。」

我走到門邊將手放在門閂上。「我們現在得走了,弄臣。我已經遲到了。」我保持語調平穩,但他對惟眞的譏諷像刀割般深深刺傷了我。

「別當傻瓜,蜚茲,那是我所扮演的角色。好好想想,一個人只能效忠一位主人,不論你嘴裡說什麼,惟眞都是你的國王,而我也沒因此挑你毛病。你會因爲黠謀是我的國王而挑我毛病嗎?」

「我不會挑你的毛病,也不會在你面前嘲笑他。」

「但無論我催了你多少次,你都沒來看他。」

「我昨天才走到他房門前,卻被打發走了,他們說他身體不舒服。」

「如果你是在惟眞的房門口,會表現得這麼溫順嗎?」

這可讓我停下來思考。「不。我不覺得自己會這樣。」

「那你爲何這麼輕易就放棄黠謀?」弄臣像個悲傷的人輕聲說道。「惟眞爲什麼不爲了他的父親鼓舞自己,反而把黠謀的效忠者引誘到自己身邊?」

「我沒有被他引誘,而是黠謀沒辦法見我。至於惟眞,我無法替他說話,但大家都知道黠謀最寵愛的兒子是帝尊。」

「大家都知道嗎?那麼,大家也都知道帝尊心裡眞正的企圖?」

「有些人知道。」我簡短說道,感覺這對話充滿危機。

「再想想看。我們都效忠我們最敬愛的國王,也最討厭同一個人,所以我不認爲我們的忠誠度相互衝突,蜚茲,只要我們團結起來討厭同一個人。來吧,對我招供你沒什麼時間看卷軸,我就會提醒你時間過得太快了，讓我們都措手不及。不過我說的這差事可不能等到你有空的時候才進行。」

我猶豫不決無法下決定，這時弄臣忽然靠近我。雖然他的眼神飄忽，而且通常也看不出來他在想什麼，但我看到他雙唇所表現出來的絕望。「那我們來做個交易，你在別的地方可絕對找不到。如果你讓我在卷軸中尋找一個或許並不存在的祕密，我就會告訴你我所保守的祕密。」

「什麼祕密？」我不情願地問道。

「我的祕密。」他別過頭去瞪著牆壁。「弄臣的謎，他打哪兒來又為何而來。」他側著眼瞥了我一眼就沒再說了。

十多年來的好奇心又重新燃起。「免費提供嗎？」

「不。像我剛才說的，這是項交易。」

我考慮了一下，然後說道，「我晚點再見你，離開時記得把門鎖上。」於是我溜了出去。僕人們在走廊上來來往往。我遲到太久了，只得強迫自己先慢慢小跑步，然後快跑而去。我依然快速地爬樓梯登上惟真的烽火台，匆匆忙忙趕著敲門，然後走進房間。

博瑞屈轉身皺著眉頭招呼我。房裡嚴謹地陳設的家具都給挪到一面牆邊，只有惟真在窗邊的椅子仍在原位，而他早已安穩地坐在上面，緩慢轉頭看著我，雙眼仍充滿疏離感。他的眼神看起來好像被麻醉了，知情的人就會不忍心見到這份鬆弛放縱的神情。對精技的飢渴侵蝕著他，而我深恐他對我的教導只會讓他的胃口愈來愈大，但我們能說不嗎？我昨天學到了一些事情，這可不是什麼輕鬆愉快的課程，一旦學會了就來不及了。我現在知道自己必須竭盡所能把紅船劫匪逐出我的海岸，雖然我不是國王，也不可能會是國王，但六大公國的人民是我的人民，就如同他們是切德的人民一樣。我終於明白惟真為什麼如此不顧一切地消耗自己的能量。

「我為自己的遲到請求你的原諒。我有事耽擱，但我現在可以開始了。」

「你感覺如何？」這問題是博瑞屈提出的，聽得出來他純粹是因為好奇而發問。我轉頭看到他一如往昔嚴肅地望著我，但也有著一絲不解。

「全身還是有一點兒僵硬，不過剛剛跑上樓來讓我有機會暖暖身。我因為昨天的打鬥而全身痠痛，但除此之外好得很。」

他的臉上浮現了一絲興味。「沒有顫抖，蜚茲駿騎？視線周圍沒有變黑，頭也不昏？」

我停下來想了一會兒。「沒有。」

「天哪！」博瑞屈語帶輕蔑地說道。「這死鬥很顯然把你的毛病都治好了。我可得好好記住，在你下回需要療者時就能派得上用場。」

他在接下來的一個小時裡似乎想試試他的新治療理論。斧頭的刀鋒並不銳利，因為他為了這第一堂課而用碎布將刀鋒包裹起來，但我仍無可避免地受傷，老實說大多是因為我自己笨手笨腳。博瑞屈那天並不打算發動攻勢，只是教我如何使用這整個武器，而不只是斧刃的部分而已。我毫不費力就把惟眞留在心裡，因為他和我們在同一個房間。他那天沒對我說什麼，沒有任何建議、觀察或警告，只是跟隨我的雙眼觀看。博瑞屈告訴我斧頭並不是個複雜的武器，但善加利用就可以發揮極大功效。這堂課結束時，他指出自己已經對我手下留情，只因他想到我身上的傷。接著，惟眞讓我們離開，而我們倆都用比我上樓還慢的速度走下樓梯。

「明天要準時。」當我們在廚房門口道別時，博瑞屈用責備的語氣對我說，然後便回到他的馬廄，我也去找早餐吃。我像餓了好幾天似的大吃特吃，食量和狼一樣可觀，也納悶自己怎麼一下子就生氣蓬勃起來。我不像博瑞屈所說的因為打鬥而充滿朝氣，而是莫莉讓我整個人活了過來，這可比任何藥草或休息一整年還有效。這一天忽然變得好長，分分秒秒都難以忍受，只期待我和莫莉能在夜幕低垂時於黑暗中重逢。

我毅然決然將莫莉排除在思緒之外，趕著進行一個接著一個的任務，然後一堆事情就蜂擁而來。我忽略了耐辛，也答應珂翠肯重建花園，還得對我的狼兄弟解釋一件事情，更不能忘記拜訪黠謀國王。我試著依照重要性排列每件事情的順序，但莫莉總是名單上的第一位。

我又毅然決然地把她排到最後。黠謀國王，我決定了，然後收拾起桌上的餐具放回廚房。那兒非常嘈雜，正當我納悶時就想起來今晚是冬季慶的第一個晚上。老廚娘莎拉從揉捏麵包的活兒中抬頭示意我過去，讓我想起小時候常常站在她身邊，欣賞她熟練地將一大團麵粉糰揉成直立的麵包捲。她手肘上的凹陷和一側的臉頰都沾滿了麵粉，而廚房的忙亂製造出一股奇妙的私密氣氛。她在人聲鼎沸中悄聲說話，我得豎起耳朵才聽得見。

「我只想讓你知道，」她一邊揉著一批新的麵粉糰一邊說道。「我知道什麼樣的謠言都只是胡說八道，所以我非得在謠言滿天飛的時候在這裡說幾句公道話。他們大可在洗衣房閒言閒語，也可以在織布的時候閒扯淡，但誰都不准在我的廚房說你的壞話。」她眨著深沉的黑眼抬頭瞥了我一眼，而我內心因恐懼而靜止了。謠言？關於我和莫莉？

「你小時候常在我這兒吃東西，站在我旁邊幫我攪拌鍋子裡的食物陪我聊天，我想這讓我比多數人更瞭解你。他們說你像頭野獸般打鬥，還說這是因爲你本來就有獸性，這簡直是惡劣的胡扯！那群人的屍體是很慘不忍睹，但我可見過狂怒的人做出更恐怖的事情。當比目魚販的女兒遭強暴之後，她就用切魚的刀子把那禽獸切成一塊又一塊，就在市集裡當衆切著，就好像切魚餌放上釣魚線一般，而你所做的也沒比那還糟。」

我感到一股突如其來暈眩般的恐懼。帶有獸性……不久以前人們還把擁有原智能力的人活活燒死。「謝謝妳，」我盡最大的努力用平靜的語氣道謝，還附加了一點點實情。「那不完全是我做的。他們在……當我看到他們的時候，他們正爲了爭奪獵物大打出手。」

「是吉娜的女兒。你用不著對我隱瞞些什麼，蜚茲。我也有自己的孩子，雖然都長大了，但如果他們遭到攻擊，我無論如何都會祈禱會有像你這樣的人來保護他們，或者爲他們復仇，如果那是你所能做的。」

「恐怕我所能做的也僅止於此，廚娘。」我全身顫抖。這可不是裝出來的，只因我又見到那布滿了血的肥嘟嘟小拳頭，我眨眨眼卻仍揮不去這個景象。「我現在得趕路了，今天我要去晉見黠謀國王。」

「是嗎？那還眞是個好消息。帶著這些去吧！」她走到櫥櫃前拿出一個有蓋托盤，裡面裝滿了用乳酪和無核小葡萄乾烘焙的小糕點，然後在糕點旁邊放了一壺熱茶和一只乾淨的茶杯，鍾愛地布置著糕點。「你得看著他吃下這些，蜚茲。這些是他最喜歡吃的，如果他吃了一個就會把剩下的都吃掉，而這對他也好。」

我也是。

我像被針刺到般跳了起來，於是試著用咳嗽掩飾，裝出一副忽然嗆到的樣子，廚娘卻用怪異的眼神看著我，我又咳了咳然後對她點點頭。「我相信他一定很愛吃這些。」我用嗆到的聲音說著，然後捧著托盤走出廚房。有些人的眼神跟隨我的腳步而移動，我也露出了愉快的微笑，假裝不知他們爲何而笑。

我不知道你還跟我在一起。我告訴惟眞。我用一點點心思回憶自我離開烽火台之後所有的思緒，然後感謝艾達讓我決定不先去找夜眼。但是即使我拋開這些思緒，也不確定到底有多隱密。

我知道。我無意監視你，只想讓你知道當你不那麼緊張在意時，就可以做得到。

我探索他的技傳。偏勞你了。我在爬樓梯時指出這點。

我打擾你了，眞是抱歉。我從現在開始都會讓你知道我與你同在，那我現在該離開嗎？

我對於自己的無禮感到困窘。不，還不用。再多待一會兒，和我一起見黠謀國王吧！看看這能維持多久。

我感覺到他答應了。我在黠謀的房門前停了一下，一隻手穩住托盤，另一隻手急忙將頭髮向後梳理平整，並且拉直身上的短上衣，發現自己的頭髮最近可成了一大麻煩。我在群山裡發燒的時候，姜萁幫我把頭髮剪短，現在頭髮變長了，讓我不知該像博瑞屈或守衛那樣綁條小馬尾，還是讓頭髮披在肩上，就像我當年還是個聽差那樣子。我長大了，已經不能像小男孩一樣只綁半條辮子。

把頭髮綁在腦後，小子。我敢說你有資格綁著戰士的髮辮，就像任何一位守衛一樣，只要別學帝尊大費周章地上髮油把頭髮弄捲就好。

我忍住不笑然後敲門。

我等了一會兒，接著更用力敲門。

就說你來了然後開門進去，惟眞建議我。

「是蛋茲駿騎，陛下。我從廚娘那兒帶了點吃的過來。」我伸手開門，發現有人從裡面將門反鎖起來。

奇怪了，我父親從不會這樣鎖門，頂多找人看門，但絕不會把門反鎖起來不理會敲門聲。你可以撬開門嗎？

或許吧，但讓我再試試看。我只顧著用力敲門。

「等一下！等一下！」有人從裡面輕聲說著，但過了好久才拉開好幾道門閂，只見裡面的人把門打開一個手掌的寬度，然後我就看到瓦樂斯猶如在裂開牆壁下的老鼠般盯著我看。「你想幹嘛？」他責難地問我。

「我來見國王。」

「他睡著了，至少在你用力敲門大吼大叫之前還睡得很熟。現在你走吧！」

「等一下。」我把穿著皮靴的腳伸進門縫中，然後用沒拿東西的那隻手拉直領子，露出我幾乎隨時佩戴著的紅石胸針。門在我腳邊用力關上，我就用肩膀抵住門盡可能往裡面靠，還得小心不讓手裡的托盤掉下去。「這胸針是黠謀國王多年前賜給我的，他說只要我佩戴著它就可獲准見他。」

「就算他睡著了也一樣？」瓦樂斯滿懷惡意地問道。

「他可沒設限。那你呢？」我透過門縫怒視著他，而他想了一會兒就向後退了幾步。

「那麼就別客氣，儘管進來吧！讓你親眼瞧瞧熟睡的國王，他的身體狀況可眞需要休息，而他也試著好好休息，你卻來打擾他。身爲他的療者，我眞想告訴他收回你那娘娘腔的胸針，好讓你別再吵他了。」

「你想建議就建議吧！如果國王也如此認爲，我就不再爭辯了。」

他刻意鞠躬然後站到一旁。我很想把他臉上會意的冷笑打掉，但還是忽略它。

「很好，」他在我經過時刻意說道。「甜食會讓他腸胃不舒服，也會增加他的負擔。你可眞是個體貼的小子，是吧？」

我控制住不發脾氣。黠謀不在起居室裡，會在臥房裡嗎？

「你眞會在那兒打擾他？好吧，爲什麼不呢？你簡直太沒禮貌了，所以我何必指望你會設想周到？」

瓦樂斯的語氣充滿了惡意的高傲。

我仍控制住不發脾氣。別理他，現在只要轉過去面對他就好。這不是惟眞的建議而是命令。我小心地將托盤放在一張小桌子上，吸了一口氣轉頭面對瓦樂斯。「你討厭我嗎？」我直接了當地問他。

他後退一步，卻也不忘保持他的嘲諷。「討厭你？身爲療者，我爲什麼要介意一個闖進來打擾病人休息的冒失鬼？」

「這房裡到處都是燻煙，爲什麼？」

燻煙？

這是群山地區的人用的一種藥草，不常用來當藥吃，除了止痛並沒什麼其他療效，但反而比較常燒來供消遣用，就像我們在春季慶使用卡芮絲籽一樣。你弟弟很喜歡這個。

他母親也是。如果是同一種藥草，據她說這叫歡笑葉。

幾乎一樣，但群山的植物長得比較高大，葉子看起來也健康多了，冒出來的煙也比較濃。

我和惟眞的交談比一眨眼的速度還快，運用技傳遞送訊息就像想到它一樣迅速。瓦樂斯依然爲了我的問題而嘛嘴。「你自稱是療者嗎？」他問道。

「不。但我懂藥草也有實際的經驗，其中一點就是，燻煙不適合出現在病房中。」

瓦樂斯想了一會兒該怎麼回答我。「好吧，國王的愉悅不是療者該關心的事。」

「那麼，或許應該由我來關心這件事。」我向他建議之後轉身走遠，拿起托盤推開門進入國王那燈光昏暗的臥房裡。

這兒的煙更濃了，整個房間的氣味可眞讓人倒胃口。火燒得太旺了，讓房間既封閉又悶，空氣好像幾個星期都沒流動般靜止而污濁，讓我感覺肺裡的空氣相當沉重。國王一動也不動躺在一堆羽毛被下鼾聲連連地呼吸，我就四處張望尋找一個空位放托盤。他床邊那張小桌子上滿是雜物，桌上有個燒燻煙的香爐，煙灰飄到香爐頂端積成厚厚一層，火口卻冷冰冰的沒在燒，旁邊擱著一只裝溫紅酒的高腳杯，還有一碗髒灰色的稀粥。我把桌上的器皿放在地上，用袖子把桌面擦乾淨再放上托盤。當我走近國王的床邊時，聞到一股發霉似的惡臭，而當我朝國王俯身時臭味就更濃了。

這一點兒也不像點謀。

惟眞和我一樣不高興。他最近都沒傳喚我，而我也忙得沒時間來看他，除非他表示想見我。我上回是某天晚上在他的起居室晉見他，記得他當時抱怨頭痛，但這……

這思緒在我們之間淡去。我抬頭瞥見瓦樂斯在門邊窺視我們，臉上有著某種表情，不知該稱之爲滿意還是自信，但可讓我氣壞了。我走了兩步到門邊重重把門關上，聽到他叫疼之後抽出被門夾到的手指，就覺得挺滿足的，然後把一根老舊木條架在門上，看來我這輩子都沒看到有人用過它。

我走到高大的窗邊撥開覆蓋在上面的織錦掛毯，然後將木頭窗板用力打開，讓純淨的陽光和新鮮的冷空氣布滿整個房間。

蜚兹，這太魯莽了。

我沒有回應，在房裡來回移動把一個個香爐上的煙灰倒掉，用手擦掉殘留的煙灰好消除房裡的煙味，然後把六只裝著不新鮮的酒而且黏黏的高腳杯，和一整個托盤裡的食物收集起來，有些食物根本沒人碰過，另一些則吃了一半。我把這些東西堆在門旁，就聽見瓦樂斯憤怒地敲門喊著，我就靠在門上透過門縫說話。「噓！」我用甜美的聲音告訴他。「你會吵醒國王。」

找名男僕送一整個水壺的溫水過來，告訴急驚風師傅，國王需要新的床單。我要求惟眞。

我無法下達這些命令。然後他稍作停頓。別浪費時間生氣，想一想，然後你就會知道爲什麼。

我明白了，但也知道我不能讓黠謀待在這骯髒發臭的房間，就像我不願把他丟在這地牢裡一樣。我看到半壺放了很久但還算乾淨的水，於是把它放在壁爐邊加熱，然後把他床邊桌子上的灰擦掉，放上茶和一盤糕點，接著斗膽在國王的衣櫥裡翻出一件乾淨的睡衣和清洗用的藥草，一看就知道是歇佛斯那時候留下來的，而我也從沒想到自己會如此懷念一位貼身男僕。

瓦樂斯的敲門聲消失了，我也不想再聽到。我把有藥草香的溫水和一條毛巾擱在國王床邊。「黠謀國王。」我柔聲說著，而他也稍微動了一下。他的眼眶發紅，睫毛也黏在一塊，打開眼瞼對著光線眨眨滿布血絲的雙眼。

「小子？」他瞇眼環視房間。「瓦樂斯在哪兒？」

「他暫時走遠了。我幫你端來洗臉的溫水和廚房裡的糕點，還有熱茶。」

「我……我不知道。窗戶是開著的。爲什麼開窗？瓦樂斯警告我說這樣很容易著涼。」

「我開窗讓空氣流通，但如果您覺得不妥我就關窗。」

「我聞到海水的味道。今天天氣很好，對吧？聽聽海鷗的叫聲，暴風雨即將來臨……不。不，關窗吧，小子。我已病得不輕了，可別再著涼。」

我緩緩將木頭窗板關起來。「您病了很久嗎？在宮廷裡沒什麼人提起這件事情。」

「夠久了。喔，好像永無止盡似的。我不是生病，而是身體狀況一直都不好。我生病了，後來好了點，但當我試著做些事情的時候，我又生病了，而且一次比一次嚴重。我對生病可眞是厭倦了，小子。眞是對疲倦感到厭倦。」

「來吧，陛下。這會讓您舒服些。」我沾濕毛巾輕輕擦拭他的臉，而他的狀況好轉了些，還示意我在他洗手時站到一旁，然後更用力地擦臉，不過那盆變黃的洗臉水還眞讓我毛骨悚然。

「我幫您找到一件乾淨的睡衣，能幫您穿上嗎？還是您需要我找一位男僕送浴缸和溫水過來？我會在您沐浴時把乾淨的床單拿來。」

「我，喔，我沒力氣，小子。瓦樂斯那傢伙在哪裡？他知道我一個人是不行的。他為什麼離開房裡？」

「洗溫水澡會讓您比較容易入睡。」我試著說服他。一靠近這老人家就能聞到他身上的臭味。黠謀一向很愛乾淨，而他現在這副邋遢的模樣，比什麼都讓我覺得痛苦。

「但洗澡會感冒，瓦樂斯這麼說的。潮濕的皮膚、冷風和突然的移動可會要了我的命，至少他是這麼說的。」黠謀真的成了這麼一位焦躁的老人嗎？我幾乎不敢相信自己聽到他這麼說。

「那麼，或許您就喝杯熱茶，然後吃些糕點。廚娘莎拉說這些是您最喜歡吃的。」我把燒開的茶倒進茶杯裡，看到他滿心歡喜地動動鼻子聞著，喝了一兩口茶之後就挺起身子看著這盤精心排列的糕點。他讓我和他一起品嚐糕點，我吃了一塊，然後舔著手指上豐富的內餡，這才明白他為什麼最喜歡吃這個。正當他第二塊已經吃了大半，忽然傳來三聲沉重的敲門聲。

「把木條拿下來，小雜種，否則我身邊的人可就會破門而入。如果我父親受了什麼傷害，你就準備當場受死吧！」帝尊的語氣聽起來很火大。

「這是什麼，小子？門被拴住了？這兒發生了什麼事？帝尊，這兒發生了什麼事？」聽到國王這動怒的聲音眞讓我感到痛苦。

我橫越房間將木條從門上取下來，在我還沒碰到門之前，門就開了，帝尊那兩位魁梧的侍衛抓住了我。他們像惡犬般穿著和帝尊一樣的綢緞色服裝，頸部還綁著緞帶。我沒有抵抗，好讓他們沒理由把我往牆壁丟，但他們還是這麼做了，讓我昨天受的傷又疼了起來。而瓦樂斯在他們抓住我的時候匆忙走進來，抱怨房間裡有多冷，還有這是什麼、吃什麼、爲什麼吃、這些對黠謀國王來說簡直像毒藥等等牢騷。帝尊將手擱在臀部站著，像極了掌控大局的人，然後瞇著眼瞪著我。

這太魯莽了，小子。我很怕我們衝過頭了。

「那麼你該怎麼說，小雜種？你該替自己說些什麼？你到底想幹嘛？」帝尊在瓦樂斯逐漸微弱的連禱聲中問道，接著在壁爐加入另一根柴火，也不管房間已經變得多麼悶熱，然後從國王手中拿走糕點。

「我是來報告的，也發現國王缺乏妥善照顧，想先改善這樣的情況。」我倒不是因爲緊張，而是因爲疼痛而冒汗，而我眞痛恨帝尊對此發出微笑。

「缺乏妥善照顧？你到底是什麼意思？」他質問我。

我吸了一口氣壯壯膽，實話實說。「我發現他的房裡髒亂又有霉味，髒兮兮的盤子到處都是，他床上的床單也沒換……」

「你敢這麼說？」帝尊嘶吼著。

「是的。我對國王實話實說，一向如此。何不讓他親眼瞧瞧這是不是眞的。」

這場爭執讓黠謀流露出些許本性，於是他挺起身子看看四周。「弄臣也這麼抱怨過，用他一貫的嘲諷方式……」他開口說話。

瓦樂斯膽敢打斷他。「陛下，您的身體狀況還挺脆弱的，有時讓您不受打擾地休息，可比爲了換毯子床單而麻煩您起身來得好，而把盤子堆起來也比讓男僕過來吵吵鬧鬧地整理東西合適。」

黠謀國王忽然露出不確定的神色，讓我的內心遭受重大打擊。這就是弄臣希望我看到的景象，所以他才一直催我拜訪國王。他爲什麼不明說？但想想弄臣什麼時候有話直說了？我不禁感到羞恥。這是國王陛下，是我曾宣誓效忠的國王。我敬愛惟眞也對他忠誠，卻在國王最需要我的時候遺棄了他。切德不知要旅行多久，我卻只讓弄臣保護國王。然而，黠謀國王何時需要別人保護他？這位老人向來精於保護自己，此時我卻自責沒在回來後向切德強調我所注意到的變化，也應該更悉心照料我的君主。

「他是怎麼進來的？」帝尊忽然問道，並且凶惡地瞪著我。

「王子殿下，他宣稱有國王親賜的紀念品，還說國王答應他任何人只要看到那胸針就得讓他進來……」

「渾帳！你相信這胡說八道……」

「帝尊王子，您知道這是真的。當黠謀國王把這個賜給我的時候您可也在場。」我輕聲但清楚地解釋。惟真在我心裡沉默了，等著觀看這一切，也想知道更多。還不是得讓我吃苦頭，我痛苦地想著，然後努力喚回這思緒。

我平靜且不具威脅地將一隻手腕從如惡犬般的侍衛手中抽出來，將短上衣的領子翻出來取下胸針，高舉它讓大家都看得到。

「我不記得有這回事。」帝尊厲聲責罵我，黠謀卻坐直了身子。

「過來一點，小子。」他指示我。我聳聳肩讓侍衛鬆手，並把衣服拉直，將胸針拿到國王的床邊。國王慎重地伸手拿走胸針，我的心頓時一沉。

「父王，這是……」帝尊開始發火，但黠謀打斷了他。

「帝尊，你當時在場。你記得的，或許你根本就應該記得。」國王深沉的雙眼如我記憶中一般又明亮警覺了起來，眼神和嘴角的皺紋卻帶著痛苦。黠謀國王強打起精神讓自己的神智清醒，握著胸針用一貫深思熟慮的眼神瞥著帝尊。「我把這胸針和我的承諾賜給這小子，好交換他的承諾。」

「那麼，容我建議您把兩樣都收回來。要是您的房裡還有這樣的侵擾，您的身體就好不起來。」帝尊的語氣又好像在下達命令，而我靜靜等待。

國王舉起一隻手顫抖地揉著臉和眼睛。「我賜給他這些東西，」他說道，語氣堅定但聲音愈來愈無力。「一言既出，駟馬難追。我說得沒錯吧，蜚茲駿騎？你同意一個人的話一旦說出去了就無法收回？」那問題仍帶著一貫的試探。

「我一如往昔同意您的說法。一個人的話一旦說出去了就無法收回，而且他一定得謹守承諾。」

「那麼，很好。那件事情解決了，都解決了。」他把胸針還給我，我就接過來，如釋重負的感覺彷彿暈眩一般。他將身子向後靠在枕頭上，我又暈眩了片刻。我記得那些枕頭和這張床，只因我曾躺在這裡和弄臣俯視遭劫掠的泥濘灣，也在那壁爐裡燒傷了手指……

國王沉重地嘆了一口氣，想必他一定累壞了，過沒多久就會睡著。

「禁止他再來打擾您，除非您召見他。」帝尊又下了一道命令。

點謀國王再度睜開雙眼。「蜚茲。來這裡，小子。」

我像隻狗一樣跪在床邊靠近他，只見他舉起削瘦的手無力地拍著我。「你和我，小子。我們有個共識，對吧？」問得好。我點點頭。「好小子，很好。我信守自己的諾言，你也得信守你的承諾，就這樣。但是……」他瞥著帝尊，讓我感到一陣痛苦……「你在下午來找我會比較好，我在下午比較有精神。」他又累了。

「我應該在今天下午回來嗎？」我趕緊發問。

他舉起手微弱地揮動表示否定。「明天或後天吧！」他閉上眼睛深深地嘆了一口氣，好像從此以後無法再呼吸了。

「如您所願，陛下。」我表達贊同，深深一鞠躬對他行禮，一邊站直一邊謹慎地將胸針重新別在短上衣的翻領上，也讓大家花點時間觀看我的舉動。然後問道，「您允許我離開嗎，王子殿下？」我語氣十分莊重。

「你滾吧！」帝尊又吼了起來。

我虛應故事地對他鞠躬，然後謹慎地轉身離開。

他身邊的侍衛就眼睜睜地看我離去，而我出了房門才想起來忘了提到我想迎娶莫莉的事。現在看來，我恐怕得等上好一陣子才能再提這件事，帝尊、瓦樂斯或其他間諜也會在下午守在國王身邊監視著。我只想讓國王知道此事，可不希望在其他人面前道出一切。

蜚茲？

我現在想一個人靜一靜，王子殿下。您介意嗎？

他像破掉的肥皀泡般迅速從我的內心消失，而我緩緩步下樓梯。

15

祕密

在那決定性的一年中，惟眞王子選擇在冬季慶最高潮時展示他的艦隊。按照傳統，他應該等天氣狀況好轉，在春季慶的頭一天爲嶄新的船隻舉行下水典禮，因爲那是新船下水的良辰吉日。但是，惟眞極力敦促造船工人和其他工作人員趕在冬至前完成四艘戰艦的工程，並且選擇冬季慶最高潮時好在大庭廣眾面前讓新的船隻亮相，順便藉此機會發表演説。傳統上，當天會舉行一場狩獵，而由捕獲的獵物預示即將來臨的日子。當他讓船隻沿著滾筒離開船塢時，他就對群眾宣布這是他的獵人，而他唯一想殺害的獵物就是紅船劫匪。眾人對他這項聲明的反應是啞口無言，很顯然並不是他所預期的結果，而我相信這是因爲大家想忘掉所有關於紅船的痛苦記憶，在冬季裡躲起來然後假裝春天永遠不會來臨。但是，惟眞拒絕讓他們這麼做，艦隊還是按照他的計畫在當天下水，船員的訓練也同時展開。

夜眼和我在正午過後就外出狩獵。牠抱怨選在這時候打獵實在沒道理，還有我爲何願意浪費清晨時光和同窩的伙伴爭吵扭打成一團？我告訴牠事情就得是這樣子，而且還會持續好幾天，甚至更久。牠不太高興，而我也是。我有點惱火，只因牠在我不打算用意識和牠連結時，卻仍清楚知道我如何打發時間，那麼惟眞也感受到牠了嗎？

牠嘲笑我。有時候你還眞難聽到我的聲息，那麼我是否應該對你大張旗鼓，同時也對他喊幾聲？

我們的狩獵行動沒什麼斬獲，只逮到兩隻瘦巴巴的兔子。我答應翌日會幫牠從廚房帶些吃的過來，但仍很難對牠表達我希望在特定時刻保有自己的隱私。牠不明白我爲何將交配排除在狼群的活動之外，因爲狼群都是成群結隊狩獵或嚎叫。交配代表下一代會在不久的將來誕生，而狼群將負責照顧這群新生兒。但是，言語很難傳達出我所要表達的意思。我們用意象和共享思緒的方式交談，而這不需要什麼判斷力。牠的坦率可眞嚇壞我了，只因牠表示很喜歡同我分享我的伴侶和我享有的肌膚之親，但我求牠別這樣。牠一臉困惑。我讓牠獨自吃著獵來的兔子，牠卻因我不願和牠分享兔肉而賭氣，我也費了好大力氣才讓牠明白我不願和牠分享我對莫莉的感知，雖然我不太願意這麼做，但也只能用這樣的方式對牠表達。有時候我想完全斷絕和牠的牽繫，這對牠來說可眞無法理解，而牠也接著爭論說這樣根本沒有道理，因爲這麼做就失去了狼群集體行動的意義了。當我離開牠的時候，不禁納悶自己是否會再度眞正擁有完全屬於自己的私密時刻。

我回到公鹿堡想進自己的房裡好好獨處，就算只有片刻也好。我眞的很需要待在一個我可以把門關上單獨靜一靜的地方，至少讓我的四肢可以好好休息一下。走廊和樓梯上熙來攘往的人們更是刺激著我對安靜的渴求，只聽到僕人除舊布新的吵嚷聲響，他們在燭台上更替新的蠟燭，然後把一大枝一大枝的萬年青串成花彩裝飾四處懸掛。到處充滿著冬季慶的氣氛，我卻一點兒興致也沒有。

我終於走到了自己的房門口開門溜進去，然後緊緊關上門。

「這麼快就回來啦？」弄臣從壁爐邊抬起頭來，蹲在繞成半圓形的卷軸堆裡，看起來像在分類。我瞪著他，毫不掩飾心中的不悅，不一會兒我就生氣了。「你爲什麼不告訴我國王的狀況？」他看著另一幅卷軸，然後把它放在他右邊的那堆卷軸上面。「可是我有啊！現在換我問問你：你爲什麼不早點兒知道？」

這可把我的問題給推了回來。「我承認這陣子沒有勤於拜訪他，但是……」

「我再怎麼說也比不上讓你親眼瞧瞧來得有用，而你也從來沒想過我天天在那裡頭，是如何處理那些瓶瓶罐罐、打掃環境、清理餐盤，還幫他梳頭髮和鬍子……」

他再一次讓我震驚地說不出話來。我走到房間的另一頭沉重地坐在衣櫥上。「他已不是我印象中的國王了，」我坦白說道。「他的情況惡化得太快了，可眞令我感到恐懼。」

「讓你感到恐懼？這才讓我驚恐呢！在這位國王被玩弄時，你至少可以服侍另一位國王。」弄臣又把一幅卷軸輕輕拋向右邊那堆卷軸上面。

「我們都是。」我謹愼地指出。

「方式不同罷了。」弄臣簡短說道。

我不假思索舉起手，將胸針更加牢固地別在上衣的翻領上。我今天差點兒就失去了它，不禁令我想到它的確象徵我這些年來的日子。國王一直保護我這私生孫子，換成是其他無情的人早就悄悄把我解決掉了。但他現在卻需要別人的保護？這對我而言又象徵了什麼？

「所以，我們該怎麼辦？」

「你和我？可以做的事情恐怕少得可憐。我不過是個弄臣，而你也只是個私生子。」

我不情願地點點頭。「我希望切德在這裡，也希望知道他何時會回來。」我看著弄臣，納悶他又知道了多少。

「陰影*?陰影在太陽下山的時候就會回來，我是這麼聽說的。」他仍是一貫的難以捉摸。「但是我想對國王來說，還是太遲了。」他更平靜地補充。

「那麼我們無能爲力了?」

「你和我?那可不。我們的能力太強，在此根本無法採取行動。在這個地方，最弱勢的人總是擁有最強大的力量。或許你說得對，我們應該找人商量商量，然而現在……」他起身動作誇張地甩動所有關節，看起來就像是個被線纏住的傀儡。他讓身上的每一個鈴鐺發出叮噹聲響，讓我忍不住笑了出來。「國王即將迎向他一天中的大好時光，而我也會克盡棉薄之力隨侍在側。」

他小心地從那一圈分類過的卷軸和石板裡走出來，然後打了一個呵欠。「再會了，蜚茲。」

「再會。」

他疑惑地在門前停下腳步。「你不反對我離開?」

「我想我是先反對你待在這裡。」

「別和弄臣玩文字遊戲。但是你忘了嗎?我跟你談妥了一項交易，用一個祕密交換另一個祕密。」

我沒忘記，但忽然不確定我是否還想知道。「弄臣打哪兒來又爲何而來?」我輕聲問著。

「嗯。」他站了一會兒，然後嚴肅地問道，「你眞的想知道這些問題的答案嗎?」

「弄臣打哪兒來又爲何而來?」我緩緩重複問題。

*譯註：原文爲Shade，和切德的原文Chade字形和發音類似。

不一會兒他就楞住了。在我眼前的不是我所熟悉的那位伶牙俐齒、且異常機智犀利的弄臣，倒像是一位削瘦脆弱的人，肌膚蒼白且骨架瘦小，就連頭髮都比一般人來得虛幻而不眞實。他的黑白花斑點上衣裝飾著銀鈴，那可笑的鼠頭權杖是他在這滿布疑雲和陰謀的宮廷中唯一的利器，還有他那無法捉摸的謎團。我刹那間希望他不曾提出這項交易，也寧願自己沒那麼強烈的好奇心。

他嘆了一口氣環視著我的房間，走到睿智國王向古靈致意的那幅織錦掛毯前站好，抬頭一瞥就酸酸地露出微笑，好像在其中找到了我怎麼也看不出來的幽默。他像即將吟詠的詩人般架勢十足，然後停下來穩穩地站在那兒再度直視著我。「你眞的想知道嗎，蜚茲小子？」

我像朗誦祈禱文般重複問題。「弄臣打哪兒來又爲何而來？」

「打哪兒來？喔，打哪兒來？」他和鼠兒鼻子碰鼻子，思索該如何回答自己的問題，然後看著我的雙眼。「往南走，蜚茲。走到惟眞所見過每一幅地圖的範圍之外的領土，再走到那些國家所繪製的地圖範圍之外，穿越那些國家的邊境。往南走，然後朝東方穿越無名的海洋，最後你會發現一個狹長的半島，在蜿蜒的頂端就會找到弄臣出生的那個村落，你或許還會看到一位母親回憶像蟲一般潔白的嬰兒，還有她當年是如何把我抱在她溫暖的胸前，輕聲唱著歌。」他瞥了我一眼，望著我不可置信和入神的表情笑了出來。「你根本無法想像，是吧？讓我再給你出一道難題。她有一頭細長深沉的捲髮，還有綠色的雙眼。想想看！這些豐富的色澤卻也清澈透明。那麼，誰是這蒼白小寶貝的父親？我的父親是一對表兄弟，因爲這是我家鄉的習俗。其中一位是個健壯黝黑又開朗的人，紅潤的雙唇搭配棕色的雙眼，渾身散發出土壤和清新空氣的農人氣息。另一位則是細細瘦瘦的詩人兼歌者，渾身散發出黃金般閃爍的光芒，還有一對藍色的雙眼。噢，他們是多麼愛我並因我而喜悅著！他們三位和整個村子的人都很疼愛我。」他的聲音變柔了，然後靜了下來。我深信任何人都沒聽過我現在所聽到的話，也想起上回我進他房間的時候，看到搖籃裡的一個精巧的洋娃娃，弄臣以曾經受到的寵愛來疼惜這個娃娃。我等待他說下去。

「等到我……年紀夠大了，就告別他們，離鄉背井找尋自己在歷史中的定位，然後選擇我該在何處扭轉歷史。這是我所選擇的地方，打從我出生的那一刻就註定了，於是我來到這裡效忠黠謀。我在手中聚集所有的命運之線，竭盡所能編織上色，希望這能影響在我之後的種種命運。」

我搖搖頭。「我不懂你剛才說什麼。」

「喔。」他也搖搖頭讓鈴鐺搖晃。「我承諾把自己的祕密告訴你，但可沒說會讓你明白一切。」

「要讓對方眞正瞭解，才算眞正傳遞訊息。」我直接引述切德的話反駁他。

弄臣在考慮是否要接受我的說法。「你明白我在說什麼，」他妥協了。「你只是不接受罷了。我從來沒有對你如此坦白，或許讓你因此感到疑惑。」

他很嚴肅，但我再度搖搖頭。「你說的根本沒道理嘛！你到別的地方尋找自己在歷史中的位置？怎麼可能？歷史是已經過去的事情。」

他這次緩緩搖頭。「歷史是我們一生的所作所爲，我們一邊生活一邊創造歷史。」他露出神祕的微笑。「未來又是另一種歷史。」

「沒有人知道未來是什麼樣子。」我同意。

他笑得更開懷了。「不能嗎？」他輕聲問我。「蜚茲，或許在某處就有對於未來的記載，而且不是僅出自一人之手，但是如果一整個民族的暗喻、遠景、預言和徵兆都已經記錄了下來，可互相參考並且環環相扣，這些人不就編織出自己的未來了嗎？」

「太荒謬了，」我提出抗議。「誰知道這是不是眞的？」

「一旦織成了這塊布，也就編織了預言的掛毯，然後不只得等上幾年，而是要等到千百年之後才能再度呈現在世人面前，而我們就會驚訝地發現這預言有多麼準確。可別忘了，保存那些記錄的是其他種族的人，而且是異常長壽的種族。這是個白皙美好的種族，有時會和人類通婚，然後呢，」他轉著圈子，忽然興奮莫名地自我陶醉。「然後，當某些人出生之後，他們就知道自己將喚起歷史的記憶，然後蒙受感召邁開步伐在未來的歷史中尋找自己的位置，或許進一步接受敦促檢視數百條線的連接之處，然後，由我來把在這裡的這些線編織成布，而在編織過程中變換織錦掛毯的圖案，替未來扭曲緯紗更換顏色，接著就能扭轉世局。」

我現在確定他當時在嘲笑我。「大約一千多年以前，或許還見得到能夠如此改變世局的人，可能是一位賢明的國王，也或許是一位哲學家，爲成千上萬的人塑造思維。但你和我這個弄臣呢？我們不過是卒子——無足輕重。」

他憐憫地搖搖頭。「這比任何事情都讓我無法理解你們這些人。你們擲骰子，然後就知道骰子一轉即可扭轉整個棋局，或者邊發牌邊說一個人的財運可能就全靠一隻玩牌的手，但提到一個人的生命時，你們卻嗤之以鼻，然後說這沒用的傢伙、漁夫、木匠、小偷，或者廚師怎可能在這世界上做出什麼大事？所以你們匆匆忙忙虛應了事，像風中之燭般虛擲生命。」

「不是所有的人都命中註定要做大事。」我提醒他。

「你確定嗎，蜚茲？你確定嗎？如果不爲這整個世界的偉大生命貢獻一己之力，那活著又有什麼意義呢？我無法想像比這更悲哀的事情了。爲什麼一位母親不能對自己說，如果我好好扶養這孩子，關愛他、呵護他，他就會爲周圍的人帶來喜悅，而我也就這樣改變了世界？爲什麼一位農夫不能一邊播種一邊對鄰居說，我今天播的種將餵飽某個人，而這就是我改變世界的方式？」

「這是哲學，弄臣。我可從來沒有時間研究這些。」

「不，蜚茲，這是人生，也沒有一個人會沒有時間思考這些事情。其實，世界上的每一個生命都應該思考這件事，在每一刻的心跳之中好好想想，否則每天起床是爲了什麼呢？」

「弄臣，這可超出了我的理解範圍。」我不安地宣稱。我從沒見過他這麼充滿熱情，更沒聽過他如此直言不諱。這景況好比我在翻攪灰色的木炭餘燼，接著突然發現櫻紅炭火在餘燼深處閃閃發亮。他的確把火燒得太旺了。

「不，蜚茲。我已經透過你相信了這些。」他伸手用鼠兒輕輕敲著我。「起點、大門、轉折點、催化劑。這些都是你，而且一直都是。每當我來到轉折點時，每當嗅出不熟悉的氣味時，每當我把鼻子貼在地上一邊尋找一邊吠叫嗅聞，然後就聞到一股氣味，你的氣味。你創造各種可能性，而當你存在時，就能操縱未來。我爲了你來到此地，蜚茲。你是我所編織的線，應該說是其中一條線。」

我忽然有股不祥的預感。無論他還想再說什麼，我都不想聽。在某個遙遠的地方出現了一聲細細的嚎叫，那是一隻在正午嗥叫的狼。我不禁渾身發抖，身上的每一根汗毛都豎立起來。「你在開玩笑吧！」我緊張地笑著說。「我早該知道你不會說出眞正的祕密。」

「是你或不是你都一樣。關鍵、指標，還有繩子上的結。我看到了世界的盡頭，蜚茲，在我出生的時候就看著它被編織出來。噢，不是在你我所處的這個時代，但難道我們可以高興地說，我們現在處於黃昏而非深夜？難道我們應該因爲自己僅是受苦而慶幸，卻在獲悉你的後代將體驗痛苦的詛咒之後袖手旁觀？難道我們就因此而不付諸行動？」

「弄臣，我不想再聽了。」

「你有機會拒絕我，但你問了三次，所以繼續聽下去吧！」他如同帶領隊伍般舉起權杖，像是對六大公國全體議會發表演說般。「六大公國的沉淪是引發山崩的小卵石。毫無人性的一群傢伙從那兒出發，就像在世界上最好的襯衫上留下血跡般分散開來。黑暗黥吞蠶食，直到反撲己身才會饜足，都是因爲瞻遠家族的沒落。那就是被編織出的未來。但是等等！瞻遠？」他翹起頭凝視著我，像隻尖頭烏鴉般思索著。「他們爲什麼叫你瞻遠，蜚茲？難道你的祖先如此有遠見，因而獲得這個名稱？我應該告訴你這其中的含意嗎？你家族的名稱代表未來穿越時空朝此刻的你延伸過來，所以才如此替你命名，而你的家族在未來的發展也將和這個名稱契合。瞻遠家族。這就是我心中的線索，而未來正在此刻朝著你和你的家族延伸，來到你我家族血統交織之處，所以如此替你命名。然而，我來到這裡發現了什麼？一個沒有名字的瞻遠家族成員，在過去和未來的歷史裡都是個無名小卒。你的名字是蜚茲駿騎·瞻遠，而我希望你當之無愧。」他朝我走過來，然後抓住我的肩膀。「我們在這裡，蜚茲，你我都在這裡準備改變這世界的未來，對外開展並且握住能使巨礫翻滾的小卵石。」

「不。」一陣恐怖的寒冷湧上心頭，我也隨之顫抖。我的牙齒開始打顫，一顆顆明亮的光點在我的視線邊緣閃爍。我發病了。我覺得自己此刻又將在弄臣面前發作一次。「離開！」我無法忍受這樣的思緒，於是大喊出來。「走開，現在就走！快點，快點！」

我從沒見過弄臣如此震驚。事實上他驚訝地張大了嘴，露出小小的白牙和蒼白的舌頭，過了一會兒就緊緊握住我，然後鬆開雙手。我沒有停下來思考他對我如此唐突的逐客令做何感想，但仍試著拉開房門伸手指向外面，然後他就走了。我把門關起來帶上門閂，然後跌跌撞撞走到床邊躺下，一波又一波的黑潮不斷朝我奔騰而來，而我只能把頭朝下趴在床上。「莫莉！」大聲呼喊。「莫莉，救救我！」但我知道她聽不到我的叫聲，因而孤獨地陷入黑暗深淵。

上百道燭光、一條條萬年青花彩裝飾、大量冬青和黑色的枯枝與閃閃發亮的糖果掛在一起，真令人看得眼睛發亮、口水直流。傀儡的木劍擦擊聲和孩子的驚呼聲，在花斑點王子的頭飛向觀眾席時此起彼落著。芳潤張開嘴唱著猥褻的歌曲，手指自由自在地撥弄著他的豎琴琴弦。一陣寒風在廳門打開時吹進來，只見另一群尋歡作樂的人走進大廳加入我們。我逐漸明瞭這並不是一場夢，而是冬季慶。我態度親切地穿梭在慶典活動中，對每一個人露出和藹的笑容，但沒有真正看著他們。我緩緩眨著眼，也無法快速進行任何事情。我身上包裹著柔軟的羊皮，像一艘無人航行的船隻在寧靜的一天擺盪著，讓我覺得很想睡。我感覺有人碰我的手臂，我轉過身去，只見博瑞屈皺著眉頭想問我什麼事。他用一貫低沉的聲音和幾乎讓我心涼了半截的臉色對我說道。「我很好。」我鎮定地告訴他。「別擔心，我很好。」我的思緒又飄走了，在房裡熙來攘往的人潮中游移。

黠謀國王坐在王位上，但我知道他如今就像紙一般脆弱。弄臣坐在他腳邊的階梯上，彷彿嬰兒抓住嘎嘎作響的玩具般抓住他的鼠頭權杖。他的舌頭就像一把鋒利的劍，當國王的敵人接近時，就用犀利的言辭將他們劃成碎片，然後把他們從坐在王位上的紙人身邊趕走。

惟真和珂翠肯坐在另一個高台上，夫妻倆看起來就像弄臣的洋娃娃一樣光鮮亮麗，我卻感覺他們看起來空空洞洞地，彷彿承載滿腹空虛，但我很遺憾無法填滿這空虛，只因他們實在太過虛無縹緲。帝尊走過來跟他們說話，就像一隻巨大的黑鳥，不，不像烏鴉那麼愉快，也不像渡鴉，他根本沒有渡鴉歡愉的矯捷，而是像一隻眼神憂愁的鳥一樣盤旋，盤旋，夢想他們是可以果腹的臭屍。他的味道可真像一具臭屍，教我不禁用手摀住口鼻遠離他們。

我坐在壁爐前的磚地坐下，旁邊是一位咯咯發笑的藍裙女孩旁邊，面帶微笑聽她像松鼠般談笑著，不久她就朝我這兒靠過來，開始唱著三位擠乳女工的有趣歌曲。壁爐邊還有其他人或坐或站加入歌唱，唱完後所有的人都笑了出來，她也將自己溫暖的手隨意地擱在我的大腿上。

兄弟，你瘋了嗎？你是不是吃了魚刺發燒啦？

「嗯？」

你心事重重，思緒冷酷噁心，而你移動的模樣活像獵物。

「我很好。」

「是嗎，大人？那麼，我也是。」她對我露出微笑。她有圓滾滾的臉蛋和深色的雙眼，一頭捲髮從頭頂上的無邊便帽流洩而下，我想惟真會喜歡這女孩。她熱情地拍拍我的腿，把手往上移了一點兒。

「蚩茲駿騎！」

我緩緩抬起頭，只見耐辛站在我跟前，身旁就是蕾細。眞高興看到她，只因她很少出來參與社交活動，特別是冬天的時候，因爲我記得她挺怕冷的。「夏季來臨的時候我會很高興，因爲到時候我們就可以一起在花園散步。」我告訴她。

她靜靜地看了我一會兒。「我得搬些重物到房裡，你可以幫忙嗎？」

「當然。」我小心地起身。「我得走了，」我告訴身旁的女僕。「我繼母需要我幫忙。我很喜歡妳唱的歌。」

「再見，大人！」她咂嘴向我道別，蕾細就瞪了她一眼，而耐辛的雙頰像玫瑰般紅潤。我跟隨她穿過蜂擁的人群來到樓梯底端。

「我忘了怎麼做這些事情，」我告訴她。「您要我搬的重物在哪兒？」

「這只是讓你在丟盡自己的臉之前離開那裡的藉口！」她對我吼著。「你是怎麼了？你怎麼如此不得體？你喝醉了嗎？」

我想了一想。「夜眼說我魚刺中毒，但我感覺很好。」

蕾細和耐辛非常謹慎地看著我，然後一人扶著我的一隻手臂帶我上樓。耐辛泡了茶，我則和蕾細交談。我告訴她我是多麼鍾愛莫莉，只要國王答應，我就一定盡快迎娶她，然後她就拍拍我的手又摸我的額頭，問我今天在哪裡吃了些什麼。我根本不記得了。耐辛把茶端過來給我，我喝下去沒多久就吐了。蕾細端來冷水，耐辛則給我更多的茶喝，我又吐了。我說我不想喝茶了，只見耐辛和蕾細彼此爭論。蕾細說她覺得我只要睡一覺就好，然後就帶我回到自己的房裡。

當我醒來之後，根本已經分不清楚是夢境還是現實。我對整個晚上那些活動的記憶，好像幾年前發生的事情般模糊而遙遠。混雜著寬敞的樓梯和吸引人的暈黃燈光，從那兒吹過來的寒風讓整個房間冷了起來。我蹣跚地爬下床，因為頭暈而站不穩，接著緩慢爬上樓梯，一隻手不斷撫摸冰冷的石牆，讓自己確信這一切都是眞的。走到樓梯中間的時候，切德下樓和我碰頭。「這裡，抓住我的手臂。」他對我說，而我也照辦。

他用另一隻手抱住我，我們就一同上樓。「我很想念你。」我告訴他。當呼吸平順之後，我對他說，「黠謀國王身陷險境。」

「我知道。黠謀國王一向身陷險境。」

我們終於爬到樓梯頂端。他房裡的壁爐燃燒著爐火，一旁的托盤上擺著食物。他帶我朝它們走過去。

「我想今天可能有人對我下了毒。」我忽然全身發抖。當顫抖結束之後，我感覺更清醒。「我時睡時醒，心裡一直想著自己是清醒的，接著就突然間更清醒。」

切德沉重地點點頭。「我懷疑是殘留下來的灰燼搞的鬼。你在整理黠謀國王的房間時根本沒想到藥草燃燒後的灰燼會濃縮藥效，你也弄得滿手都是，然後就坐下來吃糕點。我想我沒辦法做什麼，你可能睡一下就沒事了。你幹嘛下樓去？」

「我不知道。」然後我又說了：「你爲什麼總是知道這麼多？」我帶著怒氣發問。他就把我推到他那張老舊的椅子上，自己則坐在我通常坐著的壁爐石台上。即使我還處於暈眩狀態，仍注意到他俐落的身手，好像已經擺脫老人家身上的痠疼。他的臉上和手臂都顯現飽經風霜的色澤，曬黑的皮膚讓病斑引起的痘疤褪色了。我曾注意到他和黠謀的神似之處，而現在我也在他的臉上看到惟眞的影像。

「我自有方法探知事情的眞相。」他狡黠地對我露齒而笑。「對於今晚的冬季慶活動，你還記得多少？」

我一邊退縮一邊思索。「我只知道明天可難捱了。」那位小女僕忽然間跳進我的記憶裡，當時她靠在我肩上還把手放在我的大腿上。莫莉。我今晚得想辦法向莫莉解釋這些事，如果她來我的房裡，而我卻無法開門……我試著從椅子上站起來，接著又是一陣顫抖，感覺眞像被剝了一層皮。

「這裡。先吃點東西吧！把你腸子裡的東西全吐出來可不是一件最好的事，但我相信耐辛是一番好意，因爲在其他的情況下，這未嘗不是個救命仙丹。不，你這傻小子，先洗洗手。聽到我剛才說的嗎？」

我注意到食物旁邊放了一盆醋水。我仔細把手上的所有殘餘物洗掉，然後洗臉，驚訝於自己怎麼頓時就清醒了。「感覺上好像做了一場漫長的夢，一整天……這就是黠謀的感覺嗎？」

「不曉得。或許這些燃燒的藥草不是我想的那些東西，而這就是我今晚要跟你討論的事情之一。黠謀最近如何？他是忽然間變成這樣的嗎？瓦樂斯從什麼時候開始自稱是療者？」

「我不知道。」我羞愧地垂下頭，強迫自己告訴切德我在他外出時有多麼偷懶和愚蠢。當我說完之後，他並無異議。

「這麼說來，」他沉重地說道。「我們無法改變已經發生的事情，只能亡羊補牢。這兒發生了太多事情，不可能一下子就解決。」他深思熟慮地看著我。「你剛剛所說的大多在我意料之中。被治煉的人持續接近公鹿堡，國王還在生病，但黠謀國王的病情比我想像中惡化得還要快，而那卑鄙的小人根本不應該在他的房裡。除非……」他沒再說下去。「或許他們相信百里香夫人是他唯一的守護者，或許他們也認爲我們不再關心黠謀了，或許他們更相信他是個孤立的老人，也是個必須移除的障礙物。你的大意至少讓他們現出原形，既然如此，我們也許可以對付他們。」他嘆了一口氣。「我以爲自己能把瓦樂斯當成工具，靈巧地引領他接受其他人的忠告。他對藥草不怎麼瞭解，只是略懂皮毛，但我大意留下來的工具，此時可能就被另一個人利用了。我們得觀望一陣子，但我仍相信一定有辦法停止這種狀況。」

我咬住舌頭，不讓自己說出帝尊的名字。「該怎麼做？」我只好發問。

切德露出了微笑。「你在群山王國裡是如何敗露刺客身分的？」

我因這個回憶而畏縮。「帝尊把我的目的告訴珂翠肯。」

「沒錯。我們應該透露一些國王房裡的情況。你就一邊吃一邊聽我說吧！」

所以，我就這麼聆聽他爲我安排次日的種種任務，但也注意到他爲我準備的食物。我聞到一股濃郁的大蒜味，知道他深信大蒜的清洗功效。我不禁納悶自己吸收了什麼，它如何渲染了我和弄臣間的對談回憶。我想起對他突如其來的怒氣，不禁一陣畏縮，而我明天也得找他談談。此時，切德注意到我的心不在焉。「有時候，」他拐彎抹角地說著，「你必須信任他人才能明白自己並非完美。」

我點點頭，接著忽然深深地打了一個呵欠。「不好意思，」我喃喃自語，眼皮都快掉下來了，幾乎讓我抬不起頭來。「你剛剛說的是？」

「不，別說了。去睡吧！好好休息，這才是最好的藥方。」

「但我還沒問你到哪兒旅行，或做了些什麼事。你的動作舉止看起來好像年輕了十歲。」切德噘起嘴。「這算是讚美嗎？算了，你問了也沒用，所以你不妨改天再問，然後因爲我拒絕回答再度傷腦筋。至於我的狀況……這麼說吧，如果一個人強迫自己的身體做很多事情，它就能做更多事情。這不是一趟輕鬆的旅程，但我相信這一切辛苦都是值得的。」正當我開口的時候，他舉起手示意我別說下去。「這就是我要說的。現在去睡吧，蜚茲。去睡吧！」

我站起來伸伸懶腰，同時又打了一個呵欠，然後伸展四肢直到所有關節都砰啪作響。「你又長高了，」切德欣賞似的抱怨。「依你長高的速度，你可會比你的父親還高大。」

「我很想念你。」我一邊走向樓梯一邊嘀咕。

「我也很想念你。但我們明天晚上再聊，現在回房就寢吧！」

我走下樓梯，衷心希望遵循他的建議。和往常一樣，當我一從樓梯上走開，它就自動縮回牆裡，我卻始終無法查出是什麼機械原理賦予它這種自動功能。我把三塊木柴丟進壁爐裡，想重新點燃即將燃燒殆盡的爐火，然後走到床邊坐下來褪去上衣。我累壞了，但仍有餘力嗅出莫莉在我身上留下的一絲淡淡清香。我又坐了一會兒把襯衫握在手中，然後重新穿上，起身走向門邊溜到走廊上。

和別的夜晚相較之下，此刻眞的很晚了，但這是冬季慶的頭一晚，樓下的群衆可能要等到黎明時分才想到就寢，其他人這時可能都不會回到自己的床舖。我忽然露出微笑，知道自己也不會回房就寢。

走廊和樓梯上都還有人，大多都喝醉了，另一些人則過於專注在自己身上，根本不會注意到我。我下定決心把冬季慶當成藉口，好回答可能在明天蜂擁而來的問題，但還是在確認走廊沒有人之後才輕敲她的房門，不過沒有回應。然而，當我舉起手準備再敲門時，門卻在黑暗中靜靜地打開了。

這可嚇到我了，不一會兒我就相信她遇到麻煩。有人來這裡傷害她，然後丟下她獨自面對一片黑暗。我跳進房裡呼喚她的名字，然後門就在我身後關了起來。「噓！」她吩咐我。

我轉身想找到她，卻花了些時間讓眼睛適應這一片黑暗。壁爐裡的火光是房間唯一的照明，而且背對著我。當我的雙眼終於穿透黑暗時，感覺幾乎無法呼吸。

「妳在等我嗎？」我終於發問。

她用貓叫般的細小聲音回答。「只等了幾個小時。」

「我想妳可能也在大廳和大家同樂。」我緩緩地想起來當時並沒有在那兒見到她。

「我想在那兒的人群不會想念我，除了一個人，而且我想那人或許會到這兒找來我。」

我靜止不動地站在那兒看著她。她戴著一個冬青花環，頭髮凌亂，就這樣了。只見她靠在門邊站著，希望我看看她。我該如何解釋我們跨越了多少界線？在我們一同體驗這美妙的感受之前，我們對彼此充滿好奇，也不斷探索對方，但現在可不一樣。這是一名女子直接了當的邀請，還有比一個女人對你的渴望更令人震撼的事情嗎？這感覺讓我無法招架，卻也祝福著我，更是對我從前所做過傻事的一種救贖。

冬季慶。

夜晚是祕密的最高潮。

是的。

她在黎明前叫醒我，把我送出房間。她在用噓聲把我趕出門之前和我吻別，不禁讓我站在走廊上說服自己天還沒亮。過了一會兒，我想到自己必須慎重其事，於是抹去臉上傻楞楞的笑容，拉直發皺的襯衫走向樓梯。

回到房間之後，一股無法抵擋的昏沉疲倦席捲而來。我上回在何時一覺到天明？我坐在床上褪去上衣丟在地上，然後跌進床鋪閉上雙眼。

輕柔的敲門聲驚醒了我，使得我跳起來輕聲走到房間的另一頭，並且自顧自地微笑，在打開門時仍保持笑容。

「好啊，你可起床了！還幾乎穿戴整齊了。我看到你昨天那個樣子還眞擔心，剛才眞想抓住你的頸背把你拉下床。」

是梳理整潔的博瑞屈。他額頭上的細紋是顯示昨夜狂歡的唯一標記。根據我和他多年共處的經驗，我知道他不論前一天晚上多麼忙亂疲累，依然會在次日早晨起身面對種種職責，讓我不禁嘆了一口氣。沒必要請求寬恕，反正他也不會原諒我。此刻，我只得走到衣櫥前面找出一件乾淨的襯衫，穿上之後跟隨他走向惟眞的房間。

我感覺自己的身心都有一道奇特的門檻。在我生命中曾多次把它給推倒了，但是每次都發生了不尋常的事情，而那個早晨也不例外。過了大約一個小時之後，我站在惟眞烽火台裡的窗前，赤裸著上身而且一直冒汗。冷風由敞開的窗戶吹進來，但我一點兒也不覺得冷。博瑞屈給我的那把裹上布的斧頭，只比這個沉重的世界輕盈些，而惟眞在我內心所占的一席之地，讓我覺得自己的腦袋快要被迫衝出眼睛了。我無法再拿穩斧頭保衛自己，只見博瑞屈再度進攻，我卻只能象徵性地防衛。他很輕易就把我的斧頭扳到一邊，然後迅速朝我進行一兩次攻擊，不用力但也不輕。「這樣你就沒命了。」他在告訴我之後然後向後退，垂下斧頭靠在上面呼吸，而我砰的一聲倉促地把斧頭丟在地上。沒有用。

在我心中，惟眞仍然十分寧靜。我瞥見他坐下盯著窗外凝視海那邊的地平線，早晨的日光無情地照亮了他臉上的皺紋和頭上的灰髮，他的雙肩也向前傾塌，而這個姿勢恰巧對照我內心的感觸。我閉上眼睛片刻，實在累得無法做任何事情，而我們倆忽然間相互契合，接著我就看到昭示我們前途的那條地平線。我們正遭受強敵侵襲，他們渴望在這裡把我們趕盡殺絕，這就是唯一的目標。他們沒有土地可耕種，也沒有孩子要照顧，更無須看守動物，好讓自己專心一致劫掠此地。但是，我們努力過著正常的生活，同時也試著保護自己不受迫害。對於紅船劫匪來說，他們的殘暴就是每天的例行公事，也就是說他們只想毀了我們。我們並非戰士，而且好幾代都沒有參與戰事，況且我們軍隊所受的訓練僅適合用來迎戰講理的敵人。那麼，我們該如何抵抗瘋子的殘殺？我們擁有什麼樣的武器？我環顧四周。我。我成了惟真。

這個人。這麼一個人，因奮力遊走於捍衛人民和沉溺精技的狂喜邊緣而日漸憔悴。這麼一個人，嘗試激勵我們和鼓舞我們奮而起身捍衛自己。這麼一個人，當我們在樓下策畫密謀和爭執吵嘴時，卻在這兒用雙眼凝視遠方。沒有用。我們終將步上毀滅之路。

絕望的浪潮席捲著我，威脅要把我拉下去。它在我的身邊翻騰，我卻忽然在它的中央找到立足點，也在此看到這一切的努力終將徒勞無功，不禁感覺一陣毛骨悚然的荒謬。四艘尚未完工的戰艦搭配沒受過訓練的船員，烽火台和火焰訊號警醒無力的抵抗者迎向屠殺。博瑞屈拿著斧頭和我一同站在寒冷中，惟真則凝視窗外，而在這同時，樓下的帝尊對親生父親下藥，希望他喪失心智，然後就可以繼承這一團混亂，這點我並不懷疑。一切的努力都徒勞無功，卻難以想像如果放棄了又將如何。接著，我心中湧起了一陣難以制止的笑聲，就站著靠在斧頭上大笑，好像這個世界是我所見過最滑稽的東西。此時，博瑞屈和惟真不約而同地瞪著我，惟真的嘴角露出了一絲回應似的笑容，眼中的一道亮光分享著我的瘋狂。

「小子？你還好嗎？」博瑞屈問我。

「我很好，好得很。」我在逐漸消逝的笑聲中告訴他們倆。

我讓自己再度站直身子然後甩甩頭，而我發誓自己幾乎覺得頭腦清醒了。「惟眞。」我說道，同時用自己的意識擁抱他的意識。這很容易，一向都很容易，我以往卻認爲這樣做就會失去什麼。我們並沒有融爲一體，卻像疊在碗櫃中的兩只碗一樣相互契合。他輕鬆地駕馭著我，對我來說就像是安置妥當的背包一樣輕鬆，我也在此時吸了一口氣，然後舉起斧頭。「再來一次。」我對博瑞屈說道。

當他進攻的時候，我不再把他當成博瑞屈，而是一個拿著斧頭來殺惟眞的傢伙。我還來不及控制本身的力道就把他推倒在地上，只見他站起來搖搖頭，而我看到他的臉上露出一絲怒氣。當我們再度對峙時，我又有效地予以還擊。「第三次。」他告訴我，那飽經風霜的臉龐露出了迎戰的微笑。我們又一同在掙扎的喜悅中顚簸，我也再次乾淨俐落地打贏他。

我們又砰地相互碰撞了兩次，接著博瑞屈忽然從我的迎面一擊中向後退，把斧頭垂向地板站著，身體稍微向前蹲下來直到恢復正常的呼吸頻率，然後站直起來看著惟眞。「他學會了。」他沙啞地說道。「他抓到訣竅了，雖說技巧還算不上純熟，不過多練習就能增強戰力。您眞是替他做了明智的抉擇，這斧頭就是他的武器。」

惟眞緩緩點頭。「而他就是我的武器。」

16

惟眞的艦隊

紅船之役的第三個夏季，六大公國的戰艦嘗到了喋血的滋味。雖然總共只有四艘戰艦，卻代表了我們保衛領土的重大戰略變更，我們和紅船的正面衝突也很快地讓我們明白自己早已忘了該如何扮演戰士的角色。劫匪說得沒錯，我們已經成了務農的種族。然而，我們是一群決心奮勇作戰的農人，也迅速得知劫匪是資源豐富的殘暴戰士。事實證明他們之中沒有一個人投降或被活捉，而那或許是我們獲悉冶煉的天性，以及我們是打一場什麼樣的戰爭的頭號線索。但是，這樣的提示有時顯得過於隱晦，我們連求生存都來不及了，根本無暇對此覺得奇怪。

接下來的冬日過得飛快，讓這個冬季的前半段顯得十分漫長。我生活中各自獨立的部分，也像一粒粒珠子般由我這條線串連起來。我相信如果靜下來思索自己如何將這錯綜複雜的一切各自分離，一定會覺得不可思議。但我當時還年輕，或許比我想像中還年輕，不知怎麼地就有足夠的時間精力完全搞定。

我的一天在破曉之前展開，從惟眞的課程起頭。博瑞屈至少一週兩次帶著他的斧頭出現在這裡，但大部分是惟眞和我單獨相處。他訓練我的精技感知，卻不像蓋倫那樣。他早在心中爲我安排特定的任務，也就用這些來訓練我。我學會透過他的雙眼觀看，也讓他運用我的雙眼。我練習對他駕馭我注意力的靈巧方式提高警覺，以及保有持續性的內心實況報導，好讓他獲悉我們周遭所發生的一切。這表示我得帶著他離開烽火台，如同伸出手腕讓老鷹停在上面般，讓他參與我的其他例行公事。我起先只能讓這份精技連結維持數小時，後來卻能夠讓他分享我的內心思緒達數日之久，然而這份連結確實隨著時間的流逝而減弱。這不算是我本身對惟眞的技傳，而是藉著碰觸所形成的牽繫，而且得不斷更新。雖然我的能力僅止於此，卻仍然從中獲得成就感。

我也同樣花時間在王后花園裡幫忙搬運凳子、雕像和花盆，直到珂翠肯找到滿意的排列方式爲止。我總是在這段期間確定惟眞和我在一起，希望他看到其他人眼中的王后時能感覺好些，尤其是當她熱烈地整理那座積雪的花園時，粉紅的雙頰和一頭金髮被風吹得生氣盎然，這就是我要讓他看到的。他聽到她訴說希望這座花園能帶給他喜悅，但這算是背叛了珂翠肯對我的信任嗎？我堅決地擺脫這份不安，帶著他走訪耐辛和蕾細。

我也試著帶惟眞接觸人群。自從他展開沉重的精技任務之後，便很少有機會和他心愛的群衆相處。我帶他到廚房、守衛室和馬廄，然後來到公鹿堡城的小酒館；而他總帶領我到船塢，讓我親眼目睹戰艦工程的最後階段。稍後我便會來到這些船舶停泊的碼頭，和船員談論他們對於這些戰艦的瞭解，同時讓他知道有人抱怨一些外島難民獲准加入作戰陣容。看得出來這群人嫻熟的技巧讓這些船隻搖身一變，成了矯捷的戰艦，而他們的專業知識也增強了戰艦的作戰能力，同樣顯而易見的卻是太多六大公國人民對於這些外島移民的厭惡和不信任。我不確定惟眞雇用他們的決定是否明智，但我並不對此表達心中的疑惑，只是讓他看見其他人在嘀咕。

他也在我晉見黠謀的時候跟著我。我盡可能在近午或正午過後去拜訪黠謀，瓦樂斯常在讓我進門之前先爲難我，而房裡也總是有其他人在場，像是我不認得的女僕和表面上修理房門的工人，我則焦急地等待有機會和他單獨談談我的結婚計畫。弄臣也總是在房裡，言詞尖刻地不讓其他人察覺我們之間的友誼。他一貫犀利尖酸的嘲諷眞令人難受，我雖然知道他這樣做的目的，他卻仍有使我慌張和惱怒的能耐。我只對房裡新換上的床單被套感到滿意，一定有人在閒談中告知急驚風師傅國王的臥房是多麼髒亂。

冬季慶的慶祝活動依然如火如荼地進行，一群群僕人和跑腿的人湧入國王的房間，爲他帶來了節慶的氣氛。急驚風師傅把握拳的手叉在腰上，站在房間中央監督一切，還一邊嚴厲譴責瓦樂斯把事情弄得一場糊塗。他之前顯然聲稱自己親自料理房裡的清潔和衣物的洗滌，好讓國王不受干擾。我在那兒度過了一個十分愉快的下午，因爲這些活動喚醒了黠謀，幾乎迅速讓他回復到從前的樣子。他要責怪自己人怠惰的急驚風師傅安靜下來，然後就和這群清洗地板、拿蘆葦布置房間，以及用芳香清潔油擦拭家具的僕人談笑。急驚風師傅在黠謀國王的身上紮紮實實地捆了如山高的一堆棉被，同時叫人把窗戶打開讓空氣流通。她對所有的煙灰和燻燒用的壺子也挺不以爲然，我則輕聲地建議最好讓瓦樂斯自己動手清理這些東西，只因他最清楚到底是哪個等級的藥草在房裡燻燒。當他帶著瓶瓶罐罐再度回房時，已經蛻變成一個較爲溫順馴服的人，而我不禁納悶他是否眞的知道他的燻煙如何影響黠謀。但如果這不是他幹的好事，那會是誰呢？弄臣和我互換了意味深長的神祕眼神。

房裡不但清理乾淨而且也明亮了起來，到處妝點著節慶用的蠟燭和花彩裝飾，懸吊起來的萬年青和枯樹枝上布滿了塗上各種色彩的果仁。這一切讓國王的臉頰浮現朝氣，接著我感受到惟眞也靜靜地表視贊同。當晚國王從房裡下樓加入在大廳中狂歡的我們，並且親口吩咐他最喜歡的樂師演唱他最愛聽的歌曲，我就將此視爲個人的一大勝利。

有些時候我完全享有自己的時刻，而且不光只有和莫莉共度的那些夜晚。我盡可能溜出城堡和我的狼兄弟一同狩獵，只因我們的牽繫實在太緊密了。而我也從未完全孤立於牠，不過純粹的心靈相通，總比不上和牠一同狩獵讓我感到深刻的滿足。很難表達兩個個體合而爲一、爲達成單一目標共同行動的圓滿感受，但是即使我因忙碌而好幾天沒見到牠，牠也依然與我同在，彷彿香水般令人在頭一次接觸時警覺，然後就融入空氣中任人呼吸。我的嗅覺似乎更爲靈敏，而這都是牠的功勞，因爲牠能夠辨認出空氣爲我捎來什麼訊息，也讓我對周遭事物的感受更加敏銳，彷彿牠用意識在我身後護衛我，同時警告我可能忽略的細微感官線索。食物變得更可口，香水也更加芬芳，但我試著不把這樣的邏輯延伸到我想和莫莉相處的渴望。我知道牠也在場，但牠一如承諾不在這樣的時刻讓我感覺到牠的存在。

冬季慶過後的一個月，我發現自己有了新的差事。惟真說他希望我登上一艘戰艦，幾天之後我就奉命來到**盧睿史號**的甲板上操作船槳。艦長納悶爲什麼當他需要一位壯丁時，卻來了一個細瘦的毛頭小子，而我並不對此問題展開爭論。在我身邊的人大多身形魁梧，而且定期出海航行，而我只能用盡每一分力氣來證明自己的能耐。至少我知道自己不是唯一缺乏經驗的人，只因其他人雖然曾在別的船隻服過役，但除了外島人以外並沒有人熟悉這類戰艦。

惟真必須找來境內最年長的造船工人，和瞭解如何建造戰艦的人一起工作。**盧睿史號**是四艘在冬季慶亮相的戰艦中最大的一艘，流線型的船身圓滑彎曲，而吃水淺的特點，讓它可以在寧靜的海面上，像池塘裡的昆蟲般飛快地掠過水面，或是像海鳥一樣靈巧地乘風破浪。其他兩艘戰艦船身上的厚板不多不少地緊鄰船骨釘牢，而**盧睿史號**和體積較小的姊妹戰艦**堅媜號**卻有魚鱗式的外殼，船身的厚板也一個壓著一個地重疊。**盧睿史號**是檣魚建造的，船身的板材裝釘得恰到好處，能夠承受海水的衝擊，而且只需要少許上過油的繩索塡隙。這艘戰艦的做工堪稱精細，松木桅杆支撐著用繩子加強固定的亞麻船帆，而惟眞的公鹿標誌也爲**盧睿史號**的風帆增添無數光彩。

這些嶄新的戰艦還帶有刨木和繩子上油的味道，甲板上幾乎看不到什麼痕跡，船槳從頭到尾乾淨淨。**盧睿史號**將很快擁有自己的特色；些許穿索椎讓船槳更易於掌握，每個線條都緊密接合，更擁有良好的戰艦所具備的各項優點。然而，現在的**盧睿史號**卻和我們一樣生嫩。當我們航行出海時，我不禁想起騎在剛踏上綠地的馬兒身上的新手騎士。戰艦側身前進，含羞地在波浪中起伏，然後我們就發現了一種共通的韻律，像上了油的刀子般滑溜地乘風破浪前進。

惟眞希望我將自己沉浸在這些新的任務中。我和其他船員一樣分配到在艦上倉庫裡的一個舖位，我也盡量維持低調，且積極遵從每一道命令。艦長是不折不扣的六大公國子民，但他的大副是位外島人，而這位異鄉人才是眞正教導我們如何航行**盧睿史號**和解釋其戰力的人。艦上還有另外兩位外島移民，當我們在學習戰艦知識、維修和睡眠之餘，他們總聚在一起竊竊私語，而我眞不知他們是否清楚這麼做只會引來六大公國人民的非議。我的床舖很靠近他們，而惟眞常常在我嘗試入睡時，趕緊來知會我仔細聽這些陌生語言的悄悄話，我也照做了，反正他比我還懂這些洋腔洋調。過了一陣子我就明白他們的語言和六大公國的並沒太多差別，而我自己也能聽懂一些他們的交談內容。我沒聽到任何關於背叛或作亂的言論，只聽見他們憂傷地輕聲提到自己的親人被同胞冶煉，然後就發下重誓要爲這些同胞復仇。他們和六大公國的男女並無二致，而在艦上的每一個人幾乎都有親友因冶煉而喪生。我帶著罪惡感納悶自己已經讓多少個那些失落的靈魂邁入死亡，這也因此在我和其他船員之間建立起一道小小障礙。

姑且不論冬風有多麼強勁，我們幾乎每天都乘船出海，不停發動戰爭演習，練習用抓鉤捕捉或用船首撞擊另一艘戰艦的技巧，同時也嘗試能否跳到敵船上進攻而不致落水。我們的艦長費盡唇舌解釋我們所擁有的各項優勢，像是我們所要面對的敵人離家鄉還挺遠，且因漂流海上數週而精疲力竭，還說他們因爲住在船上太久了，惡劣天候讓他們飽受折磨，我們卻天天都能吃得飽穿得暖。另外，如此艱辛的航程讓紅船的每一位划槳手都得兼做劫匪，我們卻有多餘的戰士手持弓箭跳到別的艦上作戰，而不影響完整的船員陣容。我常見到大副對於這些言論大搖其頭，也私下對他的同胞表示，艱鉅的突襲航程迫使全體船員變得強壯和凶猛，我們這群溫和飽足的農人，怎可能捱得過在海上對付深諳水性的紅船劫匪？

我每隔十天就有休假，於是就回到公鹿堡度假，卻很難在這些日子裡充分休息。我得向黠謀國王報告，把我在**盧睿史號**所經歷的每一個細節告訴他，接著歡喜地看著他眼中露出的興致。他看起來好多了，但還沒回復到我年少時期印象中那位充滿活力的國王的樣子。耐辛和蕾細想當然爾也要我去拜訪她們，而我也不忘克盡職守拜會珂翠肯，把一兩個小時留給夜眼，暗中溜到莫莉的房間，然後告辭趕回自己的房裡，在夜晚時等待切德找我過去回答他那一道道小測驗。當黎明來臨時，我就到惟眞那兒簡短報告，他也碰了我一下，好重建彼此之間的精技牽繫。而回到船員艙房睡一夜好覺經常是個放鬆。

冬季終於快要結束了，這讓我有機會和黠謀私下談一談。我一向都在休假時來到他的房裡報告我們的訓練進展，而黠謀的健康狀況也比之前好多了，他直挺挺地坐在壁爐旁邊的椅子上。瓦樂斯這天沒在房裡，倒有一位假裝整理房間的女僕充當帝尊的間諜，而弄臣仍坐在國王的腳邊，把找她麻煩當成一件樂事。我和弄臣一塊兒長大，早就習慣了他那蒼白的肌膚和雙眼，但那個女人顯然不這麼想，甚至趁弄臣看似不留神的時候偷窺他，而當他發現時也立刻以眼還眼，每一次的眼神都比前一次來得淫蕩。最後她愈來愈緊張，終於不得不提著桶子經過我們身旁走開，只見弄臣派出鼠頭權杖上的鼠兒從她的裙子底下偷窺，弄得她跳起來尖叫，把那桶污水打翻在自己身上和剛擦乾淨的地板。黠謀責備弄臣，弄臣卻誇張地卑躬屈膝，沒有一絲悔意。接著，國王叫那個女人離開房間去換件乾淨的衣服，這可讓我逮到機會了。

那個女人在我開口之前，幾乎還沒完全離開房裡。「國王陛下，我必須向您請求一件事情，而這件事在我心中已經醞釀了好一段時間。」

我的語氣中一定透露了些什麼引起弄臣和國王的注意，只見他們倆立刻以十二萬分的專注聽我訴說。我怒視著弄臣，他也知道我希望他離開，但只見他靠得更近了，幾乎是把頭靠在黠謀的膝蓋上，並露出令人生氣的傻笑。我拒絕讓這影響我，接著用懇求的眼神看著國王。

「你盡管說吧，蜚茲駿騎。」他鄭重地說道。

我吸了一口氣。「國王陛下，能否請求您允許我成婚？」

弄臣驚訝地睜大雙眼，但國王反而像縱容乞討糖果的孩子般，面露微笑回答我。「所以，終於是時候了。但你能否先考慮和她交往？」

我胸中的心跳如雷貫耳。國王用心領神會的眼神看著我，卻非常、非常地喜悅，我也斗膽對自己的要求滿懷希望。「這確實令國王陛下感到歡喜，但我恐怕已經和她交往了一段時間。雖然知道自己不該如此放肆，只是……事情就這樣發展了。」

他露出了善意的笑容。「是的。有些事情的確如此。而且如果你再不說出來，我恐怕真的要懷疑你的企圖了，也會納悶這位女士是否瞞騙了她自己。」

我口乾舌燥、無法呼吸。他知道了多少？他對著我的恐懼微笑。

「我並不反對。事實上，我對你的選擇感到高興……」

我臉上露出的微笑，奇妙地和弄臣的神色相互輝映。我顫抖地吸了一口氣，直到黠謀繼續，「但她的父親比較保守。他告訴我這件事情得緩一緩，至少要等到有人向她的姊姊提親。」

「您說什麼？」我幾乎說不出話來，腦中的困惑不斷翻轉。只見黠謀仁慈地對我微笑。

「你心儀的那位女士看來的確人如其名。婕敏在你出發回公鹿堡的當天，就請求她父親准許自己和你交往。我想你對女傑直言時已經贏得她的芳心了，但普隆第拒絕了她，就是因爲我剛剛告訴你的原因。我知道這位年輕女士和她的父親大吵了一架，但普隆第是個堅持己見的人。他希望我們知道他並不反對這段姻緣，只是不希望她比姊姊早成婚，而我也贊成他的看法。我相信，她只有十四歲吧？」

我啞口無言。

「別這麼沮喪，小子。你們倆都還年輕，來日方長。我猜他雖然選擇暫緩讓你們正式交往，但應該沒阻止你們見面。」黠謀國王十分包容地看著我，眼神透出無限仁慈。弄臣的視線在我們之間來回穿梭，無法看出他的神情蘊含什麼意味。

我過去的幾個月都沒有像當時那樣渾身顫抖，而我無法讓這樣的顫抖持續，更不能讓它惡化下去。我勉強從口乾舌燥的喉嚨中擠出幾個字。「國王陛下，她不是我所說的那位女士。」

接下來是一片沉默。我看著國王的雙眼，見到他的臉色變了。如果我當時不那麼急躁的話，我可能就會別開頭去不敢看他，而我卻用懇求的眼神看著他，期盼他能明白。當他不再說話時，我卻勇敢嘗試說下去。

「國王陛下，我所說的這位女士目前是一位夫人的侍女，但她本身並非僕人。她是……」

「安靜！」

他這句話比他出手打我的感覺還激烈。我動彈不得。

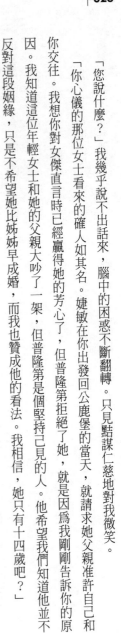

黠謀抬頭仔細地上下打量我，用盡全部的威嚴開口說話，甚至讓我在他的語調中感到精技的壓力。

「你給我聽清楚了，蜚茲駿騎。普隆第是我的朋友，也是我的公爵，你眞的不該冒犯和輕視他與他的女兒。你現在不能和任何人交往，任何人都不行。我建議你好好思考普隆第願意將婕敏許配給你，這是個多麼重大的恩寵，也別忘了他毫不在意你的出身，換成其他人恐怕就不會這麼想。我將賜予婕敏土地和屬於她自己的頭銜，你也一樣，只要你夠聰明等待良機和討這位女士歡心。你會發現這是個明智的抉擇，時機成熟之後，我就會告知你可以和她正式交往。」

我鼓起僅存的勇氣。「國王陛下，求求您，我……」

「夠了，駿騎！你聽到我對這件事情的看法了。我言盡於此！」

過了一會兒他要我離開，我也就渾身發抖地離開他的房間。我不知道自己是因為憤怒或是心跳加速而顫抖，只想著他剛剛用我父親的名字稱呼我。或許，我懷恨地告訴自己，這是因為他心裡知道我將和我的父親一樣為愛而結婚。甚至，我惡意地想著，我可能得等到黠謀入土為安，才能讓惟真實踐對我的承諾。我回到自己的房間，感覺哭出來或許會是個解脫，卻欲哭無淚。我躺在床上瞪著床邊的吊飾，無法想像我該如何告訴莫莉國王和我之間的談話，卻也告訴自己不說就等於欺騙，所以決定盡量設法告訴她，但不是現在。時機將會來臨，我對自己承諾，到那時我就可以解釋給她聽，而她也會瞭解。我可以等，時機來臨之前我就不再想它了，同時我也冷酷地決定除非國王召見我，否則我再也不會主動去拜訪他。

在春天即將來臨之際，惟真就像在棋盤上布局般，謹慎地調度他的戰艦和人馬。岸邊的烽火台總是有人看守，裡面燃燒著發信號的火焰，隨時可以點燃火把警告群眾紅船已經出現。他將蓋倫所組織的精技小組的剩餘成員分配到烽火台和戰艦上，而讓我的宿敵暨蓋倫小組核心的端寧留駐在公鹿堡，我卻暗中納悶惟真為什麼讓她待在這裡充當小組的中心，而不是讓每個成員各自和他直接技傳。自從蓋倫去世和威儀被迫從小組退休之後，端寧就接掌了蓋倫的職責，而她看來也自以為是精技師傅。在某些方面，她簡直成了蓋倫的翻版，她不但在公鹿堡散播一股嚴苛的沉寂，而且總是板起臉皺著眉頭，更繼承了蓋倫暴躁的脾氣和邪惡的幽默感。僕人們現在一提到她，就像從前提到蓋倫一樣恐懼和厭惡，而我知道她也接收了蓋倫以前的住所。我在回來的時候都會不厭其煩地避開她，如果惟真把她派到別的地方，我可眞會大大地鬆一口氣，但我自知沒資格質疑王儲的決定。

擇固這位身材瘦高的年輕人比我年長兩歲，如今他奉命擔任**盧睿史號**的精技小組成員。他自從我們學習精技開始就很討厭我，也因為我當年沒通過測試的場面蔚為奇觀，使得他一有機會就斥責我。我咬緊牙根盡可能避開他，但在封閉的戰艦上卻幾乎是不太可能的事，這可眞是個難捱的狀況。

惟眞在和他自己以及和我激烈地爭論之後，他就指派慍儒登上**堅禎號**戰艦，博力駐守潔宜灣烽火台，而把欲意派到遙遠的北方駐守畢恩斯的紅塔，從那兒可以眺望一望無際的海洋和周圍的鄉間。一旦在地圖上做好標記布局完畢，我們微弱的防禦能力就躍然紙上。「這讓我想起古老民間故事中，那位僅用一頂帽子遮身的乞丐。」我這樣告訴惟眞，他也沒心情地勉強擠出一抹笑容。

「但願我能像他移動帽子般，讓我的戰艦迅速航行。」他嚴肅地許下心願。

惟眞的艦隊中有兩艘船充當巡航艦，而另外兩艘則隨時待命，其中一艘停在公鹿堡的碼頭，也就是**盧睿史號**戰艦，另一艘**牡鹿號**戰艦則停泊在小南灣。它是一艘小得可憐的船隻，卻得保衛六大公國散亂的海岸線。第二批戰艦正在興建中，但恐怕無法在短期內完工。上好的乾木材已經用來建造頭四艘戰艦，而惟眞的造船工人也提醒他最好等一等，別急著使用剛砍下來的木材。他有些惱羞成怒，但還是聽了他們的建議。

我們在早春時勤奮操練。惟眞私下告訴我，小組成員幾乎如同信鴿般快速傳遞簡短的訊息，但我們之間的狀況可沒這麼樂觀。他為了個人因素選擇不公開訓練我精技的事，而我相信他樂於和我一同暗中觀察聆聽公鹿城的日常生活，也明白他已交代**盧睿史號**的艦長要注意我是否要求馬上改變航向，或宣布我們得立刻啓程到特定地點去。我怕艦長把這當做成是惟眞溺愛他私生姪兒的表現，但他仍奉命行事。

接下來，在一個春意盎然的早晨，我們到戰艦上報到準備另一次演習。我們現在終於像眞正的船員般熟練地航行船隻，而這次的演習讓我們有機會在一個不知名的地點熟悉**堅媜號**戰艦，然而這正是我們還無法達成的精技演習。這天眞讓我們慌亂極了，但擇固仍堅持一定要成功，只見他雙手交叉擺在胸前，穿著一身深藍色的衣服（我相信他認爲藍色的服飾讓他看起來更具精技功力），站在甲板上盯著布滿海面上的濃霧，而我也不得不在提一桶水到船上時與他擦身而過。

「喂，你這小雜種，這對你來說可能是個不透明的霧層，但對我來說可像明鏡般清澈。」

「眞是太不幸了，」我很有禮貌地回答，不理會他用「小雜種」這字眼，不過也忘了留意他的話中帶刺。「我寧願看著這片霧，也不願在早晨看到您的臉。」眞是心胸狹窄的回答，卻令我很滿意。我還對另一件事情感到滿意，那就是看著他登船時綁在腿上的長袍衣襬，哪有我的穿著大方得體。我把褲管塞進靴子裡，穿上柔軟的純棉汗衫，然後在外面套上一件眞皮短上衣，本來還考慮穿鎖子甲，但博瑞屈搖搖頭不表贊同。「最好因爲戰傷而死得乾淨俐落，也不要跌進海裡淹死。」他對我提出忠告。

惟眞因此露出一抹微笑。「我們別讓過度自信成爲他的負擔。」他挖苦地間接表明，稍後連博瑞屈笑了。

所以我放棄穿鎖子甲或防護鋼甲。不管怎麼說今天都還是得划槳，而我目前這身打扮剛好挺舒適的，肩膀上沒有因縫合而產生的縐摺束縛，前臂也不會碰到袖子。我對自己發育健壯的胸膛和肩膀感到異常驕傲，就連莫莉也驚嘆讚賞。我坐在自己的位置上擺動雙肩划槳，一想到莫莉就露出了微笑。我最近和她相處的時間太少了，但我想只有時間才能平復這一切。劫匪將在夏季時入侵，到時候更沒時間和她共處，而秋天對我來說也還很遙遠。

我們這群槳手和戰士全員到齊準備就緒。當解纜後舵手就定位，划手也開始規律地擺動船槳時，我們就成爲一體。我之前就注意到這個現象，或許我對這類事情比較敏感，只因我和惟眞的精技分享磨淨了我的神經，也可能是因爲艦上所有男男女女都懷抱同一個目標，而這目標對大部分的人來說，就是復仇。無論是什麼原因，它讓我們史無前例地團結一致。也許，我這麼想，身爲精技小組的一員就會有類似的感受，不禁讓我感覺一陣遺憾，只因我錯失了這樣的機會。

你就是我的精技小組成員。惟眞的話悄悄地在我身後響起，然而在更遠的某處，從遙遠的山崖上傳來一聲輕嘆。我們不是同個狼群嗎？

我們是啊，我將思緒回傳給他們，然後再度專注正在進行的活兒。船槳跟隨風吹的韻律，整齊劃一地帶領**盧睿史號**大張旗鼓地航向霧中。戰艦上的風帆並未展開，不一會兒就進入了完全屬於我們的世界，充滿水聲和我們划槳時的規律的呼吸聲。部分戰士彼此輕聲交談，他們的話語和思緒就包裹在這片霧裡。擇固在船頭和艦長站在一塊兒，望著濃霧後面的遠方，眉毛皺成一直線且眼神游離，我知道他正在和**堅媜號**上的惕儒聯繫。接著，我百無聊賴地向外開啓，想知道自己是否能感覺他在技傳些什麼。

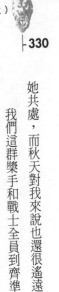

停下來！惟眞警告我，而我感覺好像被他打到雙手般，只得打退堂鼓。我還沒準備讓其他人對你起疑。

那份警告蘊含了許多意義，比我目前所能想的還多。我就像展開一件危險異常的行動般，納悶他到底在怕什麼，卻依然專注於我那規則的划槳動作，雙眼凝視這一片無邊無際灰濛濛的大海，事實上那個早晨的時光大多在霧中度過。擇固吩咐船長讓舵手改變航向，但我除了注意到划槳的方式改變之外，並沒有察覺出明顯的不同，濃霧中的景象看來沒什麼變化。我也仍用穩定的力量划槳，更缺乏可以專注的事情，於是不自覺地走進虛無的白日夢境裡。

一名年輕的看守忽然尖叫，也打斷了我的恍惚出神。「小心有叛賊！」他喊了出來，尖銳的聲音像喋血般更加深沉。「我們恐怕遭到攻擊了！」

我從自己划槳的位子上跳了起來，慌張地盯著這一切。只見一片霧中唯有我的槳在水面上移動，其他划手都因我破壞了韻律而瞪著我。「你，蜚茲！你是怎麼了？」艦長問道，只見擇固眉頭舒展，自以爲是地站在一旁。

「我……我的背抽筋了，很抱歉。」

「科琵，跟他換班。伸展一下走動走動，小子，然後回到座位繼續划槳。」大副用濃重的口音下達命令。

「是的，大人。」我接受他的指令，起身讓科琵接手划槳，稍做休息之後感覺好多了。我的肩膀在划槳時咯咯作響，但同時也感到羞愧，因我在其他人仍在工作時休息。我揉揉眼睛甩甩頭，不禁納悶是什麼樣的夢魘讓我如此出神。哪位看守？在哪裡？

鹿角島。他們趁著起濃霧的時候逼近。那兒沒有城鎮，只有烽火台。我想他們計畫屠殺看守，然後盡全力毀了那座烽火台，這可眞是個絕佳策略。外側的烽火台看守海面，而內側的烽火台向公鹿堡和潔宜灣發出信號。惟眞的思緒幾乎和手持武器蓄勢待發的時刻同樣沉穩。然後，過了一會兒他又說：這慢吞吞的傢伙一心一意只想接近惕懦，不會讓我通達到他的心裡。蜚茲，去找艦長，告訴他航向鹿角島。如果你們到了運河上，水流會帶領你們飛也似的抵達烽火台所在的小海灣。劫匪已經在那兒了，但他們得逆流才能再度航向外海。現在就去，你們還來得及在海灘上逮到他們。快！

下命令可眞比遵命容易，我一邊思索一邊快速走上前。「大人？」我提出請求，然後站在那兒好一會兒，才等到艦長轉身對我說話，大副卻在此時因爲我不透過他直接找艦長而瞪著我。

「划手？」艦長終於開口了。

「鹿角島。如果我們現在啓程並且順著水流前進，我們就會飛也似的抵達烽火台所在的小海灣。」

「沒錯。你懂得看水流嗎，小子？這是個很有用的技巧，我以爲這艘艦上只有我知道目前身在何處。」

「不，大人。」我深呼吸，準備傳達惟眞的旨意。「我們應該航向那兒，現在就啓程。」

「這胡說八道是怎麼回事？」擇固生氣地問道。「你把我當傻瓜嗎？你覺得我們彼此已經旗鼓相當了，是不是？你爲什麼希望我失敗？因爲這樣你就不會覺得那麼孤單？」

我眞想宰了他，卻仍抬頭挺胸實話實說。「這是王儲的祕密指令，大人，而我現在將這訊息傳達給您。」我只面對艦長說話。他點頭示意我離開，要我回到自己的位置和科琵交接，然後不帶一絲情感地凝視這片濃霧。

「傑瑞克。吩咐舵手將船導入海流，讓船更深入運河。」

大副僵硬地點點頭，不一會兒我們就轉向了，風帆略微鼓起，如同惟眞所說的，水流和我們的划槳讓戰艦掠過水面來到運河。時光流逝的感覺在霧中變得十分奇特，所有的感受都扭曲了。我不知道自己划了多久，但夜眼的輕聲細語告訴我空氣中有一絲煙味，而我們幾乎立刻就聽到作戰的吼叫聲幽靈般清晰地劃破這一片濃霧，只見大副傑瑞克和艦長互換眼神。「大家準備好了！」他忽然吼了出來。「紅船正在攻擊我們的烽火台！」

過了一會兒，惡臭的煙味穿過濃霧飄了過來，作戰的叫喊聲和人們的尖叫聲更是清晰可聞。我突然間精神抖擻，而我周圍的人也同樣咬緊牙關，肌肉因划槳而上下起伏，甚至有一股陌生的強烈汗味從我身邊辛勤划槳的人身上傳來。如果我們曾是一個整體，此刻我們就彷彿一頭憤怒野獸的各個部位。我感覺一股熊熊怒火正在燃燒蔓延。這是彷彿原智般的情緒，野獸般的心澎湃洶湧，仇恨的感覺自我們心中油然而生。

我們讓**盧睿史號**繼續向前航行，終於讓戰艦來到淺灘，然後我們就像演習時一樣將它停靠在小海灘的淺水處。這片濃霧就像個變節的同盟，讓我們看不見理當迎擊的敵人，更遮蔽了陸地和在那兒所發生的事情。我們拿起武器朝打鬥的聲音衝過去，擇固則留守**盧睿史號**，專注地凝視濃霧那頭的公鹿堡，似乎這樣就可以將最新戰況技傳給端寧。

紅船就像**盧睿史號**般停泊在沙灘上，不遠處還有兩條充當航向本土渡輪的小船，船身都已經破損了。當紅船抵達時，岸上仍有六大公國的人，他們的軀體還在岸上，只是已慘遭屠殺。又是一場大屠殺。我們經過縐摺扭曲的屍體，上頭的血都流到沙灘上了。他們看起來都是我們的同胞，剎那間鹿角島的內側烽火台隱約地發出灰色的光芒，上方的黃色信號火焰幽靈般地在霧中燃燒。內側烽火台遭圍攻了。紅船劫匪是一群黝黑強壯的人，不很健壯但瘦而結實，大多蓄著濃密的落腮鬍，一頭黑髮狂亂地披在肩上，身穿有褶的皮戰甲還拿著沉重的刀和斧頭，其中有些人的頭上還佩戴金屬頭盔，赤裸的手臂上有一圈圈緋紅條紋，但我不確定這是刺青還是塗脂。他們自信滿滿地誇耀談笑，像一群幹完活兒的工人般彼此交談，烽火台裡的守衛全被包圍了，只因這結構是爲了充當發射信號火焰的基地而建築，並非防衛壁壘。不一會兒烽火台裡的人都遭圍攻，而這群外島人在我們湧上岩石斜坡時仍背對著我們，看來他們並不害怕背後遇襲。一扇烽火台的門吊掛在鉸鍊上，裡面的一群人在一面屍體堆積成的牆後擠成一團，在我們前進的時候對著包圍他們的劫匪射出了幾發箭，但一發也沒射中。

我發出了一聲介於吶喊和怒吼的叫聲，極度的恐懼和復仇的喜悅在呼聲中合而爲一，從而激發著我身邊奔跑的這群人的奮戰情緒，也讓我的士氣更爲高昂。當我們包圍這群攻擊者時，他們回過頭來看著我們。

我們可把劫匪圍住了，因爲我們的船員總數超過了他們的人數，而遭圍困的烽火台守衛看到我們之後也奮勇抗敵，散布在烽火台大門附近的屍體則顯示在此之前還有幾場搏鬥。我此時看到了夢境中那位年輕的看守躺在同樣的地方，口中流出的血沾滿了刺繡襯衫，是一把從他身後抛擲的匕首讓他喪命的。當我們向前衝刺加入這場混戰時，這段插曲的出現就更値得注意。

我們毫無策略和陣式，也沒有作戰計畫，只是一群忽然得到復仇良機的男女。然而這就夠了。

如果我覺得自己曾是船員的一分子，如今我眞的就陷入他們的情緒深淵了。澎湃的情緒促使我奮勇向前，而我將永遠無法辨認有多少或哪些情緒是屬於自己的。這些情緒眞令我無法招架，蜚茲駿騎就這麼在它們之中迷失了，化身爲全體船員的激昂情緒，舉起斧頭大聲吼叫，同時帶領大家進攻。我並不願帶頭，而是全體船員極度渴望有人帶領。突然間，我希望盡自己所能將劫匪趕盡殺絕，而且愈快愈好。我希望自己身上的肌肉隨著斧頭的揮舞咯咯作響，穿越如潮水般失落的靈魂撲身向前，踐踏戰敗劫匪的屍體，而我也做到了。

我聽說過關於狂暴戰士的傳說，當時只覺得這全是一些人面獸心的半人半獸，血腥激發他們內心的力量，使得他們對於本身所引發的損害毫無感覺，也或許他們太過敏感，所以無法抵擋從外界席捲而來的情緒，也注意不到自己身體所發出的痛苦信號。我不知道。

我後來也聽說了關於自己在那天作戰的故事，甚至還有一首歌描述當天的戰況。我不記得自己作戰時叫喊了些什麼，但也沒忘記確實曾奮勇殺敵。在我體內某處，惟眞和夜眼合而爲一，而他們也和我一樣沉浸在周遭人群的激昂情緒中。我還記得自己在一陣瘋狂的追趕中殺了第一位劫匪，也知道自己以斧頭對著斧頭迎面作戰解決掉最後一個敵人。根據這首歌的歌詞描述，最後一位劫匪是紅船的艦長，依我判斷應該不假。他的皮外衣做工精細，上面還潑灑著其他人的血跡。我只記得自己手持斧頭深深地砍進他頭盔底下的頭顱裡，還有在他屈膝落地時，鮮血是如何從頭盔底下噴流而出。

這場戰事就這麼結束，烽火台守衛衝出來擁抱我們的船員，一邊高喊勝利一邊互相拍著背。這樣的轉變對我來說過於劇烈，使得我靠在自己的斧頭上站在那兒，納悶自己的精力跑到哪兒去了，心中的憤怒猶如卡芮絲籽遠離上癮者般猛然消逝，只覺體力耗盡並失去方向感，好像從一個夢境清醒之後，又進入另一個夢境，不由得想倒下來睡在這堆屍體上，因爲我實在太疲累了。船員中的一名外島人諾居替我打水過來，然後攙扶我走出這堆屍體並坐下來喝水。接著，他就涉越這屍體堆重回殺陣，過了一會兒回到我這兒，伸手讓我看他手中一個沾了血的勳章，墜子以黃金打造並搭配銀質項圈，是一個新月的造型。他見我沒伸手跟他拿，就繞過我那沾了血的斧刃將它拿給我。「這是哈瑞克的，」他緩慢以六大公國的語言表達。「你奮勇殺敵，他也死得光榮，況且他也會讓你保有它的。他是位好人，直到科瑞克人挖走了他的心。」我問都沒問他哪一個才是哈瑞克，也不希望他們之中的任何一個人有名字。

我稍後又恢復了之前的生龍活虎，就起身幫忙清理烽火台大門四周的屍體，接著走回戰場上繼續清理。我們焚燒劫匪的屍首，然後將六大公國同胞的屍體集中覆蓋起來，好讓他們的親人指認。我記得那天下午的一些怪事，像是屍體的腳後跟爲何在拖拉時在沙地上留下蛇一般蜿蜒的軌跡，還有那位背後挨匕首刺了一刀的年輕看守，在我們抬著他的時候尙有一絲氣息，但後來沒多久就斷氣了，成爲一列冗長的屍首中的一具屍體。

我們讓戰士們接掌烽火台守衛的崗位，直到更多人前來支援。我們很欣賞擄獲的那艘戰艦，而我自顧自地想著惟眞也會很高興的。又多了一艘戰艦，還是艘堅固的戰艦。我知道所發生的一切，卻對它們毫無感覺。我們回到**盧睿史號**上，看到擇固臉色發白地等待大家，接著我們就在一陣麻木的沉默中讓**盧睿史號**出海，划著槳航返回公鹿堡。

我們航行到一半時遇到了其他的船，是一批草草成軍的小漁船隊，船上的士兵也呼叫我們。王儲在擇固的緊急技傳之後派他們前來支援，士兵們一看到戰鬥結束就幾乎露出了失望的神情，但艦長告訴他們在烽火台裡的人會非常歡迎他們，而我就在此刻發覺自己不再能感受惟眞，而且好一陣子都無法感覺。但我倒是立刻就探索到夜眼，如同一個人伸手拿錢包那麼迅速。牠在那兒，感覺卻很遙遠，也顯得既虛脫又畏卻。我從沒聞過這麼重的血腥味，牠告訴我。我同意，只因我仍渾身血臭味。

惟眞這陣子忙碌異常，而我們也幾乎都待在**盧睿史號**上，等待另一批船員將它帶回鹿角島的烽火台。負責看守的士兵和另一批划手領著**盧睿史號**啓航，而惟眞的戰利品在今晚之前就會停泊在家鄉的碼頭，另一艘空船將跟隨這兩艘戰艦載運陣亡的同袍回來。艦長、大副和擇固騎著預先安排好的馬匹離去，準備直接向惟眞報告。惟眞沒有召見我，這可讓我鬆了一口氣，於是我就有機會和船員伙伴們一道進城。我們的作戰事蹟和戰利品比我想像中還迅速地傳遍了整個公鹿堡城，城裡每一家小酒館都搶著爲我們裝滿一杯又一杯的麥酒，傾聽我們訴說整個事件的經過。這簡直就像第二場狂亂的戰事，因爲無論我們走到哪裡，人們都圍繞在我們身邊，對於我們的戰績表達出狂烈的滿足感。我早在酒精發揮效應之前，就因周遭人們澎湃的情緒而醉了，卻沒有因此隱瞞戰情。我略述了我們在戰場上的所作所爲，卻因酒意而誇張情節。我吐了兩次，一次在巷子裡，另一次在街上。我喝下更多酒想掩蓋嘔吐的味道，待在我內心深處的夜眼卻慌亂了起來。毒藥，你喝的水被下了毒。我也想不出該說什麼才能讓牠安心。

在清早前的某個時刻，博瑞屈將我抬出了小酒館。他看起來一臉嚴肅，雙眼顯現出擔憂的神色。在小酒館外的街頭，他走著走著就停在街邊一座昏暗的火把台旁邊。「你的臉上還有血。」，他一邊說著一邊讓我站直，拿出手帕從路邊的集雨桶中沾些水，像我小時候一樣幫我把臉擦乾淨，而我也跟隨他手的移動搖擺自己的頭，然後看著他的雙眼強迫自己的視線聚焦。

「我不是沒殺過人，」我無助地說道。「但爲什麼這次如此不同？爲什麼之後如此令我作嘔？」

「因爲事情就是這樣。」他溫和地說道，然後伸出一手環繞我的肩膀，令我驚訝的是，我們竟然一樣高。返回公鹿堡的路程崎嶇不平，眞是既漫長又寧靜的一段路。他送我去泡個澡，然後囑咐我盡快就寢。

早知道我就該留在自己的房裡，但我沒想到這一點，還好城堡裡還是鬧哄哄的，一個爬樓梯的醉漢可引不起什麼注意。我傻傻地來到莫莉的房間，她也讓我進門，但當我伸出手想觸摸她時，她就遠離了我。「你喝醉了。」她告訴我，幾乎要喊了出來。「我曾答應自己絕不親吻一個醉漢，也不讓他親吻我。」

「但我沒那麼醉。」我依然堅持。

「酒醉的方式只有一種。」她告訴我，接著碰也不碰我就把我請出房間。

隔天中午我就後悔了，眞應該一下戰艦就直接到她房裡尋求她的慰藉，我卻喝個爛醉讓她傷心。但是，我也知道那晚所感受的一切，並不適合帶回家讓心愛的人共同承受。當我正在思索該如何對她解釋時，一位小男孩卻在此時跑來告訴我必須立刻回到**盧睿史號**上。我賞了他一枚小銅幣，感謝他如此大費周章跑來通知我，然後看他握著銅幣飛奔而去。曾經，我也是個賺取銅幣的小男孩，接著就想起了凱瑞。我試著回想他仍是那位手握銅幣的小男孩，在我身旁奔跑著，但如今他已卻成了陳屍桌上的被冶煉者。沒有一個人，我這樣告訴自己，在昨天慘遭冶煉。

然後我走向碼頭，在途中到馬廄稍作停留，把新月狀的勳章交給博瑞屈。「請替我好好保管這個，」

我請求他。「還會有更多，是我和船員伙伴從襲擊事件中得來的戰利品。我想讓你替我保管它……它代表了我為何而戰。這是給莫莉的，所以如果我沒有活著回來，就請你親手把這個交給她。你知道，她並不喜歡當僕人。」

我很久沒有如此坦白地在博瑞屈面前提到莫莉。他皺了皺眉頭，但也伸手接過這塊沾了血的勳章。

「你父親會怎麼說？」他在我疲累地轉身離去時大聲發問。

「我不知道，」我直接了當告訴他。「我從來都不認識他，只有你。」

「蜚茲駿騎。」

我回過頭去，只見博瑞屈看著我的雙眼並且開口。「我不知道他會對我說些什麼，但我知道我可以代替他這麼對你說：我為你感到驕傲。值得驕傲的不是工作本身，而是你完成它的方式。為你自己感到驕傲吧！」

「我會試試看。」我平靜地告訴他，接著返回我的艦上。

我們和紅船的下一場遭遇算不上什麼關鍵性的勝利。我們在海上遇到他們，而他們也並不驚訝，因為他們早就看到我們了。我們的艦長指揮若定，而我想對方在我們開始猛烈衝撞時才大吃一驚。我們切斷了他們的一些船槳，但卻錯失我們所鎖定的舵手船槳，而紅船也因本身如魚般的靈活，僅受到輕微的損傷。我們拋出抓鉤，艦長也想充分運用我們人多勢衆的優勢。我們的戰士登上敵艦，有一半的划手也沒頭沒腦地跟著跳過去，使得我們戰艦的甲板上出現了短暫的混亂。我使盡每一分意志力讓自己承受圍繞著我們的情緒漩渦，但仍堅守崗位划動船槳。諾居持槳用怪異的眼神看著我，使得我趕緊咬牙直到找回自己為止。我口中喃喃咒罵，我竟然因此失去和惟真的聯繫。

我想我們的戰士在殲滅敵方戰艦上足夠的船員，讓對方無法操縱船隻之後鬆懈下來，但這可大錯特錯。其中一位劫匪放火燒了他們自己的船帆，接著另一位立刻砍著船身的厚板，而我猜他們希望火勢蔓延，好讓我們也同歸於盡。當然，最後他們根本忽略了自己的戰艦或人員所受的傷害，反而肆無忌憚地搏鬥，而我們的戰士也終於殲滅了他們，然後大家一同將火勢撲滅，但我們拖回公鹿堡的這艘戰利品不但冒煙也受損了，而且我方喪生的人數比劫匪還多。然而，這仍然是一場勝利，我們如此告訴自己。這一回，當其他人都外出喝酒時，我知道自己應該立刻去找莫莉，接著在第二天清晨花一兩個鐘頭和夜眼相處。我們一同外出狩獵，這可眞是一場乾淨俐落的獵捕，然後牠就嘗試說服我和牠遠走，我卻告訴牠如果牠想走就離開。這雖然是爲牠好，但總是傷了牠的心，更讓我多花一個鐘頭對牠解釋我話中的眞正含意。我回到艦上之後，心中納悶是否該如此盡力維護我們之間完好無缺的連結，而牠表示這一切都是值得的。

那天的戰役是**盧睿史號**最後一場全然的勝利。離夏季的最後一場戰事已經很遙遠了，不，風和日麗的時節過於漫長，讓我們感到度日如年。而我都有可能在每一個晴朗的日子去殺害某人，我也試著不去計算自己多久之後將遭不測。我們有許多小規模的衝突事件，也在這些戰役中奮力追趕，不過我們所巡航的地區似乎愈來愈少發生突襲事件，而這恐怕更讓我們感到驚惶失措。另一方面，紅船也有所斬獲。當我們在劫匪離去的一個多小時之後來到某個城鎭時，常常只能幫忙收屍和撲滅火勢，接著惟眞就會在我心中咒罵自己爲何無法更快速地傳遞訊息，還有每個地方的戰艦和看守人員的數量都不足，而我倒寧願面對戰爭的怒嚎，也不願讓惟眞的盛怒在我腦中翻攪。看來這樣的戰事可眞是沒完沒了，唯有天候不佳才能讓我們暫時停歇，我們甚至無法計算到底有多少艘紅船攻擊我們，只因它們船身都漆成一模一樣的顏色，如同豆莢的豆子或是沙中的血滴般神似。

那年夏季，當我還是**盧睿史號**上的划手時，另外一次和紅船的遭遇，則是詭異得值得特別記載。那是一個清朗的夏夜，我們從船員小屋裡滾下床舖，火速趕往我們的戰艦上。惟眞感應到有艘紅船正逼近公鹿岬，而他希望我們在黑夜中攻占它。

擇固站在戰艦的船首，和站在惟眞烽火台頂端的端寧技傳訊息，而當惟眞感受我們航向那艘船的時候，他在我腦海中反倒成了無言的咕噥。還有別的狀況嗎？我感受到他向外越過紅船探尋，像是在黑暗中摸索的人一般，也讓我感受到他的不安。我們不容許相互交談，只能悄悄划著船槳節節逼近。此時，夜眼輕聲對我說牠嗅到了敵人，接著我們就看到他們了。在遙遠的一片黑暗中，紅船在我們戰艦前方劃過水面前進，從他們的甲板上忽然傳來一聲尖叫；他們發現我們了。我們的艦長吼了起來，命令我們握緊船槳做好準備，在這同時一股噁心的恐懼感卻籠罩著我。我的心跳聲如雷貫耳，雙手也開始發抖。這股席捲而來的驚駭好比孩子面對黑暗那份無以名狀的恐懼，是一陣無助的恐懼。我緊緊握著船槳，卻沒有力氣划動它。

「科瑞克斯卡。」我聽到有人操著濃重的外島口音呻吟，我想這是諾居。我開始警覺自己並非是唯一失去划槳節奏的人，事實上我們並沒有按照固定的節奏划槳，有些人坐在他們的置物箱上低頭面對船槳，其他人則毫無節奏慌亂地划槳，使得船槳在水面上慌亂地拍打划動。當我們像一隻跛腳的飛蟲在海面上移動時，紅船就滿懷惡意地迎面而來，不禁讓我眼睜睜看著自己的大限到來。我耳中的血液猛烈激盪，卻聽不見身邊男女慌亂的呼喊，甚至無法呼吸，只得抬頭望向天際。

在紅船後面，一艘白色的船隻在黑色的海面上閃閃發光。這不是海盜船，而是一艘巨艦，船身有紅船的三倍大，兩側的風帆收起停泊在寧靜的海面上。它的甲板上鬼影幢幢，或可說滿是被冶煉的人，而我也無法從他們身上感覺絲毫生命力。但是，他們卻懷有目的地走動，準備將一條小船從側面下降到海面上。有一個人站在後方的甲板上，當我看到他之後就無法轉移視線。

他穿戴灰色的盔甲，但在我眼中他在黑暗的夜空中卻閃閃發光，好像有一盞燈照耀著他似的。我發誓我看到他的雙眼、鼻頭和嘴巴周圍的深色捲曲落腮鬍，只見他對我露出笑容。「有個往我們這邊來了！」他對某個人喊了出來，然後舉起手指向我並且大聲喧笑，讓我的心在胸口絞成一團。他用恐怖的專注看著我，彷彿全體船員中唯有我是獵物。我也看回去，卻無法感覺到他。**在那裡！在那裡！**我尖聲呼喊，也或許是精技讓我失控地從腦袋裡蹦出這句話。但四周卻沒有回音。沒有惟眞，也沒有夜眼，沒有任何一個人，也沒有任何一件事。我完完全全地孤立，這整個世界成了一片靜止的死寂，雖然周圍的船員們驚惶失措地高聲叫喊，我卻沒有任何感覺。四下無人，也沒有海鳥，海裡也沒有魚，我內在的感知更感受不到任何生命。那個穿著盔甲的身影依然靠在欄杆上用手指著我，他持續狂笑，我卻獨自孤立。這份孤寂太難以承受了，它捆住我、捲起我、籠罩我，然後開始令我感到窒息。

我要抗斥它。

在一陣不自覺的反射之後，我運用原智盡全力遠離它。實際上我整個人向後飛了起來，跌落在橫樑上的凹洞裡，和其他划手的腿糾纏在一起。我看到那個身影在艦上絆倒、跌落、然後掉進海中，落水後的濺潑聲並不響亮，而且只有一聲而已。就算他後來有浮出海面，我也沒看到。

我沒時間去看他，只因紅船撞到我們戰艦的中間部位，斬斷了船槳，也讓划手們都飛了起來。這群外島人自信滿滿地呼喊，一邊狂笑一邊嘲笑我們，同時也從他們的船上跳到我們的戰艦來。我踉蹌地站起來爬回自己的座位，伸手尋找我的斧頭，而我身邊的人也各自尋找武器。我們根本毫無準備應戰，但也沒有任何人因恐懼而癱瘓，接著我們重新整頓堅定奮勇地迎戰。

沒有任何地方比深夜裡的一片海洋更黑暗了，根本無法辨識敵我。有一個人跳到我身上，我抓住他身上的皮製戰甲，打倒他然後勒住他。在剛剛的麻痺之後，他的恐懼情緒讓我有種狂野的放鬆感，我想這發生得很快。稍後當我站直的時候，另一艘船就遠離了我們，那艘船只剩下一半的划槳手，我們的甲板上依然有打鬥，但這艘船卻拋下它的船員離去。艦長大聲疾呼要我們殺光他們，然後繼續追趕紅船，但這可眞是個無用的命令。當我們殺光了他們，並將屍體丟在甲板上之後，另一艘船早已在黑暗中消逝的無影無蹤。擇固倒在甲板上，渾身是傷、奄奄一息，尚存一口氣但已無法將訊息技傳給惟眞。艦上一邊的船槳都已斷裂成一團混亂。接著艦長斥喝我們，同時重新分配船槳繼續啓航，但已經太遲了。他叫我們安靜，但我們根本聽不見也看不到任何東西。我坐在自己的置物箱上，緩慢地轉了一圓，但更奇怪的是我大聲說出來的話。「原本停泊在那裡的白船也不見了！」

我身邊的人全都轉過頭來瞪著我。「白船？」

「你還好嗎，蜚茲？」

「是紅船，小子，我們剛才是跟紅船在戰鬥哪！」

「別再提白船了。看到白船就等於看到自己的死亡，是厄運。」最後諾居對我吼了一聲。我開口辯稱看到了一艘眞實的白船，並不是眼花撩亂。他對著我搖搖頭，別過頭去望著空蕩蕩的海面，我也閉上嘴緩緩地坐了下來。沒有任何人看到它，也沒人談論讓我們的戰略演變成一片慌亂的無邊恐懼。我們當晚回到城裡之後，小酒館裡的人們談論著雖然我們登上敵船奮勇作戰，但還是讓紅船逃跑了，而唯一可見的證據只有一些斷裂的船槳和一些傷兵，還有甲板上一些外島人的血跡。

當我私下和夜眼與惟眞談論時，他們都沒看到我所見到的景象。惟眞告訴我，當我看到其他船隻時就和他失去聯繫，夜眼也憤怒地表示我根本完全封閉自己，讓牠一點兒也感覺不到。諾居不對我提任何有關白船的事情；其實他根本什麼話題也不想談。稍後，我在一幅古老的卷軸中發現了有關白船的記載，上面寫著這是一艘受詛咒的船隻，上面慘遭滅頂的水手靈魂將永無止盡地爲無情的艦長賣命，迫使我不得再度提起這事，否則大家都會覺得我瘋了。

接下來的夏日裡，紅船迴避著**盧睿史號**。我們看得到紅船也追趕它，但每次總是讓它給逃了。有一次我們運氣好，追到了剛剛突襲完畢的一艘紅船，船上的外島人將俘虜丟出艦外以減輕重量逃走。他們從船上丟出十二個人，而我們救了九個，然後將未遭冶煉的人送回家鄉，其他慘遭滅頂的三個人則獲得衆人的哀悼，但大家都同意這總比遭冶煉來得強。

其他戰艦的運氣也和我們這艘差不多。**堅媜號**在劫匪正襲擊某個村莊時迎戰他們，雖然沒有立刻奏捷，卻事先破壞在岸上的紅船，讓劫匪們無法乾淨俐落地逃走。當他們看到自己的戰艦遭受嚴重破壞時，就分散開來逃進樹林裡，我們過了好幾天才將他們一一殲滅。其他戰艦也碰到類似的狀況：我們追趕劫匪，把劫匪趕走，甚至有其他戰艦將來襲的紅船擊沉，但我們在那個夏季沒有再擄獲完好無缺的船隻。

所以，冶煉事件減少了，而每當我們擊沉一艘戰艦時，就會告訴自己又少了一艘戰艦，但剩下多少艘戰艦對我們來說似乎也沒什麼影響。從某方面來說，我們爲六大公國的人民帶來希望，另一方面卻也爲他們帶來絕望，因爲無論我們如何努力，依然無法將劫匪威脅的恐懼逐出家園。

對我而言，這漫長的夏季混雜著恐怖的孤立和難以置信的封閉。惟眞時常與我同在，但我仍無法在任何打鬥展開之後維持彼此的聯繫，而惟眞自己也在我們全體船員迎戰時，察覺了那股威脅著淹沒我的情緒漩渦。於是，他發明了一套理論，說我在極力阻擋他人的思緒和感覺時，卻也同時築起了一道道障礙，就連他也無法打破這些阻礙。他還說這可能表示我的精技能力或許已日趨成熟，甚至可能超越他，卻也敏感地在作戰時被身邊每一個人的意識所淹沒。這是個有趣的理論，卻沒有任何實際的方式可以解決問題。不過每當惟眞隨著我四出走訪時，就會讓我對他產生一股獨特的感覺，而且可能只有博瑞屈會令我產生類似的感受。我明瞭對於精技的渴求是如何腐蝕著他，這感覺也熟悉得令人不寒而慄。

當我還是個小男孩時，有一天凱瑞和我爬到海邊一座高高的山崖上。當我們爬到頂端時，他對我坦承自己幾乎有股難以承受的衝動想縱身一躍，我想惟真的感覺應該和這個很類似。精技的喜悅慫恿著他，而他也總是渴望縱身一躍，讓自己全身的每一個部分躍入精技所編織的網中，他和我之間的密切聯繫也正好滿足了這份飢渴。然而，就算精技不斷啃食著他，我們卻也因此為六大公國做了許多好事，若是就這麼讓他放棄，後果可眞不堪設想。誠然，我也和他分享了許多站在烽火台窗前的孤獨時刻，他坐的那張硬邦邦的椅子、破壞他食慾的疲乏，甚至還有因久未運動而造成的骨痛。我親眼目睹他是如何日漸消瘦。

我不知道這麼瞭解一個人是好還是不好。夜眼直接了當表達牠內心的嫉妒，不過至少牠還公然表現出被忽略的憤怒，但我和莫莉之間的情況可就複雜多了。

她不明白我為什麼要經常遠離，為什麼不是其他人，而偏偏是我得成為戰艦船員的一分子？我告訴她這是因為惟眞希望這麼做，但她對這理由可一點兒也不滿意。我們共度的短暫時光逐漸形成了一種可以預知的形式，首先我們會捲入一陣狂野的激情，然後共享短暫的寧靜時刻，接著就發生爭執。她很孤單，痛恨當僕人，她能留存的私房錢累積得無比緩慢。她很想念我，還有我為什麼要經常離開，我到底知不知道自己是她生命中唯一的慰藉？我曾把在戰艦上賺到的錢拿給她，但她厲聲斥責我這樣無異於將她視為妓女，而且她絕不會在我們結婚之前接受我給的任何東西，我卻也無法為她帶來任何關於婚期的實際希望，而且找不到機會透露點謀對於我和婕敏的計畫，內心恐懼未來可能發生的事情。我們分離的時間過長，無法捕捉對方日常生活中的點點滴滴，在一起的時候卻總是重提舊事，重複上演爭論的戲碼。

有天晚上當我來找她的時候，我發現她的頭髮用紅色緞帶綁成辮子，高雅的柳葉形耳環在她赤裸的頸部上方懸吊著，雖然身穿簡樸的白色睡衣，她的模樣可眞令我著迷到難以呼吸。稍後，當我們終於有機會靜下來談談時，我稱讚她的耳環，而她也不假思索說出當帝尊來買蠟燭時，就把這對耳環送給她，因爲他對她的蠟燭滿意極了，而且時常覺得所付的錢根本遠遜於香水蠟燭的價值。她在說這些話的時候露出了驕傲的笑容，還用手指撩撥我的戰士髮辮，她的頭髮和緞帶則散開在枕頭上。我不知道她從我的臉上看到了什麼，我的表情卻讓她睜大雙眼退後了些。

「妳接受帝尊的禮物？」我冷冷地問她。「妳不接受我正大光明賺來的錢，卻接受他送的珠寶，那個……」

莫莉瞇起眼睛，這回換我退後了些。「那麼，我應該對他說什麼？『不，大人，我無法接受您的好意，直到您迎娶我爲止』？帝尊和我之間的關係並不像我們，而他的禮物也只是顧客對於技藝高超的工匠的一種特殊禮遇。不然你認爲他爲什麼送耳環給我？來交換我的好感嗎？」

我們互相瞪著對方，過了一會兒我說了一些話，讓她幾乎願意相信我在道歉，不過我接下來就犯錯了。我說他或許只是藉著送她禮物來惹惱我，然後，她就想知道帝尊怎麼會曉得我們之間的關係，還質疑我懷疑她的技藝配不上像耳環這樣的特殊贈禮？更別提我們接下來如何在所剩不多的時間內補救彼此之間的爭執。但是，修補過的花盆仍不像完整的花瓶般完美無缺，我也就彷彿根本沒和她在一起般，孤單地回到戰艦上。

在我俯身以完美韻律划槳和試著不想任何事情時，我常發現自己思念著耐辛和蕾細、切德和珂翠肯，甚或博瑞屈。我在夏季難得有空拜訪王妃，而每當我瞥見她時，她一定都在烽火台頂端的花園裡。這眞是個美麗的地方，但無論她如何努力，都無法將它還原成王后花園昔日的模樣，她血液中的群山特質也讓她無法完全轉化成我們的方式。她排列和栽種植物的方式有股精心雕琢的簡約，添了些造型簡單的石頭，上面擱著經過被海水洗禮的浮木枯枝，呈現出未經雕琢的美姿。我可以在這個地方沉思，但可不想在夏日的暖風中懶洋洋地躺在這裡，而我也懷疑這是否和惟眞的記憶相符。她讓自己在這兒忙碌，也享受這樣的忙碌，卻無法如她當初所相信地藉此拉近與惟眞之間的距離。她依然美艷如昔，深藍的雙眼卻總是透著一股烏雲般的憂鬱，而她也時常皺著眉頭，所以當她放鬆臉部的肌肉時，陽光曬不到的地方就呈現出一條條明顯的蒼白細紋。當我在花園陪伴她的時候，她常常打發走大部分的仕女，然後詢問我**盧睿史號**上的各項活動，鉅細靡遺的程度媲美惟眞本人。當我完成對她的報告時，她就時常將雙唇緊抿成一條直線，然後仰首望著烽火台頂端和其後的海天一色。在夏季接近尾聲時，有天下午她就這麼凝視著，我走上前靠近請求她讓我告退回到艦上，她卻好像沒聽到我的請求，反而輕聲說道，「一定要想出一個最終的解決方式。沒有任何一件事或任何人能夠這樣下去，一定有辦法停止這種狀況。」

「秋季的暴風雨即將來臨，吾后，您的花園中有些藤蔓也已經結霜了。第一道寒流過後緊接著就是暴風雨，然後和平就會降臨。」

「和平？哼。」她難以置信地嗤之以鼻。「難道清醒地躺下來想著誰會是下一位犧牲者，或者明年敵人將攻擊什麼地方，就叫做和平？那不是和平，而是折磨。一定有什麼辦法可以終結紅船之災，而我也會找出這個方法。」

她的話聽起來還眞像是威脅。

（上冊完）

中英譯名對照表

A

Antler Island 鹿角島
August 威儀
Averia 艾薇瑞雅

B

bayberry 月桂樹果
Bayguard 衛灣堡
Bearns 畢恩斯
Beebalm Chandlery 香蜂草蠟燭店
berserks 狂暴戰士
Besham 貝歇島
Bingtown Traders 繽城商人
Blade 布雷德
Blood Plague 血瘟
Blood will tell流著什麼樣的血，就會變成什麼樣的人
Blue Lake 藍湖
Bolt 波爾特
bond 牽繫
Bounty 慷慨
Brawndy 普隆第
Bright 銘亮
Brinna 布瑞娜
Buck 公鹿
Buck Point 公鹿岬
Buckkeep 公鹿堡（城）
Buckriver 公鹿河
Burl 博力
Burrich 博瑞屈

C

carris seed 卡芮絲籽
Carrod 惕懦
carryme 帶我走
catalyst 催化劑
catmint 貓薄荷
Celerity 婕敏
Chalced States 恰斯國
Changer, The 改變者
Charim 恰林
Cheffers 歇佛斯
Chester 切斯特
Chestnut 阿栗
Chivalry 駿騎
Chyurda 齊兀達人
Cliff 峭壁
Coastal Duchies 沿海大公國
Cold Bay 冷灣
Constance 堅媜
Cook 廚娘

Crossfire Coterie 火網小組
Cub 小狼

D

Daffodil 黃水仙
Death 死神
death's cap 死神之帽
Dem 甸恩
Den 丹
Desire 欲念
Duchy 大公國

E

Eda 艾達
Egg Bluffs 蛋崖
El 埃爾
elderberry 接骨木
Elderling 古靈
elfbark 精靈樹皮
Ember 餘燼
Eyod 伊尤

F

Faith 妡念
Fallstar · Chade 切德 · 秋星
False Bay 僞灣
Farmer 農人
Farrow 法洛
Farseer 瞻遠
Fedwren 費德倫
Ferry 渡輪鎮
Fighter 戰士
Fitz 蜚滋
Fletch 弗列區
Flint 福林特
Forge 冶煉鎮
Forged Ones 被冶煉的人
Foxglove 狐狸手套

G

Galen 蓋倫
Ginna 吉娜
goosegrease 鵝脂
Grace 賢雅
great hall 大廳
Great Hearth 大壁爐
Greydin 葛瑞汀
Grief 悲愴
Gulls 群鷗鎮

H

Hands 阿手
hangers-on 食客
harbinger 通報者
Harek 哈瑞克
Hasty 急驚風
Heart of the Pack 獸群之心
Heather 海樂
Hedge Magics 鄉野術法
High Table 高桌

Hisspit 嘶苴
Hod 浩得
Holder 侯德
Honeysuckle 忍冬
Hook Island 鉤島
Hope 琋望
Hostler 侯斯特

I

Ice Town 冰城
Inland Duchies 內陸大公國

J

Jade 阿玉
Jhaampe 頡昂佩
Jharck 傑瑞克
Jofron 喬馮
Jonqui 姜萁
Justice 正義
Justin 擇固

K

Kebal Rawbread 科伯・羅貝
Keef 凱夫
Keen 敏瑞
Keera 崎瑞
Kef 柯夫
Kelfry 科爾費
Kelpy 科琵
Kelvar 克爾伐
Kerf 凱夫
Kerry 凱瑞
Kettricken 珂翠肯
King's Man 吾王子民
Korriks 科瑞克人
Korrikska 科瑞克斯卡

L

Lacey 蕾細
Lance 藍斯
Leon 力昂
Lesser Hall 小廳
lowland 低地

M

Madja 麥迪嘉
Man 成人
Master/Mistress 師傅
Mastfish 檣魚
Mellow 芳潤
merrybud 含笑葉
methinks 依我看
Miles 麥爾斯
Mindful 琉馨
minstrel 吟遊歌者
mirthleaf 歡笑葉
Modesty 芊遜
Molly 莫莉（Nosebleed 小花臉／Chandler 製燭商／小花束 Nosegay）
Motley 花斑點

Mountain Kingdom 群山王國
Munificence 慷凱

N
Near Islands 近鄰群島
Neatbay 潔宜灣
Nighteyes 夜眼
Nightmist 夜霧
Nonge 諾居
Nosy 大鼻子

O
Oakdell 橡谷
Others 異類
Outislander 外島人

P
Patience 耐辛
Piebald 花斑點
Placid 靜寧
Pluck 阿勇
Pocked Man 麻臉人
prophetess 女先知

Q
Queen's Garden 王后花園

R
Rain Wilds 雨野原
Ram 公羊
Ratsy 鼠兒
Red 瑞德
Red Tower 紅塔
Red-Ship Raiders 紅船劫匪
Red-Skirts 紅裙
Regal 帝尊
Relltown 瑞爾城
repel 抗斥
Revenge 復仇
Rife 瑞福
Ripplekeep 漣漪堡
Rippon 瑞本
rose-hip 玫瑰實
Rosemary 迷迭香
Ruddy 紅兒
Rurisk 盧睿史

S
Sacrifice 犧牲獻祭
sage 山艾
Sal Flatfish 比目魚販
Sara 莎拉
scroll 卷軸
sea pipes 海笛
Sealbay 海豹灣
Sennick 席尼克
Serene 端寧
Shell 貝兒
Shemshy 歇姆西
Shoaks 修克斯

Shrewd 黠謀
Sidekick 夥伴
Silk 絲綢
Siltbay 泥濘灣
Six Duchies 六大公國
Skill 精技(n.)；技傳(v.)
Skillmaster 精技師傅
Slink 偷溜
Sly o' the Wit 狡詐的原智
Smithy 鐵匠
Smoke 燻煙
snowdrop 雪花蓮
Snowflake 雪花
Softstep 輕步
Solicity 殷懇
soothsayer 預言家
Sooty 煤灰
Southcove 小南灣
Springfest 春季慶
Stag 牡鹿
Steady 坐穩
stipple-leaf 點彩葉

T

Taker 征取者
tearfish 淚珠魚
Thyme 百里香
Tilth 提爾司
Tradeford 商業灘
Truth 眞理
Turlake 涂湖

U

Upriver 上河

V

Valerian 纈草鎮定劑
Varta 瓦塔
Verde 維第
Verity 惟眞
Vin river 酒河
Virago 女傑
Vixen 母老虎

W

Wall Ass 瓦屁斯
Wallace 瓦樂斯
Whalejaw 鯨顎鎮
Whistle 哨兒
white ship 白船
Wielder 威德
Will 欲意
Willful Princess 任性的公主
Winterfest 冬季慶
winter green 冬綠樹
Winterheart 冬之心
Wisdom 睿智
Wisemen 智者
Wit 原智
Withywoods 細柳林

BEST嚴選 014

刺客正傳2
皇家刺客（上）（經典紀念版）

原著書名／The Farseer 2：Royal Assassin
作　　者／羅蘋・荷布（Robin Hobb）
譯　　者／姜愛玲
企劃選書人／黃淑貞
責任編輯／楊秀眞
版權行政暨數位業務專員／陳玉鈴
資深版權專員／許儀盈
行銷企劃／周丹蘋
業務主任／范光杰
行銷業務經理／李振東
副總編輯／王雪莉
發 行 人／何飛鵬
法律顧問／元禾法律事務所　王子文律師
出版／奇幻基地出版
城邦文化事業股份有限公司
台北市104民生東路二段141號8樓
電話：(02)25007008　傳眞：(02)25027676
網址：www.ffoundation.com.tw
e-mail：ffoundation@cite.com.tw
發行／英屬蓋曼群島商家庭傳媒股份有限公司城邦分公司
台北市104民生東路二段141號11樓
書虫客服服務專線：(02)25007718・(02)25007719
24小時傳眞服務：(02)25170999・(02)25001991
服務時間：週一至週五09:30-12:00・13:30-17:00
郵撥帳號：19863813　戶名：書虫股份有限公司
讀者服務信箱E-mail：service@readingclub.com.tw
歡迎光臨城邦讀書花園 網址：www.cite.com.tw
香港發行所／城邦（香港）出版集團有限公司
香港灣仔駱克道193號東超商業中心1樓
電話：(852)25086231　傳眞：(852)25789337
馬新發行所／城邦（馬新）出版集團【Cité (M) Sdn. Bhd.】
41, Jalan Radin Anum, Bandar Baru Sri Petaling,
57000 Kuala Lumpur, Malaysia.
電話：(603)90578822 傳眞：(603)90576622
e-mail:cite@cite.com.my

封面設計／黃聖文
印刷排版／鴻霖印刷傳媒股份有限公司
□2003年（民92）6月10日初版
□2018年（民107）2月5日二版13刷

售價／320元

國家圖書館出版品預行編目資料

刺客正傳2：皇家刺客（上）（經典紀念版）
羅蘋・荷布（Robin Hobb）著；姜愛玲 譯
–二版– 台北市：奇幻基地出版；
城邦文化發行：2009（民98）　面：公分. –
（BEST嚴選：14）

ISBN 978-957-2845-78-3（平裝）

874.57　　　92006580

ISBN 978-957-2845-78-3
Printed in Taiwan.

奇幻基地部落格
http://ffoundation.pixnet.net/blog/

城邦讀書花園
www.cite.com.tw

廣　告　回　函
北區郵政管理登記證
台北廣字第000791號
郵資已付，免貼郵票

104台北市民生東路二段141號2樓

英屬蓋曼群島商家庭傳媒股份有限公司城邦分公司 收

請沿虛線對摺，謝謝

奇幻基地

每個人都有一本奇幻文學的啟蒙書

網站：http://www.ffoundation.com.tw
http://ffoundation.pixnet.net/blog

書號：1HB014　　書名：刺客正傳2皇家刺客（上）（經典紀念版）

請於此處用膠水黏貼

奇幻基地

讀者回函卡

謝謝您購買我們出版的書籍！我們誠摯希望能分享您對本書的看法。請將您的書評寫於下方稿紙中（100字為限），寄回本社。本社保留刊登權利。一經使用（網站、文宣），將致贈您一份精美小禮。

性別：□男 □女

姓名：

生日：西元＿＿＿＿年＿＿＿＿月＿＿＿＿日

地址：

聯絡電話：＿＿＿＿ 傳真：

E-mail：

您是否曾買過本作者的作品呢？□是 書名：＿＿＿＿ □否

您是否為奇幻基地網站會員？□是 □否（歡迎至http://www.ffoundation.com.tw免費加入）

請於此處用膠水黏貼